ALFABETO DOS OSSOS

LOUISE WELSH

Tradução
Bruna Hartstein

Rio de Janeiro | 2013

Copyright © Louise Welsh 2010

Venda não autorizada em Portugal.

'First Fig' de Edna St. Vincent Millay, da página 108. Copyright © 1922, 1950, por Edna St. Vincent Millay. Reproduzido com a permissão de Elizabeth Barnett, executora literária, The Millay Society.

'In memorian I.K.' de George Mackay Brown, da página 7, reproduzido com a gentil permissão de The Estate of George Mackay Brown.

Trecho de 'Punishment' retirado de North. Copyright © Seamus Heaney e reproduzido com a permissão de Faber and Faber Ltd.

Título original: *Naming the Bones*

Capa: Sérgio Campante

Imagem de capa: Chalky Whyte/Trevillon Images

Editoração: FA Studio

Texto revisado segundo o novo
Acordo Ortográfico da Língua Portuguesa

2013
Impresso no Brasil
Printed in Brazil

Cip-Brasil. Catalogação na publicação
Sindicato Nacional dos Editores de Livros, RJ

W483a Welsh, Louise, 1965-
   Alfabeto dos ossos/ Louise Welsh; tradução Bruna Hartstein. — 1. ed. — Rio de Janeiro: Bertrand Brasil, 2013.
   462 p.; 23 cm.

   Tradução de: Naming the Bones
   ISBN 978-85-286-1807-5

   1. Ficção inglesa. I. Hartstein, Bruna II. Título.

   CDD: 823
13-03184   CDU: 821.111-3

Todos os direitos reservados pela:
EDITORA BERTRAND BRASIL LTDA.
Rua Argentina, 171 — 2º andar — São Cristóvão
20921-380 — Rio de Janeiro — RJ
Tel.: (0XX21) 2585-2070 — Fax: (0XX21) 2585-2087

Não é permitida a reprodução total ou parcial desta obra, por quaisquer meios, sem a prévia autorização por escrito da Editora.

Atendimento e venda direta ao leitor:
mdireto@record.com.br ou (0XX21) 2585-2002

Para Clare Connelly e Lauchlin Bell

Ele parte de repente do parque Green Wood
    Nos bons e velhos tempos da juventude
    Armado com o manto da verdade
Desbravando mares nunca antes navegados

Quem jamais poderia imaginar
    Qual estrela o intimou, qual concha misteriosa
    Com músicas e encantos, seu ouvido enfeitiçou
Em qual navio fantasma a morte irá encontrar?

O parque logo perde suas folhas e música
    A verdade se transforma em dor. Os mantos ressecam.
    O ir e vir das ondas na costa se torna estéril
Ele ancora na Ilha da Juventude

"In Memoriam I.K."
George Mackay Brown

Primeira Parte
―――――――

Edimburgo & Glasgow

Capítulo Um

MURRAY WATSON ABRIU o lacre da caixa de papelão à sua frente e começou a vasculhar as reminiscências de uma vida. Ergueu um punhado de papéis e os espalhou cuidadosamente sobre a mesa. Folhas de papel almaço, de blocos de anotações azuis, rasgadas de cadernos escolares, personalizadas com o endereço de um hotel em Londres. Algumas totalmente escritas com uma letrinha miúda, como as cartas de um condenado para a família. Outras praticamente em branco, salvo algumas poucas palavras e frases.

James Laing saiu para caminhar num dia absolutamente normal.

Nada poderia ter preparado James para o...

James Laing era um homem comum que morava numa...

A criatura fitou James com seu único e medonho olho de peixe. Piscou.

Murray riu, um estrondo repentino na sala vazia. Céus, seria bom ele encontrar algo mais interessante do que aquilo ou estaria em maus lençóis. Pegou o maço de folhas e pescou uma a esmo. Era um desenho, um rascunho infantil feito com canetinha verde de uma mulher com um vestido triangular no lugar do corpo. Os braços, em forma de palitos, eram compridos e sinuosos, acenavam para um céu pontilhado com estrelas angulosas; no canto esquerdo havia uma lua crescente e, no direito, um sol sorridente. Não estava assinado. Era uma porcaria, o tipo de desenho que merecia ser amassado numa bola e lançado na lata de lixo. Contudo, se havia sido guardado de forma deliberada, então representava um momento, uma pista para uma vida.

Enfiou a mão novamente na caixa e puxou outro calhamaço de folhas, procurando por cadernos ou algo mais substancial, sem a menor vontade de guardar o melhor para o fim, embora tivesse tempo bastante para ser paciente.

Páginas com números e subtrações, dinheiro devido, aluguel pago, pagamentos a receber. Três cartas de tarô: o Louco, parado alegremente na beira de um precipício; a Morte, triunfante no lombo de um cavalo, o rosto esquelético sorrindo por baixo do elmo; a Lua, uma jovem pálida, vestida de branco, conduzindo um cachorro de duas cabeças com uma guia de prata. O guardanapo de uma lanchonete, o nome *Aida's* impresso em rosa sobre o papel branco e uma leve mancha numa das pontas — café espumante servido num copo de vidro. Um recorte de jornal de um homem distinto e sorridente passando um pente pelos cabelos repartidos do lado; o mesmo homem à esquerda, com a cabeça semelhante a uma bola de bilhar e uma expressão de infelicidade. *Preocupado com a queda de cabelo?* A solução para a calvície deixada de fora pelo recorte descuidado e, no verso, o anúncio de algum acontecimento no Grassmarket. Nenhuma foto, somente uma lista com os nomes, a data e a hora. *Archie Lunan, Bobby Robb e Christie Graves, às sete e meia da noite, domingo, 25 de setembro, no pub The Last Drop.*

Foi então que Murray encontrou a mina de ouro, um velho caderninho de endereços em vermelho aveludado, fechado com um elástico lasseado e repleto de anotações. Um diário seria melhor, porém Archie não era do tipo de manter diários. Murray abriu o caderninho e deu uma folheada. Iniciais, apelidos, nomes ou sobrenomes, nunca os dois.

> *Danny*
> *Denny*
> *Bobby Boy*
> *Ruby!*
> *Pensei ter te visto passeando pelo litoral*

Listas de nomes com uma ou outra frase rabiscada logo abaixo. Nenhuma tentativa de organizar em ordem alfabética. Já conseguia ver os vislumbres, pedaços de uma vida que havia produzido mais do que os homens sóbrios que todos os dias se sentam às nove da manhã atrás de suas mesas.

> *Ramie*
> *Lua*
> *Jessa* * * *
> *Diana, a caçadora, Perséfone, a reclusa, os nomes podem ser uma bênção ou uma maldição espontânea.*

Murray gostaria de encontrar fotos. Já vira algumas, é claro. O retrato em sépia de Archie, magro e desmazelado, parecendo um Jesus enlouquecido, as mãos fechadas de forma ameaçadora em volta do rosto, como que se preparando para arrancá-lo da cabeça. Tudo arte e sombras. As outras fotos eram de uma matéria que o *Glasgow Herald* tinha feito com o grupo do professor James, e que Murray havia conseguido pegar no arquivo do jornal. Archie sempre no fundo, rindo, com o rosto voltado para o céu e os olhos apertados; Archie segurando um cigarro na boca com as mãos em concha, o vento soprando a franja para dentro dos olhos. Seria bom ter uma dele menino, quando seus traços ainda eram delicados.

Forçou-se a sair do devaneio. Estava arriscado a cair na armadilha dos amadores, procurando ver o que desejava e não o que realmente havia ali. Não dormira muito na noite anterior. Sua mente entrara num daqueles redemoinhos intermináveis que de vez em quando o acometiam, as informações turbilhonando no cérebro como as linhas enlouquecidas do descanso de tela do computador. Preparara uma xícara de chá no meio da madrugada e a bebera junto à prateleira dobrável que servia de mesa na cozinha de seu pequeno apartamento, tentando esvaziar o cérebro e não pensar em nada além da simples xícara branca aninhada em sua mão.

Dividiria o conteúdo da caixa em três pilhas — interessante, talvez e lixo —, catalogando à medida que prosseguia. Assim que tivesse feito isso, estaria livre para se dedicar aos detalhes, analisar as minúcias que poderiam desenrolar o emaranhado de nós que era a vida de Archie.

Analisara diversos originais no decorrer de sua vida. Documentos valiosos que você recebia mediante a assinatura de um formulário e que só podia manusear com luvas, a fim de protegê-los dos óleos e dos ácidos que viviam nas reentrâncias das pontas dos dedos. Nunca antes, porém, tinha sido o primeiro a fazer isso, o explorador que derruba a parede de uma tumba. Pegou uma carta não enviada na caixa, letras pretas sobre papel branco.

> *Bobby*
> *Pelo amor de Deus, me arrume algo dos bons!*
> *Vamos esperá-lo no píer de Achnacroish no sábado.*
> *Seu amigo mais íntimo,*
> *Archie.*

Sem data e sem endereço, mas ouro. Murray colocou a carta na pilha dos importantes, ligou o laptop e começou a fazer uma lista exata das coisas que tinha. Pegou um bilhete de ônibus para Oban, que por algum motivo o fez lembrar de um hino que eles costumavam cantar na escola de catecismo.

> *Deus vê o pequeno pardal caindo,*
> *E o observa com olhos caridosos;*

Até mesmo um simples bilhete como aquele poderia revelar alguma coisa, mas ele o colocou na pilha de lixo ainda assim.

O interesse de Murray por Archie Lunan fora despertado aos 16 anos de idade com um livrinho fino. Ainda se lembrava do momento exato em que o vira despontando de uma caixa cheia de livros no chão de um sebo. Fora a capa que o atraíra, uma foto alaranjada de um homem magro com sombras no lugar dos olhos. Até então, não conhecia nada sobre a poesia de Lunan nem sobre sua vida trágica, mas precisava ter o livro.

— Ele parece um assassino de bebês, não parece? — perguntou o homem por trás do balcão quando Murray lhe entregou os 50 centavos. — Esse estilo era muito comum nos anos 1970.

Tão logo comprara o livro, Murray se sentira estranhamente indiferente ao conteúdo, quase como se temesse que fosse decepcioná-lo. Colocara-o sobre a cômoda do quarto que dividia com o irmão, até Jack, na época com 11 anos de idade, reclamar com o pai deles que o homem sem olhos o observava sem parar, e ele ser obrigado a guardá-lo em algum outro lugar onde não pudesse despertar nenhum pesadelo em ninguém.

Redescobrira o livro no ano seguinte, enquanto fazia as malas para ir à universidade, e o jogara dentro da mochila quase que por impulso. O volume em brochura havia ficado largado na prateleira de livros precariamente abastecida do dormitório durante a semana dos calouros e pela maior parte do ano seguinte. Estava em período de provas, com uma longa noite de estudo à frente, quando finalmente se pegou procurando pelos poemas. Murray supunha, quando se dava ao trabalho de pensar nisso, que estivera procurando por uma distração. Se fosse esse o caso, ele a havia encontrado. Sentara em sua mesa lendo e relendo a primeira e única coleção de poemas de Archie Lunan até amanhecer. Era como um feitiço que perseguira silenciosamente o dr. Murray Watson durante os árduos anos do ensino acadêmico, e ao qual agora ele poderia finalmente se entregar.

Já passava das seis quando Murray deixou a Biblioteca Nacional. Em algum lugar, um gaiteiro tocava para os turistas. O guincho da gaita de foles sobressaía em meio ao barulho do trânsito; o ronco dos motores, o rosnado baixo dos táxis a diesel, o rangido ressecado dos freios dos ônibus. O barulho e a claridade do mês de agosto eram uma agressão após a penumbra silenciosa da pequena sala dos fundos. Tirou os óculos escuros do estojo e guardou os de leitura que usava no dia a dia. Uma gaivota passou voando pelo meio da rua e mergulhou em direção a um saco de batatas fritas. Murray observou admirado a subida quase vertical do pássaro, que passou raspando por um ônibus e alcançou os céus com seu troféu firmemente preso no bico.

Isso o fez lembrar que estava com fome. Não tinha comido nada desde a barra de Twix que engolira como desjejum durante a viagem de trem de Glasgow até Edimburgo de manhã cedinho. Atravessou a rua, parando para comprar um exemplar de *The Big Issue* de um ambulante bem-apessoado que lhe agradeceu com um ligeiro toque no boné quando ele recusou o troco. A brisa que atravessava a cidade, oriunda da foz do rio Forth, trazia um leve cheiro de sal. Isso combinava com seu humor. Com a mente ainda um tanto concentrada na ilha onde Archie nascera, Murray continuou a passos rápidos em direção ao centro da cidade. O Edinburgh Fringe, o maior festival de artes do mundo, prosseguia a pleno vapor. A cidade adquirira um ar de festividades medievais, e era difícil abrir caminho em meio à multidão de turistas, guias rivais anunciando passeios fantasmagóricos, artistas performáticos e barraquinhas armadas temporariamente que se espalhavam pela High Street. Passou ao lado do execrado mosaico Heart of Midlothian, ao mesmo tempo que se desviava de alguém usando uma máscara da Morte e um manto de veludo preto quente demais para a estação. Em outros dias, a multidão de turistas e artistas sorridentes exibindo seus talentos teria irritado Murray; porém, no momento, a alegre histeria parecia um eco de seu próprio otimismo. Virou na Cockburn Street, os pés acompanhando de forma inconsciente o ritmo de uma trupe de percussionistas, cada passo uma batida, tão precisamente quanto um policial durante a Orange Walk. Aceitou os panfletos que lhe eram entregues de shows a que não tinha a menor intenção de assistir, ainda pensando sobre os papéis que encontrara na caixa e mantendo os olhos atentos para algum vendedor de batatas fritas.

Por fim, acabou optando por um pedaço de torta acompanhado por feijão adocicado no Doric, um pub das redondezas, que ajudou a descer com uma caneca de cerveja clara. Comeu sentado num dos bancos altos ao lado do balcão, os olhos fixos no televisor preso na parede acima dos barris de cerveja, observando o apresentador anunciar as manchetes que não conseguia escutar. A tela passou para os soldados em uniformes de campanha que faziam uma patrulha e, em seguida, para um correspondente de meia-idade vestido com um colete à prova de balas, o cenário às suas costas metade areia, metade céu azul, tal como o desenho de uma criança sobre o-que-eu-fiz-durante-as-férias.

Murray meteu a mão na mochila, pescou seu caderno e releu mais uma vez os nomes que copiara do caderninho de endereços vermelho, desejando com todas as forças que fosse um diário.

Tamsker

Saffron

Ray — *você vai ser meu raio de sol?*

Era um absurdo chamar aquilo de caderninho de endereços. Ele não continha nenhum endereço, nem números de telefone, apenas uma lista de nomes desconhecidos acompanhados, de vez em quando, por frases sem sentido. Se soubesse a identidade de pelo menos um deles, teria algo com o que trabalhar, mas não tinha a menor ideia e, portanto, os nós continuavam bem-amarrados. Fechou o caderno e o meteu de volta no bolso, sentindo o prazer de algo que era só seu, o estímulo secreto de um homem à beira de uma descoberta que teima em fugir-lhe das mãos.

Seu prato já estava limpo, e a caneca de cerveja, quase. Tomou o resto que faltava e colocou a caneca de volta sobre o balcão, fazendo que não quando o barman lhe perguntou se desejava outra. Estava na hora de ir e cumprir sua obrigação.

Capítulo Dois

Já havia uma grande quantidade de pessoas por trás da vitrine da Fruitmarket Gallery. Murray as observou enquanto prosseguia em direção à entrada. Não dava para ver as exposições dali, mas o bar estava cheio. Parou por um momento e examinou o pôster da galeria, o nome JACK WATSON chamando sua atenção entre o trio de artistas. Esperou um pouco do lado de fora, saboreando a justiça de tudo aquilo, desejando subitamente ter trazido uma câmera a fim de poder registrar o evento para a posteridade. Ao erguer os olhos, notou uma jovem num vestido laranja com pregas curiosas o observando do outro lado do vidro. Murray retribuiu o sorriso e rapidamente desviou os olhos. Correu uma das mãos pelos cabelos e, em seguida, tateou o bolso em busca do ingresso que Lyn lhe enviara, lembrando-se, de repente, de tê-lo visto enfiado dentro do exemplar do mês anterior do *New York Review of Books*, em algum lugar no meio da pilha de papéis amontoados em seu sofá. Após um momento de hesitação, deixou o frescor úmido da rua sombreada e entrou no burburinho abafado de corpos e conversa fiada, preparando-se para o possível constrangimento de ter que chamar

Lyn ou Jack para liberar sua entrada. Ninguém, porém, questionou seu direito de estar ali. Imaginou, enquanto se servia de uma taça de vinho tinto e pegava um folheto explicando as intenções dos artistas, quantos estariam ali para apreciar a arte e quantos tinham sido atraídos pela oportunidade de bebidas gratuitas.

Enquanto analisava o folheto em busca do nome de Jack, virou-se com a taça na mão. A mochila esbarrou em alguma coisa, e um pouco de vinho caiu sobre o punho da camisa.

— Ai, meu Deus, me desculpe.

A mulher em quem ele esbarrara baixou os olhos para as pregas estratégicas do vestido.

— Tudo bem, não aconteceu nada.

— Tem certeza? — Os braços dela estavam descobertos e eram sardentos; as unhas pintadas no mesmo tom tangerina que o tecido. Murray se deu conta de que estava com os olhos fixos no ponto do decote em que as pregas se encontravam e sentiu o rosto corar. — Eu não gostaria de estragar o seu vestido, parece ter sido caro.

Ela riu. Havia uma pequena cicatriz no meio do lábio superior, provavelmente decorrente de uma antiga cirurgia.

— Foi mesmo. — Seu sotaque parecia ser do norte da Irlanda, o tipo que de vez em quando é atribuído a visões políticas radicais. Mas soava tranquilo e divertido. — Você veio para ver o Jack.

Murray percebeu que ainda estava com os óculos escuros e os tirou. O mundo se tornou claro e borrado, e o rosto da jovem saiu de foco. Tateou em busca do outro par, tentando não apertar os olhos.

— Acho que é por isso que estamos todos aqui. — Encontrou o outro par e o colocou no rosto. Tudo ficou mais nítido. Estendeu a mão. — Sou Murray, o irmão do Jack.

— Eu sei. — Ela aceitou a mão estendida e a apertou. — Cressida. Você não se lembra de mim, lembra?

Não pela primeira vez, Murray desejou ter um cérebro tão eficiente quanto seu computador. Como podia guardar tantas datas, aspectos e versos, e esquecer uma mulher bonita? Tentou soar sincero.

— Eu me lembro do seu rosto, mas não me lembro de quando nos conhecemos.

Cressida riu de novo.

— Você é um péssimo mentiroso. Jack está lá em cima, as fotos dele são maravilhosas. Já viu?

— Não. — Lembrou-se de algo que Lyn lhe dissera e repetiu. — Acho que o dia de abertura não é o melhor momento para apreciar uma exposição. Eu venho só para prestar homenagem e depois volto quando as coisas estiverem mais tranquilas e eu puder analisar tudo devidamente.

A seu ver, a desculpa soou tão artificial quanto um aluno expressando um argumento malcompreendido que lera num livro, mas Cressida concordou com um meneio de cabeça.

— Entendo. Mas, mesmo assim, acho que você vai querer dar uma olhada nas fotos, especialmente se levar em consideração o tema e tudo o mais. — Disse isso com seriedade e, em seguida, lhe ofereceu outro sorriso. — Sabe o que poderia ajudar?

— O quê?

— Você se importa? — Ela esticou o braço e retirou os óculos dele, lançando-o mais uma vez num cenário de luzes e cores borradas. Murray a escutou soprar rapidamente para umedecer as lentes a fim de esfregá-las com a ponta do vestido laranja. — Agora você realmente vai poder ver o que está acontecendo.

Ela devolveu os óculos, e o mundo entrou novamente em foco. Nesse exato momento, um homem vestindo um jeans artisticamente estonado e uma camisa listrada de azul e branco, que mesmo sem o vermelho fez Murray pensar na bandeira britânica, saiu do meio dos jornalistas e passou um braço em volta de Cressida.

— Steven. — Ela ergueu o rosto, e ele a cumprimentou com um beijo em cada face, os lábios roçando a pele, os braços a envolvendo num abraço tão forte que fez com que ela levantasse um dos pés do chão.

— Garota esperta. Está fantástico, é de longe a melhor coisa que você já fez.

Murray pegou o maço de folhetos que guardara no bolso, amaldiçoando a própria ignorância e dando ao casal a chance de escapar. O programa da exposição estava espremido entre uma propaganda para *Ricardo, o Cocô*, uma adaptação do clássico de Shakespeare ambientado num banheiro, e um folheto de *LadyBoys of Bangkok*, o nome *Cressida Reeves* impresso logo acima do de Jack. Por que não lhe ocorrera que aquela mulher espetacularmente vestida pudesse ser um dos três expositores?

Cressida se desvencilhou do abraço.

— Steven Hastings, esse é Murray Watson, irmão do Jack.

— Jack?

Steven deixou o nome rolar na boca, como se o experimentasse pela primeira vez e não estivesse muito seguro do sabor. Cressida retribuiu a incerteza com uma ponta de irritação.

— Você conhece o Jack. Ele é um dos expositores, nós fizemos faculdade juntos.

— Ah, sim, *Jack*. O cadáver esfolado.

Murray se encolheu diante da lembrança do trabalho de formatura do irmão, o que lhe trouxe também a imagem de Cressida. O cabelo dela estava mais curto na época, e usava uma roupa mais justa e mais escura do que o vestido de hoje. Jack ficara impressionado e um pouco enciumado. Ela ganhara um prêmio, e um dos bons, embora Murray não conseguisse lembrar o que fora. Virou-se para Steven.

— Aquilo ficou para trás.

— Fico feliz em escutar.

Murray sentiu um desejo atroz de arrancar a cabeça de Steven Hastings do colarinho engomado da camisa elegante. Segurou o impulso e, em vez disso, ofereceu um duro e esquisito curvar de cabeça que não se lembrava de jamais ter feito antes.

— Estou ansioso para ver o seu trabalho, Cressida.

Ele se virou para o bar enquanto Steven passava um braço em volta do ombro de Cressida e a guiava em direção ao salão onde as obras estavam expostas, exigindo:

— Quero que você me explique tudo nos mínimos detalhes.

Ela revirou os olhos, mas deixou que ele a conduzisse, oferecendo a Murray um último sorriso. Ele ergueu a mão num aceno de despedida, trocou a taça de vinho vazia por outra cheia e foi procurar pelo irmão.

Os primeiros quadros pareciam uma colagem de gigantescos personagens de mangá em cores vibrantes e poses pornográficas. Murray tomou um gole do vinho, analisando uma jovem estudante com olhos de corça e um cachorro preto e branco com olhos igualmente enormes. O cenário ao fundo retratava um território devastado,

Nagasaki depois da bomba atômica. Verificou o nome do artista, sentindo-se aliviado ao ver que a obra não era nem de Cressida nem de Jack, e seguiu para a escada. O movimento era grande, gente subindo e descendo, agarradas aos seus drinques como se fossem acessórios vitais. Só viu Lyn quando ela surgiu na sua frente.

— Oi. — Ela parou um degrau acima, de modo que seus rostos ficaram quase no mesmo patamar. Murray a beijou, sentindo o cheiro de vinho, cigarros e amaciante de roupas.

— Como vai o pestinha?

— O pestinha. — Ela fez que não. — O pestinha, como você o chama, está muito bem, levando em consideração que ele tem trabalhado até as três da manhã quase que diariamente no último mês e que só terminou de pendurar as fotos dez minutos antes de as portas da galeria se abrirem.

Murray sorriu.

— Ele devia ter me ligado. Poderia ter segurado a escada para ele.

— Antes tivesse sido você.

Lyn sorria, mas havia uma rara indiferença em seu tom de voz que fez Murray imaginar se ela e Jack tinham discutido. Perguntou:

— E você, como vai? Parece que está bem.

A namorada do irmão tinha uma pele clara e sardenta que não resistia a uma forte exposição ao sol. Talvez fosse o contraste entre a pele alva e o batom vermelho, mas Murray achou que ela aparentava estar mais pálida do que de costume.

— Estou ótima. Feliz que isso tenha finalmente se resolvido. — Cumprimentou um casal que passou por eles com um sorriso e se voltou de novo para Murray. — É melhor você subir logo. Jack vai gostar de vê-lo.

— Jack precisa dar atenção a um monte de gente. Só dei uma passadinha para prestar homenagem, não quero atrapalhar.

Lyn ergueu as sobrancelhas de modo cômico.

— E você tem muito trabalho a fazer.

— Bastante, é verdade.

— Bom, então é melhor ir lá e prestar logo a sua homenagem. — Ela passou por ele. — Eu estava descendo para pegar mais um pouco de vinho, antes que tudo acabe. Também quer?

Murray baixou os olhos para sua taça, surpreso ao ver que estava quase vazia.

— Por que não?

— Então me dá aqui. — Ela hesitou. — Murray, Jack comentou com você sobre a exposição, não comentou?

Ele tomou o restante do vinho e entregou a taça vazia a ela.

— Acho que sim, mas já faz um tempo.

Lyn afastou um dos cachos dourados dos olhos.

— Você não faz a menor ideia, faz?

Ele sorriu, constrangido por ter sido pego na mentira.

— Acho que não.

— Tenho a impressão de que você vai achar a exposição... — Hesitou, procurando pela palavra certa. — ... instigante.

Murray riu.

— Ah, bem, não seria a primeira vez.

Lyn abriu um sorriso meio sem graça.

— Lembre-se apenas de que foi feito com amor.

— Sem sangue dessa vez?

— Sem sangue, mas ainda assim foi doloroso para ele; portanto, seja gentil.

— E quando eu deixei de ser gentil?

— Nunca.

Ela tocou o braço dele com delicadeza e terminou de descer a escada em direção ao bar.

Jack estava cercado por um pequeno grupo de pessoas, mas, ao ver Murray, se afastou e passou o braço em volta do ombro do irmão. Murray imaginou de onde viera aquela súbita demonstração física de afeto. Não se lembrava de jamais terem se tocado, nem mesmo quando crianças, exceto durante as brigas.

— Olá!

— Oi, Jack. — Retribuiu o abraço do irmão, sentindo o calor do corpo dele através do tecido do terno. — Parabéns!

O rosto de Jack brilhava; sua testa estava pontilhada de suor e os olhos, faiscantes. Murray escutou a voz do irmão vindo de outro lugar também, provavelmente a narração de um vídeo, pensou. As palavras eram indistintas, porém a voz tranquila dele era por vezes interrompida por outra mais selvagem e estridente. À sua frente, o irmão parecia nervoso. Apertou o ombro de Murray e disse:

— Estava de olho para ver se você aparecia. Já viu tudo?

— Não, acabei de chegar. Tudo o que vi foram aquelas colagens de desenho japonês.

Jack passou os olhos rapidamente pelo salão e sussurrou:

— Um monte de lixo, não é mesmo?

Murray riu.

— Não conheço muito de arte, mas reconheço um monte de lixo quando vejo um.

— Acho que não o conheço, meu filho. — Ele hesitou e, por um instante, algo que pareceu como uma sombra de reconhecimento lhe iluminou o rosto, fazendo-o sorrir. — Você é aquele jovem que apresenta as notícias?

— Coitado do velho. — A mulher ao lado de Murray sussurrou para a amiga. — Ele não sabe mais a diferença entre cavalo e zebra.

O Jack da tela contou ao velho estranho que ele tinha tomado conta do corpo de seu pai.

— Você me pegou. — O velho deu um tapa no próprio joelho, feliz.

Murray abriu a cortina preta que separava o cômodo e saiu para a claridade da galeria. Jack continuava no mesmo lugar onde o deixara. Murray acenou com a cabeça, fazendo que não, e seguiu rapidamente para a escada. Lyn vinha subindo, conversando com outra garota, cada uma segurando uma taça de vinho cheia até a borda. Ela o chamou: "Murray!", mas ele continuou em direção à rua e depois mais além, rumo à estação Waverley e ao trem que o levaria de volta para casa.

Capítulo Três

Murray olhou para a pilha bem-arrumada de papéis que tinha organizado e, em seguida, para a lista que fizera.

Cadernos escolares	— 3
Caderninho de endereço	— 1
Folhas soltas	— 325
Recortes de jornal	— 9
Bilhetes de ônibus	— 13
Bilhetes de trem	— 8
Desenhos/Rabiscos	— 11
Cartas de tarô	— 3
Cartas	— 6
Fotografias	— 1

Os cadernos escolares e o caderninho de endereços eram seus maiores troféus, embora fosse a foto que lhe desse mais prazer. Archie e Christie sentados numa pedra, os dois rindo, os cabelos esvoaçando ao vento, os olhos apertados contra a claridade. Ele usava um velho paletó de tweed largo demais para seu corpo magro. Seus cabelos eram compridos e um pouco engordurados, e a risada marcada por um bigode mal-aparado. Os cabelos louros de Christie eram compridos também, repartidos ao meio de um jeito displicente. Seu casaco de pala larga remetia ao estilo eduardiano, mas aquela era uma época de *revivals*, voltada ao retrô, e, portanto, talvez fosse a última moda. Ela estava com as mãos nos bolsos e apertadas uma contra a outra, de modo que dava a impressão de estar se abraçando. Archie estava com uma das mãos sobre o joelho. A outra, escondida. Em volta da cintura de Christie ou perdida no enquadramento da foto? Difícil dizer. Seu rosto estava meio oculto pelo bigode e pelos cabelos, mas parecia mais cheio de vida do que em qualquer de suas outras fotos. Murray tentou imaginar quando havia sido tirada. Durante aquele último verão em Lismore? O estilo combinava, os cabelos e as roupas descuidadas dos anos 1970, e o cenário ao fundo, os campos abertos sem uma única árvore. Levaria uma cópia quando fosse encontrar-se com Christie Graves. Talvez ela se lembrasse do momento em que a foto fora tirada, e talvez essa lembrança desencadeasse outras.

    Pegou os cadernos. Eram muito semelhantes aos que ele próprio costumava usar durante o ensino primário, com uma espécie de caixa de diálogo na capa onde eram anotados o nome do aluno, a matéria e a turma, e que Archie deixara em branco. Levantou um deles e o sacudiu de leve. Duas folhas desidratadas escorregaram do meio das páginas. Murray as colocou cuidadosamente de lado e acrescentou à lista:

Folhas   - 2

As palavras lhe pareceram estúpidas. Ele as riscou, pegou uma das folhas entre o polegar e o indicador, e a ergueu contra a luz, observando o emaranhado de veios sob a superfície ressecada. Não havia nenhuma mensagem secreta rabiscada na carne desidratada. Colocou-a de volta sobre a mesa com cuidado e abriu o caderno. Uma simples lista de palavras no lado esquerdo da folha, vocabulário ou anotações para um poema, registrados na caligrafia já familiar de Archie.

>
> *Duna*
> *Despertar*
> *Devaneio*
> *Domo*
> *Diadema*

Não conseguia ver conexão alguma entre as palavras e qualquer dos poemas presentes em *Moontide*. Murray se recostou na cadeira e começou a ler, fazendo anotações em seu próprio Moleskine enquanto prosseguia. Já tinha verificado cerca de um terço do caderno quando se deparou com uma entrada escrita numa letra diferente.

> *Eu te amo, e ela vai te amar também.*

Logo abaixo, Archie acrescentara:

> *Ela me ama! Mas como pode ter certeza de que meu novo amor será uma menina?*

Murray anotou o interlúdio, imaginando se era uma pista ou apenas uma brincadeira. Presumira que Archie fosse decididamente heterossexual, contudo a década de 1970 tinha sido uma época em que as pessoas desafiavam os limites, mesmo na Escócia, e a forte queda de Archie pelo álcool o colocara em situações "atípicas" várias vezes. Talvez ele tivesse despencado em algumas camas masculinas, do mesmo modo como adorava despencar (e Murray acreditava que a palavra era mais do que apropriada) nas camas das mulheres. Era algo a se pensar. Nessa altura do campeonato, praticamente tudo era.

Apoiou a foto contra a luminária da mesa. Observou-a mais uma vez, o rosto sorridente, os cabelos esvoaçantes. Archie teria se afogado quanto tempo depois?

Trabalhou até as duas, e então decidiu levar alguns pedidos de livros de referência até a mesa da recepção. Talvez fosse bom comer alguma coisa. Tinha acordado com uma pequena dor de cabeça e uma leve náusea, consequência do vinho que bebera na exposição e da noite maldormida que se seguira. Devia ligar para Jack e dizer a ele... dizer a ele o quê?

Preencheu o formulário de requisição com cuidado e seguiu para o corredor, fechando a porta delicadamente ao sair. Escutou a voz jovial do sr. Moffat pouco antes de o homem surgir na sua frente. O velho bibliotecário usava seu traje habitual, terno e gravata. Os cabelos brancos e ralos eram mantidos curtos, num estilo que, num rosto menos amável, faria a pessoa parecer um criminoso, mas que nele assegurava um ar alegre de monge. Ele andava rápido, conversando animadamente com um senhor mais velho e mais magro, vestido com uma calça cáqui, uma camisa xadrez e um cardigã largo.

Murray teria ficado feliz em deixá-los passar com um amigável cumprimento de cabeça, mas o bibliotecário lhe saudou efusivamente, o rosto redondo como uma testemunha dos prazeres garantidos pelos livros e pelos almoços demorados.

— Boa-tarde, dr. Watson. — Apertou a mão de Murray. — Tudo nos conformes?

Murray sentiu a voz enferrujada. Estivera conversando com as reminiscências de Archie Lunan a manhã inteira, mas essa era a primeira vez no dia em que abria a boca para falar com uma pessoa de verdade.

— Tudo, sim. Não sei bem ainda o que estou descobrindo, mas parece promissor.

— Maravilha. — O sr. Moffat se virou para seu companheiro. — George, esse é o dr. Watson, que veio de Glasgow para analisar o tal material sobre Archie Lunan que a gente nem sabia que tinha.

— Ah, sim.

O outro não pareceu ficar impressionado, mas estendeu a mão mesmo assim. O sr. Moffat se debruçou sobre os dois enquanto se cumprimentavam. Por um bizarro momento, Murray pensou que ele ia pôr a mão sobre as deles, como um pastor numa cerimônia de casamento, mas o bibliotecário se restringiu ao seu típico sorriso fácil.

— George Meikle é nosso melhor assistente para localização de livros.

Murray teve vontade de dizer ao assistente para chamá-lo pelo nome de batismo, mas isso soaria estranho demais. Optou, então, por entregar o formulário em suas mãos.

— Eu estava indo ao seu encontro.

Meikle continuou sério.

— Eu o acompanho até a mesa.

A rabugice de George não combinava com sua oferta, e Murray imaginou se ele não estaria aproveitando a oportunidade para fugir daquele clima de animação do sr. Moffat.

— Excelente. — O bibliotecário não teria parecido mais feliz se tivesse apresentado Lord Byron a Percy Shelley. — Mas é uma pena que não tenhamos mais informações para o senhor, dr. Watson. Quantas vezes me pego desejando que alguns poetas tivessem sido mais diligentes com seu legado.

Meikle soltou um pigarro, que poderia ser tanto uma risada como um sinal de impaciência.

— Alguns são diligentes demais.

— George tem razão. — O sr. Moffat abaixou o tom de voz como se estivesse prestes a contar uma piada maliciosa. — Já recebemos até mesmo bilhetes assinados para o entregador de leite, mas o seu homem... apenas um livrinho fino e uma caixa de papelão com alguns papéis. Trágico. Isso não irá facilitar em nada o seu trabalho.

— Há mais do que o senhor imagina, referências em outros textos, cartas e coisas do tipo. Espero descobrir ainda mais quando começar a falar com as pessoas que o conheceram.

— Sou um grande adepto do otimismo. — O sr. Moffat já estava se virando para ir embora. — Além disso, temos o George. Ele irá ajudá-lo no que puder.

Murray buscou uma forma de dizer que não precisava de mais ajuda do que a que já lhe tinham proporcionado. Contudo, percebeu que estava olhando para as costas largas do paletó azul do sr. Moffat, que já prosseguia pelo corredor em direção ao seu escritório.

George bufou com o mesmo misto de diversão e impaciência que demonstrara antes.

— Por aqui.

Ele partiu na direção oposta à do sr. Moffat, e Murray o seguiu, educado demais para informar que já conhecia o caminho. Não conseguia pensar em nada para dizer. Era como quando se via atolado em trabalho, como se sua mente ficasse presa no modo de operação errado, o melhor de si concentrado nas páginas que carregava.

Lunan estivera tentando escrever um romance de ficção científica. Murray sorriu diante da ironia. Esperava descobrir os versos perdidos de um poeta negligenciado, mas, em vez disso, se deparara com as anotações para uma trama fantástica. Lunan talvez estivesse entediado ou talvez houvesse decidido lutar contra a penúria com uma literatura barata. As anotações para o livro não passavam de rabiscos, e o esboço da trama não tinha nada de original: uma pequena colônia de pessoas tentando sobreviver num cenário pós-apocalíptico. Imaginava que o cenário tivesse sido inspirado pelo isolamento do último lar de Archie.

George quebrou o silêncio, arrancando Murray do devaneio e o trazendo de volta ao corredor vazio com cheiro de livros e aprendizado.

— Então todos os grandes nomes já foram analisados?

Já lhe haviam feito essa pergunta antes, em especial Fergus Baine, o chefe do departamento de literatura da universidade, quando lhe submetera o pedido para o ano sabático. Argumentara contra as objeções de Fergus, explicando seu ponto de vista, de que o poeta fora relegado à obscuridade, que sua história não apenas ultrapassava os limites do estilo literário como os de um país dividido pela geografia, pela indústria e pelas classes sociais. Tentara não deixar transparecer sua paixão pela poesia de Lunan, apresentando somente argumentos com base em estudos acadêmicos e fatos. Murray era um homem tão passional quanto um vendedor que vive unicamente da venda de seu produto, acreditando em cada palavra de seu próprio discurso. No entanto, as horas passadas na salinha da biblioteca com o escasso legado de Archie o tinham deixado meio desanimado. Como o vendedor que abre seu mostruário na privacidade de seu quartinho de hotel e é confrontado com as falhas do produto. Sentiu uma súbita fisgada de irritação. Quem era esse sujeito, afinal? Mestre dos estoques de livros, nada além de um zelador elegante, com seu velho cardigã sobre o corpo murcho.

— Não entendi.

— Archie Lunan. Eu diria que tem gente mais interessante do que ele para você desperdiçar seu tempo.

— Ainda não entendi.

George se virou para Murray, o rosto impassível.

— Ele não foi muita coisa, foi? Nem um grande poeta nem um grande homem, até onde posso dizer.

— E quem é o senhor para julgar?

— Bom, não sou um professor emérito de literatura inglesa.

Murray duvidava de que a promoção tivesse sido acidental, mas não se deu ao trabalho de corrigi-lo. Lembrou-se da piada da noite anterior.

— Mas reconhece poesia ruim quando a vê, certo?

— Eu reconheço um grande impostor quando vejo um.

As palavras podiam referir-se a Murray, a Lunan ou a ambos. O corredor se estendia à frente deles. Ele não precisava da ajuda daquele infeliz. Sabia onde queria ir, podia apressar o passo, ultrapassá-lo rapidamente e deixar o velho cretino ruminando sua ignorância. Em vez disso, manteve o tom frio e perguntou:

— Então o senhor viu Lunan muitas vezes?

— Nos anos 1970, você dava de cara com Archie Lunan escorado contra a parede de algum pub de Edimburgo qualquer noite da semana.

— E imagino que o senhor estivesse do lado de fora, como um bom cristão, com o nariz pressionado contra a janela quando o viu, certo?

A risada de George Meikle foi dura.

— Não, não estava. Mas não estamos falando de mim, estamos?

Murray se sentiu cansado de tentar defender Lunan, um homem que suspeitava ter sido tão babaca quanto George estava insinuando. Mas não era o homem que precisava defender. Disse:

— Archie Lunan talvez não tenha sido o filho predileto da Escócia, mas ele foi um dos poetas mais notáveis e mais negligenciados que este país já produziu.

Eles estavam na sala de espera agora. George se virou para fitá-lo.

— E você pretende corrigir isso?

— Pretendo tentar.

A voz do velho soou melosa, esbanjando sarcasmo.

— Um livro grande e grosso sobre um poeta esquálido e insignificante e seu único livro de poesias mais esquálido ainda?

— Se eu conseguir.

George fez que não.

— E a melhor parte será a forma como ele morreu.

— Isso fará parte, sim, mas não será o principal. Estou escrevendo para a Edinburgh University Press, e não para o tabloide News of the World.

— Ah, é, foi o que o sr. Moffat disse. — George hesitou, como se tentasse decidir-se sobre alguma coisa. — Você me perguntou onde eu estava quando vi Lunan no pub. Metade das vezes eu estava sentado de frente para ele, nas outras, ao seu lado no banco.

— Vocês eram amigos?

— Companheiros de copo, por um tempo. — Meikle inspirou fundo. — Por que achou que o sr. Almofadinha Sorridente estava me levando ao seu encontro? Você poderia muito bem encontrar sozinho o caminho até a mesa de requisição. Ele achou que eu poderia ajudá-lo a preencher algumas lacunas.

— E pode?

— Duvido muito. Tudo o que fizemos foi passar noites em pubs conversando sobre poesias de merda. O tipo de coisa que você com certeza ganha um bom dinheiro para fazer.

Murray sorriu, apesar de achar injusto que logo alguém como George Meikle houvesse tido um contato em primeira mão com Lunan.

— Eu gostaria de escutar suas lembranças a respeito do Archie, isso seria de grande ajuda. Posso pagar-lhe um drinque?

— Eu não bebo.

Murray imaginou se alguém já havia realizado uma pesquisa sobre a conexão entre ser um abstêmio e um cretino deprimente. Mas nesse instante o velho deu seu primeiro sorriso genuíno.

— Você pode me pagar um café no Elephant House depois que eu sair.

Murray comprou um sanduíche de presunto e tomate no jornaleiro que ficava em frente à biblioteca e o comeu parado no meio da rua. O pão estava empapado, o tomate murcho e grudado na carne gosmenta. Engoliu metade do sanduíche e jogou o restante, juntamente com a embalagem plástica, na lata de lixo. Tinha desligado o celular de manhã ao entrar na biblioteca e decidiu religá-lo para verificar as mensagens. Duas. Apertou o botão de ligações perdidas. Jack ligara uma vez; Lyn, duas. Desligou o telefone novamente e voltou para a biblioteca. Tinha muito trabalho a fazer antes de se encontrar com George Meikle.

O Elephant House estava lotado, mas Meikle conseguira assegurar a mesma mesa que um mafioso inseguro escolheria, no canto dos fundos do segundo salão, com uma boa visão do café e um acesso rápido à saída de incêndio. Murray abriu caminho entre as mesas para cumprimentar Meikle e ver o que ele queria. Em seguida, pediu licença e voltou, passando pelas cristaleiras lotadas de bibelôs em forma de elefantes em direção ao balcão de pedidos e à fila comprida à espera de atendimento. Ao chegar a sua vez, pediu um café Americano, um café com leite e dois brioches em forma de elefantes, para, em seguida, renegociar seu caminho até a mesa do canto, carregando a bandeja com cuidado e rezando para não virá-la. Caso fizesse isso, que não fosse sobre o ocupante de um dos carrinhos de bebê que estavam tornando sua passagem tão perigosa.

Meikle enrolou o *Evening News* que estivera lendo e o meteu no bolso do anoraque pendurado nas costas de sua cadeira. Murray depositou a bandeja sobre a mesa e descarregou as xícaras, derramando um pouco de café sobre o pires.

— Desculpe a demora, a fila estava grande.

Meikle olhou com seriedade para os brioches.

— Se um desses aí é para mim, você gastou dinheiro à toa.

— Cuidando da silhueta?

— Diabetes. Descobri há três anos.

A imagem do pai surgiu rapidamente na mente de Murray. Enrolou um dos brioches num guardanapo de papel e o guardou no bolso do casaco.

— Isso não tem graça nenhuma.

— Coma logo o seu brioche. — A voz de George saiu alta, impaciente. Uma das atraentes mamães se virou para eles de cara feia, mas ele a ignorou. — Brioches eu posso aguentar. O que acho difícil é observar gente bebendo, e olha que já parei há vinte anos.

— Desde que o Archie morreu.

Meikle fez que não.

— Você é sem dúvida um sujeito obstinado, isso posso garantir. — Ele se inclinou para a frente. — Uma obsessão doentia por um tema pode ser vantajosa na sua área de atuação, mas é bom lembrar que Lunan teve muito pouca influência na minha vida. Estou com 65 anos, devo me aposentar até o final deste ano. A última vez que vi o Archie, eu ainda estava com 25. Ter parado de beber não teve nada a ver com ele. Foi uma necessidade, só isso.

Murray ergueu as mãos em sinal de rendição.

— Como o senhor disse, sou um pouco obcecado sim. — Pegou o gravador na mochila e o colocou sobre a mesa. — Se importa que eu grave nossa conversa?

— Faça o que precisa fazer.

Murray apertou o botão *Gravar*, e as engrenagens do aparelho começaram a girar, registrando as vozes de ambos na fita em miniatura.

— Então, como ele era?

George franziu o cenho, como um cavalheiro eduardiano esperando pelo flash da câmera.

— Quando nos conhecemos, ele era um bom sujeito.

Murray rebobinou a fita e pressionou o *Play*. A voz de George sobressaiu em meio à barulheira do café, repetindo: *Quando nos conhecemos, ele era um bom sujeito.*

— Céus, espero que não faça isso toda vez que eu disser alguma coisa.

A jovem mamãe lançou outro olhar irritado para George. Dessa vez ele a encarou até ela desviar os olhos. Em seguida, sussurrou:

— Até parece que ninguém nunca teve um fedelho antes.

Murray mordeu a cabeça do brioche de elefante e apertou o botão *Gravar* novamente.

— E o que fazia dele um bom sujeito?

Meikle respondeu com outra pergunta.

— O que você sabe sobre o Archie?

— Conheço o trabalho dele. Sei também coisas básicas, onde ele nasceu, como morreu, é claro, e algumas outras coisinhas. Meu interesse por ele foi despertado aos 16 anos, mas só agora comecei a fazer uma pesquisa séria sobre sua vida.

— Já falou com a Christie?

— Mandei uma carta. Ela prometeu se encontrar comigo.

— E você acha que ela vai cumprir a promessa?

— Espero que sim.

George concordou com um meneio de cabeça.

— Certo. — Hesitou. — Não sei bem o que você quer saber.

— Qualquer coisa que queira me contar. Sua primeira impressão. O senhor disse que ele era um bom sujeito, mas o que havia de tão bom nele? Quando vocês se conheceram, ele já se considerava um poeta?

George levou a xícara lentamente aos lábios, como se, mais do que a bebida, desejasse um tempo para pensar. Aninhou-a entre as mãos por alguns instantes e, em seguida, a colocou de volta sobre a mesa e passou o dedo cuidadosamente em torno da borda, limpando uma leve mancha de café.

— Logo que conheci o Archie, ele ainda não sabia quem era de verdade. Quero dizer, acho que ele sabia que queria ser poeta desde criança. Archie sempre foi muito firme em relação a isso, mas ainda não tinha certeza de quem era como pessoa. Como você, ele veio do oeste, mas vivia aqui em Edimburgo e passara a infância em uma das ilhas, de modo que seu sotaque oscilava entre o norte, o leste e o oeste.

— Todos os lugares, exceto o sul.

Meikle riu.

— Isso é algo que não mudou. Você não encontra muitos escoceses que gostariam de ter vindo do sul, pelo menos não entre os que permanecem aqui. Mas o que eu queria dizer é que a voz dele refletia seu jeito de ser, inquieto, sempre experimentando personagens diferentes.

— Está insinuando que ele tinha múltiplas personalidades?

— Tipo Jekyll e Hyde? Isso seria conveniente para o livro, não seria? Não, nada tão dramático assim, pelo menos não durante o tempo em que convivemos. — Ele fez uma pausa e tomou outro gole do café, mais um tempinho para pensar. — Mas você poderia dizer que Archie tinha duas facetas, a do típico nativo de Glasgow que não leva desaforo para casa e a do ilhéu místico. Nenhuma delas combinava muito bem com ele.

Murray anotou em seu caderno.

Duas personalidades, valentão versus místico, mas não J & H.

— Não sei mais o que dizer. Éramos apenas dois jovens que gostavam de tomar um drinque e bater um papo.

— Correndo o risco de soar como Julie Andrews, comece pelo início. Como vocês se conheceram?

Meikle sacudiu a cabeça. Sua expressão continuava séria, mas Murray achou ter percebido a insinuação de um sorriso por trás dos lábios apertados.

— Isso era típico do Archie. Eu tinha um quartinho em Newington na época, não muito longe daqui, uma espécie de dormitório, com uma cama, um fogão de duas bocas, uma pia pequena e um banheirinho compartilhado próximo à escada do prédio. Certa noite, eu estava voltando para casa pela Nicholson Street. Era tarde, embora os pubs ainda estivessem abertos. Aquela rua não está muito diferente do que era na época, ao contrário do resto de Edimburgo, que parece ter virado um maldito parque temático. — Meikle tomou outro gole do café e olhou para Murray como se pedisse desculpas, como se odiasse aqueles desvios do assunto tanto quanto seu ouvinte. — Ah, bom, como estava dizendo, isso era típico do Archie, embora eu não soubesse na época.

George sorriu, entrando no ritmo, e Murray percebeu que essa não era a primeira vez que ele contava a história. Anotou no caderno: *relato decorado*.

—Virei na Rankeillor Street. Era uma daquelas noites raras, fria, porém clara, de lua cheia. Eu podia ver os contornos dos penhascos de Salisbury um pouco além do fim da rua. Lembro-me disso claramente porque era uma sexta-feira à noite e eu estivera pensando em dar uma caminhada até lá na manhã seguinte. Talvez fosse a lua cheia, dizem que ela faz coisas engraçadas com a gente, mas, de repente, me senti com energia para fazer aquela caminhada na hora. Eu estava pensando se devia seguir meu impulso ou se a ideia era fruto do álcool e quais as chances de cair de cara em um dos penhascos ou morrer de hipotermia. Talvez eu já tivesse percebido o grupo de rapazes do outro lado da rua, mas não estava prestando atenção, e sim imaginando como devia ser lá no topo da montanha à noite, apenas com a lua e as ovelhas como companhia. Eu já tinha decidido que iria quando escutei um grito. Era Archie, embora eu não soubesse disso na época. Não entendi o que ele estava dizendo, mas dava para ver que havia três sujeitos em cima dele. Nunca fui muito de briga, mas eram três contra um, e mesmo daquela distância, no escuro, pude ver que Archie tinha uma compleição mais adequada a segurar uma caneta do que a calçar um par de luvas de boxe. Assim sendo, num minuto eu estava tranquilamente contemplativo e, no seguinte, me vi correndo em direção aos quatro, berrando a plenos pulmões. A essa altura, seu homem já estava no chão, e os outros tinham começado a chutá-lo. Não sabia como minha entrada em cena poderia fazer alguma diferença. Continuaríamos em desvantagem, ainda mais com Archie no chão. Contudo, talvez já tivessem terminado com ele, ou talvez não tivessem mais estômago para continuar a luta, porque se afastaram, não correndo, mas andando rápido. Eles ainda gritaram alguns xingamentos, mas eu não ia deixar que isso me afetasse. Para falar a verdade, tão logo parei de correr e gritar, comecei a tremer. Ainda assim, estava bastante satisfeito comigo mesmo, uma certa presunção, entende? Archie continuava no chão. Abaixei-me para estender a mão e foi quando tudo aconteceu. Ele me acertou um soco em cheio na cara. — George riu e fez que não, como se ainda não pudesse acreditar nisso. — Antes que eu me desse conta, estávamos engalfinhados no meio da rua. E aí surgiu a luzinha azul. Acho que algum morador das proximidades chamou a polícia quando a primeira briga começou. Fomos acusados de beber e perturbar a ordem, e colocados em celas diferentes pelo resto da noite. Minha primeira e única prisão.

Meikle riu e sacudiu a cabeça de novo.

— Não parece uma base muito promissora para uma amizade.

— Não, não parece, não é mesmo? Mas alguém na delegacia deve ter cometido um engano, porque fomos liberados ao mesmo tempo na manhã seguinte. Eu não queria nem olhar para a cara dele, é claro. Quero dizer, num minuto eu estava pensando sobre caminhadas ao luar e, no seguinte, estava numa cela na delegacia de St. Leonard.

— E como vocês terminaram amigos?

— Ah, Archie era um sedutor. Ele se desculpou graciosamente e, antes que eu percebesse, estávamos numa cafeteria trocando confidências de vida e comendo enrolados de bacon com café. Pouco depois os pubs abriram. Ao sairmos da cafeteria, fomos direto fazer isso.

— O senhor está me dizendo que num minuto ele estava engalfinhado com alguém e, no seguinte, jogando charme para essa mesma pessoa, e que não era como Jekyll e Hyde?

— Você cismou com isso, não foi? — A hostilidade de Meikle desaparecera no meio da narrativa. — Ele era uma pessoa cheia de vida e, às vezes, sua energia transbordava e derramava em cima de alguma coisa.

Murray olhou de relance para o gravador, que continuava registrando a conversa, e imaginou até onde poderia pressionar o velho.

— Ele soa como um alcoólatra violento.

Meikle se encolheu, mas sua voz permaneceu baixa e calma.

— Se ele era alcoólatra ou não, eu não sei. Archie gostava de beber, é verdade, mas era jovem, e isso poderia ser apenas uma fase. Pessoalmente, acredito que muito disso tem a ver com o fato de você ter uma predisposição ao vício ou não. Eu tenho, meu pai tinha também, mas não gosto de fazer suposições em relação aos outros, principalmente aos mortos. Quanto ao caráter violento? Ah, bom, ele brigava de vez em quando, como um monte de jovens, mas não acho que Archie fosse violento por natureza. Eu costumava ser, mas tive tempo para pensar. Imagino que o álcool trouxesse à tona as inseguranças dele. Archie podia bater em você, é verdade, mas em seguida baixava a guarda e deixava que você revidasse. Eu tinha lhe dado umas belas porradas naquela noite antes que a polícia me arrancasse de cima dele. Esse foi um dos motivos que me levaram a sair para beber com ele no dia seguinte. Não podia acreditar no estado em que deixara o rosto do coitado.

Meikle correu uma das mãos pelo cabelo ralo. Murray esticou o braço e desligou o gravador. As xícaras já estavam vazias, o brioche de elefante reduzido a migalhas. Perguntou:

— Quer outro café?

— Prefiro uma Coca Zero. — O velho abriu um sorriso cansado.

— Não posso tomar muito café.

Meikle estava ao telefone quando Murray retornou. Ele desviou os olhos, dando a entender que queria privacidade, mas falava tão alto quanto se xingasse.

— Isso, mais ou menos meia hora. Não, não se preocupe. Eu mesmo preparo alguma coisa quando chegar. Sim, tudo bem, amor. Pra você também. — Ele desligou e se voltou para Murray.

— Não posso me demorar muito.

— O senhor já foi bem generoso com o seu tempo. Pelo que me disse, vocês conversavam muito sobre poesia.

— Estava me vangloriando um pouco. Ele falava e eu escutava. Eu estava mais interessado em política. Tentei excitá-lo com minhas visões. — Meikle bufou. — Era assim que a gente falava na época, você não despertava o interesse de alguém com relação a alguma coisa, você o "excitava".

— Um termo com conotações sexuais.

— É mesmo, mas na época tudo se resumia a sexo, só que não era bem assim. Talvez em Londres, mas não por aqui, infelizmente. Archie achava que a poesia não tinha nada a ver com política. Costumávamos discutir sobre isso. Foi uma boa época... Poderia dizer até que foi uma das melhores... Mas, se me perguntar o que fazíamos, não é muito diferente do que os jovens fazem hoje em dia. Keith Richards não é o único que não se lembra da década de 1970. Quero dizer, você consegue lembrar-se com clareza dos seus anos como estudante?

— Consigo.

Meikle riu.

— Já imaginava. Sem ofensa, mas olhe só para você. Você devia passar metade do tempo curvado sobre seus livros, e a outra metade assistindo a palestras.

— Mais ou menos isso.

— Ah, bom, nós não. Eu só me lembro de algumas brigas, uma transa eventual sem compromissos, muitas festas e muitas risadas. Em suma, uma boa época. Para mim, Archie era somente uma parte daquilo tudo, o que chamam hoje em dia de juventude desperdiçada.

— Só que não era bem assim.

Meikle abriu um sorriso triste.

— Não, acho que não. O que aconteceu depois é que foi um desperdício.

Capítulo Quatro

Murray escapou do pior da hora do rush, porém a maior parte dos assentos no trem de Edimburgo para Glasgow estava ocupada. Ele se espremeu num lugar vago junto a uma mesa para quatro, abrindo um sorriso de desculpas ao pisar no sapato macio do homem de negócios à sua frente com seu tênis velho. O homem se encolheu e aceitou o pedido de desculpas com um menear de cabeça, sem sequer levantar os olhos da planilha que estava analisando. Murray correu os olhos pelo vagão, observando os semblantes cansados e os colarinhos amarrotados, os livros pela metade e o brilho dos laptops. Isso era o que as pessoas chamavam de mundo real, pensou, uma hipoteca, filhos e o ir e vir que acrescentava mais um dia a cada semana de trabalho. Não era tão ruim. Ele aproveitaria o tempo para ler, as planilhas que fossem para o inferno.

Uma gravação começou a listar as paradas programadas assim que o trem saiu da estação. Murray se recostou na cadeira, mantendo os joelhos encolhidos, a fim de evitar qualquer contato com seu vizinho da frente.

Meikle parecera cansado ao final da entrevista. Murray se ofereceu para chamar um táxi, mas ele pescou um passe livre de ônibus na carteira com um floreio irônico.

— Não precisa. Tenho isso, um passe livre.

— Maravilha.

A rabugice do velho estava de volta.

— É mesmo, uma forma de eles compensarem uma pensão de merda. Deixe-me lhe dar um conselho: se você tiver algum dinheiro, gaste-o agora enquanto ainda é jovem o bastante para aproveitá-lo. Não faça como a minha geração, não se deixe convencer a economizá-lo para que os banqueiros o gastem por você. A velhice não tem graça nenhuma quando você está quebrado.

Murray quase soltou que a velhice o abraçara com seu charme duvidoso desde cedo e que não havia nada de divertido nisso, ponto final. Porém, não fazia sentido dizer uma coisa dessas. Em vez disso, sorriu em concordância, mas sem deixar transparecer nenhuma simpatia na voz, algo que o velho não gostaria nem um pouco.

— É melhor do que a alternativa.

Meikle o fitou com uma expressão dura e, em seguida, abriu um sorriso.

— Talvez sim, talvez não. Acho que, no final das contas, todos acabaremos descobrindo.

Ele partiu em direção ao ponto de ônibus, onde quer que fosse, erguendo a mão numa despedida silenciosa ao se virar.

Murray se sentia contagiado pelo cansaço de Meikle. Viu as janelas acesas quando o trem passou por Broomhouse. Isso o fez pensar na época em que ele e Jack eram meninos. A janela da cozinha embaçada enquanto o pai preparava o jantar, Jack assistindo a *Vision On* ou

Blue Peter, e ele fazendo o dever de casa na mesa que ficava num dos cantos da sala de estar. Por fim, haviam instalado um aquecedor a parafina, comprado em segunda mão, no quarto que compartilhava com o irmão, de modo que Murray pudera passar a estudar sob vapores intoxicantes, porém em privacidade.

A mulher ao seu lado folheava uma revista de fofocas, passando pelas fotos de celebridades fazendo compras em ruas ensolaradas, com óculos escuros avantajados e expressões aflitas. Olhou de relance para ela, como se esperasse uma versão mais comedida das garotas das fotos, mas já estava por volta dos 40, e parecia mais elegante do que glamourosa, as roupas escolhidas com cuidado. Será que ela gostaria de ser jovem e morar em Los Angeles? Por Deus, ele gostaria, ainda que a ideia jamais tivesse lhe ocorrido antes. Talvez ele pudesse ir para lá e se tornar um astro do cinema. Isso iria mostrar a eles. Sem dúvida.

A mulher o olhou de cara feia e virou a página propositalmente. Murray desviou os olhos. Eles já estavam fora da cidade agora e lá fora havia apenas escuridão. Podia ver seu próprio rosto refletido na janela; o brilho das lentes dos óculos contra os furos e as saliências de uma pele semelhante a uma paisagem lunar. Talvez fosse melhor engavetar a ideia de uma carreira no cinema.

Abriu a mochila e puxou a pasta de papel manilha que continha a carta enviada pelo agente de Christie.

Caro sr. Watson,

Repassei sua carta para a sra. Graves, que me pediu para lhe informar que irá pensar seriamente sobre sua solicitação de entrevista. A fim de ajudá-la a se decidir, ela lhe pede que me envie uma cópia do seu currículo, uma lista de suas publicações prévias e um resumo de sua proposta para a biografia de Archibald Lunan.

Atenciosamente,
Foster James
Niles, James e Worthing

Imaginou por que havia mentido para George Meikle, dizendo que Christie já concordara em lhe conceder a entrevista. Enviara os documentos requisitados havia seis semanas. Eles confirmariam suas credenciais, a natureza acadêmica de seu interesse. Será que isso seria o suficiente?

O celular emitiu um bipe, indicando a entrada de uma nova mensagem. Murray o pescou no bolso e observou o pequeno envelope eletrônico girar e se abrir, praticamente antecipando um contato do irmão para se justificar.

Onde você está?

Havia gente em pé nos fundos do vagão. Levantar significaria perder o lugar; portanto, decidiu ligar dali mesmo. Esperava que o correio de voz atendesse, mas Rachel respondeu no terceiro toque. Ele disse:

— Oi, sou eu.

— Estava imaginando se você tinha recebido a mensagem. Eu gostaria de vê-lo.

— Eu também.

— Ótimo. — O tom dela era totalmente profissional. — Onde você está?

— Prefiro não dizer.

— Não tenho muito tempo, Murray. Fergus marcou um jantar importante para mais tarde.

— Estou no trem.

— Indo para onde?

— Para casa.

— Podemos nos encontrar no seu escritório?

Ele odiava encontrá-la lá, detestava o risco, o conflito das ligações.

— Tudo bem, quando?

— Em quanto tempo você chega lá?

Murray olhou para a tela acima da porta do vagão. Eles estavam se aproximando de Croy.

— Eu pego um táxi na Queen Street e a gente se encontra em meia hora.

— Combinado.

Ela desligou sem se despedir. Lá fora, a chuva começou a castigar a janela.

Capítulo Cinco

O PEQUENO ESCRITÓRIO de Murray estava quase, ainda que não totalmente, escuro. Na rua, o poste por trás das árvores proporcionava luz suficiente para que ele pudesse ver a expressão de Rachel Houghton se abrandar. Uma repentina pancada de granizo bateu contra a janela, fazendo as pupilas de Rachel se abrirem e os cantos dos olhos se apertarem, ainda que ela estivesse consciente o bastante de onde estava para se deixar assustar. Murray ajustou o ritmo ao das sombras que cruzavam a sala, agradecendo a quem quer que tivesse mobiliado o escritório por ter escolhido uma mesa com a altura certa. Com as mãos sob o traseiro nu de Rachel, ele a suspendeu da mesa e ela o enlaçou com força. Ela ofegou e ofereceu os lábios para Murray. Os mamilos roçaram em seu peito, macios e intumescidos, escorregadios de suor. Rachel gemeu. Seu corpo se enrijeceu, pélvis pressionada contra pélvis. Murray sentiu o couro macio dos sapatos dela e a fisgada dos saltos agulha o incitando a continuar.

— Não — disse ele —, não faça isso ou...

Os tornozelos dela o prenderam com mais força. Murray sentiu uma corrente de ar atingir seu traseiro exposto, e um estreito facho de luz cortou a sala, iluminando o rosto de Rachel. Ela apertou os olhos contra a súbita claridade e tentou olhar por cima do ombro dele para a porta recém-aberta, afastando-o ao mesmo tempo. Ele acompanhou o olhar da amante, sem saber ao certo o que estava acontecendo, e viu o intruso parado na porta, o rosto oculto pela penumbra do aposento. Escutou um suspiro baixo e trêmulo, semelhante ao gemido que escapara de seus próprios lábios momentos antes.

— Merda! — O xingamento de Murray atuou como o disparo errado de um atirador de elite. O intruso fugiu rapidamente. Ele se desvencilhou de Rachel e saiu tropeçando para o corredor, quase batendo de cara na porta que se fechava. Gritou alguma coisa enquanto corria, uma espécie de rosnado de protesto, a camisa desabotoada balançando às suas costas e o ar frio do corredor escuro fustigando seu peito. Quem quer que fosse, porém, já desaparecera, perdido na escuridão do emaranhado de corredores do prédio antigo. O único conforto para Murray era o fato de ter se lembrado de suspender as calças, em vez de deixá-las escorregar para os tornozelos, uma cilada que o faria se estatelar no chão como o amante patético que ele obviamente era.

— Não faço a mínima ideia de quem possa ter sido. Provavelmente o vigia fazendo a ronda. — Rachel foi para trás da mesa e começou a vestir a meia-calça. — Ele ficou mais assustado com a gente do que a gente com ele.

Alguns anos antes eles teriam a garantia de um cigarro para amenizar o constrangimento pós-sexo, mas agora fumar dentro de uma universidade era motivo de demissão. Felizmente, uma transa não acionava o alarme de incêndio. Murray ajustou a fivela do cinto e despencou na cadeira designada aos estudantes. Pegou o trabalho de um de seus calouros que, segundos antes, ficara todo amassado debaixo do traseiro de Rachel e tentou alisar os vincos no papel.

... ele obteve sucesso, contra todas as expectativas. Embora seu estilo de vida não fosse aceito pela sociedade em geral, seu...

A folha cismou em se fechar na dobra. Murray colocou-a de volta sobre a mesa, prendendo a quina virada com uma caneca. Um pouco do café já frio derramou sobre as palavras cuidadosamente impressas.

— Merda! — Ele secou a mancha com a primeira página do *Guardian*. — O sujeito estava usando uniforme de vigia? — Tirou o jornal de cima do papel. Agora havia um borrão escuro de tinta de jornal sobre o argumento diligentemente preparado. — Merda!

— Eu falei, não consegui ver direito. Estava escuro e eu estava... meio distraída.

Murray pensou se não deveria ter perseguido o intruso mais um pouco. Respirava o fedor distinto de livros, estudantes rebeldes e acadêmicos frustrados desde os 17 anos, quando ainda era um mero aluno da graduação. Conhecia as curvas e viradas daqueles corredores de cor. Todos os buracos e degraus perigosos. As salas de aula com suas fileiras de cadeiras, o labirinto de escadas que deixavam os novatos perdidos, mas que, por fim, levavam ao proibido sótão, onde um homem podia desaparecer para depois ressurgir no lado oposto do antigo campus. As chances de capturar quem quer que fosse eram muito menores do que as de parecer um idiota ofegante. No entanto, a parte dele que se imaginava agarrando o bisbilhoteiro pela gola e dando um belo chute nos colhões do desgraçado desejava que tivesse pelo menos tentado.

Rachel puxou a bainha da saia para baixo. Normalmente ela usava calças. E tinha, percebeu ele, belas pernas.

— Você está linda.

Rachel o agraciou com o mesmo sorriso luminoso que oferecia aos vendedores de lojas, alunos, colegas professores, vigias e o marido; em suma, qualquer um que cruzasse seu caminho quando sua mente estivesse em outro lugar. Murray a observou pegar um pequeno espelho na bolsa. O batom estava terrivelmente borrado, mas ela se sentou na beira da mesa e o retocou mesmo assim. Ele se lembrou de uma antiga foto de Christie Graves para a capa de um de seus livros: pernas compridas, ângulos fortes e lábios vermelhos. Uma bela imagem.

A lembrança da porta se abrindo e da luz incidindo sobre o rosto de Rachel estragou a noção de que ela havia se arrumado especialmente para ele. Murray mediu o ângulo entre o local onde haviam se agarrado e a porta com o polegar e o indicador.

— Você não acha que foi alguém do departamento?

O sorriso de Rachel endureceu. Ela jogou o espelho de volta na bolsa e fechou o zíper.

— É sexta à noite. Não há ninguém nos escritórios numa hora dessas. A maioria das pessoas tem algo que você poderia chamar de vida. Não se preocupe, acho que fizemos a noite do sujeito. Ele agora deve estar agachado na guarita, revivendo a lembrança.

— Da minha bunda branca? Espero que não.

— Irresistível. Sua bunda branca vai ter um papel fundamental no filminho que ele vai passar por trás dos olhos fechados quando chegar em casa e der um trato na sua velha e cansada, porém agradavelmente surpresa, esposa pela primeira vez em meses.

Rachel estava ao lado dele agora. A saia era de algum tecido cinza prateado brilhante e se ajustava perfeitamente aos quadris. Murray correu um dedo pela perna dela, sentindo a maciez escorregadia do material. Rachel pousou a mão sobre a dele, impedindo-o de progredir, e ele voltou a se recostar na cadeira.

— E aí, qual é a ocasião? — Queria mantê-la ali mais um pouco ou ir com ela para algum outro lugar. Algum lugar com uma luz aconchegante, velas, música suave. Que clichê. Era sexta à noite, e a maioria das pessoas tinha uma vida. — Fergus vai levá-la a algum lugar bacana?

— Fergus não me leva a lugar algum. Nós vamos juntos.

Murray apoiou o pé na mesa. Se fosse um caubói, teria puxado o chapéu para cima dos olhos. Ela não se arrumara para ele, afinal. Tentou soar brincalhão, mas sem muito sucesso.

— Seria melhor se nós fôssemos juntos.

Rachel se curvou sobre ele. Murray sentiu o hálito, quente e doce, com um suave aroma de hortelã. Ela voltara a fumar.

— Uma das coisas que sempre apreciei no Fergus é que ele nunca chega a ser chato.

— Ele me deixou com vontade de bocejar na última reunião do departamento. — Murray esticou o braço, abriu a gaveta da mesa e pescou a garrafa de uísque que comprara semanas antes, na esperança de seduzir Rachel a ficar mais tempo do que levava para desamarrotar suas roupas. — Acho que preciso de um drinque. Você me acompanha? — Hesitou. — Ou talvez a gente possa ir a algum lugar, se você preferir uma taça de vinho.

Rachel olhou para o relógio acima da porta. Murray imaginou se ela teria ficado de olho nele enquanto faziam amor.

— Eu falei. Não posso demorar. Vamos receber convidados para o jantar. Fergus vai preparar seu famoso ensopado irlandês.

— Comida proletária está na moda, é?

— Espero que sim. Com certeza é mais econômica do que algumas das outras ideias dele. Aqui. — Ela meteu a mão na bolsa e puxou uma garrafa de gim Blackwood. — Vou tomar uma dose disso. Meu álibi.

Álibi. A palavra o deixou irritado.

— Quanto tempo isso lhe dará?

— O suficiente. Fergus estava determinado a oferecer gim de Shetland como aperitivo. Não é fácil de encontrar. Por quê? — Rachel tinha um rosto pontudo, como o de uma pequena e ladina raposa. De vez em quando, ao sorrir, dava a impressão de que ia morder. — Tem medo de que ele venha me caçar?

Murray se levantou e foi lavar a caneca de café. O facho de luz que atravessava a sala ficou gravado em sua mente. Fergus era uns vinte anos mais velho do que Rachel, algo em torno dos 60, mas tinha participado da corrida de 10 quilômetros um ano antes. Será que teria conseguido percorrer o corredor inteiro no tempo em que Murray levara para chegar até a porta? Mas por que fugiria? Fergus tinha o poder de destruir Murray sem precisar levantar um dedo. Ignorando a pergunta de Rachel, pegou a garrafa da mão dela e serviu uma dose na caneca limpa.

— Peço desculpas pela caneca, não é muito delicada.

— A falta de delicadeza é parte do seu charme.

— Então você não vai ficar surpresa se eu lhe disser que não posso oferecer gelo e limão.

— Um pouco de água é o suficiente.

Isso era parte do que gostava nela, essa coragem elegante. Em outra época, ela daria uma excelente exploradora. Podia imaginá-la incitando um time de carregadores nativos pela floresta, chamando um deles para sua barraca à noite e depois mandando que carregasse suas malas no dia seguinte.

Foi até a pia. Em geral, ele preferia água mineral, convencido de que conseguia sentir um ligeiro gosto de chumbo na água da torneira da universidade, mas só havia um pequeno gole na garrafinha de Strathmore que trazia na mochila. Deixou a água correr por alguns instantes e, em seguida, acrescentou um pouco ao gim.

— Obrigada.

Rachel sorriu, segurando a caneca junto ao peito enquanto ele se servia de uma dose de uísque. Murray pretendia fazer um brinde, mas ela rapidamente tomou um gole do gim, fazendo uma careta e tossindo ao sentir o líquido queimar.

Murray riu.

— Duro na queda, esse pessoal das ilhas de Shetland. — Provou seu próprio drinque. — Não a incomoda nosso visitante?

— Você se colocou na minha frente.

Ele finalmente fez o brinde.

— Instinto de cavalheiro.

— Claro que me incomoda. — Ela olhou de relance para o relógio mais uma vez. — Mas o que a gente ganha se torturando? Talvez surja um boato, talvez não. A gente se preocupa com isso se surgir. Só precisamos nos certificar de que não aconteça de novo.

— Você está certa. Foi burrice fazer isso aqui.

— Não foi o que eu quis dizer. — Rachel sorriu ao ver a expressão dele. — Nós dois sabemos que isso não pode continuar.

Murray sentiu a voz falhar. Não esperava uma coisa dessas, não tinha como esperar.

— Além disso, seu ano sabático está prestes a começar. — O rosto dela se iluminou, como o de uma enfermeira que acaba de passar um antisséptico no joelho machucado de uma criança e oferece um pirulito para distrair a atenção da ardente fisgada. — Você não vai ter tempo para nada disso.

Ele tentou escolher as palavras com cuidado.

— Não dá para passar tanto tempo mergulhado em pesquisas assim. Tenho certeza de que posso encontrar um tempinho para você.

Rachel desviou os olhos. Por um instante, ele achou que ela ia ceder, mas ela o fitou novamente com seus olhos brilhantes.

— Combinamos que isso seria apenas uma diversão. De qualquer forma, o semestre está quase no fim. Fergus e eu vamos para a Úmbria por dois meses, e você está prestes a começar seu ano sabático. Faz sentido.

— E se não estivéssemos sendo interrompidos?

— Que diferença faz? — Ela se curvou e o beijou de leve na boca. — Nós nos divertimos. Gostamos um do outro. Vamos deixar as coisas como estão.

A voz dele já estava firme. Tinha lido sobre autistas bem integrados à sociedade, eles precisavam pensar em cada gesto: *sorria, faça contato visual*. Abriu a boca num sorriso forçado.

—Você está certa. Foi divertido enquanto durou.

Rachel tocou seu braço.

Não se encolha, não discuta, não a mande embora.

— Vai ser um ótimo livro. Você está sempre falando sobre o quanto Lunan foi subestimado. É sua grande chance de dar a ele o devido reconhecimento.

— Espero que sim.

— Sei que sim. E Fergus também.

Os dois conversavam sobre ele. Quando? Durante o jantar? Na cama? Será que ele já tivera um papel no filminho que ela via por trás dos olhos fechados enquanto Fergus a comia?

— Rachel, Fergus não me suporta.

Ela pegou o casaco que pendurara no cabide atrás da porta do escritório.

— Não seja tão paranoico, Murray. Você conhece o Fergus. Se ele não o considerasse um membro valioso deste departamento, você não estaria aproveitando um ano sabático, estaria procurando um novo emprego.

Murray parou ao lado da janela do escritório. Continuava ventando muito lá fora. O vento levantou o cabelo de Rachel, soprando-o na frente do seu rosto. Ela lutou por um momento com as chaves do carro, entrou, acendeu os faróis, engatou a ré e se mandou, lançando um único olhar de relance para a rua pelo espelho retrovisor. Essa fora a última vez. Imaginou se tinha sido o bisbilhoteiro ou seu próprio convite para um drinque o motivo de sua recusa. Talvez ela já tivesse a intenção de terminar com ele. Murray permaneceu ao lado da janela, observando as árvores balançando ao vento, do mesmo modo como fariam se ele não estivesse ali. Ao sair, parou na guarita e entregou a garrafa de uísque quase cheia ao vigia, que a aceitou com uma genuína e grata surpresa.

Capítulo Seis

O MOTIVO PELO QUAL MURRAY WATSON costumava evitar o Fowlers se encontrava reunido em torno da tradicional mesa de canto, parecendo o pesadelo de um especialista em eugenia. O pub não estava cheio, mas estava começando a esquentar com a chegada dos funcionários e alunos de instituições mais populares. Como consequência, ele já estava a meio caminho do balcão do bar quando viu Vic Costello, Lyle Joff e Phyllida McWilliams e se lembrou de que aquele era o lugar onde se reuniam no fim das tardes de sexta, fingindo ser um grupo de índios algonquinos, a fim de postergar a infelicidade do fim de semana.

Talvez o desejo de sofrimento que a infelicidade tantas vezes acarreta o tivesse levado a buscar a companhia deles de qualquer forma, ou talvez tivesse optado por tomar uma cerveja sozinho, lançando apenas um cumprimento de cabeça na direção dos colegas. Porém, de repente, Murray sentiu a mão de alguém em seu cotovelo e, ao se virar, se deparou com Rab Purvis, o rosto brilhante de suor e cordialidade.

— Essa é por minha conta, Moira. — Era típico do Rab tratar as gerentes pelo primeiro nome; típico, também, acrescentar o drinque de Murray à rodada e uma gorjeta em cima do valor total. A sra. Noon meneou a cabeça em agradecimento e Rab apertou o cotovelo de Murray, um sinal de que o amigo já havia bebido pelo menos três canecas de cerveja além da conta. — Venha se juntar aos fiéis.

Já passava da hora em que as pessoas podiam fingir ter entrado no pub para um lanchinho antes do jantar, e o grupo de alcoólatras cada vez menor do departamento saudou Murray com profundo alívio. Ele representava sangue fresco, o instigador de novos assuntos e a desculpa perfeita para pedir outra rodada e adiar o momento em que a porta do pub se fechava e cada um deles seguia sozinho para casa.

— Olá, estranho. — A voz de Phyllida McWilliams perdera sua costumeira aspereza e agora soava como a promessa cumprida de um maço de Camel sem filtro. Ela se inclinou e deu um beijo em Murray. — Por que a gente nunca te vê?

Murray não se deu ao trabalho de mencionar que, três dias antes, ela havia passado por ele no corredor de cabeça baixa, parecendo a irmã caçula e de ressaca da Miss Marple.

— Sabe como é, Phyllida. Sou uma abelhinha ocupada.

Phyllida pescou um fio de cabelo louro na lapela de Murray e ergueu as sobrancelhas.

— Uma *abelhinha* e tanto — concordou Vic Costello. — Deixe-o em paz, Phyl, você não sabe por onde ele andou.

A mulher soltou o cabelo, que caiu no chão do salão. Fez que sim.

— A mais pura verdade.

— Ele pula de flor em flor.

Rab regeu um pequeno minueto no ar com a mão.

Phyllida soltou sua risada de atendente de bar e começou a recitar:

> "Como as abelhas volito
> em busca do mel bendito.
> Numa corola dormito, quando o bufo solta o grito.
> Meu cavalinho bonito — um morcego — sempre incito..."

Era pior do que ele havia pensado. Eles deviam estar ali há horas. Imaginou se desconfiavam de sua relação com Rachel. Devia ir para casa, preparar alguma coisa para comer e pensar em tudo com calma.

Lyle Joff começou a contar sobre uma conferência da qual havia participado em Toronto. Phyllida assumiu uma expressão interessada, enquanto Vic Costello balançava a cerveja em seu copo com um olhar triste e fixo no vazio. Em algum lugar do bar, a sra. Noon aumentou o volume da música, e a voz de Willie Nelson ressoou com "Whisky River". Vic Costello pousou a mão sobre a de Phyllida McWilliams; ela permitiu que ele a deixasse ali por alguns instantes antes de puxar a dela de baixo. Murray imaginou se o divórcio de Vic tinha finalmente sido concluído e se ele já havia saído de casa, ou se continuava acampado no espaço que costumava ser seu escritório pessoal.

Phyllida se recostou em Murray e perguntou:

— Sério, por onde você andou?

Ela tomou a mão dele entre as dela e começou a acariciar-lhe os dedos.

— Por aí. — Murray tentou retribuir o flerte, mas podia ver o rosto tristonho de Vic do outro lado de Phyllida e, apesar dos rasgos no tecido do revestimento, o banco comprido que compartilhavam lembrava demais uma cama, incitando-o a ter pensamentos indesejados de um *ménage à trois*. — Estive na Biblioteca Nacional hoje, analisando os papéis que encontrei sobre o Archie.

— Ah. — O fascínio de Phyllida era um fino verniz sobre o tédio. — Descobriu algum poema novo e fabuloso?

— Não, mas encontrei anotações para um romance de ficção científica.

— Pobre Murray, tentando restaurar e reviver, e tudo o que consegue é uma ficção de massa medíocre.

Murray riu também, mas a alfinetada doeu. Pegou seu caderno e o folheou até encontrar a página onde copiara o conteúdo do caderno de Archie.

— Encontrei isso, uma lista de nomes.

Phyllida passou os olhos pelas anotações.

— Obviamente tentando decidir o nome dos personagens e fazendo um péssimo trabalho por sinal, coitado.

Murray pensou em como não havia percebido isso antes. A decepção se tornou evidente em sua voz.

— Você acha?

Ela deu um aperto solidário em sua mão.

— Com certeza.

— Merda, achei que pudesse ser alguma coisa.

Fechou o caderno.

O xingamento pareceu arrancar Vic Costello do transe. Ele virou de uma vez só o restante da cerveja.

— Minha vez.

— Para mim, não, obrigado. — Lyle Joff levou a caneca à boca e bebeu rapidamente o restante da cerveja. — Já passa da minha hora de recolher. — Lançou para Murray um olhar de cumplicidade. — Ainda tenho que ler uma história de ninar. O Ursinho Puff... um maravilhoso antídoto para um dia difícil na zona de conflito.

Por mais ridículo que fosse imaginar o gorducho Joff encarando uma zona de conflito, parecia ainda mais improvável imaginá-lo sentado ao lado da cama de uma criança, de banho tomado e pijamas, lendo uma história sobre um urso burrinho. Murray conhecera a mulher de Joff numa das festas da faculdade; ela era mais bonita do que ele esperava. Imaginou como haviam se conhecido e por que Joff era tantas vezes visto na companhia de pessoas para as quais a única alternativa ao pub era um apartamento vazio, com a poltrona repleta de queimaduras de cigarro e uma coleção de livros que só proporcionava consolo até certo ponto.

Vic Costello olhou para o relógio.

— Já passa das nove e meia. A essa altura, elas com certeza estão vagando pela Terra dos Sonhos, há muito desistiram de sentir o seu bafo de cerveja, Lyle.

Lyle Joff olhou para o próprio relógio como que surpreso por ver que os ponteiros tinham se movido tão rápido. Hesitou e, em seguida, olhou para a caneca, parecendo igualmente surpreso por encontrá-la vazia.

— Você pede a próxima, Costello. — Deu uma risadinha. — A saideira.

Vic ergueu a caneca vazia e a manteve no alto até conquistar a atenção da sra. Noon. Mostrou cinco dedos, e a gerente respondeu com um curto meneio de cabeça, indicando que iria atender o pedido, mas só dessa vez.

Phyllida se aproximou e murmurou:

— Você é um babaca, Vic. Não vai ficar satisfeito até o casamento do garoto ir pelo ralo, que nem o seu, e você arrumar um companheiro de bebidas em tempo integral.

— Por que eu precisaria dele quando tenho você, Phyl?

Costello a abraçou. Phyllida o empurrou.

— Você passa do ponto às vezes.

O álcool abrandou a rispidez da repreensão, mas havia um quê de amargura na voz de Phyllida que floresceria rapidamente com um pouco mais de água, e, quando Vic tentou abraçá-la novamente, ela o empurrou com impaciência.

Os pedidos chegaram e Lyle Joff pegou mais uma caneca. Tomou um gole da cerveja e limpou a espuma do lábio superior.

— Não há nada de errado com o meu casamento.

— Tenho certeza de que ele é sólido como uma rocha. — Rab deu um tapinha no braço de Lyle e perguntou para Murray: — Você conhece a mulher dele? Uma bela garota, com um perfil clássico, um quê de Vênus de Milo.

Ele deu uma piscadinha e Murray aproveitou a deixa, ainda que cansado.

— Ela não tem braços?

— Não machucaria uma mosca.

Phyllida riu e Lyle declarou:

— Um casamento construído sobre bases sólidas. Amor, afeição e valores semelhantes.

Ele olhou para o vazio como que tentando lembrar-se de outros motivos pelo qual seu casamento duraria.

— Filhos — respondeu Phyllida. — Os filhos são uma bênção.

— Vic Costello pediu licença para ir ao banheiro.

Com um tom de voz atipicamente baixo, Rab se virou para Murray, ignorando de propósito os demais.

— Fico feliz que tenha aparecido por aqui. — A colocação pareceu antiquada, como se Murray tivesse aceitado um convite para um chá à tarde. — Eu lhe devo desculpas pelo modo como agi com você da última vez que nos vimos. Só porque estou a ver navios, isso não me dá o direito de virar um defensor da moral e dos bons costumes. — Rab assumiu uma expressão solene e inquisitiva, as sobrancelhas erguidas até quase o meio da testa. Pura encenação. O olhar que lançava para os alunos nervosos, a fim de encorajá-los a falar. Estendeu a mão. — Vamos passar uma borracha?

Murray tinha deixado escapar que estava se encontrando com Rachel um mês depois que o caso começou. Ele e Rab haviam saído para jantar com um palestrante convidado e depois foram beber sozinhos para falar da palestra sem a presença do sujeito. Talvez tivesse sido a combinação do vinho com a cerveja ou talvez porque fosse um belo e romântico final de tarde. Talvez estivesse querendo vangloriar-se, ou talvez tivesse pensado, ainda que só por um instante, que o amigo poderia ajudar. Qualquer que fosse o motivo, ao saírem do pub, desviando-se dos fumantes reunidos na calçada do lado de fora, e se verem envolvidos por um rosado pôr do sol, Murray se pegou dizendo:

— Estou tendo um caso com a Rachel Houghton.

Rab Purvis tinha sido mais direto do que um simples ouvinte esperaria que um professor de romances cavalheirescos pudesse ser.

— Ela é uma mulher complicada. Eu não tocaria nela nem com uma daquelas varas compridas usadas para propulsar um barco.

Murray olhou de relance para o abdome avantajado do amigo e tentou imaginar Rachel se oferecendo para Rab do jeito que havia feito com ele, fechando a porta de seu escritório numa tarde de quarta-feira, empurrando os ensaios que ele estivera corrigindo para o lado, sentando-se na beirada da mesa, tão perto a ponto de levá-lo a fantasiar, e, por fim, guiando sua mão por baixo do suéter dela, de modo a fazer com que a fantasia passasse para um segundo estágio ainda mais elaborado.

— Eu não estava pensando numa vara desse tipo.

— Qualquer tipo de vara. Se você sabe o que é bom para você, não se meta nisso.

— E se ela for a minha última chance de um amor verdadeiro?

— Então fuja correndo. Rachel Houghton não está interessada em amor, Murray. Ela é feliz com o Fergus. Só gosta de trepar por aí para apimentar as coisas.

— E o que há de errado nisso?

— Nada, se comer a mulher do chefe do departamento não for incômodo para você.

— E por que eu deveria ficar incomodado?

— Quer que eu apresente uma lista de motivos?

— Na verdade, não.

Mas o amigo começou a recitar uma lista longa e contundente, ainda que sensata, sobre os motivos pelos quais Murray Watson deveria manter-se longe de Rachel Houghton. Isso, porém, não fizera a menor diferença. O caso prosseguiu, um conhecimento compartilhado, embora não mencionado, até o momento.

Murray apertou a mão que Rab lhe estendera.

— Ela acabou de me dar um pé na bunda.

— Ah. — Rab tomou outro gole da cerveja. — Nesse caso, retiro minhas desculpas. É melhor para você assim. Você sabe como é o departamento. Uma pequena colmeia cheia de abelhinhas ocupadas andando umas por cima das outras, e com Fergus no meio, devorando os glóbulos dourados de mel que a gente deposita aos pés dele.

— Pólen.

— Como?

— Pólen. As abelhas trazem o pólen para a rainha, e ela o transforma em mel.

— Pólen, mel... é tudo a mesma coisa. — Rab abandonou a analogia. — Aquele lugar é um caldeirão de fofocas venenosas. Entenda. — A voz dele assumiu aquele tom paternal de quem está prestes a dar um conselho. — Não é fácil trabalhar onde a gente trabalha. É tão ruim quanto ser um diabético numa loja de doces, todas aquelas coisinhas deliciosas passando pelas suas mãos todos os dias, e você não pode nem mesmo dar uma lambidinha. — Ele riu. — Isso foi mais nojento do que eu pretendia.

— Tudo bem, captei a ideia.

— Não precisa me dizer o quanto isso pode ser frustrante. Quando eu comecei, as coisas eram diferentes, mas... — Por alguns instantes, Rab se refugiou naquela terra afortunada onde professores e alunos ainda são compatíveis. — Mas os tempos mudam. — Suspirou, fixando os olhos no vazio. — Eu estava satisfeito tomando a minha cerveja até você chegar parecendo o fantasma de Banquo e me lembrar de como tudo foi pelos ares. Você se divertiu e agora acabou, apenas agradeça a qualquer que seja o seu Deus por vocês não terem sido pegos em flagrante.

— Nós fomos. Alguém nos viu.

— Ah. — Rab suspirou. — Acho que isso muda tudo. — Tomou outro gole da cerveja. — Vamos lá, não me deixe nesse suspense. Quem?

— Não sei. Alguém. Talvez o vigia. Eu estava de costas.

— Me poupe dos detalhes sórdidos — resmungou Rab. — Peço a Deus que não tenha sido o vigia. Ele irá contar para os zeladores, que irão deixar escapar para as moças da cantina e, quando isso chegar a elas, você estará perdido. Seria o mesmo que colocar um anúncio de página inteira no *Glasgow Harold*, só que não vai ser nem preciso.

— Ele fez que não. — Se você não viu quem foi, então não pode ter certeza de que está com um problema.

— A pessoa não nos viu parados um ao lado do outro na cafeteria, nem trocando bilhetinhos no pátio. Ela me viu de pegação com a Rachel em cima da mesa do meu escritório.

— De pegação?

— "Formando o animal de duas costas", "colocando chifres no velho Fergus", ou seja lá como vocês, românticos, chamam o ato.

— Trepando.

— O que você acha que devo fazer?

— O que você pode fazer? — Rab lhe deu um tapinha no braço. — Vá lá e pegue mais uma rodada pra gente.

O Fowlers saciava a sede dos clientes há pelo menos cem anos. O teto de pé-direito alto era decorado com uma sanca intricada, as janelas encobertas por anúncios de cerveja e uísque, que permitiam a entrada de luz, mas garantiam privacidade aos padres, poetas, vagabundos, pais em busca de um descanso entre compromissos ou homens decidindo se deviam ou não comprar um cachorro, estudantes ociosos e amantes planejando abandonar seus cônjuges. A sra. Noon mantinha tudo nos conformes, e era raro você ter que esperar muito tempo para ser servido ou assistir a uma briga que fosse além do terceiro soco. O Fowlers deveria ser um lugar legal para um drinque, mas era uma pocilga, o candidato ideal a uma bela reforma. Não havia cinzeiros nas mesas, porém o teto continuava todo manchado de nicotina, e o cheiro de gente suja, de cerveja velha e do desinfetante barato que usavam para limpar os banheiros não dava mais para ser mascarado pela fumaça dos cigarros. Os bancos ao longo do balcão, hospedeiros de homens que ainda se lembravam de quando as ruas da cidade eram de terra e pontilhadas por cocô de cavalo, estavam tão carcomidos e instáveis quanto seus ocupantes. O tapete em tons de laranja e azul, que costumava ser alto o suficiente para abafar a barulheira das noites de sábado, mais parecia uma fina camada de lodo. Murray virou a quinta cerveja da noite e chegou à conclusão de que aquele era o seu lugar.

Phyllida McWilliams e Vic Costello tinham ido embora há mais ou menos uma hora, tendo decidido levar a discussão para algum dos restaurantes no West End onde eram conhecidos e respeitados. Phyllida tivera dificuldades em enfiar o braço na manga do casaco, e Murray a ajudara, enquanto Vic seguia para a porta com a concentrada atenção de um ébrio profissional.

— Você é um homem adorável, Murray. Escute meu conselho. — Ela pegou as sacolas de compras, ingredientes para mais um jantar de sexta-feira que não iria preparar. — Jamais se envolva com alguém que não está disponível.

— Por que você está dizendo isso, Phyllida?

Ela deu de ombros e abriu um sorriso bobo.

— Eu andei bebendo, você sabe.

Agora restavam apenas três. Lyle Joff, bem mais quieto depois do telefonema, Rab e Murray. Eles continuavam na mesa do canto, mas, durante o tempo em que estavam lá, o pub havia passado de um lugar tranquilo onde os homens podiam trocar confidências para uma baderna de rostos afogueados. O bar estava lotado, os funcionários serviam vinho rapidamente e confiscavam um número muito maior de copos do que mais cedo, porém as cervejas ainda dominavam; um brilhante espectro de tons licorosos de dourado, amarelo, marrom e preto. Não que alguém parasse para admirar sua bebida. As pessoas as viravam mais velozmente do que alguém conseguia servir e, de tempos em tempos, um dos atendentes se metia no meio da multidão e voltava com uma torre de copos vazios, como se estivesse reunindo munição para um cerco.

Dois pensamentos ricocheteavam no cérebro de Murray. O primeiro era a necessidade de outro drinque, o drinque mágico que colocaria tudo no seu devido lugar. O segundo era que já havia bebido demais e devia ir para casa antes que virasse um náufrago num mar de cerveja.

Talvez tivesse sido a sineta que o fizera pensar em naufrágios. Ela soou alta e estridente, remetendo-o a rochas perigosas e cascos rachados. Como seria se afogar?

— Tá difícil puxar o barco, é?

Era isso o que eles estavam fazendo, desafiando águas perigosas, e nenhum deles possuía um par de nadadeiras. Murray ergueu a cabeça. A sra. Noon carregava uma bandeja cheia de copos vazios, as bordas sujas com resquícios de espuma. Não se lembrava de já ter visto a mulher sair de trás do balcão do bar.

— Não sabia que você tinha pernas, sra. Noon. — Ele sorriu. — Achei que fosse uma sereia. Grandes cantoras, as sereias. Elas atraem os pobres marinheiros para a morte, apenas por diversão. Lindas criaturas, belas e cruéis.

— Você não gostaria de me ouvir cantando. — A gerente retirou o copo de Murray, ainda pela metade, e o colocou em meio aos vazios. — Isso, sim, seria uma crueldade. — Observou Rab tomar o restante da cerveja e pegou o copo da mão dele. — Hora de recolher, cavalheiros.

Ela estava certa. Eles deviam ter ido embora há horas. Agora, ali estava ele, bêbado e sóbrio ao mesmo tempo. E cada faceta enojada com o comportamento da outra.

Alguém abrira as portas. A multidão ia diminuindo, as pessoas tomavam o resto de seus drinques, pegavam seus casacos e saíam noite afora, levando consigo o calor e o zum-zum-zum das conversas. Murray esticou o braço para pegar sua cerveja, mas a sra. Noon suspendeu a bandeja e a afastou, tirando-a do seu alcance.

— O que aconteceu com o tempo de tolerância?

A sineta soou demasiadamente alta. Murray pegou o barman lançando um olhar inquisitivo para a sra. Noon e ela fazendo que não.

— Você escutou, o tempo de tolerância acabou. Quer me arrumar problemas?

Ele era um professor de literatura inglesa de uma antiga e reconhecida universidade. Empertigou-se na cadeira e evocou o espírito de Oscar Wilde.

— A senhora não estaria um pouco velha para eu lhe arrumar problemas, sra. Noon?

— Não comece. — Rab o puxou pelo casaco. — A senhora desculpe o meu colega, por favor. Ele recebeu uma má notícia hoje.

Murray se levantou com dificuldade. A batalha estava perdida, sem mais drinques, não havia a menor possibilidade de ele alcançar o estado que desejava ali. A gerente acolheu a desculpa de Rab com indiferença e virou seu experiente sorriso para Murray: frio e cortante. Ela lhe dissera certa vez que tinha uma filha na universidade.

— Eu estava pensando a mesma coisa a respeito dos dois. Vocês são velhos demais para arrumar problemas. Vão para casa, cavalheiros.

Do lado de fora, táxis pretos e veículos alugados flanqueavam a rua, acompanhados pelas buzinas metálicas e faróis de milha da rapaziada ainda sóbria em carros incrementados. Era um outro tipo de hora do rush, a saída dos pubs nas noites de sexta-feira, mais alto, mais jovem e mais confuso do que o ir e vir das multidões a caminho de casa ou do trabalho. Esse vinha acompanhado por janelas quebradas, comida derrubada no chão, sapatos perdidos e bêbados passando mal, o café da manhã dos pombos e seus consequentes rastros de sangue.

Duas adolescentes empoleiradas no peitoril da janela de uma loja de conveniência dividiam uma garrafa de alguma coisa, enquanto, a cerca de 1 metro delas, a amiga trocava beijos com um rapaz vestindo roupas esportivas, as bocas coladas parecendo fechadas a vácuo. A mão do rapaz subiu por baixo da blusa curtinha da garota. Uma das que estavam bebendo tomou um gole direto da garrafa e arqueou o corpo, o que fez a saia curta subir e expôs suas coxas. Por um momento, ela pareceu o anúncio de um elixir da juventude. Mas, então, perdeu o equilíbrio e colidiu contra a companheira. As duas riram e a que quase caíra gritou:

— Se quiser, agarra logo o cara, ou vamos perder o ônibus.

O rapaz soltou a garota, sorriu para sua plateia, puxou-a de volta e sussurrou alguma coisa no ouvido dela que a fez rir. Em seguida, ela se soltou e voltou cambaleando ligeiramente nos saltos altos para junto das amigas.

— Virgem — zoaram as adolescentes, passando a garrafa para ela.

Lyle Joff olhou para elas com um ar severo.

— Eu definitivamente espero que sim. — Elas riram e cutucaram umas às outras, enquanto Lyle buscava refúgio no seu kebab. Ele não disse mais nada até os três terem passado pelo grupo. — Se eu pegasse a Sarah ou a Emma se comportando dessa forma, juro que trancaria as duas no quarto até que fizessem 30 anos. Melhor, 35. Eu as trancaria até os 35 e, mesmo então, só as liberaria mediante algumas garantias.

Murray olhou por cima do ombro para as garotas. Elas estavam no ponto de ônibus agora. Uma delas — ele não sabia ao certo se era a que estivera beijando — empurrou o rapaz. O jovem se afastou como se trotasse e gritou alguma coisa. As garotas rugiram de volta e se precipitaram na direção dele, os saltos martelando a calçada, rindo, vitoriosas, ao vê-lo sair correndo rua abaixo.

Murray se juntou à risada. Algumas pessoas tinham mais talento para viver.

— *Desencanto.*

Lyle disse:

— Não tem graça, Murray. Rapazes como ele se aproveitam de garotas novas.

Rab perguntou:

— Com que idade estão a Sarah e a Emma agora, 5 e 7? Você ainda tem alguns anos antes de ter que se preocupar com isso.

— Elas têm 3 e 6. Lembre-me de pesquisar sobre internatos de freiras nas Páginas Amarelas amanhã de manhã. Aqui, segure isso um minuto.

Lyle entregou seu kebab pela metade para Murray e entrou num beco. Murray deu uma mordida no sanduíche de carne com salada, sentindo o gosto de vinagre, temperos e pimenta. Há quanto tempo estava sem comer? Lembrava-se do saco de batatas fritas no pub, mas, e antes disso? Um pouco do molho vazou pelas beiradas e escorreu por seu queixo.

— Ei. — Lyle emergiu do beco. — Eu pedi para você segurar, não comer.

— Desculpe. — Murray limpou o rosto. Deu mais uma mordida e devolveu o sanduíche. — Não sei como você consegue comer essas coisas.

Lyle meteu o resto do kebab na boca e começou a pescar os pedaços de salada e cebola que tinham ficado grudados no papel.

— Eu costumava viver disso até a Marcella me agarrar.

Ele parecia prestes a ter um colapso e terminou de mastigar seu kebab como se buscasse consolo.

Eles estavam passando pela fila da boate The Viper Club. Murray reconheceu uma de suas alunas do terceiro ano. Ela havia prendido o cabelo comprido e liso com uma faixa. Usava um vestido curto com botas brancas até os joelhos. Parecia aquela garota do teste de sinal da BBC, só que crescida e inclinada a perversões sexuais.

— Oi, dr. Watson.

Murray meneou a cabeça em resposta, tentando não cambalear. Ah, que merda! Ele tinha o direito a uma vida privada, não tinha?

Rab deu a impressão de ter lido seu pensamento.

— Às vezes você precisa se soltar, se conectar aos elementos, lembrar-se da beleza de sua própria existência.

Lyle fez uma bola com a embalagem do kebab e a lançou numa lata de lixo já superlotada.

— Pois podemos morrer amanhã.

O papel balançou em cima da pilha de lixo e resvalou para o chão. Rab se curvou, pegou a embalagem amassada e a colocou com cuidado na lixeira. Seu rosto se iluminou com a satisfação de um trabalho bem-feito.

— Certo, para qual covil de iniquidades estamos indo?

O homem magro de cabelo comprido e lenço na cabeça exigiu 1 libra de cada um para deixá-los entrar. Rab soltou três moedas na velha máquina de sorvete que servia como caixa e eles subiram as escadas em direção ao salão eletricamente iluminado da sinuca.

— É melhor eu ir embora. — Lyle Joff repetia esse mantra sem parar desde que ligara para a esposa, duas horas antes, mas se juntou à fila do balcão do bar com os outros e aceitou uma cerveja.

— Só essa, obrigado. Preciso começar a pensar em como vou voltar para casa.

O salão ribombava com o retinir suave das bolas de sinuca e o murmúrio baixo das conversas. Eles faziam parte da primeira leva de exilados dos pubs e, portanto, o número de jogadores sérios ainda era maior do que o de bêbados na rota do álcool. Fazia mais ou menos um ano que Murray não ia ali, desde a noite em que saíra com seu irmão, mas era como se tivesse apenas dado uma escapada para esvaziar a bexiga. Os rostos eram os mesmos, os mesmos olhares compenetrados e expressões impassíveis. Todos com aquele jeitão ao mesmo tempo duro e relaxado dos caubóis: as barbas por fazer, os jeans apertados, as botas de salto carrapeta e as jaquetas justas na cintura. Merda, você tinha que ser realmente durão para usar uma indumentária daquelas em Glasgow.

Rab escolheu uma mesa livre e se sentou.

— Bem-vindos à terra dos índios. Esse lugar fica aberto até que horas?

— Três.

Rab soltou um suspiro de satisfação, tinha duas horas antes de começar a se preocupar.

Lyle olhava em silêncio para a cerveja, como se ela escondesse sua chance de iluminação. Como que em câmera lenta, sua cabeça pendeu sobre o peito, e seus olhos se fecharam.

Uma mulher se debruçou sobre a mesa de sinuca, analisando suas opções. Murray se pegou acompanhando com os olhos a costura do jeans dela, desde a parte interna da coxa que ela erguera até o gancho. Desviou os olhos. Será que a tirania do sexo não acabaria nunca?

Apontou com a cabeça para Lyle.

— Ele está bem?

A mulher se preparou para dar a tacada, e Rab tirou a cerveja do alcance do cabo do taco.

— Está, vai acordar já, já. — Rab apontou para duas mulheres sentadas próximo ao fundo do salão. — Por que você não vai até lá e pergunta se não querem um drinque?

Elas poderiam ser irmãs, ou talvez fosse simplesmente pelo fato de terem o mesmo estilo. Blusas de alça e cabelos curtos com reflexos acobreados que brilhavam sob a luz forte. Uma versão adulta das garotas dos seus anos de colégio. Elas jamais haviam lhe dado a menor atenção, e por que fariam isso agora?

Era estupidez. Ele não estava interessado em nenhuma das duas e, além disso, sem a menor disposição para encarar a dança agressiva de alfinetadas e os semi-insultos em que consistia o jogo da sedução.

— Elas já estão bebendo.

— Bom, então se levante, finja que está indo ao banheiro e ofereça outra bebida.

— É assim que James Bond faz? Olá, senhoritas, estou indo tirar água do joelho e imaginei se vocês gostariam que lhes trouxesse algo quando voltar? Já parou para pensar por que é que no seu obituário vai estar escrito "acadêmico convicto"?

— Acho melhor do que ficar remoendo a situação com a sra. Houghton.

Lyle Joff começou a despertar, como um brinquedo feio ganhando vida numa creche deserta. As pálpebras tremeram e, em seguida, os olhos se abriram. Ele piscou e voltou seu olhar embaçado para Murray.

— Rachel Houghton. — Sorriu de maneira sonhadora. — Belo traseiro. O resto também.

— Lyle. — A voz de Rab soou como um aviso. — Estamos falando de uma colega.

O breve cochilo de Lyle o deixara mais alerta. Ele limpou a baba que se formara nos cantos da boca e tomou um gole da cerveja.

— Escutem o mestre do politicamente correto.

Rab replicou:

— Fique quieto, Lyle, você está bêbado.

Duas pessoas que estavam jogando se viraram para olhar. Murray levou a cerveja aos lábios. Não tinha gosto de nada.

— Estamos todos bêbados. Diga o que você queria dizer, Lyle.

— Lyle, eu estou avisando.

O tom de Rab foi baixo e autoritário, mas Lyle estava bêbado demais para perceber. Deu um tapinha no ombro de Rab.

— Murray é um dos nossos, os três mosqueteiros. — Ele deu uma risadinha. — Isso é segredo de estado. Rab falou que se Fergus descobrir, manda cortar as bolas dele e depois as transforma num daqueles brinquedinhos de executivo para decorar a mesa.

— Os três mosqueteiros, excelentes espadachins. — Murray se virou para Rab. — Qual é o grande segredo?

— Nada, Lyle só está querendo provocar, não é mesmo?

— Quem gosta de provocar é a Rachel. — Lyle passou um braço em volta do ombro de Rab. — Eu jamais teria imaginado.

Rab afastou o braço do amigo. Seus olhos se encontraram com os de Murray, e toda a aventura desastrosa estava expressa neles. Nem era preciso perguntar o que havia acontecido, mas Murray pediu:

— Me conte.

Lyle olhou para um e depois para o outro, desconfiado como um cachorro de taverna cujo dono está no quarto drinque.

Rab suspirou de modo cansado.

— Pra quê? Ela é um espírito livre, Murray, uma mulher generosa.

— Eu quero saber.

Um pouco de cerveja caiu sobre a mesa. Rab mergulhou o dedo na poça e desenhou um círculo sobre a fórmica. Parecia envelhecido.

— Uma única transa, só isso.

— Quando?

— No final do semestre passado. Você se lembra da comoção gerada pela minha análise da nova antologia de poemas escoceses?

Murray se lembrava. Rab tinha sido muito incisivo ao declarar que a nova leva de poetas escoceses estava deixando de lado a consciência de classe, o egocentrismo e os temas nada poéticos da geração anterior e entrando a passos largos numa era de ouro. Esses novos poetas tinham se levantado em defesa de seus predecessores e rechaçado a visão de pessoas avessas à política que Rab lhes atribuíra. Os políticos mais velhos haviam se mostrado sarcásticos em sua avaliação sobre os acadêmicos em geral, e Rab em particular. Devia ter sido uma semana sem nenhuma guerra nem desastre importante porque a discussão ganhara destaque em todos os jornais. Rab fora ridicularizado pelos acadêmicos e intelectuais que viviam ao norte da fronteira e se tornara motivo de pilhéria para os do sul.

— A coisa toda explodiu na minha cara. Algumas pessoas adoram controvérsias, como Fergus, por exemplo, mas eu não. Aquilo me deixou deprimido. Rachel passou no meu escritório certa tarde para me consolar, e saímos para tomar alguns drinques. Muitos, na verdade. Aí, quando o pub fechou, eu me lembrei de que tinha mais uma garrafa em casa. Tem sempre outra garrafa na minha casa. — Ele abriu um sorriso triste. — Não esperava que ela aceitasse e, quando aceitou, não pensei que fosse acontecer nada além de um drinque. Eu ia te contar. — A risada foi quase tímida. — Mas um cavalheiro não fala sobre essas coisas.

— Você contou pro Lyle.

— Ah, dá um tempo, Murray. Sou um homem acima do peso, um professor de poesia de 55 anos, e Rachel é uma bonequinha de 35. Eu precisava contar para alguém. De qualquer forma, eu estava bêbado.

— Esse é seu estado normal.

— Viu? Foi por isso que não contei. Você às vezes é tão puritano, achei que não fosse aprovar. — A risada saiu gutural. — E aí você me contou que vocês... Bom, fiquei com ciúmes, admito, mas não o suficiente para jogar o caso na sua cara. — Rab tomou um gole da cerveja e secou a boca com as costas da mão. O tom, antes de desculpas, se tornou defensivo. — De qualquer jeito, não sei por que você está se esquentando tanto com isso. Ela é mulher de outro homem. Não pertence a você, nem a mim, nem a ninguém mais no departamento com quem possa ter transado, exceto talvez Fergus e, nesse caso, ele está fazendo um péssimo trabalho em cuidar da sua propriedade.

Era a vez de a mulher jogar de novo. Rab afastou a caneca quando ela puxou o taco para dar a tacada, fazendo a bola branca correr pelo feltro. Murray a observou desaparecer na escuridão da caçapa do canto, tão certeira quanto a morte.

Imaginou-se arrancando o taco da mão dela e o quebrando na cara brilhantemente embriagada de Rab Purvis. Primeiro os dentes, depois o nariz. Os olhos, não. Sempre fora meio nojento com esse tipo de coisa.

Lyle perguntou:

—Você está bem, Murray?

Ele não respondeu, apenas se levantou e saiu antes que algo pior pudesse acontecer.

Murray andou por um longo tempo. Quando um carro de polícia diminuiu ao passar por ele, optou por ignorá-los e foram embora, porém o interesse deles foi o sinal para fazer seus pés tomarem o caminho de casa. Deixou a rua principal e se embrenhou pelo emaranhado de ruazinhas ermas que subiam até o Park Circus, a joia da coroa do West End de Glasgow. Algum tempo depois de as criadas e os lacaios decidirem que era melhor arriscar sua saúde nas fábricas de munições ou no campo de batalha, as elegantes residências tinham sido convertidas em hotéis e escritórios. Agora elas estavam vazias, renegadas em prol de espaços no centro da cidade e, aos poucos, vinham sendo recuperadas por empreiteiros especuladores. Murray passou rapidamente pelas gastas placas de aluguel, sem prestar muita atenção aos brotos de plátano que despontavam por entre as grades dos bueiros negligenciados, aos corrimões quebrados e degraus lascados que poderiam fazer com que alguém mais distraído caísse nas profundezas úmidas de porões com janelas gradeadas. A atmosfera de cidade assolada pela praga das casas fechadas e ruas desertas combinava com o seu humor.

Pegou o celular no bolso e buscou o número que pegara na lista do pessoal da recepção e estupidamente prometera a si mesmo jamais usar. A noite estava quase no fim. Alcançou o portão principal do parque Kelvingrove. Lá embaixo, no exuberante vale do parque, os passarinhos começavam a cantar. Murray apertou o botão de *Chamar* e esperou enquanto o sinal era retransmitido entre os satélites no firmamento acima ou o que quer que acontecesse durante aquela pausa antes de a conexão ser concluída. O telefone tocou até uma voz automatizada atender e dizer que a pessoa por quem procurava não estava disponível. Ele desligou e ligou de novo. Dessa vez alguém atendeu e Murray escutou a voz do professor Fergus Baine perguntando:

— Você sabe que horas são?

Ele desligou. Sentou-se na mureta do parque e escutou os pássaros celebrando o retorno do sol. Após um minuto ou dois, o telefone vibrou ao ritmo daquele toque idiota que ele jamais se dera ao trabalho de trocar. Pegou o telefone, olhou rapidamente para o visor e viu o número desconhecido piscando na tela.

— Alô? — Sua voz saiu pastosa.

— É você, Murray? — Fergus parecia bem desperto. Será que ele jamais dormia? — O que você quer? Imagino que seja alguma coisa urgente, certo?

— Quero falar com a Rachel.

Isso era ridículo, a coisa toda, uma estupidez.

— Rachel está dormindo. Por que não liga de volta mais tarde? — O jeito polido do professor era como uma maldição.

Em algum cantinho escuro do cérebro, Murray reconheceu que agora era a hora de desistir, enquanto ainda tinha uma leve chance de atribuir o telefonema à indiscrição da bebedeira. Se deixasse para depois perderia a coragem.

— Preciso falar com ela agora.

— Bom, não vai dar. Ligue depois, numa hora decente.

A linha ficou muda.

Murray permaneceu onde estava, observando o nascer do sol com um ar solene. Em algum lugar da rua deserta, uma porta se abriu e um grupo de festejadores saiu, falando alto e animadamente. Uma jovem se afastou do grupo e passou o braço em volta do seu ombro.

— Olhe só, dr. Murray. — Ela apontou de maneira titubeante para o parque. — Não é lindo?

O sol já saíra completamente, e apenas alguns fachos rosados pincelavam o azul do céu. A luz da manhã incidiu sobre o rio Kelvin e sobre as árvores, atribuindo-lhes um amplo espectro de amarelos e verdes. Os pássaros tinham se aquietado e o silêncio reinava. Até mesmo as paredes de concreto dos hospitais ao longe pareciam harmonizar com o dia. Murray olhou para a manhã que terminava de despontar e concordou: sim, era realmente lindo.

Capítulo Sete

MURRAY ACORDOU NO SUSTO, sem saber ao certo o que o havia despertado. As persianas estavam fechadas só até a metade, e a luz do dia penetrava o quarto com suavidade. Olhou de relance para o rádio relógio, mas o aparelho estava fora da tomada, o visor apagado. Sábado ou não, planejara estar em Edimburgo na hora em que a biblioteca abrisse, porém seu lado bêbado optara por um sono ininterrupto. As roupas estavam cuidadosamente dobradas sobre a poltrona do quarto, do modo como sempre fazia quando bebia demais. O relógio se encontrava sobre a cômoda, em meio a uma série de moedas acumuladas numa noite de bebedeira. Meio-dia e quinze. Sentiu-se como o dr. Jekyll, suas intenções profissionais arruinadas por um monstro criado por ele próprio. Murray saiu de baixo do cobertor, pegou a cueca e a vestiu. Em seguida, sentou-se na beira da cama e escutou.

Podia ouvir uma britadeira trabalhando em algum lugar ao longe, mas, afora isso, estava tudo quieto. Seguiu descalço até o vestíbulo e abriu a porta da frente, escondendo o corpo seminu atrás dela. Esquecera-se de trancar a porta na noite anterior, mas a chave não estava na fechadura. Fechou-a com cuidado. Ao sentir uma lufada de ar fustigar-lhe as pernas, percebeu que estava com frio. De repente, passos soaram na escada lá fora. Murray se sentiu ridiculamente vulnerável, parado ali, apenas de cuecas. Virou-se e seguiu para o banheiro, porém o barulho da portinhola para correspondência o trouxe de volta para o vestíbulo, onde encontrou as cartas esparramadas sobre o capacho.

Pegou o roupão pendurado no cabide atrás da porta do banheiro e foi para a cozinha. Como não havia mais água mineral na geladeira, encheu uma caneca com água da bica, bebeu rapidamente e encheu de novo. Jesus, será que era assim que os alcoólatras se sentiam pela manhã? Se Archie se sentira assim todos os dias, não era de admirar que só houvesse publicado uma única coleção de poemas.

Não queria pensar na noite anterior; a discussão com Rab, o telefonema para Rachel, Rab e Rachel juntos. O romance lhe deixara um nó no estômago desde o começo, mas, agora que havia terminado — mais do que terminado; agora que estava arruinado —, o nó fora substituído por um terrível vazio. Deu-se conta de que se alimentara com a ideia de que Rachel — a mulher para quem teria escrito poemas se soubesse fazer isso — o escolhera. Os dedos formigaram com a vontade de tê-los esmagado contra o rosto de Rab.

Mas Rab não tinha culpa. Devia mandar um e-mail para ele, pedindo desculpas.

Isso mudava tudo; saber que Rachel tinha dormido com ele também; Rab a beijando nos pontos em que ele a beijara, as mãos dele passeando pelo corpo dela. O pensamento o deixou enojado, muito embora suspeitasse que ela continuava dormindo com Fergus.

Fergus.

Lembrou-se novamente do telefonema, da voz do professor, macia de tanta raiva. Soltou um gemido alto. O ano sabático se estendia à sua frente, doze meses para o chefe do departamento acalentar sua ira e contratar um substituto para ele.

Sentiu vontade de voltar para a cama, puxar as cobertas por cima da cabeça e deixar a morte temporária suplantar o desejo pós-bebedeira de se matar. Em vez disso, sentou-se no sofá com a caneca de água aninhada entre as mãos. Um ônibus de dois andares passou na rua lá fora. Murray observou as pequeninas ondas que provocou na superfície do líquido.

Será que houvera um momento, uma fagulha de clareza mental no meio da tempestade, em que Archie percebera que ia morrer? Ele já devia estar molhado, encharcado pela chuva e pelas ondas que varriam o convés, porém o choque da água quando o barco virou deve tê-lo deixado sem ar. Quantas vezes tinha afundado antes da derradeira submersão? Quanto tempo havia durado a luta? O mar o puxando para baixo e, em seguida, o cuspindo de volta à superfície, o esforço frenético para se manter à tona, as tentativas desesperadas de se agarrar a alguma coisa, as mãos encontrando apenas espuma e água. Ou será que já estava inconsciente antes de cair no mar? Possível. Era uma noite tempestuosa, e Archie velejava sozinho. Talvez tivesse caído e batido a cabeça na amurada ou sido atingido pela retranca. Archie tinha sido irresponsável ao sair para velejar no meio de uma tempestade. E talvez fosse um velejador irresponsável também. Seu corpo nunca fora encontrado. Não havia pistas para o legista. Nenhum conveniente feixe de poemas inéditos guardados em segurança num envelope à prova d'água encontrado no bolso da calça jeans, tampouco alguma pista para o biógrafo.

Murray perambulou pela cozinha e olhou pela janela para o pátio dos fundos. Um velho com chinelos felpudos vasculhava as lixeiras. Ele o observou por algum tempo e, então, voltou até o vestíbulo, pegou o telefone e ligou para a polícia. O telefone tocou diversas vezes, até que uma voz cavernosa atendeu:

— Delegacia de Sandyford.

— Oi, tem um velho nos fundos do meu prédio vasculhando o lixo. Ele está de chinelo e eu tenho a impressão de que ele tem demência ou algo do gênero.

— O senhor conversou com ele?

— Não estou vestido ainda.

A voz do outro lado da linha soou cansada.

— O senhor acha que ele pode estar procurando por recibos ou coisa parecida?

— Recibos?

Pareceu-lhe uma palavra em outra língua. Murray não conseguia entender o que isso tinha a ver com o assunto.

— Fraude de identidade.

Pensou em dizer que o velho adoraria saber sua identidade, mas, em vez disso, disse:

— Não, não acho que ele esteja fazendo nada de errado. Só acho que talvez esteja confuso.

— Certo. — O policial suspirou. — Me passe seu nome e endereço que enviaremos uma viatura assim que pudermos.

— Quanto tempo?

A voz denotou o máximo de desdém que um homem de uniforme madrugador pode deixar escapar para um civil que acabou de levantar da cama.

— Não posso precisar, senhor.

Murray passou as informações, desligou e voltou para a janela. O velho se fora. Ficou ali por alguns instantes tentando decidir se devia ligar de novo para a polícia ou se vestir e sair para caçá-lo pelos pátios dos fundos dos prédios. No fim, não fez nenhuma das duas coisas, simplesmente botou a chaleira no fogo e pegou a correspondência que deixara sobre a mesa.

A conta do aluguel, um panfleto do supermercado da vizinhança anunciando suas ofertas em cores brilhantes o bastante para deixar enjoado até mesmo o mais faminto, o extrato do banco mostrando que ganhava mais do que precisava, um envelope branco simples e uma carta impressa com o logotipo dos advogados de Christie. Hesitou entre os dois últimos, mas acabou por abrir a carta do advogado.

Caro sr. Watson

A sra. Graves me pediu para avisá-lo de que pensou seriamente acerca do seu pedido, mas, infelizmente, decidiu recusá-lo. Ela estima por demais a privacidade dos artistas e, por mais que deseje ao senhor sucesso em sua análise crítica sobre os poemas de Archie, não consegue ver como uma conversa sobre o tempo em que passaram juntos possa ajudá-lo. Ela também considera essa correspondência terminada e me pede para lembrar-lhe de que pode impetrar um mandado de segurança contra o senhor.

Atenciosamente,
Foster James
Niles, James e Worthing

Murray soltou um palavrão e amassou o papel numa bola.

As transmissões de rádio e televisão mostravam um monte de coisas. Assassinatos de crianças, problemas com drogas, pessoas que já tinham se sentado ao lado de famosos no ônibus, até mesmo os mortos ganhavam destaque, revelando escândalos do além-túmulo. Todo mundo montando blogs, tuitando e confessando; programas de TV veiculados tarde da noite contando detalhes sobre vidas privadas que ficariam melhores se fossem mantidas desse jeito, privadas; no entanto, a antiga namorada de Archie acreditava que uma segunda aproximação seria motivo suficiente para um processo.

Esticou a carta de novo e a releu. O jeito seria esbarrar em Christie acidentalmente, num evento de poesia, por exemplo. Algum lugar com vinho e bate-papo, onde pudesse recorrer ao seu charme e fazê-la falar sobre os velhos tempos, antes de admitir que sim, era ele quem estava escrevendo a biografia do Archie.

Era uma possibilidade.

Esticou o papel novamente, sabendo que precisava incluí-lo em seu arquivo. Será que havia alguma mensagem oculta nas palavras?

— Você nunca deixou a ilha, nunca se distanciou. Isso mostra o quanto se importa — murmurou.

Abriu o segundo envelope com o polegar, imaginando qual seria a punição para um perseguidor e se alguém assim teria permissão para continuar lecionando. O papel verde dentro do envelope tinha sido dobrado ao meio com cuidado. A fonte indica que o remetente havia adquirido um processador de textos recentemente. As fontes buscam visibilidade, mas era o texto que chamava a atenção: *De tal modo Deus amou o mundo que lhe deu seu Filho único, para que todo o que nele crer não pereça, mas tenha a vida eterna.* Os horários das missas vinham listados logo abaixo.

Murray amassou o papel e o jogou na lixeira, tentando sorrir diante da ideia de que — tirando Rachel — essa tinha sido a melhor proposta que ele recebera em tempos.

Capítulo Oito

MURRAY ACHOU QUE ESTAVA demorando demais. Decidiu contar até cem e tocar a campainha de novo. Já estava em 85 quando viu, através do vidro grosso da porta, uma sombra vindo lentamente em sua direção.

— Oi, só um minuto.

A voz do professor James estava rouca pela idade e cortante de irritação. Murray pensou no vigia de Macbeth, irritado pela batida no portão do castelo, comicamente irado, e no momento de silêncio antes da descoberta do horror.

James lutou com as chaves, e seu suspiro ao encontrar a certa foi audível mesmo através da porta fechada, mas só quando o professor a abriu completamente foi que Murray percebeu o quanto ele havia envelhecido. Já fazia quase vinte anos desde que o vira pela última vez, mas, de alguma forma, ainda esperava encontrá-lo com a mesma expressão séria que se dirigia à sua turma como um pastor da United Free Church of Scotland prestes a pregar seu sermão para uma congregação amaldiçoada. Com um cachimbo na boca, óculos e uma expressão de mau humor, e com o corpo atarracado dentro de um velho paletó de tweed, James era tudo o que Murray, recém-saído de uma escola liberal comandada por progressistas em roupas de veludo cotelê, esperava de um professor universitário.

James o cumprimentou com um aperto de mão.

— Entre.

O professor nunca fora um homem bonito, mas costumava ser uma presença marcante, com o peito avantajado e a cabeça raspada de um pugilista. A velhice o deixara encarquilhado e encurvado, fazendo com que seu rosto parecesse protuberante e grande demais. A ponta da testa era decorada com uma mistura de sardas e manchas de senilidade. O efeito era grotesco, parecia uma criança velha e sonolenta com um sorriso ávido.

— Que rara surpresa! Dois nomes do passado num mesmo dia.

Murray seguiu James por um pequeno corredor decorado com fotos dos filhos e netos do professor. A porta de entrada, de vidro, devia ter sido projetada para permitir a entrada de luz, mas talvez a casa estivesse virada para o lado errado ou o dia nublado demais, porque o corredor estava escuro, os sorrisos nas fotos envoltos em sombras.

— Dois nomes?

— Você e Lunan, dois alunos surpreendentes, tanto um quanto o outro.

Era estranho escutar seu nome associado ao do poeta.

— Meus anos de estudante ficaram para trás faz tempo.

— Até se aposentar, você fará parte de milhões de passados. Lecionar confere um tipo diferente de celebridade. Você é saudado por pessoas de quem nem se lembra. Um conselho: deixe que falem, mas não permita que percebam que você não faz a mínima ideia de quem são. — James conduziu Murray até uma sala aparentemente depenada. Ele se sentou numa poltrona de espaldar alto e apontou com a cabeça para um sofá de chintz. — Afaste os papéis e acomode-se. Como pode ver, voltei a um estado de homem solteiro.

Murray pegou uma pilha de anotações feitas à mão e as colocou sobre um grupo de livros amontoados.

— Ah, aí não. Helen vai dar uma passadinha aqui mais tarde para devolver esses livros e, se estiverem escondidos, não vai vê-los. — O professor passou os olhos pela sala procurando um lugar adequado entre os livros e documentos que abarrotavam o aposento. — Por que não os coloca... — Hesitou enquanto Murray titubeava com os papéis na mão, sem saber o que fazer. — Por que não os coloca ali? — Apontou com a cabeça para o chão à sua frente. — Desse jeito, se eu esquecer, vou acabar tropeçando neles, e o problema estará resolvido.

— Tem certeza?

— Seria um final adequado para um velho professor, derrotado pelas palavras.

Ainda havia traços da falecida esposa de James pela casa. O professor certamente jamais teria escolhido as cortinas floridas que cobriam a pequena janela do corredor, nem os renegados conjuntos de bibelôs expostos na cristaleira, porém o lugar, antes uma respeitável casa de família com um toque feminino, parecia agora o dormitório de um velho solteirão.

A chaleira estava na sala, ao alcance da mão. Um pacotinho aberto de açúcar, uma caixinha repleta de saquinhos de chá e uma caixa de leite se encontravam ao lado dela. A mesinha de centro estava coberta de livros, cada uma das pilhas arrumadas com a precisão de um mosaico romano. A mesinha de canto ao lado de James continha um copo d'água, uma série de remédios e mais livros. Murray percebeu uma cópia do *Moontide* de Lunan sobre a pilha, ao alcance da mão direita do professor.

Eles conversaram um pouco sobre o departamento, mas Murray sentiu que as perguntas do ancião eram mera formalidade. A parte de si que dedicara à faculdade se via agora ocupada com os livros e papéis espalhados pela sala. A presença de Murray era uma leve distração, um breve encontro na praia antes de ser arrastado de volta por uma maré de palavras.

Murray pegou o gravador na mochila, colocou-o sobre uma das pilhas de livros e pressionou o botão de gravar. James pigarreou, e sua voz assumiu o ritmo de um professor dando uma explicação.

—Tudo o que mantive na vida foi uma agenda de compromissos; portanto, sinto dizer que não poderei lhe oferecer grandes insights, mas dei uma olhada no ano em questão e encontrei uma referência a uma reunião que tive com Lunan logo após ele receber a notícia de que havia sido expulso do nosso curso. — James pegou uma agenda de 1970, abriu-a na página marcada e a entregou a Murray. Tinha sido uma semana atribulada. As aulas de James estavam nitidamente marcadas com tinta preta, porém o restante da página parecia uma confusão de rabiscos e sublinhados feitos a lápis, caneta preta, azul e vermelha. — Esse encontro aconteceu numa terça-feira à tarde, é claro. Acho que Archibald Lunan nunca foi muito dado a acordar cedo.

Murray viu as iniciais, *AL*, e o horário, *duas e meia*, rabiscados na margem de um dia bastante atribulado. Perguntou:

— Como Lunan reagiu ao ser enviado de volta para casa?

— Enviado de volta para casa? — A voz soou suave. — Não sabia que estávamos em Oxford ou Cambridge.

— Não — Murray se recostou na cadeira pensando em como, apesar de ter se preparado tanto, podia ter esquecido o jeito pedante de James por trás do sorriso. — Ele ficou chateado?

— Deve ter ficado. Mas, até onde me lembro, encarou a notícia como um homem.

— O procedimento padrão seria enviar-lhe uma carta. Por que você sentiu necessidade de informá-lo pessoalmente?

— Eu me fiz essa mesma pergunta quando vi a reunião anotada na agenda.

A conduta de James mudou e Murray percebeu que a pergunta despertara o interesse do velho professor. Lembrava-se desse mesmo comportamento durante as aulas de graduação, a impaciência inicial deixada de lado à medida que ele penetrava o xis da questão, como se as alfinetadas verbais fossem uma autodefesa contra o tédio.

— Qualquer que tenha sido o motivo, vamos dizer apenas que, na época, eu não confiaria Lunan a mais ninguém do departamento. Até mesmo eu percebia que éramos um bando de janotas presunçosos. — James se ajeitou ligeiramente nas almofadas como que tentando acomodar melhor os ossos. — Pode parecer preconceito da minha parte, mas Archie tinha um jeito rebelde. Cabelos longos, bigodinho de caubói, roupas desmazeladas... lembro-me bem de uma jaqueta de couro em particular. — Soltou uma risadinha professoral. — Dez anos depois, os professores e palestrantes haviam adotado o mesmo estilo, com exceção de alguns conservadores como eu, os militantes dos paletós de tweed e sapatos de camurça. No entanto, na época, pelo menos na Escócia, aquele tipo de visual ainda tinha conotações de contracultura. E isso somado à baixa frequência de Lunan às aulas... Acho que fiquei preocupado que ele recebesse uma esculhambação forte demais. Apesar do jeito desafiador, Lunan sempre me pareceu meio delicado.

— Delicado como?

— Ele era esquentado, o que não é um pré-requisito dos poetas, você sabe. Como eu disse, ele fazia o tipo, jaqueta de couro, punhos sempre prontos a se cerrar a qualquer provocação, além de volta e meia aparecer com o lábio cortado e o olho roxo. Mas ele não era tão inabalável quanto tentava parecer.

— Como assim? — perguntou Murray.

James fez uma pausa e olhou para o teto, como se procurasse uma explicação entre os cantos escuros.

— Naqueles dias, eu supervisionava um pequeno grupo que se reunia uma vez por mês para discutir seus próprios poemas. — James estava sendo modesto. De seu "pequeno grupo" haviam saído vários escritores cuja reputação se espalhara muito além dos círculos literários da cidade. Alguns dos membros tinham posteriormente ajudado a definir a nação aos olhos do mundo. — O primeiro poema que Lunan apresentou foi um plágio. Ele era mal-escrito o bastante para passar pelo trabalho de um aluno da graduação; portanto, havia uma boa possibilidade de que eu não descobrisse, isso se não tivesse publicado um poema no mesmo exemplar do periódico de onde ele havia copiado. — Fez que não, pensativo. — Incrível.

— E o que você fez?

— Minha primeira reação foi perguntar a ele na frente do grupo, mas achei melhor não fazer isso. Não sei bem por quê. Talvez eu já houvesse percebido a vulnerabilidade de Archie. Assim sendo, simplesmente o puxei para o lado e lhe disse que sabia. Achei que essa seria a última vez que o veríamos, mas, embora fosse fraco, Archie era forte também. Ele apareceu na reunião seguinte, dessa vez com um trabalho de sua própria autoria. Eu devo ter ficado curioso, porque concordei em lê-lo. — James sorriu. — Os poemas que ele me entregou eram bons. Não perfeitos, mas originais.

Murray apontou com a cabeça para o livro de Lunan, no topo de uma pilha ao lado do cotovelo do professor.

— Algum dos poemas que ele lhe mostrou está presente em *Moontide*?

— Um deles. "Preparações para um velório". Ele foi revisado e corrigido para a publicação, é claro, mas a essência já estava lá desde o começo: o ressuscitar do morto, a brincadeira de palavras entre velório e vigília, o horror que os companheiros de copo sentiram quando o amigo morto se senta no caixão, pronto para se juntar à festança. O lirismo da linguagem não foi tão bem-sucedido quanto na versão publicada, mas já era surpreendente.

— O que o restante do grupo achou?

— Não me recordo de nenhum comentário em particular. Lembre-se de que isso foi há muito tempo e que tivemos o privilégio de presenciar o nascimento de muitas obras surpreendentes.

O professor fitou Murray no fundo dos olhos. Foi como uma porta batendo com força.

— Archie se dava bem com as pessoas do grupo?

— Até onde posso me lembrar, sim. Mas, como eu disse, isso foi há muito tempo.

Outra porta se fechou.

James abriu um sorriso do tipo que os presidentes americanos oferecem ao subir no palanque, porém os dentes do professor eram amarelados e as gengivas, retraídas e rosadas.

— E qual foi a sua reação ao trabalho dele?

— Minha reação?

Ele falou de um jeito que fez a pergunta parecer tola.

Murray sorriu como que se desculpando.

— Qual foi sua primeira impressão ao ler algo que ele havia escrito?

O dia lá fora estava ensolarado. Contudo, as janelas da sala de estar estavam tão embaçadas, daquele jeito que os vidros ficam depois de um ou dois anos sem serem limpos, que os dois conversavam num ambiente escuro e sombrio. As partículas do ar pareciam impregnadas com uma mistura decadente dos cheiros de James e de sua falecida esposa. Murray teve vontade de se espanar para se livrar delas, mas em vez disso sorriu e esperou.

James pousou uma das mãos sobre o braço da poltrona, como se tentasse se decidir sobre alguma coisa. Ao falar, sua voz soou perigosamente gentil.

— Você quer saber se eu tinha inveja do talento de Lunan?

Murray hesitou, surpreso pela revelação da pergunta do velho.

— Seu profissionalismo sempre foi irrepreensível.

James pegou a cópia de *Moontide* sobre a mesinha ao lado dele e olhou para o rosto rasputiniano de Lunan. Em algum lugar, um relógio badalou as horas.

— Eu tinha inveja dele, é claro, mas dos outros também. Talvez, por trás da camaradagem, todos tivéssemos inveja uns dos outros. Honestamente, não creio que eu tenha deixado isso afetar meu relacionamento com ele... Bem... como alguém pode ter inveja de um morto? — Ele colocou o livro de volta na mesinha e olhou para Murray. — Mas eu tenho, é claro, toda vez que leio os poemas dele. — Riu e deu um tapa no braço da poltrona para se arrancar do devaneio. — O estranho é que o poema surrupiado que Lunan apresentou estava logo abaixo do que ele era capaz de produzir. É isso o que quero dizer com um sujeito vulnerável. Archie era sensível demais, um rapaz inseguro e, ao mesmo tempo, com um ego gigantesco.

— Não é uma combinação muito atraente.

— Não, mas Lunan sabia como ser um sedutor. Ele tinha o dom da palavra e um senso do absurdo. Quando estava num estado mental equilibrado, era uma ótima companhia.

— E quando não estava?

— Ficava melancolicamente mal-humorado, sarcástico e inclinado a bebedeiras. Em duas ocasiões diferentes, fui obrigado a pedir-lhe que deixasse a reunião. Se fosse outra pessoa, eu teria lhe dito para jamais retornar. Havia precedentes: eu já tinha barrado pelo menos um escritor ébrio.

— Está dizendo que ele era talentoso demais para ser descartado?

James se recostou na poltrona e olhou para o teto novamente. Foi um gesto teatral, a pausa que precede um ponto a ser destacado.

— O talento é uma coisa estranha, essencial, é claro, mas não é garantia de nada. Para ser franco, sempre duvidei de que ele tivesse a disciplina necessária para ser bem-sucedido. Acho que estava mais apaixonado pela ideia de se tornar um escritor do que com a necessidade de criar.

— O que o levou a pensar isso?

— Suponho que parcialmente, porque eu já havia visto isso antes. Nós nunca expulsamos nenhum participante sóbrio dessas reuniõezinhas, você sabe. Nós não as divulgávamos, é claro. Era uma coisa que corria somente de boca em boca, mas, de vez em quando, aparecia um daqueles heróis românticos. Eles não sabiam tocar nenhum instrumento, mas achavam que conseguiriam segurar uma caneta. A imagem é muito poderosa... O jovem Thomas Chatterton, Percy Shelley, Jack Kerouac... O escritor maldito desafiando o mundo antes de morrer jovem e belo. — Soltou uma risada. — Bom, talvez não tão belo no caso do Kerouac. A morte por excesso de álcool tende a deixar a pessoa inchada, mas você entende o que quero dizer. — O professor suspirou. — Quando alguém trabalha com gente jovem por tantos anos, como eu trabalhei, é inevitável deparar-se com mortes prematuras, um acidente de carro, uma overdose, uma queda durante uma escalada. — Fez uma pausa. — Um afogamento. Dizer que foi um desperdício é clichê, mas o que mais podemos dizer? Um grande desperdício. — Ele fez outra pausa, como se lamentasse em silêncio todos os jovens que tinham morrido antes da hora. — Assim sendo, para responder a sua pergunta, sim, eu percebi o talento dele desde o começo, embora achasse que ele não sabia tirar proveito disso. Lembro-me de que os poemas que li tinham potencial, ainda que não fossem brilhantes. — Deu uma risadinha. — E lá estava eu, como todas as minhas regras de disciplina e conhecimento adquirido a duras penas, mas incapaz de reproduzir a mágica que ele criava. — James fez que não. — Meu Deus, eu teria dado tudo por um pacto à la Fausto. — Seus olhos encontraram os de Murray. — E não era o único.

O professor riu e um leve aroma de decadência se elevou no ar abafado da sala escura. Murray pigarreou e perguntou:

— Então, como ele reagiu à expulsão?

— Eu lhe disse: estoicamente. — O velho fez que não de novo. — Não, estoicamente não, com indiferença. Ele apertou minha mão e me desejou tudo de bom. Eu queria que Lunan repetisse o ano, e ele disse que ia pensar no caso. Mas tive a impressão de que estava brincando comigo. Fiquei furioso. Lembro-me de sentir o hálito de cerveja nele e de pensar que, se fosse seu pai, lhe daria uma bela sova para ver se incutia algum juízo naquela cabeça-dura — James deu outra risadinha, mas dessa vez pareceu vazia. — Essa era a nossa forma de pensar na época. Tínhamos sido criados por homens que haviam servido na guerra, e nós mesmos havíamos participado de uma. — Ele suspirou. — Lunan era como um homem que desperdiça sua herança. Tinha inteligência o bastante para fazer as coisas direito, mas a desperdiçava, do mesmo modo como desperdiçou seu talento e, por fim, a própria vida. Ele a tratou com a mesma displicência com que tratara sua carreira acadêmica. — Ergueu os olhos e fitou Murray, o rosto largo e sorridente como uma máscara de Halloween. — Estou feliz por você estar escrevendo esse livro. Aqueles de nós que ficaram para trás deveriam ter dado mais atenção ao trabalho dele. As dívidas para com os mortos parecem ficar mais pesadas com o passar do tempo.

Murray concordou com um meneio de cabeça, embora não conseguisse imaginar que dívida o velho professor pudesse ter com o falecido poeta.

A voz de James adquiriu uma cadência suave ao recitar:

"A minha vela arde nas duas pontas;
Não vai durar a noite inteira;
Mas ah!, meus inimigos, e oh!, meus amigos —
A sua luz é tão prazenteira!"

— Archie detestava rima, mas esse poema o descreve perfeitamente; uma débil luz que queima ardentemente, ainda que por muito pouco tempo.

— Então você não ficou surpreso ao descobrir que ele havia morrido?

— Surpreso? — A voz de James baixou uma oitava, como se o choque ainda estivesse presente em suas lembranças. — Claro que fiquei surpreso. Ainda me lembro do momento em que soube de seu afogamento.

A cabeça do velho professor pendeu para a frente, a boca ligeiramente aberta, com uma camada de saliva brilhando sobre os lábios arroxeados. A sala recaiu num profundo silêncio. Murray se pegou observando o peito de seu antigo professor. Ele descansava frágil e imóvel sob o manchado pulôver de lã. Quando James falou, por fim, as palavras saíram lentas e ponderadas, como se ele tivesse conjurado o passado e agora estivesse relatando os eventos que passavam diante dos seus olhos.

— Valerie e eu estávamos indo assistir ao jogo de rúgbi do nosso filho, Alexander. Isso deve ter acontecido antes de ele tirar a carteira de motorista, porque demos uma carona para o Sandy até o estádio. Nossa filha Helen ia se encontrar com alguém, e Valerie estava determinada a não sair antes que o rapaz aparecesse para pegá-la. Ela não queria deixá-los sozinhos em casa, sabe como é, preocupada com uma possível falta de decoro. — Fez uma pausa. Murray teve a impressão de que ele hesitava diante de alguma revelação, mas o professor continuou: — O jovem em questão ligou dizendo que ia se atrasar. Não posso dizer, portanto, que fôssemos uma família feliz naquela manhã de domingo. Helen bufava pelos cantos pelo fato de a mãe não confiar nela, Sandy estava desesperado para ir logo para o jogo e Val procurando tarefas para adiar nossa saída. Você é casado?

Murray não esperava por essa pergunta e gaguejou ligeiramente.

— Não, ainda não.

— Eu recomendo, se você tiver a sorte que tive de encontrar a mulher certa, ainda que nem tudo seja um mar de rosas. Passado um tempo, você desenvolve um sexto sentido para saber quando desaparecer, e aquela manhã foi um desses momentos. Preparei um café, peguei o *Sunday Times* na mesa da cozinha e me sentei no carro para ler o jornal em paz. — O professor fez uma pausa e pigarreou, limpando a garganta. — Havia uma pequena nota, algumas poucas linhas: "Homem desaparecido, acredita-se que tenha se afogado." Não sei bem por que isso atraiu o meu olho. Eu nunca velejei, com exceção de alguns passeios de barquinho a remo com a Val pelo lago Dunsappie quando eu a estava cortejando, e, além disso, não estou muito familiarizado com aquela parte do mundo onde Lunan foi se esconder. O fato é que, por alguma razão, li a matéria. Vi o nome dele, "Archie Lunan, 25 anos", e soube na hora que estava morto.

— O que lhe deu essa certeza?

James hesitou.

— Não sei. Nunca achei que Archie fosse um homem propenso a cometer suicídio. Muito pelo contrário. Ainda penso nele como uma pessoa apaixonada pela vida. Os poemas sobre a natureza mostravam seu fascínio pelo mundo. Talvez ele simplesmente não fosse o tipo de pessoa dada a heroísmos. E a última vez que o vi ele estava... — Ele fez outra pausa, como se procurasse a palavra certa para descrever o estado de Lunan sem denegri-lo. — Ele estava exageradamente feliz.

— Você acha que ele estava sob a influência de drogas?

— Não tenho certeza se eu saberia reconhecer na época. Mas acho que não. Era mais como aquela felicidade que você vê nos rostos das pessoas recém-convertidas. Lembra-se dos Hare Krishnas?

— Hare, hare, rama, rama?

— Naquele tempo, havia um monte deles espalhados por Edimburgo. Helen morria de medo quando era pequena. Creio que porque eram muito barulhentos, com todos aqueles cânticos e sininhos, mas eu gostava. Eles acrescentavam um pouco de cor à cidade cinzenta. Archie me fez pensar neles quando o vi pela última vez, um recém-recrutado Hare Krishna. Um que ainda não experimentara atravessar o inverno escocês com a cabeça raspada e roupas que eram pouco mais do que um lençol laranja. Segundo as convenções, eu deveria apresentar meu argumento enquanto Archie escutava de cabeça baixa, mas era como se ele não conseguisse ficar quieto. Lembro que pegou uma foto de Helen e Sandy ainda bebês e me perguntou o nome deles. Fiquei tão surpreso que falei. Ele anuiu acenando com a cabeça, como se dissesse "nada mal", e, em seguida, quis saber como, entre tantos nomes no mundo, tínhamos chegado a esses em particular.

— E você o mandou ir cuidar da própria vida, certo?

— Não, foi a pergunta de um poeta. De repente, não éramos mais aluno e professor, mas sim dois especialistas em letras. Talvez eu já tivesse percebido que nessa área ele era muito melhor do que eu. Disse ao Archie que eram nomes de família. Ele riu e falou que essa jamais seria uma opção no caso dele, mas não me pareceu amargo, apenas feliz, como se estivesse antecipando o dia em que se tornaria pai e escolheria nomes que ajudariam a moldar o futuro dos filhos. — A voz de James falhou ao perguntar: — Se importa se descansarmos um pouco?

Apesar de querer instigar o velho a continuar, Murray fechou o caderno.

— Claro que não. Quer que eu volte outra hora?

— Não é melhor você anotar tudo antes que eu me vá?

Murray fitou os olhos remelentos do professor e mentiu.

— Tenho certeza de que você ainda vai ficar por aqui um bom tempo.

James bufou.

— Estou com 87 anos. Meu pai morreu aos 86, e meu avô aos 82. Acendo a luz do vestíbulo todo dia, às sete e meia da manhã e da noite; a casa é escura o bastante para que as pessoas consigam ver a luz acesa mesmo durante o nosso assim chamado verão. Tenho um acordo com a minha vizinha da frente. Se ela olhar e vir tudo escuro, é para se aproximar com cautela. — Ele suspirou. — Vamos tomar um café. Minhas papilas gustativas estão deterioradas; portanto, prepare um café forte, por favor.

Murray encheu a chaleira na cozinha repleta de louça suja. Reparou no micro-ondas e nas embalagens vazias de comida congelada, e reconheceu uma cena de sua própria vida.

James gritou da sala:

— Não repare a bagunça. Irene vem amanhã para fazer uma faxina.

Murray voltou com a chaleira para a sala de estar, colocou-a sobre a mesa de jantar e a ligou, desejando ter tido a presença de espírito de pegar um pacote de biscoitos.

— Talvez você devesse me passar o telefone dessa Irene.

— É um segredo muito bem-guardado. Seria mais fácil para você arrumar uma esposa. Não que isso hoje em dia vá necessariamente resolver os seus problemas domésticos.

A chaleira começou a apitar. Murray despejou a água fervendo sobre o café instantâneo que já servira nas canecas.

— Infelizmente, não.

— Não tente descambar para o lado da misoginia. Os tempos mudaram, e para melhor. Veja só o seu chefe de departamento e a esposa dele, dois acadêmicos de primeira linha, embora Rachel seja uma professora melhor, é claro. — O velho lançou um olhar malicioso para Murray. — O que você acha do Fergus Baine como chefe do departamento?

— Muito eficiente.

— Sim, a eficiência tem o hábito de fazer as pessoas galgarem a profissão.

O rosto do professor parecia cansado. Se Lunan tinha sido uma chama brilhante e breve, James era como a cera, os traços derretendo com o passar do tempo. Murray ligou novamente o gravador.

— Fale-me de Christie Graves. Você a via com frequência?

James suspirou, parecendo desapontado por abandonar a conversa sobre o chefe do departamento de Murray.

— A princípio não, porém Christie logo se tornou parte do pacote. Ela era como a sombra de Archie ou talvez ele fosse a sombra dela, quem sabe? Uma garota muito bonita, com um tipo de beleza que estava em moda na época: olhos grandes, pele clara e cabelos vermelhos, uma verdadeira beldade pré-Rafaelita. Sempre a consideramos parte do grupo e, de certa forma, acredito que era mesmo. Ela foi a muitas reuniões naquele ano, mas nunca contribuiu com nada, apenas se sentava em silêncio com um sorriso à la Gioconda estampado no rosto. Isso me irritava profundamente.

— Ela deve tê-lo surpreendido depois.

— Ah, sim, Christie foi uma grande surpresa. Claro que, de certa forma, a morte de Lunan alavancou a carreira dela. Talvez tenha sido uma espécie de ressurreição, embora não parecesse assim na época. — James tomou um gole do café. As velhas feições de duende penderam com o peso das lembranças. — Não houve funeral. O corpo de Lunan nunca foi encontrado, mas alguém organizou um velório no pub Mather's, e outro amigo, sentimentaloide o bastante, resolveu fazer uma leitura de "Preparações para um velório". Nem preciso dizer que Archie não se levantou como algum messias sedento, pronto para se juntar à festança. Todo mundo se embebedou, inclusive eu. Christie não compareceu. Não a culpo. Só a vi uma única vez depois da morte dele; na verdade, pouco tempo depois, passeando a pé pela Bridges. Ela havia cortado o cabelo. Lembro-me de ter ficado profundamente sentido com o fato. O cabelo dela era tão lindo, e ela sabia disso. Mas ele se fora, agora estava curto. Atravessei a rua para oferecer minhas condolências. Ela me fitou no fundo dos olhos e me cumprimentou com um aceno de cabeça, mas não parou. Não escutei mais falar dela até alguns anos atrás, quando o livro foi publicado.

— E o que você achou do livro?

— O que achei? Um bom livro. Sei que é uma palavra engraçada para descrever um livro desse tipo, mas é verdade. Terrível e bom.

— Você acha que ele foi baseado em fatos?

— Que diferença faz? Isso o tornaria um livro melhor?

— Não necessariamente melhor, mas, do meu ponto de vista, essa é uma pergunta interessante.

James se recostou na poltrona e ergueu o rosto novamente para o teto, esticando completamente o pescoço de tartaruga.

— Autenticidade... poderia ele ser chamado de autêntico? Bom, o livro é real, eu o segurei em minhas mãos, e fiquei impressionado. Acho que contém algo melhor do que autenticidade. Tem integridade, e isso é tudo o que podemos esperar de um livro.

James acompanhou Murray até a porta, apesar dos protestos de seu antigo aluno de que poderia encontrar o caminho sozinho. Eles se despediram com um aperto de mãos e o professor perguntou:

— Você pretende entrevistá-la? A Christie, quero dizer?

— Provavelmente não. Ela recusou o meu pedido.

— Que pena! Isso seria ótimo.

Murray já estava quase na rua quando James o chamou de volta.

— Cabe a você decidir que tipo de livro vai ser, mas acho que deveria encontrar uma maneira de vê-la.

James era uma cabeça mais baixo do que seu aluno. Murray o fitou e viu uma fagulha de juventude acender os olhos do professor. Lembrou-se da descrição que fizera de Lunan como um convertido religioso exageradamente feliz e pensou que ela se aplicaria muito bem à expressão convicta que via no rosto do ancião.

— Mais fácil falar do que fazer. Ela ameaçou me processar se eu tentasse.

James bufou.

— E você vai permitir que isso o impeça de tentar?

Ele deu de ombros e o professor sacudiu a cabeça de forma zombeteira.

— Deixe-me lhe dizer uma coisa. Meu pai era um engenheiro da Barr & Strouds, um defensor incondicional do governo, com opiniões liberais a respeito de tudo, exceto sexo. Nessa área, ele me deu apenas um único conselho. Se você não tiver que correr atrás, então a mulher não vale a pena.

Murray abrandou a voz em respeito aos falecidos pais.

—Tenho certeza de que ele era um homem sábio, mas esse conselho em particular se tornou obsoleto em nossa era industrial. De qualquer forma, quero entrevistá-la sobre um evento complicado do passado e não me casar com ela.

— E se ela simplesmente estiver bancando a difícil?

— Por que ela faria isso?

— Não sei. Força do hábito? Ela evitou falar sobre Archie por motivos que posso muito bem compreender, mas o tempo passou, e a época agora é outra. Talvez você precise lembrá-la disso. — James pousou uma das mãos sobre o braço de Murray. — Você é um rapaz inteligente. Tenho certeza de que conseguirá convencê-la.

Capítulo Nove

Murray guardou a sacola de livros dentro da mochila, pendurou-a no ombro e saiu do sebo que ficava na West Port. Não encontrara nenhuma referência a Lunan entre os periódicos sobre poesia que o comerciante de livros separara para ele, porém as maiúsculas arredondadas e os anúncios em preto e branco das revistas e publicações há muito extintas haviam lhe proporcionado uma fugaz conexão com a era do poeta. Viagem no tempo através das fontes do texto. Sorriu diante da ideia.

Esperou o sinal fechar e atravessou a rua, pensando no almoço; talvez um prato de sopa em algum lugar do Grassmarket, onde pudesse sentar-se para anotar uns dois pontos que lhe haviam ocorrido enquanto vasculhava as prateleiras. Lembrou-se de uma cafeteria tranquila onde o atendimento era feito sem pressa e o cliente podia demorar-se à vontade. Poderia aproveitar para continuar a analisar com calma os periódicos que havia comprado antes de voltar para a biblioteca. Talvez conseguisse até justificar a compra descobrindo alguma referência, mesmo que indireta, a Lunan ou a um de seus amigos. O dia estava começando a tomar forma.

Estava tentando lembrar-se de onde ficava o caixa eletrônico mais próximo quando viu a namorada do irmão virar a esquina. Lyn vestia suas roupas de trabalho: sapatos baixos, jeans largos e uma camisa de manga comprida com uma camiseta por baixo. Murray se lembrou da vez em que ela brincara dizendo que, se pudesse, iria trabalhar de burca.

— O problema é que os safados iam imaginar que, por baixo, eu estava vestida dos pés à cabeça com algum conjunto de lingerie Ann Summers.

Jack lhe perguntara se Ann Summers fabricava algum conjunto de lingerie que fosse dos pés à cabeça, e ela lhe respondera com uma piscadinha.

— Você ficaria surpreso.

Lyn parecia absorta demais, conversando com um sujeito desmazelado numa cadeira de rodas elétrica ao seu lado, para ter visto o cunhado. A livraria ficava a umas três ruas de onde ela estava e, na direção oposta, a esquina mais próxima estava a um quarteirão de distância, mas havia um pub quase em frente. Murray apressou o passo e entrou furtivamente no estabelecimento.

Sua primeira impressão foi de escuridão e música sobressaindo em meio a um aroma de cerveja velha e algo mais, um cheiro pungente de suor. Os sofás espalhados pelo aposento estavam vazios, e apenas dois dos bancos em frente ao balcão se encontravam ocupados. Ou a clientela do pub gostava de almoçar tarde ou a gerência esperava com otimismo que o negócio deslanchasse, já que a proposta era o entretenimento.

Em um palco na extremidade oposta do salão, uma mulher usando somente um fio dental girava preguiçosamente em torno de uma barra prateada. O rosto da dançarina estava impassível, mas a entrada de Murray pareceu ser a deixa para ela acelerar o ritmo. A mulher se agarrou à barra com as duas mãos e se lançou num rodopio que levantou os pés do chão e a transformou num caleidoscópio de

>Seios
>Nádegas
>Seios
>Nádegas
>Seios
>Nádegas

Ela enganchou uma perna em volta da barra, diminuiu a velocidade novamente e escorregou para o chão, abrindo as pernas num espacate. Murray conteve um desejo educado de bater palmas. Ninguém mais pareceu impressionado. O atendente do bar lançou um olhar de relance para Murray por cima do jornal que colocara apoiado nas torneiras de cerveja, e os homens sentados nos bancos ao longo do balcão continuaram com os olhos fixos em suas canecas, todos menos um sujeito atarracado numa roupa de ginástica cinza que se virou e o encarou.

A dançarina voltou aos seus giros lentos enquanto Murray ajeitava a mochila e seguia para o bar. Sempre gostara de Lyn. Será que encontrar com ela depois de ter ido embora da exposição de Jack sem se despedir era pior do que tomar um drinque naquela espelunca? O problema é que falar com ela significava conversar sobre o irmão, algo que ele ainda não se sentia pronto para fazer.

A música se transformou numa série de vibrações e chiados. A dançarina ignorou o fato por alguns momentos, mas, como ninguém se mexeu para remediar o problema, gritou:

— Malky, você vai consertar esse CD ou quer que eu comece a dançar um maldito *break*?

— Eu gostaria de te ver dançando o *moonwalk*. Na lua!

A voz dele era baixa demais para chegar até o palco, mas um dos clientes riu e a garota lançou para o atendente um olhar que prometia grande sofrimento mais tarde.

— Sua barra com ela tá meio suja — comentou o cliente.

O atendente deu de ombros e colocou o CD de volta no aparelho. Sade começou a cantar a respeito de um esquivo sedutor, e a garota se pôs a rebolar os quadris em movimentos curtos e contidos, como se dançasse dentro de uma caixa invisível.

Murray meteu a mão no bolso da calça jeans e encontrou uma moeda de 2 libras.

— Uma Coca, por favor.

O homem grisalho sentado no banco se virou e lhe ofereceu um diminuto sorriso. A voz dele era baixa, mas Murray não teve dificuldade em escutá-lo, apesar das batidas da música.

— O senhor é membro?

Murray olhou para o chão nu, sem nenhum carpete, para os sofás revestidos com sobras de tecido de algodão barato e para o atendente com a barba por fazer, que voltara a atenção mais uma vez para a seção de esportes do tabloide.

— Não, infelizmente não.

— Sem problema. Eu posso cadastrá-lo.

— Que bom!

Esperava que o sujeito não quisesse um drinque em retribuição.

— A entrada para quem não é membro é de 10 libras.

Murray sentiu seus olhos sendo atraídos de volta para o palco. Forçou-se a encarar o segurança.

— Não pretendo ficar.

— Tudo bem. — O homem desceu do banco e agarrou o cotovelo de Murray com firmeza, mas manteve o mesmo tom educado do professor Fergus Baine ao corrigir o deslize em teoria literária de algum de seus rivais do departamento. — Eu o acompanho até a porta.

— Quis dizer que só ia ficar aqui um minuto.

— Nesse caso serão 10 libras.

— O negócio é o seguinte. — Murray se desvencilhou delicadamente e se recostou no balcão, tentando assumir um ar de camaradagem que há muito sabia não combinar com ele. — Tem uma garota lá fora que eu preferiria não encontrar.

O atendente ergueu os olhos do jornal.

— Sei como é.

Murray sorriu para ele, feliz por ganhar um aliado.

— Assim sendo, se você me deixar ficar aqui só um pouquinho, três minutos no máximo, vai me fazer um grande favor. Fico feliz em consumir alguma coisa.

Abriu a mão, revelando a moeda de 2 libras. O gesto pareceu patético e ele fechou os dedos em volta da moeda novamente.

— Sem problema. — A voz do segurança era tão suave e complacente quanto a de um valentão extorquindo dinheiro do nerd da escola. — O senhor pode ficar pelo tempo que quiser, mas a entrada continua a mesma, 10 libras. — O sorriso mostrou dentes surpreendentemente brancos. — Aceitamos todos os cartões de crédito.

Murray imaginou se Lyn e o amigo já teriam passado, mas havia uma loja de discos antigos entre eles e o pub. O homem na cadeira de rodas parecia o tipo que pararia para dar uma olhada.

— Fico feliz em comprar uma cerveja, mas você não pode esperar que eu pague 10 libras por uma bebida, pode?

O segurança o pegou novamente pelo cotovelo.

— Na verdade, 14 libras, meu amigo, as bebidas não são de graça. De qualquer forma, vai depender do quanto o senhor deseja evitá-la.

Eles estavam se aproximando da saída. Murray fez uma última tentativa.

— Que mal teria?

— Sem palavras, meu amigo. — O homem apontou com a cabeça para a garota no palco. — A senhorita Stripper Ruim de Transa me delata para o chefe e eu sou despedido num piscar de olhos. — Ele abriu a porta. — Não é nada pessoal. — E com um leve empurrão jogou Murray de volta na rua.

Murray passou os olhos em torno. Lyn e o amigo se afastavam do pub, as costas voltadas para ele. Estava seguro. Sorriu para o segurança.

— Pode voltar para o Ritz.

O homem sorriu amigavelmente.

— É aquela ali, a magrela ao lado do Homem de Ferro?

— Não.

Murray começou a se afastar, enquanto o segurança gritava:

— Ei, olha quem está aqui.

Lyn se virou. Uma expressão de perplexidade lhe anuviou o rosto, mas ela ergueu a mão em saudação. Disse alguma coisa para o companheiro e começou a andar de volta para o ponto onde Murray agora esperava.

O segurança grisalho deu uma risadinha.

— Da próxima vez, pague a entrada. — A porta bateu atrás dele, bloqueando a escuridão e a música, e deixando Murray sozinho para encarar a namorada do irmão.

— Olá, estranho.

A expressão de Lyn não condizia com a saudação brincalhona e Murray imaginou se ela havia percebido o tipo de pub do qual acabara de sair. Geralmente, quando se encontravam, eles se cumprimentavam com um beijo no rosto, mas nenhum dos dois tomou a iniciativa, e o momento se perdeu.

— Oi. — Ele ajeitou a mochila pesada, lutando contra o desejo de tirá-la do ombro. — Como você está?

— Bem. — Lyn afastou uma mecha de cabelo. O sol incidiu sobre seu rosto e ela estreitou os olhos ao fitá-lo. Murray se lembrou de uma foto que Jack tirara dela com essa mesma expressão, de alguém lutando contra a luz. — Eu não sabia que você estava por aqui.

A voz dela não continha censura alguma, mas ele se sentiu mal mesmo assim.

— Tenho vindo para cá quase todos os dias, estou trabalhando na biblioteca.

— E como está indo o trabalho?

— Bem. — Ele buscou algo mais para dizer. — Estou começando a me aprofundar.

Lyn se virou para o homem na cadeira de rodas.

— Frankie, esse é meu cunhado, Murray. Murray, esse é o Frankie. Estávamos a caminho do mercado.

Frankie levantou o chapéu um pouco e olhou para Murray de cima a baixo.

— Algo de bom ali? — Apontou com a cabeça na direção do pub.

— Frankie — interveio Lyn, num tom entre súplica e censura, e Murray se deu conta de que sua visitinha ao estabelecimento não era um segredo.

— Não. — Tentou manter um tom de voz distraído. — A entrada custa 10 libras e a música é muito alta. — Virou-se para Lyn. — Entrei por engano.

Ela lançou um rápido olhar para o cartaz na rua anunciando DANÇAS ERÓTICAS, CABINES EXCLUSIVAS, RESERVADOS VIP, DANÇARINAS EXÓTICAS. IDEAL PARA FESTAS DE ESCRITÓRIO E DESPEDIDAS DE SOLTEIRO.

— Compreensível.

— Não há entrada para cadeirantes. — Frankie girou a cadeira. — Isso é contra a lei. — Começou a impulsioná-la para a frente e para trás, fazendo os pneus guincharem de forma impaciente. *Vamos lá, vamos lá, vamos lá.*

Uma das rodas bateu no pé de Murray e ele deu um passo brusco para trás.

— Frankie. — A voz de Lyn apresentava um quê incomum de repreensão. — Estamos a caminho do Lidl. A loja vai continuar no mesmo lugar, ainda que a gente pare um pouquinho para dar oi.

— Mas algumas promoções vão ter terminado, Lyn. — Frankie ergueu os olhos para Murray. De pé, ele seria o mais alto dos dois. — Sem ofensa, meu velho, mas você sabe como é.

Murray não sabia, mas concordou com um meneio de cabeça mesmo assim.

— Não quero atrapalhá-los.

— Não se preocupe com isso. — Frankie virou a cadeira e começou a se afastar.

— Pai do céu. — Lyn falou com uma entonação que podia traduzir tanto diversão quanto desespero. — Veja só o Frankie. Eu adoraria colocar minhas mãos no gênio que o deixou atrelado àquela coisa.

— Eles devem estar com ofertas imperdíveis. Não seria melhor você ir com ele?

— Ele já é bem crescidinho.

— Cliente difícil?

— Os fáceis não precisam de ajuda.

— Imagino que seja verdade. — Ele apontou com a cabeça para o pub mais uma vez. — Só percebi que era um bar de entretenimento adulto depois que entrei, juro.

— Bar de entretenimento adulto. — Lyn riu. — Essa é uma bela forma de expressar as coisas. — Ela olhou por cima do ombro dele e acompanhou o progresso de Frankie, antes de voltar sua atenção novamente para Murray. — Mesmo que tivesse entrado, não tenho nada com isso.

— Mas não entrei.

— Deve ter sido um choque.

— Um pouco. Eu estava procurando um lugar para tomar um prato de sopa. — Eles riram, e pela primeira vez Murray ficou feliz por tê-la encontrado. Lyn olhou de relance para a direção que

Frankie tomara. Ele já estava a um quarteirão de distância, conversando com um vendedor de revistas. Frankie meteu a mão no bolso para pegar um maço de cigarros, e o vendedor acendeu para os dois.

— É melhor eu ir atrás dele, nosso ônibus já deve estar chegando. Você pode me acompanhar até o ponto?

O ponto ficava na direção oposta a que ele pretendia seguir, mas Murray fez que sim e os dois começaram a andar devagarinho atrás de Frankie, como pais que deixam o filho sair correndo na frente durante um passeio de fim de semana.

— Então, Frankie é o homem da vez?

— Que jeito horrível de colocar as coisas, mas já que você mencionou, acho que passo mais tempo com ele do que com qualquer outra pessoa, inclusive Jack.

— E como ele está?

— Por que não pergunta diretamente?

— Eu vou quando tiver um tempinho.

Lyn suspirou.

— Pode deixar que eu falo que você perguntou por ele.

— Obrigado. — Murray hesitou. — Você pode dizer para ele que eu talvez...

— Ah, merda.

— Que foi?

Lyn começou a correr.

— Aquele é o nosso ônibus.

Um pouco mais à frente, Frankie esticou o braço, e um ônibus gigantesco de dois andares diminuiu a velocidade e parou. Lyn podia ser rápida, mas era baixa demais para uma corredora. Murray ajeitou a maldita mochila e saiu em disparada. O ônibus baixou a suspensão até a plataforma estar no nível da rua e as portas se abriram. Frankie se despediu do vendedor com um aceno de mão e começou a subir. Murray gritou:

— Ei!

O vendedor viu Murray e colocou um pé na plataforma, impedindo o ônibus de partir.

— Obrigado — murmurou Murray. Meteu a mão no bolso e pescou a mesma moeda de 2 libras que tentara gastar com a Coca. Era muito, mas a pressionou na palma do vendedor mesmo assim.

— Não precisa. — O homem tirou o pé da plataforma. — Ele não vai a lugar algum.

Ofereceu-lhe um jornal, mas Murray fez que não e subiu no ônibus.

O motorista destrancou a porta de sua cabine e a abriu ligeiramente, mas Frankie havia estacionado a cadeira na frente dela, bloqueando a passagem. Murray sentiu um cheiro de fumaça, viu o cigarro aceso na mão de Frankie e entendeu. O motorista se sentou de novo, lançando um olhar de inveja para o cigarro Mayfair de Frankie.

— Escute, companheiro, meu turno termina às cinco, chegando ao meu destino ou não, mas tem gente aqui com coisas para fazer e você os está impedindo de chegarem onde precisam chegar e fazê-las. Por que não os deixa prosseguir com suas vidas?

— Você escutou o motorista. — Uma senhora idosa se inclinou no assento e surgiu no corredor. — Jogue fora o cigarro ou saia do ônibus.

Frankie virou a cadeira para encarar os passageiros.

— Vocês sabem quem foi a primeira pessoa a banir o tabaco? Adolf Hitler. — Puxou o maço de Mayfair e pescou outro cigarro. — Às vezes, o povo é obediente demais.

Um velho se levantou.

— Aposto que foi esse tipo de comportamento que o deixou nessa cadeira. — Ele trocou as sacolas de compra de lugar, dando a impressão de que ia para o fundo do ônibus. Mas as senhoras em volta dele se uniram em coro: "Muito bem-colocado, sr. Prentice. É isso aí, Jim", e ele permaneceu onde estava, com o peito estufado debaixo do anoraque, parecendo um velho paxá cercado por suas bem encobertas odaliscas.

— O que está acontecendo?

A corrida fizera com que o cabelo de Lyn se soltasse da presilha. Ele pendia em torno do rosto num emaranhado de mechas. Ela também estava com as bochechas coradas, mas se em virtude do esforço ou da irritação era difícil dizer.

Murray se virou para ela, mas foi Frankie quem falou:

— Eu estava segurando o ônibus para você.

Ele tirou o cigarro da boca, apagou-o habilidosamente e o guardou de volta no maço.

O motorista fechou as portas e ligou o motor.

— Pelo amor de Deus, era só pedir que eu esperava.

— Tá, sei. — Frankie recuou a cadeira para o espaço ao lado da porta, junto a um carrinho de bebê. A criança lhe lançou um olhar funesto e ele meneou a cabeça em cumprimento. — Como vai você?

— Desculpe. — Lyn meteu a mão na bolsa e colocou o dinheiro na caixinha.

— Não precisa pedir desculpas, querida. — O motorista lhe entregou o comprovante, sorrindo de um jeito triste, como um homem que já vira de tudo. — Estar amarrada a um sujeito desses não deve ser nada fácil.

Murray interveio:

— Ela não está...

Contudo, o motorista já voltara os olhos novamente para a rua e começava a se afastar do ponto. De repente, Murray se lembrou de que não pretendia ir a lugar nenhum, com exceção da biblioteca.

Por fim, ele acompanhou os dois ao mercado, escutando Lyn e Frankie discutindo sobre os méritos questionáveis dos produtos em oferta. Lyn perguntou se ele não queria comprar alguma coisa, mas Murray fez que não. Não saberia por onde começar. Frankie, por outro lado, parecia saber exatamente o que estava fazendo.

Frankie parou ao lado das prateleiras de vinho, analisando-as com olhos experientes.

— Acho que podemos levar duas garrafas daquele tinto reserva; por favor, Lyn.

Murray o pegou olhando para o traseiro de Lyn quando ela se esticou para pegar o vinho que estava na prateleira mais alta.

— Você gosta de cozinhar?

— É melhor do que passar fome.

Lyn colocou as garrafas junto com as outras compras e eles continuaram a vasculhar as prateleiras.

— Frankie é quase um gourmet.

— A comida é um dos poucos prazeres que me sobraram.

Lyn bufou.

— Além da bebida, dos cigarros e de todo o resto.

— Todo o resto? Isso é uma insinuação?

Lyn deu um leve empurrão na cadeira; Murray tinha certeza de que isso não condizia com as regras de conduta profissional. Ela olhou para ele.

— Conte mais sobre a sua pesquisa.

Murray teve a impressão de que ela estava zombando dele, assim como acabara de zombar de Frankie, e provavelmente do jeito como fazia com Jack.

— Não tem nada de interessante. Você sabe como fico obcecado quando me envolvo nesse tipo de coisa.

Murray pegou uma garrafa de azeite na prateleira. Ela continha grãos de pimenta vermelha e preta suspensos no óleo. Virou a garrafa de lado e observou os grãos deslizarem devagarinho pelo viscoso líquido amarelo, como estrelas migratórias cruzando o firmamento.

— Vamos lá, você sabe que gosto de ouvi-lo falar do seu poeta maluco.

O azeite tinha o mesmo tom amarelo pálido das cervejas claras. Ele se lembrou de uma noite no pub, muitos anos antes, em que Lyn derramara o restante de sua cerveja sobre a cabeça de Jack por causa de um comentário que ela considerara machista. Lembrou-se do choque que o ato causara a todos, da expressão de Jack e de sua própria e admirada surpresa. Ele havia rido e tomado um longo gole da própria cerveja, antes de sacudir as últimas gotas sobre o encharcado irmão. A brincadeira fizera o garçom explodir: "Quero vocês fora daqui!"

Colocou o azeite de volta na prateleira.

— Não acho que Archie fosse maluco; pelo menos, não a princípio. Claro que às vezes se comportava como um louco, mas, pelo que andei escutando, isso acontecia por causa do álcool. Eu não ficaria surpreso se houvesse outras drogas envolvidas também.

— Você fala como se desejasse isso.

— O que aconteceu, aconteceu, não posso mudar o passado. Tudo o que posso fazer é me certificar de que os dados estão corretos.

Lyn perguntou com suavidade:

— Você não pode tratar a exposição do seu irmão com a mesma tolerância?

A comparação o deixou perplexo.

— Enquanto eu estiver por aqui, nosso pai não é passado. Fico surpreso que Jack não pense dessa forma.

— Ele pensa, Murray. Mas ele tem uma maneira diferente de expressar isso.

Talvez Lyn tivesse percebido a pressão no fundo dos olhos dele, porque pegou outra lata na prateleira e perguntou de novo se realmente não precisava de nada.

Os três esperaram juntos na fila do caixa, atrás de um casal idoso. O velho apoiou a cestinha de compras na ponta do balcão, e sua esposa colocou quatro latas de comida de cachorro, uma caixa de Cornflakes e uma garrafa de conhaque Three Barrels sobre a esteira rolante.

As compras passaram e Lyn começou a descarregar o carrinho de Frankie.

— Você disse que queria que eu repassasse alguma mensagem para o Jack.

— Eu disse?

Ele não queria discutir nada na frente do outro.

— Disse, pouco antes de o ônibus chegar. Na confusão, acabei esquecendo.

— Não era importante.

A funcionária começou a passar as compras deles, enquanto eles empacotavam. Murray fez menção de ajudar, mas Frankie falou:

— Pode deixar, meu velho, a gente tem um esquema.

Lyn olhou como que pedindo desculpas.

— Semanas de prática. Frankie e eu precisamos levar tudo isso de volta, mas aí vou dar meu dia por encerrado. Talvez a gente possa tomar um café, se você estiver com tempo.

Ele sabia que café significava um pub. Seria fácil acompanhá-la, ceder ao apelo do álcool e da companhia, abandonar suas defesas até estar preparado para se reconciliar com a traição de Jack com relação à dignidade do pai deles.

— Desculpe, mas não era nem para eu ter vindo. Tenho muito trabalho a fazer e preciso começar a arrumar as malas.

— Era isso que você ia me dizer?

— O quê?

— Que vai viajar.

— Por uma semana, mais ou menos, para Lismore.

Ela riu.

— Por um segundo achei que você ia me dizer que pretendia imigrar.

— Não, é só uma viagenzinha para montar um histórico. Foi lá que Archie passou seus últimos dias.

— Onde ele se afogou?

— É, achei que seria uma boa ideia ir até lá para sentir o lugar.

O que ele queria era sentir o Archie, mas, dito em voz alta, isso soaria bobo.

Eles terminaram de empacotar as compras. Lyn pendurou uma das sacolas nas costas da cadeira de rodas. Frankie a impulsionou para a frente e para trás e disse:

— Pode pendurar mais umas duas.

— Não quero fazê-lo tombar.

— Isso não vai acontecer de novo. Nesse assunto eu agora tenho experiência.

Lyn fez uma careta pelas costas dele, mas acatou o pedido, e os três saíram calmamente do mercado. O céu nublara enquanto faziam as compras, e parecia que ia chover. A promessa de um belo dia ficara para trás. Carros transitavam pela rua principal, porém o cenário atrás do mercado transmitia tamanha desolação que era fácil imaginar o universo devastado do romance de ficção científica de Archie. Lyn pousou uma das mãos delicadamente sobre as costas da cadeira de Frankie, firmando as sacolas. Ela havia prendido as madeixas de novo, mas o vento soprando através do estacionamento ameaçava soltá-las mais uma vez. Afastou uma mecha dos olhos e sorriu para Murray.

— Tem certeza de que não quer tomar um café?

— Preciso voltar.

— Para o seu poeta morto?

— Ele está entre as ondas, acenando para mim.

Por um instante, foi como se conseguisse ver Lunan no meio daquela imensidão assustadora, com os braços abertos e os cabelos flutuando na água, sendo levado pelas correntes.

— Com licença, Lyn. — A voz de Frankie soou absurdamente polida. — Mas acho que preciso usar o toalete.

— Sem problema. — Ela respondeu de um jeito duro, profissional. — As dependências dos funcionários possuem um bom acesso. Você pode esperar um pouco enquanto procuro alguém para nos deixar entrar?

— Não é uma emergência. — Atrás do estacionamento cinzento, a placa de um Burger King cintilava em vermelho. Frankie apontou com a cabeça para ela. — Por que a gente não vai lá? Você pode tomar seu café.

— Ah, não sei não, Frank...

— Se você me arrumar um *Evening News*, poderei me sentar sozinho e deixar vocês colocarem o papo em dia. Não me importo.

Lyn se virou para Murray. Ele deu de ombros, derrotado. Já fazia quase quarenta anos que Archie havia se afogado, seu corpo há muito se perdera e o melhor que Murray poderia fazer seria restaurar a reputação dele. E isso podia esperar uma ou duas horas.

— Por que não?

Murray entrou no Burger King com Frankie e as compras, enquanto Lyn procurava um jornaleiro. Acompanhou o amigo da cunhada até a porta do banheiro para deficientes físicos. Frankie parou.

— Você gosta de assistir?

— Não.

— Então se manda. Posso não ser mais capaz de mijar em pé, mas ainda consigo limpar minha própria bunda.

— Um dos poucos prazeres que lhe restam?

— Nem de longe, meu velho, nem de longe. — Puxou Murray para perto dele e sussurrou em seu ouvido, exalando um hálito de cigarro e cebola. — Diga ao seu irmão para cuidar melhor dela ou vou esquecer que Lyn tem namorado.

Murray bufou, perplexo, o que surpreendeu a ambos.

— Eu repasso a mensagem.

— Pode rir o quanto quiser, meu amigo. Ela é boa demais para aquele maricas idiota. Eu sou o que as pessoas chamam hoje em dia de um bom partido.

— Acho que os tempos ficaram difíceis.

— Não para mim. Ganho um bom dinheiro, tenho meu próprio apartamento e estou limpo das drogas. Mas sabe qual é a minha maior qualidade?

— Qual?

— Eu sou um projeto. As garotas adoram um projeto. Vou deixar que ela me reforme dos pés à cabeça, não se preocupe.

Ele lançou um olhar malicioso, virou a cadeira e entrou no reservado.

Murray comprou três cafés, guarnecendo a bandeja com alguns saquinhos de açúcar e sachês daquele negócio usado como substituto do leite. Colocou a bandeja sobre uma mesa ao lado da janela e pegou o celular. Não havia nenhuma mensagem. Começou a escrever um recado para Rachel, mas ainda estava no "Desculpe" quando Lyn entrou com o jornal de Frankie. Fechou o celular sem enviar nada. Não sabia o que mais teria dito. Afinal de contas, ele estava longe de poder ser descrito como um bom partido.

Frankie se sentou do outro lado do salão, decidido a "dar espaço aos dois", mas Murray notou que ele escolheu um lugar com uma boa visão da mesa deles. Lyn tomou um gole do café.

— Não podemos demorar muito. Então, o que você tem feito?

— Nada de mais. O de sempre, só trabalhando.

— Só trabalhando. Você devia aproveitar a dica do livro de Frankie e sair mais.

— Estou fora o dia inteiro.

— Visitando clubes de strippers, vasculhando as prateleiras de um supermercado. Que bela vida essa que vocês, doutores em literatura, levam.

— Somos bem ocupados.

Murray tomou um gole do café. Tinha sido um erro parar ali. Quanto mais rápido terminasse, mais cedo poderia ir embora.

— Você virá nos fazer uma visita antes de viajar?

Era como se Lyn tivesse lido a sua mente.

— Claro, se eu tiver um tempo.

Ela anuiu com um meneio de cabeça. Os dois sabiam que isso não aconteceria. Murray sentiu os olhos de Frankie fixos neles. Não era patético sentir ciúmes de um paraplégico? E um paraplégico recentemente desabrigado, uma vez que estava sob os cuidados de Lyn.

Ela o observava por cima da borda do copo de papel.

— A exposição do Jack recebeu boas críticas.

— Que bom.

A traição de Jack sobrepujava qualquer prazer que ele normalmente teria pelo sucesso do irmão.

Lyn manteve os olhos fixos nos dele.

— Isso é tudo o que você tem a dizer?

Ele deu de ombros, emburrado como um calouro teimoso que recebe uma merecida nota baixa.

— Conheci uma outra artista. Cressida alguma coisa. E como ela se saiu?

Lyn levou o copo à boca.

— Cressida Reeves? Ela é mais amiga do Jack do que minha. Estudaram juntos na faculdade.

— Você também.

— É verdade, mas eles faziam parte do mesmo grupinho. Eu só apareci em cena quando Jack já estava no terceiro ano. Antes dessa exposição, eu não a via fazia anos. — Ela fitou Murray. — Você viu o trabalho dela?

— Não.

— Talvez devesse. — Sua voz soou áspera. — Cressida coloca muito de si mesma nas obras.

— É melhor do que explorar as fraquezas dos outros.

Lyn suspirou. Tomou outro gole do café e manteve o copo de papel aninhado entre as mãos, como se quisesse esquentá-las, embora o interior do fast-food estivesse aconchegante em comparação com o vento frio lá fora.

— Jack devia ter lhe contado qual era o tema da exposição, mas você não pode menosprezá-lo por ter criado algo assim.

— Ele não criou nada, apenas apontou a câmera e tirou a foto. — Murray dobrou os dedos como se fossem uma arma e puxou o gatilho. — Bang, bang, você está morto.

— Pense o que quiser. — Ela corou. Colocou o copo na mesa e olhou de relance para Frankie. — É melhor eu ir.

Ele queria pedir desculpas, mas, em vez disso, perguntou:

— Você agora ajuda deficientes físicos?

Um brilho faiscou nos olhos dela, mas sua voz se manteve firme.

— Não, continuo no mesmo trabalho e com o mesmo salário. Frankie já era nosso cliente antes de se tornar paraplégico.

O que havia de errado com ele, que não conseguia sentir pena de um desabrigado numa cadeira de rodas?

— Não deve ser nada fácil dormir na rua na situação dele.

— Ele não está mais nas ruas. É por isso que eu estou aqui, para ajudar na transição dele: da vida no albergue para uma vida independente.

— Então foi um acidente fortuito?

Ela o olhou de cara feia e não mordeu a isca.

— Não foi exatamente um acidente... Não sei bem como você chamaria isso. Um grito de socorro? Um surto psicótico desencadeado pelas drogas? Certo dia, Frankie se pegou caminhando pela M8, sem saber como havia chegado ali, observando as luzes dos carros que passavam. Estava escuro, mas era inverno e passava um pouquinho das cinco; portanto, a rodovia estava movimentada, com muita gente voltando para casa do trabalho. Ele viu um viaduto, subiu nele e se jogou lá de cima.

— Que merda!

— É mesmo, que merda.

— Ele provocou algum engavetamento?

— Não. Jack diz que Frankie é o artista suicida mais sortudo do ramo. Ele bateu no teto de um caminhão, quicou e caiu no canteiro central. A queda deveria tê-lo matado, mas, em vez disso, o deixou numa cadeira de rodas. O engraçado é que a gente havia tentado arrumar uma casa para o Frankie antes, mas tinha sido um desastre. A responsabilidade era demais para ele. No entanto, desde que saiu do hospital, ele parece melhor. Quero dizer, Frankie ainda tem vários problemas... Certos dias aparece bêbado como um gambá... Mas está tentando se ajudar. Ele gosta de cozinhar. Era o responsável pela comida quando estava no exército... e está tentando cuidar do apartamento sozinho. Não faltou a nenhuma reunião comigo. Sei que ele pode ser um pé no saco às vezes. Mas é como se o Frankie tivesse decidido dar uma chance à vida. Quase como se a tentativa de suicídio tivesse feito um bem a ele.

— Ele tem uma forte atração por você.

— Todos eles se sentem atraídos por mim. Eu sou a única mulher com quem eles falam além das garçonetes.

— Então o sentimento não é mútuo?

— Pelo amor de Deus, Murray, Jack está certo. Você não é desse mundo. — Lyn olhou de relance para Frankie mais uma vez. — Eu preciso ir.

— Precisa mesmo, o mundo está esperando.

Lyn corou. Afastou uma mecha de cabelo dos olhos e se inclinou por cima da mesa, aproximando-se tanto que ele sentiu as palavras roçando seu rosto.

— Esse é o meu trabalho, Murray, e ele é tão importante quanto o seu maldito livro ou a arte do Jack.

— Sei disso.

Ela o fitou como se quisesse dar-lhe um bofetão, mas em vez disso se esticou e lhe deu um beijo.

— Não, não sabe. — Com um leve apertão no braço dele, ela se afastou.

Murray os observou pela janela andando em direção ao ponto de táxi. Frankie disse alguma coisa e Lyn riu, sacudindo a cabeça como se não devesse ter achado o comentário tão divertido.

Ele despejou mais açúcar no café já frio e mexeu. Lyn estava certa, é claro, o trabalho dela era vital; e ele, mais do que ninguém, deveria saber disso. Ainda assim, não conseguia aceitar a ideia de que responder aos chamados de Frankie era mais importante do que revelar a vida de Archie Lunan. Havia milhões de bêbados na cidade; Archie, por exemplo, tinha sido um deles. Mas também tinha sido um poeta, e havia poucos deles no mundo.

Pegou o caderno Moleskine e analisou novamente a lista de nomes que havia copiado da agenda de Archie:

> *Danny*
> *Denny*
> *Bobby Boy*
> *Ruby!*
> *Achei tê-la visto caminhando pela oral*

Ramie
Moon
Jessa***
Tamsker
Saffron
Ray — *você vai ser meu raio de sol?*

Talvez Lunan tivesse passado o tempo criando nomes para os personagens de seu romance de ficção científica, porém as frases entremeadas sugeriam outra coisa. Murray releu a lista, pensando no que poderia ser.

Capítulo Dez

HAVIA UMA mensagem de voz no celular de Murray. Ele verificou as chamadas perdidas e viu um número desconhecido de Glasgow. Como chegara ao ponto em que um número desconhecido era um alívio? Era uma voz de mulher, imbuída com a mesma autoconfiança que se via regularmente nos corredores e salas de aula da universidade.

— Olá, estou ligando a respeito do seu anúncio no suplemento literário do *The Times*. Meu falecido marido, Alan Garret, andou pesquisando a morte de Archie Lunan. — A mulher fez uma pausa, como se esperasse que alguém atendesse e, em seguida, continuou, menos confiante: — Bom, é isso, me ligue se estiver interessado. — A sra. Garret forneceu o número e o endereço de e-mail e desligou com um clique.

Fora Rachel quem sugerira o anúncio durante um dos primeiros encontros deles. Ela dirigia velozmente pela estrada apagada, com o vazio escuro do reservatório abaixo deles e as luzes da cidade cintilando ao fundo. Rachel fazia as curvas traiçoeiras com confiança, e Murray tentou não pensar em quão bem ela conhecia a estrada. Ao se aproximarem do destino, ela diminuiu a velocidade, subitamente indecisa sobre o desvio a tomar. De repente, um cervo surgiu diante dos faróis. Murray teve um rápido vislumbre dos olhos negros brilhantes e da galhada exuberante, instantes antes de a criatura sumir de volta na escuridão. Lembrou-se de uma matéria sobre um motorista que havia colidido contra um cervo; os chifres do animal tinham atravessado o para-brisa e perfurado o peito do homem. O cervo machucado ainda sacudira a cabeça para tentar soltar os chifres; os dois corpos haviam sido encontrados horas depois.

Murray perguntou:

— Você está bem?

— Estou, essa foi por pouco. — Rachel riu e apertou o acelerador de novo. Logo depois, apareceu uma saída à esquerda e ela guiou o carro calmamente para o estacionamento escuro como um breu. — Chegamos.

Ele empurrou o assento para trás. Rachel desligou o motor e pulou rapidamente do banco do motorista para o colo dele. Os dois estavam se beijando, as mãos dela descendo de forma excitante para a braguilha dele, enquanto seus dedos desabotoavam a blusa dela, traçando uma linha entre a renda do sutiã e os seios ainda desconhecidos, quando Murray reparou na sombra de outro carro parado silenciosamente no escuro. A mão parou onde estava.

— Tem mais alguém aqui.

— Hummm. — Rachel já o libertara e estava se esfregando nele. Ela não estava de calcinha e a ideia de que havia dirigido até ali nua por baixo da saia provocou uma onda de excitação em Murray. Contudo, saber da presença de outro carro o incomodava.

— Você acha que podem nos ver?

Rachel se inclinou para trás e acendeu a luz interna. Seus seios brilharam, alvos, sob a renda.

— Agora podem.

Ele esticou o braço e apagou a luz.

— Você é um estraga prazeres, Murray.

— Não gosto de plateia.

— Que pena!

Ela abriu o fecho do sutiã e deixou os seios roçarem suavemente contra o rosto dele. Eles se beijaram e retomaram a brincadeira, embora Murray não conseguisse livrar-se da sensação de estar sendo observado, o que fez com que a transa fosse rápida e desajeitada.

Eles fizeram o caminho de volta em silêncio, com Rachel tomando mais cuidado nas curvas e só acelerando quando alcançava os trechos retos que ladeavam o reservatório.

Ela estava a 120 quilômetros por hora quando os faróis de outro carro refletiram atrás deles, iluminando o painel. Murray se virou e viu o rosto de Rachel envolto em luz e sombras, como uma fotografia em preto e branco, a boca repuxada num ponto entre um sorriso e uma careta. Deu-se conta de que ela devia ter visto o carro se aproximando pelo espelho retrovisor e imaginou se tinha sido isso, mais do que a reta em que se encontravam, o que a havia feito acelerar.

O carro era um Saab. Ele fez menção de ultrapassar e Rachel acelerou ainda mais, a fim de manter os carros emparelhados, como num pega. Um pouco adiante havia uma curva fechada. O pé direito de Murray pressionou um freio imaginário, o Saab acelerou ainda mais e Rachel diminuiu a velocidade, deixando-o passar. Um pouco depois, as luzes de freio do carro se acenderam. Rachel o seguiu de perto até o cruzamento, mas o Saab conseguiu passar instantes antes de o sinal fechar. Murray achou que ela fosse acelerar e ultrapassar o sinal, mas, no último minuto, apertou o freio. Ele foi jogado para a frente, mas o cinto de segurança o manteve no lugar.

— Desculpe. — Rachel se virou para ele. — Foi um passeio meio turbulento.

Murray tentou reconstruir mentalmente a silhueta do carro estacionado, mas tudo o que vira fora uma sombra destacada na escuridão. Nada, além de sua intuição, ou talvez fosse paranoia, lhe dizia que era o mesmo carro com o qual Rachel tinha batido o pega.

— Você me deixou um pouco preocupado.

— Você está sempre preocupado, Murray. Essa é uma característica sua de fábrica.

— Não é justo.

Ela pousou uma das mãos sobre o joelho dele para reconfortá-lo.

— Seu jeito antiquado é parte daquilo que gosto em você. — Rachel desviou os olhos da estrada e o fitou por alguns instantes. — Como está indo seu trabalho com nosso escorregadio Archie?

— Escorregadio é a palavra. — Sua voz se tornou mais afável. Ela jamais lhe dissera que gostava dele. — Liguei para a Biblioteca Nacional. Eles têm algumas caixas com papéis e outras coisas, e vão me deixar averiguá-las. O que realmente estou sentindo falta é de relatos em primeira mão, contatos com pessoas que conviveram com ele. É inacreditável descobrir que muitos da geração dele já não estão entre nós.

— E que geração! — Ela riu. — Ele não era muito mais velho do que o Fergus, você sabe. Talvez você devesse entrevistá-lo.

— Duvido que frequentassem os mesmos círculos.

— Você ficaria surpreso com os círculos que Fergus frequentou.

O jeito travesso dela contrabalançava com a irritação na voz dele.

Eles prosseguiram em silêncio e, à medida que se aproximavam da universidade, Murray viu a cidade ir tomando forma. Olhou mais uma vez para as linhas bem-demarcadas do perfil dela e imaginou por que ela traía Fergus com ele e ele com Fergus.

Na Great Western Road, tiveram que esperar o sinal abrir. Murray viu pela janela acesa do Philadelphia Bar o cozinheiro jogando um punhado de batatas cortadas numa panela com óleo fervente. Talvez ele devesse chamar Rachel para comer um peixe, a fim de substituir o cheiro de sexo entranhado no carro pelo de bacalhau frito e vinagre. O sinal abriu e ela partiu, desviando-se de um pedestre retardatário.

— Você devia procurá-los.

— Quem?

— Os velhos amigos do Archie.

— É o que pretendo fazer.

— Pode ser divertido, que nem bancar o detetive. Talvez você precise usar um disfarce.

Ele pousou uma das mãos sobre o joelho dela.

— Prefiro não usar nada.

— E eu prefiro você no seu *habitat*.

Ela mudou a marcha, afastando a mão dele.

— Na biblioteca?

— Essa é uma boa ideia, entre as pilhas de livros.

Rachel acendeu o pisca alerta e parou o carro em fila dupla, a fim de que ele pudesse saltar e pegar o metrô para voltar para casa.

No dia seguinte, ele mandara publicar um pequeno anúncio no *Herald*, no *The Scotsman*, no suplemento literário do *The Times* e na *Scots Magazine*.

O doutor Murray Watson, do departamento de literatura inglesa da Universidade de Glasgow, procura por pessoas que tenham conhecido o poeta Archie Lunan e que possam lhe dar qualquer informação a respeito dele.

Não tivera nenhum resultado, pelo menos até a mensagem recebida no celular. Ligou para o número que ela deixara e escutou o telefone tocar do outro lado da linha. Contou até vinte, desligou e tentou novamente. O toque tinha seu próprio tom, seu próprio ritmo, tão regular quanto as batidas de um coração. O telefone continuou tocando, até que ele desistiu.

Pensou mais uma vez na volta para casa, Rachel sentada ao seu lado, a mão dela mudando as marchas enquanto retornavam para a cidade. Ultimamente, Murray volta e meia se lembrava dos momentos que haviam passado juntos como se estivesse de fora, um telespectador assistindo a um filme, ou um homem atrás do volante de um carro num estacionamento escuro.

Capítulo Onze

MURRAY NÃO SABIA AO CERTO o que acontecia com as viúvas nos três primeiros anos depois da morte do marido, mas, se tivesse que imaginar Audrey Garret, pensaria numa mulher estoica, abaixo do peso e abatida, para não dizer devastada.

A mulher que abriu a porta de seu apartamento no terceiro andar era bem-nutrida, com a pele clara afogueada e cabelos louro avermelhados presos num rabo de cavalo grosso. A calça preta de malha, acompanhada por uma regata branca e um ar de quem não perde tempo com bobagens, o fez pensar nos alunos do Corpo de Treinamento de Oficiais que ele às vezes via entrando nos microônibus da universidade. Mas ela então sorriu, e a impressão se desfez.

Eles se cumprimentaram com um aperto de mãos. A palma dela era quente ao toque. Murray sentiu um suave cheiro de suor no ar e percebeu que ela estivera malhando. Ele lhe trouxera flores, um pequeno buquê de rosas amarelas, tendo tomado o cuidado de não escolher nenhuma flor chamativa nem fúnebre. Entregou-as a ela, nervoso como um pretendente inseguro.

— Obrigada, mas não era necessário. — Ela abrandou as palavras com um sorriso. — É um prazer compartilhar o trabalho do Alan com alguém que possa vir a fazer bom uso dele. — Obedecendo às regras da boa educação, aproximou o buquê do rosto para sentir o aroma dos botões, e Murray viu que se esquecera de arrancar a etiqueta do preço. — Entre. — Audrey o conduziu a um vestíbulo quadrado, repleto de caixas de papelão semiabertas e com uma confusão de malas e bicicletas.

Ele havia presumido que ela era inglesa, talvez londrina, mas agora reconhecia a inflexão transoceânica do sotaque: Austrália ou Nova Zelândia. Não saberia dizer.

— Desculpe a bagunça. Como pode ver, acabamos de nos mudar. Normalmente somos uma família bastante organizada.

Audrey se virou para verificar se ele havia captado a piada, e Murray a fitou com uma expressão de culpa, imaginando se ela havia notado os olhos dele baixando automaticamente para seu traseiro. Ele desviou os dele e viu outro par de olhinhos espiando por trás de uma porta aberta no corredor, que pertenciam a um garoto pequeno e sisudo, com uma massa abundante de cabelos escuros. Murray não saberia julgar a idade: mais de 5 e menos de 10, imaginou.

— Olá, eu me chamo Murray.

O menino continuou sério. Em silêncio, fechou a porta.

— Perdoe o Lewis. Ele é tímido com estranhos. Minha cunhada vai passar aqui daqui a pouco para levá-lo para a aula de natação. — Audrey olhou de relance para o relógio. — Ela já devia ter chegado, mas, como pode ver, estamos atrasados... como sempre. Era para eu ter tomado banho e trocado de roupa antes de você chegar.

— Fico grato pela senhora ter arrumado um tempo para me receber.

Murray lançou um rápido olhar por cima do ombro e viu Lewis Garret espiando de novo pela fenda da porta entreaberta. Imaginou se devia dar uma de tio e entregar a ele uma moeda de 1 libra. Mas o garoto o pegou olhando. Dessa vez, bateu a porta com força.

Audrey gritou:

— Lewis, isso não é educado. — Mas não se deteve mais no assunto. Em vez disso, levou Murray até uma ampla sala de estar com uma janela saliente, entulhada de caixas até o teto, como o armazém secreto de um contrabandista.

— O caos aqui reina absoluto — comentou ela, despencando na única peça de mobília do aposento, um enorme sofá modulado que fez Murray pensar em aeroportos e longas esperas. — Lewis tinha apenas 3 anos quando o pai morreu. Ele tem certa timidez com homens, embora seja, ao mesmo tempo, totalmente fascinado por eles, é claro. Lewis é muito chegado ao sr. Sidique, do apartamento em frente. A barba dele é um dos principais motivos da atração... Acho que é porque o faz pensar no Papai Noel. Se Lisa não chegar logo, talvez ele crie coragem e apareça para interrogá-lo daqui a pouco.

Murray se aboletou na extremidade oposta do sofá e esfregou o queixo.

— Não tenho barba.

— Não, isso talvez o coloque em desvantagem.

Ele sorriu, sem saber se devia sentir-se aliviado ou desapontado. Mas, então, disse:

— Lewis, em homenagem a Robert Louis Stevenson?

— Não, a grafia é diferente. A gente não espera que vá ser tão difícil escolher nomes para uma criança. Alan e eu fizemos uma lista longa. No fim, escolhemos o que achamos mais original, apenas para descobrirmos um mês depois que era um dos nomes de menino mais populares na Escócia. — Ela riu. — Não importa, combina com ele.

Murray se lembrou da coleção de nomes que encontrara entre as coisas de Archie e imaginou se ela seria parecida com a lista que Audrey Garret e o marido haviam feito. Pensou em mostrar para ela, mas Audrey mudou de assunto.

— Vou preparar um chá para a gente já, já. Estou absolutamente exausta. Em geral, eu trabalho enquanto Lewis está na escola, mas hoje decidi dar uma corridinha antes de ir buscá-lo. Acho que exagerei no exercício.

Ela esticou a perna. Seus pés estavam descalços e com as solas imundas, como se ela houvesse corrido sem sapatos pela cidade.

Murray achou a amabilidade da mulher desconcertante. Imaginou se esse era o jeito dela ou se era apenas uma estratégia retardativa; um meio de evitar discutir o trabalho do marido com um estranho.

Inclinou-se para a frente.

— Não se preocupe com o chá. Você já tem muito que fazer com seu filho e tudo o mais.

Brandiu uma das mãos na direção das caixas.

Audrey Garret sorriu e respondeu:

— Você deve estar imaginando quando é que vou calar a boca e deixá-lo trabalhar.

— De jeito nenhum.

— Preciso te contar uma coisa. Quando ele morreu, Alan estava em Lismore, pesquisando a vida de Archie Lunan.

Por um segundo, Murray não soube dizer sobre qual morte ela se referia, mas então entendeu e disse:

— Sinto muito.

Ela deu de ombros, reconhecendo ao mesmo tempo a condolência e sua inutilidade.

— Achei que seria melhor resolver logo isso, mas espero que você entenda se eu me sentir... bem... — Ela sorriu. — Mesmo depois de todo esse tempo, nunca sei como as coisas vão me afetar.

— Entendo. — Murray desviou os olhos dela, pousou-os nas caixas de papelão empilhadas como um muro de defesa e imaginou qual seria a resposta apropriada. — Talvez você queira que alguém venha nos ajudar, sua cunhada, por exemplo?

— Lisa? — Audrey riu. — Ela é pior do que eu. Não, vamos ficar bem. — A campainha tocou e ela se levantou. — Por falar no diabo, aí está ela. Com licença.

Ele escutou uma confusão alegre de vozes femininas, risos e os tons agudos e animados de uma criança. Em seguida, a porta da frente bateu e o silêncio voltou a reinar. Imaginou-a parada, descalça, no vestíbulo subitamente silencioso, reunindo forças. O novo apartamento transmitia uma aura frágil de coragem. Murray apertou as mãos uma contra a outra e as prendeu entre os joelhos. Chegaria o momento em que sua própria vida daria uma guinada e o número de mortos sobrepujaria o dos vivos.

— Paz, a mais completa paz. — Audrey se jogou de novo no sofá, que balançou ligeiramente sob seu peso. — Lisa vem pegá-lo para passar a noite com ela uma vez por semana, para que eu tenha um pouco de descanso.

Ele descruzou as pernas e se recostou no sofá.

— Estou atrapalhando o seu dia de folga.

— Não se incomode com isso. Mas você tem razão, é melhor a gente começar logo. — Ela se empertigou e se virou para encará-lo, afastando uma mecha de cabelo dos olhos. — Doei a maior parte dos livros de referência do Alan para a biblioteca do departamento, e seus colegas foram muito gentis em empacotar as coisas da sala dele na universidade algum tempo depois do acidente. — Abriu um sorriso irônico. — Como pode ver, espaço é algo muito valorizado aqui. A maioria das coisas que eles guardaram continua nas caixas. Mantive toda a tralha do Alan reunida num só lugar quando nos mudamos; portanto, sinta-se à vontade para vasculhar o quanto quiser...

Ela hesitou e ele disse:

— Mas?

— Mas infelizmente joguei algumas coisas fora. Precisamos seguir em frente. Não esquecer, mas... — Audrey buscou um jeito diferente de dizer isso, mas desistiu e sorriu. — Apenas seguir em frente.

— É claro. — Ele imaginou quais vislumbres da vida de Archie tinham terminado numa lata de lixo. — Pelo que entendi, o dr. Garret era um sociólogo, certo?

— Alan se formou em psicologia e sociologia, e seu trabalho refletia uma combinação dos dois.

— E, na época da morte, ele estava pesquisando sobre artistas que morreram jovens?

— Na verdade, era algo mais específico do que isso. Alan estava interessado em artistas que cometeram suicídio.

Havia um certo constrangimento no modo como ela falou isso. Murray teve vontade de lhe dizer para não se preocupar, que ele já havia analisado propostas de pesquisas mais estranhas, recebido convites para alas psiquiátricas e celas de prisão. Mas, em vez disso, anuiu com um meneio de cabeça e perguntou:

— Ele achava que Archie se inseria nessa categoria?

— Acredito que sim. Alan nunca falava muito sobre esse aspecto do trabalho. Eu achava mórbido.

— Creio que posso concordar, mas às vezes, quando você está realizando uma pesquisa... — Fez uma pausa, procurando o melhor meio de explicar. — A coisa perde essa capacidade de incomodar. Você fica tão fascinado pelas minúcias que o tema principal se torna abstrato.

— Talvez isso fosse parte do que me incomodava, esse distanciamento. — Ela balançou o pé, olhando para os dedos como se tivesse acabado de notá-los. — É triste reconhecer que algo que significava tanto para ele tenha se tornado praticamente um tabu entre a gente. Esse é um dos meus arrependimentos. Talvez se tivesse prestado mais atenção à morte do Archie Lunan, às mortes de todas as pessoas que ele estudava, eu tivesse compreendido o Alan melhor.

Murray sentiu o peso do apartamento vazio e desejou que o menino não tivesse saído. Rolou a caneta que pegara no bolso entre as mãos e, ao ver que ela permanecia em silêncio, perguntou:

— O que você quer dizer com isso?

Foi como se as palavras estivessem esperando para serem proferidas.

— Quando um homem sóbrio fascinado por suicídios bate de cara numa árvore com um carro cujos freios estavam perfeitos, você se pergunta se não foi deliberado. — Ela ergueu os olhos. — Conversei com o médico dele e vasculhei suas coisas, seus pertences. Mas Alan não tinha nenhum histórico de depressão, nem um estoque de tranquilizantes que subitamente parara de tomar. A investigação declarou que foi um acidente infeliz. Um jeito educado de dizerem que Alan foi o único culpado. Talvez estivesse cansado, tentando fazer tudo o que tinha para fazer o mais rápido possível, a fim de voltar logo para casa... Exceto, é claro, que não voltou. — Audrey se levantou. — Desculpe, isso é exatamente o que eu não queria que acontecesse. — Resolveu ir direto ao ponto. — As caixas do Alan estão todas juntas e marcadas com um X. Não tenho certeza se você irá encontrar grande coisa. Não sei há quanto tempo o Alan vinha pesquisando sobre o amigo de vocês, mas sei que levou as anotações mais relevantes quando foi para lá. Acredito que estivessem no carro na hora do acidente. Ninguém me devolveu nada.

Ela fez uma pausa. Um silêncio regado a sangue e vidro quebrado.

Murray imaginou o motorista morto caído sobre o volante, a buzina berrando ininterruptamente, suas preciosas folhas voando pela janela quebrada e se espalhando pelos campos, em direção ao oceano onde Archie havia se afogado.

— Dei o computador dele para uma instituição de ajuda aos malauianos. Talvez eu devesse ter ficado com ele, mas sabe como são essas coisas.

— Sei — respondeu Murray, sem muita certeza se sabia ou não.

— De qualquer forma, ele era uma carroça velha. Os malauianos devem ter ficado embasbacados ao vê-lo. Imagino que, a essa altura, já tenham banda larga ativada por energia solar e surfem por sites pornográficos como o resto do mundo. — Audrey puxou a bainha da camiseta para esticar os amassados, que voltaram a se formar assim que ela a soltou. — Isso soou racista? Não foi minha intenção.

— Não, claro que não, você só quis dizer que não devíamos entregar nosso lixo para caridade. — Ele percebeu o que tinha dito e corou. — Não quis dizer...

Mas Audrey riu e parte da tensão se desfez.

— Não, sei que não. — Continuava sorrindo. — Vou deixá-lo trabalhar. Tenho muita coisa para fazer. Me chame quando tiver terminado.

Havia meia dúzia de caixas; menos do que ele esperava. Sempre havia menos do que sua expectativa, mas, quando Murray começou a verificar o conteúdo delas, percebeu que não continham nenhuma anotação referente a aulas ou documentos de cunho administrativo, nenhuma proposta de pesquisas descartadas nem esboços de aulas pela metade. Tudo ali dizia respeito ao estudo acadêmico sobre suicídio. A ideia de que Audrey Garret havia arrumado tempo para separar as caixas certas, quando tinha um filho, um trabalho e uma casa para cuidar, o comoveu. Mas talvez isso fosse apenas uma maneira de fazer com que ele fosse embora mais rápido.

Audrey deixara a porta da sala escancarada, e Murray escutou o barulho de um chuveiro vindo de algum lugar ao final do corredor. Levantou-se e fechou a porta, a fim de bloquear a imagem indesejada de espelhos de banheiro embaçados e de Audrey entrando, nua, debaixo de um jato de água quente.

Tirou a jaqueta, jogou-a sobre o sofá e, em seguida, se agachou no piso de madeira corrida e abriu a primeira caixa. As pastas de cima continham gráficos com análises estatísticas que não faziam nenhum sentido para ele. Colocou-as de lado, pegou uma pilha de exemplares do *Bulletin of Suicidology* e folheou uns dois. Era como qualquer periódico profissional ou revista especializada que já vira: nada que pudesse interessar a quem não fosse do meio, porém um banquete para os iniciados. A grande quantidade de propagandas de livros, cursos e conferências indicava que o suicídio era uma indústria em ascensão. Como seriam essas conferências? Reuniões desorganizadas, regadas a álcool e gargalhadas, com jogos de roleta-russa pelos corredores e uma pessoa a menos a cada café da manhã?

Podia entender o horror de Audrey. Mas, se Archie havia tirado a própria vida, então talvez fizesse sentido ler as teorias sobre suicídios. *Tirar a própria vida.* Que coisa leviana! Não se lembrava de jamais ter usado essa expressão. Talvez fosse uma simples reação à sobriedade daquelas páginas, como alguém que vai a um funeral e sente uma súbita vontade de rir.

Murray pegou um punhado de folhas soltas e começou a analisá-las, tomando cuidado para não tirá-las da ordem. Uma lista impressa, originária de um site na internet, chamou sua atenção.

Vestiu seu melhor terno e deu um tiro na cabeça.

Sufocou-se com gás após uma série de críticas negativas sobre sua última exposição.

Overdose de tranquilizantes em Bagdá.

Jogou-se sobre uma espada cerimonial e ficou entre e vida e a morte por mais vinte e quatro horas.

Cometeu suicídio num surto psicótico, mas não antes de matar a família inteira.

Pulou de uma janela em Roma.

Overdose de barbitúricos e, enquanto pôde, deixou notas sobre como estava se sentindo.

Tentou se matar com um tiro, errou e acabou cortando a própria garganta.

Enforcou-se na porta do quarto do pai.

A escassez de detalhes parecia proposital; o método, o local, o motivo. Será que havia bons motivos para um ato desses? Imaginou como seria a entrada referente ao Archie.

Velejador incompetente, navegou em direção ao olho da tempestade num barco mal-equipado.

Uma dor insuportável seria um motivo razoável. Mas, nesse caso, imaginou que seria eutanásia, e não suicídio. Havia uma diferença. A ideia o fez parar e focar os olhos no vazio por alguns instantes. Dores que você sabia que só iriam piorar. Isso era apenas uma causa.

A sala estava começando a ficar escura; lá fora, o céu adquirira um tom rosado. Chovera de forma intermitente o dia inteiro, mas agora fazia um belo final de tarde, a virada do dia para a noite trazendo consigo a calmaria após a tempestade. Murray se levantou e acionou o interruptor, porém a sala continuou envolta em sombras. O bocal estava vazio, e a sala, destituída de lâmpadas.

— Merda.

Ele arrastou a caixa até a janela e continuou vasculhando-a sob a luz amarelada do poste da rua.

Alan Garret era um biógrafo da morte, com cada passo das vidas que ele pesquisava prosseguindo em direção ao seu momento final, a arma engatilhada, a corda preparada num nó corrediço, as pílulas tranquilizantes, o penhasco. Era disso que se tratava uma biografia, uma cópia impressa em papel da vida navegando em direção à morte. O livro de Murray só poderia terminar com as águas congelantes em torno de Lismore e Archie sendo sugado pelas ondas.

Já lhe ocorrera que sua morte poderia ter sido deliberada? A hipótese de Garret não era nenhuma surpresa. Contudo, não havia pensado seriamente nessa possibilidade. Imaginou que talvez pudesse ser bom para o livro caso fosse verdade. A infelicidade e o suicídio eram mais dramáticos do que a burrice e a autoindulgência. Talvez seu trabalho viesse a ser um dos poucos que se tornam referência no mundo acadêmico. Teve um rápido vislumbre de si mesmo explicando sua metodologia ao *Newsnight Review*, parecendo um imbecil pomposo e de língua presa, tentando desviar os olhos do decote avantajado de Kirsty Wark.

Será que Archie sabia que o barco iria afundar? Por piores que fossem as probabilidades, a força da tempestade multiplicada por sua falta de experiência no mar e pela embarcação inadequada, havia sempre uma chance de ele conseguir vencer a violência do mar e terminar em águas claras. Seria suicídio entregar-se às mãos do destino? Murray não sabia ao certo. Mas não ligar devia dar uma maravilhosa sensação de liberdade.

Murray olhou para a rua abaixo e imaginou quem sentiria a sua falta caso decidisse esmagar seu bem-treinado cérebro contra a calçada. A notícia provavelmente funcionaria como um afrodisíaco para Rachel. Rab Purvis organizaria algum tipo de comemoração, e o luto de Jack seria com certeza amenizado pela perspectiva de uma nova exposição: *O suicídio de meu único irmão — uma combinação de filmes, fotos e outras formas de comunicação.*

Estava ficando sentimental. Talvez fosse pelo desfile interminável de jovens suicidas ou talvez pelo fato de que já estava na terceira caixa e ainda não encontrara nenhuma referência a Archie. Supunha haver a possibilidade de que todas as anotações de Garret sobre o poeta tivessem morrido com ele.

Archie podia ser uma figura evasiva, mas estava começando a perceber quem fora Garret: um acadêmico organizado, detalhista e sem medo das andanças necessárias à realização de pesquisas primárias. Murray mantinha uma cópia de sua própria pesquisa em um pen drive que guardava com tanto cuidado quanto a carteira. Imaginou se deveria perguntar a Audrey se ela havia encontrado alguma coisa semelhante entre os pertences do marido. Talvez pudesse abordar o assunto mencionando sua própria experiência em vasculhar os detritos que os mortos deixavam para trás.

Não, isso seria cruel e insensível. Enquanto descartava a ideia, escutou uma batida na porta e, em seguida, Audrey meteu a cabeça para dentro da sala. Seu cabelo estava molhado e ela exalava um perfume forte. Trocara de roupa, e agora vestia uma camiseta velha com gola em V e calças de algodão largas. Murray jamais conseguiria imaginar Rachel vestida daquela forma, mas talvez ela usasse algo semelhante na privacidade do lar; os dois, ela e Fergus, dividindo uma garrafa de vinho e assistindo a um DVD, os pés descalços se tocando ocasionalmente, e os olhos brilhantes com a perspectiva da cama depois.

Audrey sorriu.

— Eu lhe prometi uma xícara de chá.

— Não, obrigado, estou bem.

— Uma taça de vinho?

Ele não queria, mas sorriu e concordou, a fim de que ela não sentisse que estava bebendo sozinha. Audrey desapareceu na escuridão do apartamento e voltou com uma enorme taça de vinho tinto.

— Você está conseguindo enxergar bem?

— Estou — mentiu ele. — Tudo tranquilo.

— O pessoal que nos vendeu o apartamento levou todas as lâmpadas. Pelo preço que paguei, devem estar rolando nelas. Como alguém pode se dar ao trabalho de ser tão mesquinho?

— Os ricos são diferentes do resto de nós.

— É verdade, eles são uns filhos da puta. — Entregou a taça a ele. — Não vou interrompê-lo de novo.

— Estou forçando-a a se exilar em seu próprio lar.

— Isso ainda não é um lar. — Audrey deu uma risadinha. — Mas vai ser.

Ela fechou a porta com delicadeza. Murray se voltou novamente para os papéis do marido e começou a analisar uma série de recortes de jornal.

Um artista promissor saiu de seu estúdio na véspera de uma exposição e foi encontrado quinze dias depois, enforcado numa das árvores do jardim de uma casa de campo. Um poeta colocou a vida em ordem, viajou para Londres, onde alugou um quarto num hotel, pendurou a plaquinha de *Não perturbe* na porta e se jogou pela janela fechada de seu quarto no décimo segundo andar. Um casal de artistas performáticos cometeu suicídio com uma semana de intervalo entre um e outro. Ela morreu primeiro, lançando mão de uma combinação letal: remédios para dormir, álcool, uma banheira quente e pulsos cortados. Ele mergulhou da ponte Humber, ignorando os apelos de um observador para que desistisse da ideia. Essa deve ter sido uma performance e tanto.

Gostaria que Garret tivesse incluído mais detalhes sobre a produção desses artistas em vida. Os recortes pareciam definir cada um deles pela forma como haviam se matado — como se tudo o que eles houvessem criado se resumisse à própria morte, sendo a plateia final uma infeliz arrumadeira ou um perplexo indivíduo que levara seu cachorro para passear.

Passou os olhos pela transcrição de uma entrevista que Garret realizara com um amigo de um dos suicidas.

> Ele sempre foi alegre, de um jeito meio deprimente, se entende o que eu quero dizer; cínico e pessimista, mas engraçado. Eu nunca o considerei mais deprimido do que o restante de nós. Todo mundo sente depressão, certo? Eu sinto. Principalmente desde que o encontrei. Não consigo tirar a imagem da cabeça. O cheiro. Não me lembro de ele jamais ter falado em suicídio. Gostaria que tivesse. Dizem que quem fala não faz, certo?

Murray se sentia inclinado a apostar que não era bem assim.

Ergueu a taça e tomou um gole do vinho. Aquilo não o estava levando a lugar algum. Colocou os papéis de volta na caixa agora vazia e abriu a seguinte. Mais gráficos e tabelas, estatísticas sobre mortes e registros de suicídios. Esquecera o quanto um sociólogo podia ser metódico. Algumas coisas não podiam ser mensuradas, é claro. Talvez isso fosse parte do que impelira o carro de Garret contra a árvore.

Estava na metade da caixa quando se deparou com uma pilha de pastas em papel manilha, cada uma etiquetada com um nome. Folheou-as rapidamente, sem reconhecer ninguém, até que...

— Bingo!

Murray pescou a pasta intitulada A. LUNAN. Tomou mais um gole de vinho, abriu-a e puxou algumas folhas de papel almaço.

Uma cópia da capa de *Moontide*, um recorte de um conhecido jornal noticiando o desaparecimento de Archie, um sucinto obituário retirado de uma revista de poesia e uma pequena lista escrita à mão:

Pai ausente

A mãe provavelmente sofria de agorafobia.

Abandonou a educação acadêmica

Propenso a mudanças de humor

Altamente criativo

Relacionamento intenso com a namorada (?)

Ausência de raízes na vida adulta espelhando a ausência de raízes na infância
— catalisador?

Interesse no além

Murray imaginou quanto Garret havia descoberto sobre a infância de Archie. Podia apostar que a lista era um resumo de longas horas de entrevistas com pessoas que ainda precisava conhecer — que sequer sabia quem eram. Talvez devesse ficar satisfeito por não ter que creditar a coautoria do trabalho a um morto, ainda que sentisse a interrupção da pesquisa do sociólogo como uma forte perda.

Interesse no além.

A poesia de Archie continha elementos de anárquica alegria sexual, alcoolismo e surto panteísta. Imaginou se Alan Garret se referia ao desejo do poeta de expandir os limites dos sentidos ou se havia algo mais, uma mudança religiosa na vida de Archie que não conhecia. Talvez ele estivesse pensando na inclinação do poeta para a ficção científica. Será que o espaço sideral poderia ser descrito como além?

Já passava das nove quando Murray finalmente terminou de verificar as caixas e esticou as pernas, sentindo os músculos rígidos. Lacrou-as de novo e as colocou de volta no lugar onde encontrara. A casa estava escura, exceto por uma nesga de luz que vazava por baixo de uma porta fechada na extremidade oposta do corredor. Deu uma leve batida.

— Pode entrar.

O cômodo estava mais arrumado do que a sala que acabara de deixar. Um tapete de cores quentes, feito à mão, se estendia sobre o piso de madeira encerada, e as estantes na parede em frente já se encontravam repletas de livros. O único facho de luz provinha de uma luminária de leitura; incidia sobre Audrey, sentada no chão e com as costas recostadas contra uma elegante e moderna poltrona em aço cromado e couro preto, situada no meio do aposento. No chão ao seu lado havia uma caixa com papéis, um saco de lixo abarrotado e uma taça de vinho pela metade.

— Teria sido mais inteligente separar tudo isso antes de nos mudarmos, mas infelizmente as coisas fugiram ao controle. — Ela riu. — É um pouco irritante descobrir que você pagou uma fortuna a uma empresa de mudanças para transportarem um monte de porcarias.

— Tenho certeza de que essa não foi a primeira vez — replicou Murray, e, sem saber direito o que dizer, acrescentou: — Belo cômodo.

— O maior da casa, e é todo meu. — Ela ergueu o corpo e sentou na poltrona. — Pode parecer egoísmo, mas não é isso. Aqui vai ser meu consultório. — Ele devia ter parecido intrigado, porque Audrey acrescentou: — Sou psicóloga. Na verdade, essa foi a principal razão de nos mudarmos, para que eu tivesse um lugar onde pudesse atender meus pacientes e estar por perto quando Lewis chegasse da escola. — Tomou um gole do vinho. — E aí, como foi? Encontrou alguma coisa?

— Acho que sim.

Entregou a ela a folha que havia encontrado.

Audrey bebeu o restante do vinho.

— Alan adorava fazer listas, era típico dele. Descobriu alguma coisa que você já não soubesse?

— Não sei muito sobre a infância do Archie, exceto que ele se mudou bastante. Mas foi a última entrada que me intrigou.

Ele estava trabalhando num romance de ficção científica. Imagino se uma coisa tem a ver com a outra.

Audrey baixou os olhos para o papel de novo. Uma suave marca de expressão surgiu entre suas sobrancelhas.

— Você quer dizer: "ir aonde nenhum homem jamais esteve"?
— Mais ou menos isso.
— Pode ser. Mas não é isso que "além" me sugere.
— E o que lhe sugere?
— Vida após a morte. — Ela fez uma careta de desagrado e entregou a lista de volta para Murray. — Pode ficar com isso.

A cozinha voltava a refletir o caos da mudança. Uma mesa de pinho se encontrava encostada numa das paredes e coberta por caixas abarrotadas até o topo. Quatro cadeiras balançavam precariamente sobre ela, os assentos de palhinha apoiados sobre a bagunça de caixas, as pernas apontando para o teto. O arranjo parecia uma fortificação negligenciada à beira da ruína. As pequeninas lâmpadas que iluminavam o aposento seriam mais condizentes com um abajur de mesinha de cabeceira. A mobília empilhada lançava sombras estranhas em meio à luz bruxuleante.

Audrey pegou uma sandália de tiras em uma das caixas.

— Acho que não uso essa sandália desde antes do Alan morrer. Só Deus sabe onde está o outro pé. — Soltou-a novamente. — Quando eu disse que ia botar a chaleira para ferver, quis dizer uma panela de água. Ainda preciso encontrar a chaleira.

Murray riu.

— Não se preocupe comigo. Já tive minha dose de chá diária.
— Nesse caso, vamos abrir mais um vinho. — Abriu o armário e pegou outra garrafa de tinto. — Tampa de rosca. O saca-rolhas

também se perdeu na mudança. — Desatarraxou a tampa e a jogou num dos cantos. — Eu devia ter supervisionado melhor os homens da mudança. Está tudo espalhado, cada coisa num lugar.

— Obrigado. — Murray levou a taça aos lábios, imaginando o quanto ela já havia bebido. — Posso ajudar em alguma coisa?

Ela o olhou fixamente, como se tentasse descobrir se a oferta era genuína ou se ele a fizera apenas por educação, e ele acrescentou:

— Não tenho mais nada para fazer hoje, e ainda há algumas coisas que eu gostaria de lhe perguntar sobre a pesquisa do seu marido, se você não se incomodar.

— Tudo bem. — Ela sorriu, parecendo subitamente cansada. — Mas não tenho certeza se posso lhe acrescentar muita coisa.

Murray colocou as cadeiras no chão e empilhou as caixas cuidadosamente junto à parede oposta enquanto Audrey começava a desempacotar. Em seguida, suspenderam a mesa juntos, colocaram-na no meio da cozinha e arrumaram as cadeiras em volta. Ao terminar de ajeitar a última, ele perguntou:

— E agora?

Ela estava verificando uma sacola plástica de lavanderia, nem se deu ao trabalho de erguer os olhos.

— Achei que você queria me fazer algumas perguntas.

— Tudo bem. — Recostou-se contra uma das bancadas e esperou para ver o que ela estava procurando. — O trabalho do seu marido se resumia, em grande parte, a entrevistas diretas com pessoas que conheciam os falecidos artistas.

— Verdade, essa era a metodologia predileta do Alan. — Audrey parou para pegar uma furadeira elétrica e voltou a vasculhar a sacola.

— Ele já havia completado a seção histórica, a análise dos artistas do passado... Pessoas cujos amigos e médicos já estavam todos mortos, mas talvez tenha deixado anotações escritas sobre o estado mental dos objetos da pesquisa. Na época da morte, ele estava trabalhando com artistas contemporâneos, o que lhe dava muito mais material. Alan pretendia fazer uma comparação, ver se as atitudes da sociedade, particularmente as dos artistas, haviam se alterado. — Ela puxou um saco de papel. — A-há, achei! — exclamou, jogando um punhado de brocas sobre a mesa. — Eu não devia fazer isso. Vou acabar arranhando a superfície. — Virou-se e pegou uma sacola de mercado enorme que estava atrás da porta. — Próxima pergunta.

— Você sabe se ele entrevistou algum amigo do Archie antes de viajar para Lismore?

— Não. — A voz dela soou impaciente. — Como eu disse, nunca quis saber nenhum detalhe sobre quem Alan estava entrevistando. Posso lhe fornecer uma ideia da metodologia dele, mas, além disso, não serei de muita ajuda.

— Tudo bem. — Murray acrescentou um falso tom de vivacidade à voz. — Eu me conformo com um resumo.

Audrey lhe lançou um olhar de relance.

— A forma mais óbvia de começar seria dividindo os objetos de estudo em diferentes categorias.

— Que tipo de categorias?

— As clássicas, imagino. — Ele devia ter feito uma cara de quem não havia entendido, porque ela começou a explicar: — A teoria sociológica classifica o suicídio em três principais categorias: altruísta, egoísta e anômico. Os dois primeiros já se explicam por si. Matar-se pelo bem do outro. O capitão Oates é o clássico exemplo ocidental: "Vou só lá fora, mas posso demorar algum tempo." Nas sociedades tribais, não é incomum os velhos se afastarem antes de morrer, a fim de não darem trabalho ao resto do clã. Às vezes, acho que nossos pensionistas deveriam seguir o exemplo deles, em vez de viverem até os 100 anos reclamando do Serviço Nacional de Saúde enquanto sugam a maior parte dos recursos dele. — Riu ao ver a expressão de Murray. — Só estou brincando. Como você lida com alturas?

— Bem, eu acho.

— Ótimo, eu morro de medo. — Ela tirou uma persiana da sacola. — Que tal pendurar isso para mim?

Murray ergueu os olhos para o topo da janela, uns 3 metros acima da cabeça deles.

— Você tem uma escada que chegue até lá?

— Claro. — Os olhos dela brilharam, animados pelo desafio. — Posso até segurá-la para você.

A escada era um pouco pequena para a tarefa, de modo que Murray precisou ficar no último degrau, com os pés sobre um adesivo onde se lia: "Cuidado! Não pise neste degrau." Assim que terminou de fazer os buracos para as buchas, perguntou:

— E o que define os outros dois tipos?

— De suicídio?

— É.

Audrey parecia tão longe, tão lá embaixo.

— Bom, acho que o egoísta é bastante óbvio: o indivíduo se sente deslocado da sociedade e resolve tirar a própria vida. De certa forma, é o oposto do suicídio altruísta. A maior parte dos artistas suicidas se insere nessa categoria, o sofredor romântico e tudo o mais. — A escada balançou ligeiramente e ela perguntou: — Tudo bem aí?

— Tudo, acho que sim.

— Claro que no caso dos artistas existe um incentivo a mais... A chance de conquistar um lugar na posteridade caso ele ou ela consiga uma morte memorável.

— Cair de uma escada alta conta?

— Não, a menos que você estivesse bebendo absinto e cheirando cocaína misturada com as cinzas do seu pai. De qualquer forma, isso é loucura. Nunca ouvi falar nem da metade dos suicídios que o Alan estudou.

Murray terminou de encaixar as buchas e começou a aparafusar os suportes que segurariam a persiana no lugar. Arriscou uma olhadinha para baixo.

— E a última categoria?

— Suicídio anômico. Resultado de uma grande mudança na vida de alguém: divórcio, morte de um ente querido, falência financeira. A vida se torna insuportável, e eles resolvem acabar com ela.

— Simples assim?

— Não, raramente é simples. É por isso que Alan e os colegas podiam desenvolver infinitas teorias sobre o tema.

Um dos parafusos se recusava a entrar na bucha. Murray virou a chave de fenda ao contrário e usou o cabo para bater nele como um martelo, esperando que Audrey não percebesse o que ele estava fazendo.

—Você disse que não sabia muito a respeito das pesquisas do seu marido, mas esse é um resumo e tanto.

— No começo eu me envolvia mais. É aquela velha história, Alan foi um dos meus orientadores durante o doutorado. Analisando agora, vejo que fui ficando mais incomodada à medida que sua pesquisa progredia. Talvez isso tenha tido algo a ver com o Lewis. A maternidade altera nossa perspectiva sobre certas coisas. Comecei a achar difícil escutá-lo fazer um catálogo de vidas jovens desperdiçadas. Creio que eu achava ameaçador demais, uma vez que tinha uma jovem vida sob os meus cuidados.

— É a psicóloga quem está falando?

Murray pegou outro parafuso no bolso e começou a atarraxá-lo; entrou facilmente, como se fosse em manteiga.

— Infelizmente, eu não era tão psicologicamente centrada na época. Ficava era uma fera quando ele tocava no assunto.

Murray prendeu o último suporte.

— Acho difícil de acreditar.

— Isso é porque você não me conhece. — Ela bufou. — Tivemos uma discussão terrível certo domingo de manhã. É o auge da semana inglesa, não é, a manhã de domingo? Café da manhã completo, a compilação do que aconteceu durante a semana em *The Archers*, o jornal de domingo... A mais perfeita paz, ou o mais terrível tédio, dependendo de como você vê.

Exceto pelo fato de que não daria aulas, os domingos de Murray não eram muito diferentes do resto da semana, mas, mesmo assim, ele disse:

— Suponho que sim.

— Bom, nesse domingo em particular havia uma matéria de primeira página no *Observer* sobre um jovem artista britânico que cometera suicídio aos 41 anos. Desapareceu na mata e nunca mais voltou. Seu corpo foi encontrado algumas semanas depois. Seria exagero dizer que o Alan ficou feliz com a notícia; aliás, não era nenhum monstro, mas a matéria o deixou animado. Ele abandonou o café da manhã e se trancou no escritório para começar a pesquisar a obra do artista. Não exatamente assobiando feliz da vida, mas concentrado no seu propósito. Por algum motivo, aquilo me irritou. O bom humor, a alegria profissional, enquanto, em algum lugar, uma mãe, uma esposa ou uma namorada estava com o coração partido. — Ela riu, meio constrangida. — Não sei por que estou lhe contando isso.

—Talvez porque não tenha conhecido o Alan.

— Talvez. — Ela virou o rosto, os cabelos louro-avermelhados brilharam sob a luz do poste. — Não que isso tenha gerado um abismo entre a gente, nem nada parecido, mas, vendo agora, acho que depois dessa discussão ele passou a me contar cada vez menos sobre a pesquisa e eu parei de perguntar.

Ela entregou a persiana a Murray, que a pendurou no lugar, satisfeito pelo empreendimento bem-sucedido. Talvez se sentisse assim diariamente se tivesse aprendido um ofício manual em vez de ir para a universidade.

— Como ficou?

— Perfeito, obrigada. Agora estou protegida dos voyeurs.

Ela segurou a escada enquanto ele descia. Murray se virou, pronto para pular do último degrau, e teve um rápido vislumbre do espaço entre os seios dela. Imaginou cada um deles apertado dentro do sutiã de renda. Às vezes, desejava poder acalmar sua libido. Era como uma segunda pulsação, bombeando seu sangue com mais força do que o próprio coração.

— Você já comeu?

— Como?

— Já jantou? Já tomou seu "chá", como Alan costumava dizer?

— Não, ainda não.

— Eu ia pedir uma comida chinesa. Quer me acompanhar?

Se ela não tivesse mencionado o falecido marido, ele talvez houvesse recusado, mas, de alguma forma, a presença dele o fazia se sentir seguro. Enquanto Audrey ligava para fazer o pedido, ele subiu na escada novamente e colocou uma lâmpada no corredor.

A porta do quarto de Lewis estava entreaberta. Murray ligou o interruptor do corredor para ver se a luz acendia e escancarou a porta. Audrey devia ter começado a desempacotar as coisas por ali. O quarto estava uma bagunça, mas era a desarrumação normal de um quarto de criança, e não a desordem gerada por uma mudança.

As paredes estavam cobertas de pôsteres de animais fofinhos e super-heróis; uma pequena estante abarrotada de livros se situava ao lado de uma poltrona confortável, perfeita para um adulto sentar com uma criança, a fim de compartilharem uma história. A colcha da cama de Lewis era estampada com um personagem de desenho animado de olhos grandes que Murray não reconheceu. Ao lado do abajur sobre a mesinha de cabeceira havia um porta-retratos com a foto de um homem em roupas de escalada, pendurado numa rocha em algum lugar no topo do mundo. Um sorriso iluminava seu rosto, acentuando as rugas profundas em torno dos olhos.

Alan Garret parecia mais vivo do que qualquer outra pessoa que Murray já tivesse visto.

— Você tem filhos?

Ele não a escutara desligar o telefone e levou um susto ao ouvir sua voz.

— Não, ainda não. — Virou-se para ela. A lâmpada que usara era forte demais; o brilho lhe machucou os olhos e pareceu deixá-la um pouco mais pálida. — Primeiro preciso encontrar uma mulher.

— Muito correto da sua parte.

— Eu sou um homem correto.

Audrey estava parada ao lado dele agora.

Ele não sabia ao certo o que fazer.

De repente, estavam se beijando. Murray a envolveu pela cintura, sentindo a suave curvatura das nádegas, e, em seguida, subiu as mãos pelas suas costas, conseguindo, pelo menos dessa vez, soltar o sutiã num único e trêmulo movimento; escutou-a ofegar. Agarrado a ela, as bocas coladas, começou a recuar em direção à cama com sua colcha de desenho animado.

Audrey o empurrou.

— Não, aqui não. — E o conduziu de volta para a sala de estar.

Ele lembrou que não tinha uma camisinha e imaginou, com certa culpa, se ela costumava dormir com muitos homens e, até mesmo, se desejava outro filho. Eles agora estavam no sofá, a mão dele passeando por debaixo da camiseta dela, enquanto os dedos dela levantavam seu pulôver e sua camiseta, pele em busca de pele.

— Eu não tenho nada aqui, nenhuma proteção.

Ela despiu a camiseta.

— Tudo bem, eu tenho.

Seus seios eram quase como ele os havia imaginado, empinados e redondos, os mamilos intumescidos e orgulhosos.

Murray abaixou a cabeça.

— Espere. — Ela se afastou. — Já volto.

Ele a observou sair da sala, analisando as costas lisas, as marcas suaves de um bronzeado, remanescentes de algum feriado recente. A porta se fechou delicadamente atrás dela e ele ficou sozinho, imaginando a merda que estava fazendo.

Tirou os sapatos e puxou o pulôver e a camiseta pela cabeça num único movimento, evitando olhar para as caixas com o material de pesquisa de Alan Garret e tentando não pensar no código de ética da universidade. Então ela voltou, nua, com um pacote de camisinhas na mão. Murray pensou que jamais vira uma mulher que parecesse tão natural, tão perfeita nua. Livrou-se do restante de suas roupas e a puxou para junto dele no sofá.

A campainha tocou assim que terminaram. Murray se encolheu e Audrey riu.

— Bem na hora. — Ainda nua, ela saiu da sala. A campainha soou novamente e ele a escutou gritar: — Já vou, só preciso pegar a carteira.

Murray vestiu suas roupas, imaginando se a vontade de ir embora era decorrente de sua falta de traquejo social ou de um instinto evolutivo mais profundo. O cheiro de comida chinesa penetrou o aposento, um aroma adocicado e picante; jasmim e pimentas. Não comera nada desde o café da manhã e se sentiu subitamente faminto. Será que ele se resumia a isso, uma criatura regida pelos apetites?

Encontrou Audrey na cozinha, envolta num robe comprido de algodão, tirando as embalagens da sacola e as arrumando sobre a mesa recém-instalada. Ela parecia novamente a mãe de Lewis. Será que ela conseguia, conscientemente, ligar e desligar seu charme sedutor ou seria esse apenas mais um dos truques da natureza? Meio sem jeito, envolveu-a em seus braços e lhe deu um leve apertão. O corpo dela enrijeceu e ele a soltou. Audrey amassou a sacola plástica vazia e a jogou na direção da pilha de caixas.

— Eu poderia me acostumar a ser uma preguiçosa. — Abriu as embalagens, meteu uma colher em cada uma delas e entregou um prato a Murray. — Ninguém cozinha melhor do que a sra. Wong. Sirva-se.

O ambiente estava escuro demais para conseguirem enxergar a comida direito. Murray notou duas velas apagadas sobre a mesa. Talvez os fósforos também estivessem desaparecidos, guardados na mesma caixa que a chaleira e o saca-rolhas. Eles comeram em silêncio por alguns instantes e, então, ela se levantou e pegou o vinho.

— Desculpe, esqueci.

Murray percebeu o nervosismo dela e sentiu que deveria dizer alguma coisa para acalmá-la. Pescou um pedaço de carne de porco com os palitinhos de madeira que o restaurante mandara junto com a comida.

— Isso está ótimo, uma delícia.

— Obrigada. — Ela sorriu como se ele tivesse dito algo surpreendente. — Você pretende ir até a ilha?

— Lismore?

— Onde mais?

— Pretendo. — Hesitou, olhando para as velas apagadas. — Mais cedo ou mais tarde.

— E pretende se encontrar com ela?

— Ela quem?

— Christie Graves, a antiga namorada dele.

— Eu gostaria, mas acho que ela não quer me ver.

— Engraçado. Sempre achei que ela fosse o tipo de mulher que aprecia uma companhia masculina. — Ele ergueu os olhos e ela disse: — Eu já te falei que a conheci?

— Não. — Ele imaginou se ela sabia o quanto Christie era importante para a história de Lunan. — Como ela era?

— Assustadora. Ela compareceu ao funeral do Alan.

— Aqui em Glasgow?

— Eu jamais o enterraria naquela ilha.

— Não, imagino que não. Desculpe.

Audrey suspirou.

— Eu é que devia pedir desculpas. Sou uma tremenda rabugenta às vezes. — Abriu um sorriso forçado e triste. — Não gostei dela.

— Da Christie?

— É.

— Por que não?

— Difícil dizer exatamente. Ela fez tudo certinho, chegou numa boa hora, disse coisas adoráveis sobre o Alan. Chegou até a me entregar algumas fotos dele tiradas durante seus últimos dias lá, belas fotos, muito melhores do que as que eu já havia tirado. Mas não gostei dela. Nada daquilo me pareceu sincero. Senti que estava vendendo uma imagem de conhecida preocupada. Falava bem, no tom de voz certo, o rosto ostentando uma expressão de tristeza.

Mas eu não conseguia me livrar da sensação de que se virasse a cabeça subitamente iria pegá-la com um sorrisinho presunçoso. Isso é uma coisa horrível de se dizer, não é? Mas é verdade. Ela me deixou toda arrepiada. — Audrey fez uma pausa e eles ficaram sentados em silêncio por alguns instantes, a comida esquecida. — Ela me perguntou se eu gostaria de visitar a ilha e me convidou para ficar em sua casa.

— Você foi?

— Fui, mas não fiquei na casa dela. Minha mãe foi comigo e ficamos numa pequena pousada. Não tentei entrar em contato com a srta. Graves, mas claro que, inevitavelmente, acabamos dando de cara com ela no mercado. Ela foi o charme em pessoa. Minha mãe a achou muito simpática, mas ela me deu calafrios. — Suspirou. — Talvez isso também fosse inevitável. Entenda, Alan estava voltando da casa dela quando bateu com o carro.

— Você acha que ela teve alguma coisa a ver com isso?

— Não, claro que não. — Audrey fechou os olhos por um segundo, como se tentasse se segurar, e, então, disse: — A princípio, imaginei se eles haviam bebido. Normalmente, Alan jamais dirigiria depois de beber, mas ele era um homem sociável, sempre buscando deixar as pessoas à vontade, especialmente quando as entrevistava, e você sabe como as coisas são nessas ilhas pequenas, as regras normais nem sempre se aplicam.

Murray manteve a voz tranquila, com medo de provocá-la.

— Ele não estava acima do limite de velocidade?

— Não, aparentemente não. Tampouco havia traços de álcool ou drogas em sua corrente sanguínea. Foi apenas mais um acidente infeliz. Imagino que culpar Christie seja mais fácil do que culpar o Alan ou a mim mesma.

— Sei que acidentes provocam sentimentos de culpa, mas isso jamais poderia ser sua culpa, você sequer estava lá.

— Ah, mas esse é o detalhe. Alan queria que Lewis e eu fôssemos com ele para transformar a viagem numa espécie de pequeno feriado em família, mas recusei. Eu precisava trabalhar e não queria que nosso tempo juntos tivesse algo a ver com a pesquisa dele. Com os suicídios.

— Você não tem como saber se as coisas teriam sido diferentes.

— Ele sempre tomava mais cuidado quando Lewis estava no carro, Alan jamais colocaria o filho, ou a mim, em risco. — A voz dela ameaçou falhar. Fez outra pausa e abrandou o tom. — Teria sido o lugar perfeito para um descanso. A ilha é linda, linda mesmo, e todos foram muito gentis. — Abriu um sorriso triste. — Mas jamais voltarei lá novamente.

Era meia-noite quando ela o acompanhou até a porta. Ele hesitou ao pararem no vestíbulo, sem saber ao certo se seria grosseria agradecer-lhe, mas ela se adiantou.

— Obrigada pela ajuda. — Sua voz era pouco mais do que um sussurro. — Agora tenho luzes para ver e uma cortina atrás da qual me esconder.

Ele manteve a voz baixa, tomando cuidado para não perturbar os novos vizinhos.

— Eu é que devia lhe agradecer.

Audrey ergueu uma sobrancelha.

— Pelo quê? — Os dois riram. Ela levou um dedo aos lábios. — Shhhh.

— Por uma noite adorável. — Hesitou. — Posso ligar para você qualquer hora dessas?

Ela se recostou na porta, metade do corpo para dentro e metade para fora. Seu sorriso foi gentil.

— Acho que já resolvemos tudo, não concorda?

— Não estava pensando em trabalho.

— Não. — Ela sorriu novamente. — Eu sei, nem eu.

— Ah, entendi.

— Por favor, não leve isso para o lado pessoal. Lembre-se de que sou uma psicóloga. Na minha opinião profissional, não estou pronta para nada sério ainda. Sexo é mais fácil do que todo o resto. Não me sinto desleal por transar com outro homem... Não que eu faça disso um hábito... Mas namoros... — Deixou a frase suspensa no ar.

— Acho que eu deveria me sentir usado.

— Você se sente?

— Não. — Ele hesitou. — Não estava pensando em nada muito sério, só um jantar, um drinque, se isso fosse mais fácil, sem nenhum compromisso.

Audrey brincou com a correntinha da porta. Ela tilintou ao bater no umbral de madeira.

— Pode ser.

Murray meteu a mão no bolso para pegar papel e caneta, mas ela o interrompeu.

— Já tenho seu número. Eu que te liguei, lembra? — Abafou um bocejo com a mão. — Desculpe, foi um longo dia. Lewis me acorda muito cedo.

— Vou deixá-la dormir então.

Eles trocaram um beijinho casto e ele começou a descer as escadas. Escutou a porta se fechar suavemente às suas costas antes de alcançar o segundo andar.

Capítulo Doze

Murray atravessou rapidamente o corredor vazio, os tênis silenciosos sobre o piso de madeira. Escolhera uma hora tranquila do dia, cedo demais para intervalos para o chá ou para um pequeno lanchinho, um período intermediário em que os professores estariam seguramente enclausurados em seus escritórios ou salas de aula. O lugar estava envolto no mais completo silêncio, sem nem sombra do falatório dos alunos que haviam agitado aquela passagem quinze minutos antes e que voltariam a quebrar a quietude em pouco tempo. No entanto, por trás de algumas das portas fechadas, seus colegas se encontravam debruçados sobre livros e computadores e, a qualquer momento, uma ideia súbita poderia fazer com que um deles saísse em busca de um texto na biblioteca ou de um momento no pátio para esticar as pernas e fumar um cigarro.

Enquanto andava, Murray pescou as chaves no bolso e selecionou a que precisava, pronto para entrar o mais rápido possível em sua sala e se ver livre de possíveis encontros indesejados. Era estranho entrar sorrateiramente em seu escritório, como se fosse um ladrão.

Passou pela porta da sala de Fergus Baine, fechada e abençoadamente silenciosa; em seguida, pelas de Lyle Joff, Vic Costello e Phyllida McWilliams, todas fechadas e envoltas numa quietude sepulcral. A de Rab Purvis estava entreaberta, sinal de que ele estava lá dentro e aberto a interrupções. Murray apressou o passo e viu, de relance, o braço de Rab apoiado sobre a mesa, os dedos tamborilando algum ritmo de forma inconsciente enquanto trabalhava.

A sala de Rachel ficava no final do corredor. Olhou-a, desejando que a porta se abrisse e Rachel aparecesse com aquele ar distante de quem estivera lendo, afastando o cabelo dos olhos, esquecendo-se de não sorrir. Mas a porta se manteve fechada, Rachel atrás dela ou em algum outro lugar, longe do seu alcance.

Havia novos cartazes no quadro de avisos ao lado de sua sala, prazos para entrega de trabalhos, anúncios de aulas por vir, a chamada para uma competição de ensaios sobre Keats e Shelley em que ele entrara uma vez quando ainda era estudante. Passou os olhos rapidamente pelas máscaras mortuárias dos falecidos poetas, lado a lado sobre as condições de inscrição. Em seguida, girou a chave na fechadura, entrou e fechou a porta delicadamente atrás de si.

Tudo estava do jeito como havia deixado. A mancha seca de café sobre o trabalho que deveria ter entregado semanas antes, as duas canecas vazias de uísque e gim, uma ao lado da outra, a cadeira ligeiramente afastada da mesa.

Passou uma água nas canecas e as colocou na beirada da pequenina pia para secar; depois, olhou para o relógio. Onze e meia. Se fosse rápido, poderia escapar antes do intervalo entre as aulas.

Começou a reunir os livros que viera buscar. Uma antologia sobre poesia escocesa que não citava Lunan, mas que poderia ser útil para montar uma cronologia; a biografia de um falecido colega da época dele que mencionava o poeta; uma resenha literária dos anos 1970 que se referia a ele como a próxima grande revelação.

Sua cópia de *Moontide* se encontrava numa das prateleiras mais altas. Murray esticou o braço para pegá-la, mas o livro escorregou por entre seus dedos e caiu no chão com um baque surdo. A foto de Lunan na primeira capa parecia observá-lo. Houvera um tempo em que aquele rosto lhe parecera velho. Agora, podia ver a juventude por trás da fanfarronice de cabelos compridos e barba. Pegou o livro e o guardou com cuidado no bolso da frente da mochila.

Os livros de Christie foram os próximos. Os mais recentes não lhe interessavam muito, mas os pegou mesmo assim. A seu ver, ela se deixara envolver pela mesma rede de histórias de horror decoradas com folclore celta que, às vezes, começavam bem, mas sempre acabavam recaindo num caos de fantasia e falsas conexões. Os críticos bufavam, mas seus fãs os compravam, assim como Murray. Lera cada um deles rapidamente, ávido por um vislumbre de Lunan, sem se dar ao trabalho de acompanhar as reviravoltas na trama, as quais considerava todas repetitivas.

Christie encontrara seu tema no primeiro romance, *Sacrifice*: um grupo de renegados jovens e exaltados cujo desrespeito pela natureza provocara sua própria ruína. Murray havia escrito um artigo sobre os romances mais recentes de Christie para um dos sites sobre literatura mais "descolados" da rede: *Scooby Doo e a Queda: O Paraíso Fodido*. Gostara do título na época, mas agora esperava que ela não o tivesse visto.

Sacrifice era o último livro de sua pilha. Marcara uma citação na página de abertura que gostaria de usar em sua biografia se conseguisse permissão. Abriu o romance e leu:

A cabana ficava a 10 quilômetros da vila, ao final de uma trilha de terra que partia da estrada principal. Naquela época, ninguém nos visitava e, em geral, quando deixávamos a proteção de nossa pequena cabana era para descermos até o lago. Durante o verão, a trilha praticamente desaparecia sob o mato crescido, de modo que ninguém saberia que estávamos lá, exceto, é claro, pelo fato de que todos já sabiam. Éramos o tema das conversas em torno das lareiras e mesas de jantar, nos estábulos e estradinhas de terra. Os nativos da ilha falavam sobre nós ao saírem da igreja, os corações pesados com a convicção dos escolhidos. Discutiam nossos vícios enquanto abasteciam suas vans e tratores no único posto de gasolina da vila, e davam prosseguimento ao assunto durante as reuniões do sindicato e *ceilidhs*.[1] Quando íamos até a vila para comprar o que não conseguíamos produzir, o que vestíamos, dizíamos ou comprávamos, era devidamente registrado por aqueles que tinham sorte em nos encontrar. Proporcionávamos a eles assunto para conversas posteriores.

Murray fechou o livro e o guardou junto com os demais. A operação toda demorara menos de quinze minutos. Se saísse agora, talvez conseguisse escapar do prédio sem encontrar ninguém. Pendurou a mochila no ombro e saiu para o corredor, trancando a porta de sua sala.

---

[1] Tradicionais festas irlandesas e escocesas em que as pessoas se reúnem para contar histórias, escutar música típica e dançar. (N.T.)

Estava no topo da escada em espiral quando escutou a risada de Fergus Baine ecoando do andar de baixo. Alta, com um falso tom de camaradagem, o tipo de risadinha que um inquisidor solta antes de dar o último apertão no parafuso.

— Merda! — Murray hesitou, sentindo uma fisgada de vergonha. Ainda podia fugir de volta para sua sala ou se esconder no andar de cima, mas agora que Fergus estava tão perto percebeu a tolice que seria esconder-se. Teria de encará-lo em algum momento. Começou a descer a escada, imprimindo aos pés um ritmo acelerado. Se tivesse sorte, Fergus estaria com pressa e eles passariam um pelo outro com um simples cumprimento de cabeça.

— Seu último trabalho é tecnicamente superior, é claro. — Fergus concordou com quem quer que estivesse conversando. — Mas carece daquele fogo interno presente em suas primeiras obras.

— Não é comum escutá-lo exaltar a paixão em detrimento da experiência técnica.

Fergus riu de novo e Murray congelou ao escutar a outra voz, a única que desejava ouvir.

Rachel usava uma blusa de seda branca abotoada e amarrada em volta do pescoço. Havia algo de provocante naquele fecho duplo, como se tivesse sido projetado para não ser aberto. As calças de linho cinza se ajustavam no quadril e desciam retas até as sandálias de tiras. Suas unhas do pé estavam pintadas de rosa. Ela estava totalmente concentrada no marido. Tocou-lhe o braço quando viraram a curva. Foi um gesto simples, mas que levou Murray a imaginar se seria seu conhecimento prévio do relacionamento deles que o fez parecer mais do que um mero contato entre colegas.

— Murray. — A voz de Fergus manteve o mesmo tom amigável de um inquisidor. — Estava esperando encontrá-lo.

Os olhos de Rachel se fixaram em Murray. Ele se sentiu ruborizar.

— Fergus, Rachel. — Forçou um sorriso.

As portas começaram a se abrir nos corredores de cima e de baixo, o barulho aumentando à medida que os alunos saíam das salas. Rachel franziu o cenho.

— Tenho uma reunião de supervisão com um grupo do terceiro ano daqui a dois minutos.

Por um segundo, ele sentiu desprezo por ela.

— Claro, a gente se vê depois.

Fergus lhe deu um aperto leve no braço, semelhante ao modo como ela o tocara.

— Eu te vejo em casa. — O professor a observou enquanto se afastava até ela desaparecer no andar de cima e, quando se voltou para Murray, foi como se ainda a mantivesse dentro de seus olhos, a figura esbelta de Rachel sumindo no túnel negro de suas pupilas. — Estava saindo? — Fergus sorriu como se não se lembrasse da ligação recebida às cinco da manhã. Como se Murray não houvesse exigido falar com sua esposa.

Murray sentiu uma vontade ridícula de mencionar que havia dormido com Audrey Garret. Mas, em vez disso, disse:

— Só dei uma passadinha para pegar alguns livros.

— Ah, claro, você está nos abandonando.

— É temporário, estou certo de que vocês conseguirão aguentar.

Fergus abriu um sorriso lento.

— É, estou certo que sim. — A escada estava cheia de gente, Fergus e Murray como uma barreira ao fluxo ascendente e descendente de alunos. — Que tal sairmos daqui?

O professor se virou e começou a descer em direção à saída sem esperar pela resposta de Murray.

Chovera no curto espaço de tempo em que ele estivera lá dentro; o ar estava fresco e as pedras do calçamento, molhadas. O vento balançou a escultura cinética que ficava no meio do pátio enquanto eles o atravessavam, com Fergus ditando o passo. Iria chover mais dali a pouco. Murray olhou de relance, como sempre fazia, para o banco em ferro fundido dedicado a um aluno de 21 anos que jamais conhecera. Ele era delicado demais para alguém sentar, mas chamava a atenção.

Fergus perguntou:

— O livro está indo bem?

— Está.

O terno do professor era quase do mesmo tom frio de pedra que as calças de linho de Rachel. Murray imaginou se eles os teriam comprado juntos durante a lua de mel na Itália, com o azul do mar Mediterrâneo cintilando no horizonte às suas costas. Imaginou Fergus com um chapéu branco e Rachel num vestido de verão, e sentiu o calor do ciúme incendiar-lhe o estômago.

Eles cortaram caminho por uma escada externa, sentindo o cheiro úmido de cimento velho molhado pela chuva, e entraram num túnel largo. Os passos de Fergus ecoavam pelo pavimento. Um vigia empurrando um carrinho cheio de caixas surgiu sob a arcada larga e eles chegaram para o lado, a fim de deixá-lo passar. Fergus o cumprimentou com um aceno de cabeça, como um castelão que passa por um súdito no meio da estrada. O vigia retribuiu o cumprimento, porém o professor já voltara sua atenção novamente para Murray.

— Está com pressa?

— Na verdade, não.

— Ótimo. Então me acompanhe até o carro e me conte o que você anda fazendo.

Fergus diminuiu o ritmo para uma marcha suave.

— Estou fazendo alguns progressos.

— Excelente. Você pretende chamar algum dos seus alunos para ajudar na pesquisa, ver o que ele consegue descolar?

— Não, prefiro fazer a pesquisa sozinho. Posso demorar mais, mas pelo menos sinto que assim estou cobrindo todos os ângulos.

— É verdade. — Fergus suspirou. — Imagino que esses dias tenham ficado para trás. Já te falei que eu o conhecia?

— Rachel me falou dessa possibilidade.

A tolice da declaração trouxe um gosto de bile à sua garganta. Esperou que o professor perguntasse onde estavam quando ela lhe dissera isso. Mas ele abriu um sorriso duro e disse:

— Bom saber que ela pensa em mim quando não estou por perto. Um bêbado, é claro. Estou falando do Archie, um verdadeiro alcoólatra. Sinto dizer que eu não o tinha em alta conta. Também nunca consegui me identificar com a poesia dele, fantasiosa demais para o meu gosto, romântica demais.

— Onde vocês se conheceram?

— Num pub, depois de um evento de poesia ou algo do gênero. — Fergus riu. — Onde mais? A meu ver, ele personificava todos os clichês de um poeta da classe operária. Bêbado, sujo, mal-educado e ofensivo em relação às mulheres. Pelo menos, Dylan Thomas tinha um quê de genialidade. Mas Lunan? Bem... — Deu uma risadinha. — Desculpe, não sou daqueles que gostam de reverenciar os mortos. Não tive a intenção de menosprezar o seu herói.

— Não tenho certeza de que herói seja a palavra certa.

Fergus deu de ombros. Eles agora estavam quase no final do estacionamento, diante das vagas próximas ao prédio da anatomia e do caminho serpenteante que levava para longe dos limites da universidade. Ele pescou as chaves do carro no bolso e os faróis de um BMW preto piscaram.

— Vamos dizer apenas que você está se esforçando para dar a Lunan o seu lugar na história.

Era o mesmo carro que Rachel usara ao deixá-lo em casa. Murray observou as curvas sólidas, percebendo que havia esperado deparar-se com o Saab que os seguira pela estrada próxima ao reservatório. Sua voz soou distante aos próprios ouvidos.

— Quero que os poemas dele sejam conhecidos pelo grande público.

— E você acha que uma biografia é a melhor maneira de fazer isso? Através da vida, em vez da obra?

— Da vida e da obra.

— Pode ser. Afinal de contas, a vida dele destruiu sua obra. — Fergus abriu a porta do motorista e se apoiou nela. — Sei que eu disse que não gostava da poesia do Lunan, mas preciso reconhecer que ele tinha talento. O problema foi que ele o tratou como se fosse merda para jogar no ventilador. — Deixou que seus olhos se nivelassem e Murray pressentiu, tal como numa aula, que o ponto-chave viria a seguir, a declaração a ser sublinhada e regurgitada na hora da prova. — Isso acontece às vezes com os autodidatas. Eles se esgotam rápido, como se o esforço para alcançar o topo por seus próprios meios fosse grande demais para aguentarem. — Virou os cantos da boca para baixo, numa paródia de um sorriso triste. — Eles fazem alguma coisa idiota... Sabotam o próprio trabalho árduo... E, então, é claro, ficam sem apoio quando se veem em dificuldades, sem acesso aos seus antigos contatos. — Deu uma risadinha. — Eles se veem sozinhos, e isso pode ser muito solitário. Qualquer que seja a sua ocupação, é importante ter aliados. — Ofereceu a Murray um sorriso de despedida, entrou no BMW e fechou a porta. Murray se virou ao escutar o motor sendo ligado, mas então o vidro da janela abaixou e Fergus disse: — Só mais uma coisa.

Ele se virou de novo.

— Sim?

— O que quer que tenha acontecido entre você e minha esposa, acabou. Estamos entendidos?

— Sim.

— Eu sabia que você entenderia.

O BMW saiu da vaga, e Murray tomou o caminho de casa. Fergus passou por ele na rua da universidade. Nenhum dos dois acenou.

Capítulo Treze

George Meikle continuava o mesmo rabugento de antes. O assistente para localização de livros apontou com a cabeça em direção ao calçamento com a mesma seriedade de um agente funerário mostrando um corpo recém-embalsamado para os parentes.

— Isso diz tudo o que você precisa saber sobre a manutenção das ruas de Edimburgo. Isso está aí há quase quarenta anos.

Murray viu o nome *Christie* gravado toscamente no concreto. Pegou o celular, acionou o botão da câmera e tirou uma foto. Ela ficou horrível, as letras perdidas no cinza do concreto e no nevoeiro matinal. Se bem-feita, seria uma bela imagem para o livro. Seu irmão saberia como capturá-la. Afastou o pensamento.

— Você estava aqui quando ele fez isso?

— Estava.

— E Christie?

— Christie? Não, ela não.

Meikle se virou e começou a descer a rua. Murray tirou mais outra foto inútil com a câmera do celular e o seguiu, apressando um pouco o passo para alcançar o funcionário da biblioteca.

— Archie devia gostar muito dela.

— Gostava.

O velho falou sem sequer olhar para ele, o rosto fixo à frente. Murray imaginou que isso era como pescar. Você lança a linha, a observa afundar nas águas escuras e espera pacientemente pelo puxão na isca.

— Então, o que foi que ele fez? Esperou até os trabalhadores irem embora e depois escreveu com a ponta de um galho?

Meikle fez que sim.

— Mais ou menos isso.

Eles prosseguiram em silêncio, Meikle ditando o ritmo. Um ônibus largou seus passageiros no ponto e Murray abriu caminho entre a fila de espera, murmurando um mantra de "Com licença", "Desculpe", "Com licença". Meikle abriu distância e Murray precisou contornar um grupo de homens que descarregava um caminhão de cerveja antes de conseguir alcançá-lo.

— Você tem tempo para um cafezinho?

Ele próprio achou que soava como um adolescente desesperado tentando marcar um primeiro encontro, mas Meikle olhou de relance para o relógio em seu pulso.

— Tenho trinta minutos, depois preciso voltar. Tem um lugar no caminho, se você não for fresco com questões de higiene.

Meikle se enfiou no meio de uma fila de carros que se formara por causa de uma van de entrega estacionada em fila dupla. Murray hesitou por um momento e o seguiu, no exato instante em que o motorista saía com a van. Ele buzinou e Murray ergueu uma das mãos com a palma aberta, num gesto que foi, por um lado, uma ordem e, por outro, um pedido de desculpas.

Meikle já estava subindo os degraus de acesso à lanchonete. Murray entrou logo atrás, sendo confrontado por um cheiro de banha aquecida, hambúrgueres e batatas fritas. Sentiu as entranhas se retorcerem, como se lhe avisassem o que iria acontecer caso ousasse comer qualquer coisa. Uma garçonete de ar maternal vestindo uma túnica azul e debruçada sobre o balcão conversava com um velho, sentado sozinho com uma xícara de chá que mais parecia água enferrujada.

— Não, docinho — disse o velho. — Eu já sou doce o suficiente. — Os dois riram e ele repetiu: — Doce o suficiente. — Embora da primeira vez não houvesse dito em tom de piada. O corredor estava praticamente bloqueado por um garoto amarrado a um carrinho de bebê, tal como um criminoso perigoso devidamente algemado. A mãe estava sentada à mesa ao lado dele, lendo a revista *Heat*. Um café com leite congelava à sua frente, ao lado de um prato de batatas fritas banhadas em ketchup. Ela pegou uma batata, mergulhou-a no molho vermelho com um gesto que sugeria uma vida inteira apagando guimbas de cigarro e a entregou ao menino. O garoto transformou a batata em purê e a deixou cair no chão. A mulher murmurou:

— Pelo amor de Deus, Liam. — E começou a limpar a sujeira do casaquinho dele.

Meikle escolheu uma das mesas livres, sentou-se no banco de plástico e apoiou os cotovelos sobre o tampo de fórmica.

— O relógio não para, 25 minutos.

Murray limpou o açúcar esparramado sobre a mesa com a base da mão, como alguém juntando a neve recém-caída, e colocou o gravador em cima dela.

— Eu queria lhe fazer algumas perguntas sobre a Christie.

— Achei que seu interesse fosse no Archie.

— E é, mas ela é uma parte importante da história dele. O que você achava dela?

— Eu não achava nada. Ela era a namorada dele, seu passarinho, como costumávamos dizer, só isso. Acho que você poderia dizer que era a Yoko Ono do grupo.

— Ela fez com que vocês se afastassem?

— Nós éramos amigos, e não um casal.

A garçonete se aproximou, apoiou a bunda na mesa em frente e perguntou o que eles queriam. Murray notou o símbolo da Ulster Defence Association (UDA) tatuado no pulso dela quando a mulher anotou o pedido. Ela passou um pano distraidamente na mesa, fazendo com que alguns grãos de açúcar caíssem no colo dele. Meikle esperou a mulher se afastar e, então, disse:

— Não que eu tenha nada contra os homossexuais.

Murray tentou espanar o açúcar do colo, mas alguns grãos ficaram presos nas dobras do tecido da calça em torno da virilha e então desistiu.

— Claro que não.

— Acontece que eu não sou gay; portanto, não diga o contrário no seu livro.

— Mensagem recebida e entendida.

A mulher com a revista levou uma batata à boca e o menino soltou um grito semelhante ao de um pterodátilo.

Meikle acrescentou:

— Também não diga nada do tipo: "ele reclama demais". Só estou tentando deixar tudo claro.

— Claro como o dia, George.

Meikle o olhou com seriedade e, de repente, desatou a rir. A garçonete sorriu ao colocar os cafés na mesa.

— Alguém está feliz. — Ela pegou a conta no bolso e a pôs entre as duas xícaras. — De quem é a dolorosa hoje? — Como se eles fossem clientes regulares.

Murray puxou a carteira do bolso e entregou uma nota de 5 libras.

— Muito bem. Aposto que seu pai pagou coisas suficientes para você no decorrer da vida, certo?

— Ele não é... — tentou dizer Murray.

Mas ela já depositara o troco sobre a mesa e partira para atender três operários em coletes fluorescentes.

— Bruxa enxerida. Já foi servir rapidinho a Coca Zero deles? Os caras nem precisaram esperar! — Uma vez liberado o veneno, Meikle abrandou ligeiramente. — Até onde eu sei, Christie era legal. Quero dizer, você não esperaria que Archie escolhesse uma garota comum. Ela era bonita. Não falava muito, mas era bacana tê-la por perto. Um belo papel de parede. Eu a chamei de Yoko Ono porque, depois que ela entrou em cena, Archie e eu nos vimos cada vez menos. Isso é o que acontece com alguns homens quando começam a namorar. Param de sair com os amigos. Talvez não seja uma coisa ruim. Passei tempo demais saindo com meus amigos no decorrer dos anos, e veja o que isso me trouxe.

— Falei com o professor James. Ele contou que a Christie nunca dizia nada durante as oficinas de poesia.

A voz de Meikle saiu num tom baixinho.

— E o que mais ele te contou?

— Que o Archie tinha potencial para ser um grande sucesso, mas que não sabia ao certo se teria tido disciplina para tanto.

— Ele mudou o discurso.

— Como?

Murray mexeu o café, receoso de fazer a pergunta errada e perder o companheiro.

— James não suportava o Archie nem a poesia dele. Foi ele quem se certificou de que o garoto fosse expulso da universidade.

— Quem te disse isso?

— Quem você acha? Eu não costumava passar meu tempo com os professores.

— Se ele não era bem-vindo, por que Archie continuou a frequentar as oficinas de poesia?

— E por que não?

Murray podia escutar as discussões acaloradas do pub e o antigo ressentimento na voz do velho localizador de livros. Retrucou no mesmo tom:

— Por nada, mas por que ir a um lugar onde você não é bem-vindo?

Meikle suspirou. A raiva continuava ali, mas dessa vez sua voz soou resignada.

— Eles eram bons no que faziam, certo?

Murray fez que sim.

— Alguns deles se tornaram artistas conceituados no mundo inteiro.

— Do modo como eu vejo, Archie desejava fazer parte do grupo, porém, qualquer que fosse o motivo, eles não o queriam. Talvez eu consiga entender o porquê. Faziam o tipo acadêmico... não se sinta ofendido... mas você sabe o que quero dizer. Eram homens sérios. E Archie era um garoto selvagem, selvagem demais às vezes.

— Segundo James, não era raro Archie aparecer bêbado e agressivo. Ele disse que se Archie não fosse tão talentoso teria lhe dito para não voltar mais.

Meikle tomou um gole do café. Seus olhos se fixaram em algum ponto acima do ombro de Murray; podia estar olhando através da janela suja da lanchonete para o movimento da rua lá fora ou perscrutando o passado.

— Esse tipo de coisa não era incomum, mas havia algo além da bebedeira. Archie tinha energia em excesso. É difícil explicar. Era como se ele tivesse uma parcela de mercúrio correndo nas veias. Acho que esse era um dos motivos de ele beber tanto... Para baixar essa energia. — Meikle olhou para o relógio novamente. — Meu tempo está se esgotando. Você me perguntou se eu estava lá quando ele escreveu o nome da Christie no cimento.

— Foi.

— Não lhe mostrei isso para que você pudesse tirar uma boa foto para o seu livro. A noite que ele fez isso foi aquela em que Christie o apresentou a Bobby Robb.

Eles deixaram as xícaras com o resto do café já frio sobre a mesa, juntamente com a gorjeta, e voltaram para a rua. Dessa vez, Meikle prosseguiu ao lado de Murray.

— Eu culpei o Bobby pela morte do Archie muito mais do que jamais culpei a Christie. Ela era apenas uma garota. Bobby, por sua vez, era velho o bastante para saber o que estava fazendo.

O nome fez um sininho soar na cabeça de Murray, mas ele se conteve em perguntar quem Robb era por medo de quebrar o encanto. Meikle continuou:

— Para ser honesto, eu já vinha perdendo a paciência com o Archie fazia algum tempo. — Olhou de relance para Murray. — Você é jovem demais para se lembrar de como era a cidade naquela época. O termo "vinoteca" ainda não havia sido inventado. Os homens tinham que se comportar como homens, beber o máximo que aguentassem e só chorar quando seu time perdesse a copa. As pessoas já estavam acostumadas com rapazes de cabelo comprido, mas, ainda assim, você tinha que agir como um homem se soubesse o que era bom para você.

— E Archie não era assim?

— Hoje em dia ele seria considerado um sujeito normal. Tudo vale, certo? Mas não na época. Archie era falastrão demais. Ficava bêbado e começava a cuspir sua opinião sobre sexo, religião, política, poesia... o tipo de coisa que deixa as pessoas incomodadas. Ele atraía confusão e arrastava quem estivesse ao seu lado. Eu estava começando a me irritar.

— E o Bobby?

— Bobby era uma péssima influência. Eu já escutara algumas coisas a respeito dele: Edimburgo é uma cidade pequena, e um sujeito como ele não passa despercebido. Bobby era daquelas sanguessugas que grudam nos alunos... Você conhece o gênero, o cara mais velho com o tipo de contatos que alguns jovens acham impressionante.

— Drogas?

— Drogas, gente ligada ao mercado negro e só Deus sabe o que mais. Naqueles dias, os alunos ganhavam um bom dinheiro, e Bobby

Robb era o cara certo para ajudá-los a gastar. Mas, mesmo que eu já não tivesse ouvido falar do Bobby, teria visto que ele era encrenca assim que Christie entrou no pub olhando para ele como se fosse o próprio Jesus Cristo ressuscitado, pronto para transformar cerveja em uísque. Havia algo de vitoriano na coisa toda. Como se ela fosse uma jovem ingênua recém-chegada do interior e ele um velho patife pronto para usá-la e depois se tornar seu cafetão.

Aproximaram-se de um prédio em processo de restauração e tiveram que fazer fila única para passar sob o andaime, os suportes na altura da cabeça envoltos em pano para evitar que bêbados descuidados rachassem o crânio. Nas plataformas de madeira acima, homens usando capacetes martelavam a fachada de pedra. A poeira que se desprendia da obra saturava o ar. Murray prendeu a respiração até saírem do outro lado. Meikle retomou a história.

— Archie preferia os pubs frequentados pelos operários. Na verdade, não havia muita opção, a menos que você quisesse beber no bar de um hotel. Ainda assim, ele sempre escolhia os mais barras-pesadas. O pub daquela noite era o tipo de lugar onde você esperaria que Christie levasse uma ou duas cantadas. E todos os homens realmente a fitaram de cima a baixo quando ela entrou. Mas então eles viram Bobby e se voltaram novamente para suas cervejas. Sempre achei engraçado o fato de homens com cicatrizes ganharem fama de durões. Os responsáveis pelas cicatrizes é que deveriam ganhar a reputação, certo? — Murray anuiu com a cabeça e Meikle continuou: — Bobby tinha uma cicatriz que ia do canto da boca até a pálpebra, dando a impressão de que tivera sorte em não perder a vista. Além disso, ela lhe garantia um sorriso terrível, sarcástico, um pouco semelhante ao do Pinguim.

Murray olhou para Meikle sem expressão e este disse:

— Você sabe, um dos vilões do *Batman*.

— Acho que você quer dizer o Coringa.

— Merda. — Ele fez que não. — Isso é o que minha mulher chama de sinal de velhice. De qualquer forma, ele parecia o Coringa, mas o engraçado é que era o tipo de homem feioso pelo qual as mulheres se sentem atraídas.

Murray conhecia o tipo, mas mesmo assim perguntou:

— Por quê?

— Não sei. Algo com relação à autoconfiança, quem sabe, a forma como andava, o ar de cafajeste. Algumas mulheres gostam disso.

— Então você achava que a Christie poderia fugir com ele?

— Os olhos dela brilhavam ao olhar para ele, isso é certo, mas tive a impressão de que ele estava interessado era no Archie. Bobby seguiu direto até ele e começou a puxar papo.

— E ele deu corda?

— Ah, ele ficou encantado com o Bobby.

Murray hesitou.

— Você está dizendo que Archie tinha tendências homossexuais?

O localizador de livros ergueu os olhos.

— Se você tivesse me perguntado isso na época, eu teria dito que o homossexual era você. Mas, olhando agora, não sei, acho que não. Ele nunca tentou nada comigo, mas quem sabe? Acho que Archie era do tipo que experimentava qualquer coisa uma vez, duas, se gostasse.

Eles já estavam perto da biblioteca. Murray olhou para o relógio. Ainda tinha mais cinco minutos.

— Quer dizer que ele e Bobby, então?

— Está perguntando para o homem errado.

— Mas você não ficou com a pulga atrás da orelha?

— Não, não tive oportunidade de ficar com pulga nenhuma atrás da orelha. Nunca mais vi nenhum dos dois, nem ele nem Christie, depois daquela noite.

Eles passaram em frente a um pub e tiveram que andar em fila única mais uma vez para abrir caminho entre os fumantes reunidos do lado de fora. Ao emparelharem novamente, Murray perguntou:

— O que aconteceu?

Meikle suspirou.

— Estávamos num pequeno grupo naquela noite. Archie tinha levado um amigo da faculdade que gostava de entornar, e eu estava com mais dois companheiros do Partido Socialista dos Trabalhadores. Eles toleraram o Archie por minha causa, e eu aguentei o amiguinho esnobe dele por ele. Um equilíbrio delicado, mas, ainda assim, um equilíbrio.

— E Bobby Robb quebrou esse equilíbrio?

— Mandou pelos ares, como diria a minha neta. Bobby era um perfeito sedutor, mas não estava tentando me seduzir. Era como se apresentasse uma máscara para Archie e Christie, mas de onde eu estava sentado dava para ver o ponto onde a máscara terminava e o verdadeiro Bobby começava. E ele sabia disso. Ficava se virando e me lançando olhares e piscadinhas dissimuladas. Eu poderia ter aguentado... Afinal de contas, era problema do Archie escolher com quem andava... Mas aí o Bobby puxou um maço de cartas de tarô e começou a espalhá-las na frente da Christie. — George fez que não. — Quando se trata de esquentar o clima, podemos comparar a previsão com carícias no pé e massagens no pescoço.

Murray jamais pensara nisso, mas conseguia ver como a tática funcionava.

— Acho que isso permite que você se aproxime, estimula a intimidade.

— Exatamente. Fiquei furioso pelo Archie, mas aquilo não era problema meu e, de qualquer forma, alguma coisa me disse que Robb estava fazendo isso para atrair a atenção dele; portanto, deixei que eles prosseguissem com a história.

— E o Archie entrou no jogo?

— Ah, sim, em pouco tempo ele estava completamente envolvido pelo abracadabra. Isso piorou tudo. Archie era supostamente meu amigo, e lá estava ele me esnobando na frente daqueles socialistas sérios. Aí escutei o que Robb estava dizendo e perdi as estribeiras.

Meikle fez uma pausa, e seu rosto endureceu, como se a lembrança trouxesse de volta a raiva. Em algum lugar nas proximidades, o rádio de um carro anunciou as chamadas do noticiário da hora do almoço e Murray se lembrou de que estavam correndo contra o relógio.

— Sobre o que estava falando?

— Reencarnação.

— Esse tipo de assunto estava em alta na época, não estava?

— Ah sim, estava. Essa coisa toda de hinduísmo e tudo o mais. Não fazia a minha cabeça, mas eu também não tinha problemas com isso. Não, Bobby Robb estava explicando como você podia ganhar acesso a outros mundos, outras mentes, através de rituais. Segundo ele, se você conhecesse o encantamento certo, poderia ludibriar a morte. Talvez fossem as drogas, ou talvez o álcool, quem sabe? A essa altura, ele já havia tomado algumas boas canecas de cerveja, todos nós tínhamos. De qualquer forma, Robb disse que o ingrediente mais importante era o sangue de um inocente, uma virgem. Não era preciso matar a garota para isso, explicou ele, apenas cortá-la. Robb perguntou se Christie concordaria. Quando ela disse que não se qualificava, ele quis saber se ela possuía alguma amiga que sim. Esperei que Archie o mandasse calar a boca, mas, ao ver que ele não se manifestava, disse a Robb que aquilo era um monte de bobagem. A próxima coisa de que me lembro foi a gente se pegando na calçada do lado de fora do pub.

— Você e o Bobby?

— Não. — Meikle soltou uma risada amarga. — Bobby não era do tipo de lutar suas próprias batalhas. Archie e eu. — Eles estavam na porta da biblioteca agora. Em algum lugar, o relógio bateu uma hora, mas o assistente para localização de livros não fez menção alguma de voltar para seu posto. — Fui até o apartamento dele no dia seguinte, mas ou Archie havia saído, ou não quis atender. Imaginei que, se ele quisesse me ver, saberia onde me encontrar. O livro saiu um mês depois. Com certeza decidiu lançá-lo num surto de bebedeira. Por fim, ouvi falar que Archie e Christie tinham se mudado para uma das ilhas. Robb fora com eles. — A voz de Meikle assumiu um tom categórico, deixando claro que estava dando o assunto por encerrado. — Agora você sabe tanto quanto eu.

— Exceto pelo porquê de você culpar Bobby Robb pela morte do Archie.

— É só a minha opinião.

— Mas você tem um motivo. Eu gostaria de escutá-lo, se não se importar.

Meikle ficou em silêncio, olhando em direção ao cruzamento entre as ruas.

— Merda. — Ele pegou o celular no bolso e discou para alguém. — Fiona? Sim, estou bem, querida, mas vou chegar um pouquinho atrasado. — Fez uma pausa enquanto a pessoa do outro lado da linha dizia alguma coisa e, então, respondeu: — Não, nenhum problema. Só uma coisa que preciso resolver. Sim, eu me lembro, vou chegar a tempo. Obrigado, Fiona, vou retribuir o favor qualquer hora. Até mais.

Ele desligou e Murray disse:

— Quer ir para algum lugar?

— Não, não posso. Tenho uma reunião daqui a alguns minutos. Vamos só nos afastar um pouquinho da porta. Não quero arriscar a sorte. — Eles prosseguiram até mais ou menos a metade da ponte, de onde dava para ver a parte antiga de Edimburgo. Meikle apontou com a cabeça para a rua escura lá embaixo. — Olhando daqui, poderíamos voltar cem anos no tempo. — Suspirou. — Você está certo. Archie era um idiota imbecil às vezes, mas não tenho nenhuma prova de que Bobby tenha tido algo a ver com a morte dele. Apenas escutei os boatos.

— Que tipo de boatos?

— Nada substancial, só que as coisas fugiram ao controle depois que eles chegaram à ilha. Alguma coisa aconteceu que levou Archie a fazer o que fez, e Bobby Robb teve a sua parcela de culpa nisso. — Focou os olhos em Murray. — Ele voltou para Edimburgo depois, mas alguém lhe deu uma coça e então ele se mudou de novo.

— Você?

— Que diferença faz? Isso foi há muito tempo. — Na rua abaixo, dois homens idosos, cada um com uma lata de cerveja na mão, prosseguiam cambaleando, de braços dados. — Uma visão clássica de Edimburgo: aqui em cima o zum-zum-zum dos negócios; lá embaixo álcool e decadência. Como se você levantasse uma pedra. — Os dois velhos se sentaram no meio-fio. Um deles gesticulava de maneira expansiva, enfatizando algum argumento, enquanto seu companheiro bebericava a cerveja. Se alguém os visse num restaurante, poderia achar que eram dois professores de literatura inglesa discutindo as nuances de uma teoria.

— Ainda não consigo entender por que você acha que o Bobby teve mais culpa do que a Christie — comentou Murray.

Meikle lhe lançou um olhar desafiador.

— Bobby Robb era uma farmácia ambulante. E o Archie não sabia se controlar. Vivendo numa ilha com alguém como Robb, só podia ter dado no que deu.

— Mas não foi só isso, foi?

— Não. — Meikle desviou os olhos. — Exceto que... — Seu telefone tocou de novo e ele o pegou no bolso. — Estou a caminho. — Guardou novamente o celular e voltou a atenção mais uma vez para Murray. — Bobby Robb era um viciado oportunista, mas até mesmo eu podia perceber que ele tinha um certo magnetismo. E Lunan estava procurando um guru. Talvez esse tenha sido o motivo de ele ter colado em mim a princípio. O problema é que, para mim, já era difícil o bastante permanecer na linha.

Ele se virou para ir embora.

— George. — Murray o segurou pelo braço. — Você foi franco comigo, obrigado.

A rabugice de Meikle estava de volta. Ele hesitou por um instante constrangedor, mas então pegou a mão que Murray lhe estendia e a apertou.

— Pensei nisso por quase trinta anos, e acredito que, não importa o que tenha acontecido em Lismore, Bobby Robb estava envolvido até o pescoço.

Murray perguntou:

— Você voltou a ver a Christie?

— Uma vez, na rua, pouco depois da morte do Archie. — Balançou a cabeça. — Naquela noite no pub, lembro-me de ter pensado no quanto ela era bonita. Christie estava reluzente e seu cabelo... Bem, ela sempre teve um cabelo adorável, mas agora parecia mais grosso, mais brilhante. — Fez uma pausa, como se decidindo se deveria continuar e, então, prosseguiu: — Na última vez em que a vi, era como se tivesse envelhecido. Christie estava mais magra. Suas feições pareciam mais angulosas, como as de uma bruxa. De repente, senti como se estivesse prestes a falar com o próprio Diabo. Atravessei a rua para não cruzar com ela.

Eles começaram a caminhar juntos de volta para a biblioteca. George Meikle perguntou:

— E agora?

— Por enquanto, ainda está tudo muito incerto. Estou planejando ir a Lismore para ver se consigo convencer Christie a me dar uma entrevista. E acho que vou ter que tentar encontrar esse Bobby Robb. — Olhou de relance para Meikle, como que pedindo desculpas.

— Mesmo que ele continue a ser o canalha que era quando você o conheceu, preciso escutar a versão dele.

Meikle fez que sim. Eles caminharam em silêncio por um tempo. O corre-corre da hora do almoço havia terminado, embora estivessem numa época em que a cidade jamais se aquietava por completo e, portanto, o trânsito continuava lento na direção do sinal da ponte George IV.

Meikle abriu um sorriso cansado.

— Eu sei onde ele costuma beber.

Murray se virou para o companheiro, imaginando se ele tivera a intenção de guardar essa última informação para si mesmo.

O localizador de livros interpretou mal sua expressão.

— Não se preocupe. Não tive uma recaída. Apenas o vi na High Street uns dois anos atrás.

— E você o reconheceu? Depois de todo esse tempo?

— Não dá para esquecer um sujeito feio daqueles. De vez em quando eu pensava no Bobby, e sempre me arrependi de não tê-lo encarado naquela noite. Mas quando o vi de novo... — Ele fez que não. — Foi como se eu tivesse ficado feliz em vê-lo, mesmo podendo dizer honestamente que odeio o Robb pelo que fez com o Archie. Isso aconteceu perto do Natal. Lembro-me bem porque eu estava procurando um presente para minha mulher, uma bela echarpe ou algo parecido, numa daquelas lojas sofisticadas da High Street. Mas quando vi o Bobby não pensei duas vezes, dei meia-volta e o segui, como se ele fosse o maldito Flautista de Hamelin. Não foi nada fácil acompanhá-lo. Ele deve ser uns dez anos mais velho do que eu, mas é rápido, preciso reconhecer. Robb desceu a Cockburn Street e entrou no Gerodie's. Você conhece?

— Já tomei um drinque lá.

— Nesse caso, talvez você já o tenha visto, sem saber que era ele.

— E o que você fez?

— Nada. Pedi uma Coca e fiquei bebendo junto ao balcão do bar, observando Bobby pelo espelho. Era ele, tenho certeza. Passei por lá umas duas vezes depois disso, só para checar. Ele está sempre lá. Sentado à mesma mesa, sem jornal, livro ou companhia, apenas com um copo de cerveja à frente.

Alguma coisa no tom de Meikle fez Murray perguntar:

— George, você não está pensando em fazer alguma coisa, está? Como se vingar pelo que aconteceu ao Archie?

Ele soltou uma risada amarga.

— Não, meu filho, já tenho coisas demais com que me preocupar hoje em dia: uma boa mulher, uma bela família. Só gosto de vê-lo de tempos em tempos, sentado sozinho com sua cerveja, noite após noite, aquela cicatriz horrorosa repuxando a boca para um lado, enquanto o outro cai cada vez mais. Essa é a melhor vingança em que consigo pensar.

Capítulo Catorze

Um homem envolto num cobertor marrom estava sentado no topo da escada, segurando um copo descartável de café Starbucks com o braço estendido. Murray soltou algumas moedas no copo e desapareceu na escuridão do beco. O Fleshmarket Close ficava entre a confusão de turistas da Cidade Velha e as chamadas feitas pelos alto-falantes da estação Waverly; porém, ali, na penumbra daquela viela fedendo a urina, era como se toda a comoção pertencesse à outra cidade. O bar ficava no porão de um prédio alto de apartamentos que se elevava acima do beco escuro. Ele passou pela porta e sentiu como se voltasse quarenta anos no tempo.

Talvez o tapete xadrez e os retratos emoldurados de chefes de família tivessem sido escolhidos com a intenção de atrair os turistas. Contudo, ao que parecia, os americanos e os escandinavos que lotavam o restante da cidade preferiam os barzinhos mais alegres, visto que os rostos sisudos nas fotos fitavam mesas vazias.

Murray se acomodou junto ao pequeno balcão. No canto mais distante, uma televisão sem som exibia os destaques da corrida de Goodwood. Ele observou os cavalos dispararem silenciosamente em direção à linha de chegada, em disputas já ganhas ou perdidas.

Passado um tempo, uma atendente surgiu do quartinho dos fundos com um livro na mão. Murray pediu uma caneca de cerveja. A garota soltou o livro sobre o balcão, pegou uma caneca de vidro no armário debaixo do bar e seguiu, sem dizer uma única palavra, para as torneiras.

A capa do livro mostrava um homem descalço, congelado enquanto subia uma rua íngreme com uma caixa nas costas. Ele parecia resignado, como se soubesse que isso era tudo o que a vida lhe reservava e já houvesse aceitado o seu destino. O título, em letras de fôrma grandes e pesadas como pedra, dizia: *O mito de Sísifo*.

— Ótimo livro. Está gostando?

A garota colocou a cerveja à sua frente.

— Não sei bem se captei o sentido.

— Não, entendo o que você quer dizer.

Murray sugeriu que ela se servisse de uma cerveja também, tal como os detetives fazem nos filmes quando querem desencavar alguma informação.

— Obrigada, vou tomar um copo quando acabar o meu turno.

Ela jogou a moeda de 1 libra dentro da caixinha de gorjetas, pegou o livro e desapareceu novamente. Não era assim que as coisas deveriam acontecer.

Alguém esquecera o *Evening News* da véspera sobre o balcão. Murray o abriu e tomou um gole da cerveja.

Um homem se declarara culpado por ter esfaqueado a esposa de 35 anos, embora não se lembrasse de nada após a sétima caneca de cerveja. Um adolescente se enforcara no quarto depois de receber uma enxurrada de mensagens ameaçadoras dos colegas de escola. Uma menina de 10 anos que sofria de câncer e para quem o jornal vinha coletando donativos, morrera antes de conseguir realizar a viagem dos seus sonhos para a Disneylândia de Paris. Murray olhou para a foto da menina com um boné florido e um sorriso enorme estampado no rosto e imaginou por que a vida era tão injusta.

Já estava na metade do copo quando um velho entrou apoiado numa bengala.

— Boa-tarde. — Ele tirou o chapéu, sacudiu-o e o guardou no bolso do sobretudo. — Ela está lá atrás?

Murray dobrou o jornal.

— Está. Acho que a assustei.

— Deve estar com o nariz enfiado num livro, como sempre. — Bateu com a bengala no balcão. — Já cansei de dizer a ela que isso é um pub, e não uma maldita biblioteca, mas ela não me escuta.

A atendente reapareceu e ele pediu um copo de cerveja acompanhado por uma dose de uísque. Murray chegou a pensar em se oferecer para pagar, mas hesitou, preocupado com a possibilidade de o pensionista se sentir ofendido, e o momento passou. Não precisava nem ter se preocupado. O velho o interrompeu antes mesmo que terminasse de descrever a cicatriz de Bobby Robb.

— Então esse era o nome dele, é? Bobby Robb. Nós o chamávamos de doutor Crippen.[2] — Cobriu a boca com a mão. — Você não é parente dele, é, meu filho?

Murray hesitou.

---

[2] Hawley Harvey Crippen (1862-1910) foi um médico homeopata acusado de envenenar a esposa. Recebeu a pena de morte por enforcamento e foi executado no dia 23 de novembro de 1910, na Pentonville Prison, em Londres. (N.T.)

— Sobrinho.

O pensionista ergueu uma das mãos.

— Nesse caso, sinto muito pela sua perda. Meu nome é Wee Johnny. — Eles trocaram um aperto de mãos, e o velho abriu um sorriso que deixou à mostra sua dentadura. — Espero que não tenha ficado ofendido pelo que eu disse. Nós gostamos de brincar e dar boas risadas por aqui. Não é verdade Lauren?

A atendente fez que sim.

— Isso mesmo, Johnny, nada como uma boa risada.

Ela retornou para seu santuário, deixando os dois sozinhos no bar vazio.

Murray já sabia a resposta, mas perguntou mesmo assim:

— Você está dizendo que Bobby Robb está morto?

— Jesus, você só soube disso agora, por mim?

O sorriso artificial sumiu por trás do cenho franzido.

— Não se preocupe. Não éramos chegados.

Murray ficou desolado. Outra oportunidade perdida de descobrir mais sobre o Archie.

— Mas, ainda assim, uma má notícia. — Johnny o analisou. — É, olhando bem, dá para ver a semelhança. Você não tem nenhuma cicatriz, mas seus olhos parecem com os dele.

— Todo mundo diz isso.

Murray tomou mais um gole da cerveja. Não fazia mais sentido continuar ali.

— Se tivesse chegado três dias antes, você o teria encontrado. — Wee Johnny apontou com a cabeça para uma mesa no canto. — Ele poderia ter ficado sentado ali a noite inteira, não fosse pelo fato de Lauren ter notado que ainda estava na primeira cerveja, quando já devia estar na terceira, e ter se aproximado para verificar se ele estava bem. Ela tem um bom coração, embora seja uma leitora compulsiva. — Gritou em direção à porta dos fundos: — Aposto que você adoraria ter ficado com alguns dos livros do Crippen, não é, Lauren? — Não houve resposta e, pelo visto, ele tampouco esperava que houvesse, pois continuou: — Ele tinha um caminhão dessas coisas, o seu tio. Um caminhão... de livros... credo.

Enquanto bebia o restante da cerveja, balançou a cabeça como que imaginando o tamanho da biblioteca de Bobby.

Murray levou uma das mãos ao bolso.

— Posso lhe pagar outra rodada?

— Isso é muito generoso da sua parte. Vou tomar outra cerveja. — Johnny terminou de virar o uísque. — E mais uma dose de uísque para ajudá-la a descer, se não for problema.

Ele bateu no balcão com a bengala e Lauren ressurgiu com uma aparência cansada. Murray fez o pedido e, em seguida, perguntou a Johnny:

— Como você sabe sobre a coleção de livros dele?

Foi Lauren quem respondeu.

— O sr. Robb alugava um dos apartamentos do meu tio Arthur, que é quem gerencia este bar. Foi ele quem nos contou. — Ela serviu duas canecas de cerveja. — Sinto muito pela sua perda.

— Obrigado. — Murray pegou a cerveja da mão dela. — Você sabe o que aconteceu com os livros?

Lauren evitou fitá-lo nos olhos.

— Tio Arthur os queimou. Passou a tarde inteira fazendo isso.

— Ah, que bom, alguém que concorde comigo. — Wee Johnny abriu um sorriso esfuziante, divertindo-se com a conversa. — Existe hora e lugar para os livros.

— Ele é um nazista. Num minuto diz que posso dar uma olhada e escolher o que quiser, no minuto seguinte está jogando gasolina em tudo. Os vizinhos não ficaram nada satisfeitos ao ver o estado em que ele deixou o jardim. — Ela esticou o braço, abriu a torneira do barril e serviu uma dose de uísque. — Mas ele ficou sem graça quando a ex-mulher do sr. Robb apareceu para pegar as coisas dele. Imagino que seja a sua tia.

— Ex-tia. — Johnny pegou o copo da mão de Lauren. — Ele nem sabia que o velho tinha morrido.

Lauren arregalou os olhos.

— Mas você sabe que o enterro dele é hoje à tarde, certo? — Virou-se para Wee Johnny. — Você não falou para ele?

O velho fechou as mãos de forma protetora em torno das duas bebidas, como se temesse que fossem confiscadas.

— Nem pensei nisso.

Lauren olhou de relance para o relógio acima do balcão.

— Crematório Seafield. Se você pegar um táxi, talvez chegue a tempo.

Murray jogou algumas moedas sobre o balcão e seguiu para a porta. Atrás dele, Wee Johnny disse:

— Espere só eu terminar isso, meu filho, e pego uma carona com você.

Mas a porta já fora batida. De volta ao beco escuro, Murray desceu em direção ao ponto de táxi da estação, pedindo a Deus que chegasse a tempo de ver Bobby Robb seguir para o forno.

Capítulo Quinze

MURRAY SENTIU O TAXISTA olhando para seus tênis velhos e jeans surrado e tentou fazer piada a respeito:

— Minha mãe sempre dizia que eu chegaria atrasado para o meu próprio funeral. — Entregou a ele uma nota de 10 libras. — Pode ficar com o troco.

O taxista jogou algumas moedas na pequena bandeja instalada na divisória entre os dois.

—Tem horas que não custa nada mostrar algum respeito.

Ele esperou Murray fechar a porta, deu meia-volta com o táxi e foi embora com uma expressão de repulsa. Murray guardou o troco no bolso. No que dizia respeito a insultos, "pode ficar com o troco" até que era dos bons. Contudo, perdia força quando o valor envolvido era de apenas 50 centavos.

O crematório parecia o lugar perfeito para transformar carne em cinzas. Ele fora construído na década de 1930, quando as fachadas brancas e a simetria do *art déco* estavam em voga. Cinco painéis de vidro jateado flanqueavam uma porta larga o bastante para passar um caixão com os carregadores; uma boca gigantesca emoldurada por olhos leitosos. Havia algo de cinematográfico no arranjo como um todo; um convite deprimente para um show a que você talvez não quisesse assistir. A frente do prédio era toda coberta por hera-americana, como um penteado malfeito contrastando com traços que, caso contrário, seriam considerados nobres. Murray achou a hera de um tremendo mau gosto, como se o cemitério esticasse seus tentáculos para agarrar os vivos, que tinham ido ali apenas para dar um último adeus.

Algumas pessoas estavam reunidas a uma pequena distância da porta da frente, esperando pela cerimônia seguinte. Os ternos escuros, as gravatas pretas e os cigarros nas mãos faziam os homens parecerem membros fatigados de uma família da máfia. A indumentária das mulheres era menos óbvia, combinações de cinza, azul-marinho e preto, peças escolhidas mais pela cor do que pelo estilo, como se tivessem sido surpreendidas pela ocasião e forçadas a vasculhar o armário em busca de algo apropriado no último momento, o que Murray imaginava que tivesse acontecido provavelmente.

Havia uma pequena placa com o nome *Robb* do lado de fora da capela. Ele ajeitou a mochila no ombro, inspirou fundo e subiu os degraus de entrada, sentindo o olhar desinteressado das pessoas nas suas costas.

O interior parecia estranhamente claro em comparação com o cinza do cemitério. Com tênis que não faziam barulho sobre o piso de carvalho encerado, Murray se sentou discretamente na última fileira. O pastor estava recitando uma oração, porém as duas cervejas que tomara com Wee Johnny pareceram subitamente fazer efeito, de modo que ele não conseguiu entender as palavras. Assim sendo, baixou a cabeça, juntou as mãos e focou sua atenção nos dedos entrelaçados.

Aqui está a igreja, e aqui é o campanário, olhe aqui dentro e veja um monte de gente.[3]

Ninguém mais comparecera ao funeral de Bobby Robb. Murray correu os olhos pela capela, desde as fileiras de bancos vazios até o lugar onde fora colocado o caixão. Bobby estava lá dentro, sua cicatriz sorrindo para a morte, seus segredos destinados ao fogo juntamente com ele.

Além do calor ali dentro, Murray estava com um gosto ruim na boca. Tinha quase certeza de que podia sentir um sabor de cinzas por baixo do malte da cerveja. Imaginou se o crematório usava os corpos como combustível para o aquecimento do lugar. Isso faria sentido, embora fosse uma solução ecologicamente correta que provavelmente não gostariam de divulgar. As palavras do pastor soavam familiares agora.

> *Ainda que eu ande pelo vale da sombra da morte,*
> *Não temerei mal algum, porque Tu estás comigo;*
> *A tua vara e o teu cajado me consolam.*

Murray começou a balançar a cabeça em assentimento. Apertou os nós dos dedos na testa e se forçou a abrir os olhos.

> *Preparas uma mesa perante mim na presença dos meus inimigos;*
> *Unges com óleo a minha cabeça, o meu cálice transborda.*

---

[3] Tradução livre de um versinho infantil que normalmente é recitado enquanto a pessoa faz uma brincadeira com as mãos entrelaçadas: "*Here's the church, here's the steeple, look inside and there's all the people.*" (N.T.)

Até que ponto podia acreditar na teoria de George Meikle? O localizador de livros tinha sido sincero, o que não significava que estivesse certo. Sua história se baseava num mau pressentimento que tivera há quarenta anos e em alguns boatos não comprovados. A probabilidade era de que Bobby Robb tivesse sido apenas mais outro fracassado que acabara se tornando um velho solitário. Havia inúmeras pessoas assim espalhadas pela cidade.

> *Certamente que a bondade e a misericórdia me seguirão por todos os dias da minha vida,*
> *E habitarei na casa do Senhor para todo o sempre.*

O pastor pediu que ele se levantasse. Murray soltou as mãos enquanto o órgão tocava num tom mais adequadamente sombrio. Sentiu o peso da autopiedade esmagar-lhe o peito. Seria isso o seu "fantasma do Natal futuro", uma prova do seu próprio funeral, bancos vazios e um pastor desinteressado?

Levantou-se ao mesmo tempo que uma cortina de veludo se fechava magicamente diante do caixão, escondendo-o de vista. De repente, tomou uma decisão.

Era burrice perder tempo com briguinhas idiotas. Tinha que ligar para Jack.

Na primeira fileira, uma figura franzina que não havia notado se se levantou também. Murray saiu em silêncio da capela, enquanto os restos encaixotados de Bobby Robb seguiam para o forno.

O número de pessoas esperando do lado de fora aumentara enquanto ele estava lá dentro. Murray atravessou o caminho de entrada e parou ligeiramente afastado do grupo, longe o bastante para não ser acusado de estar atrapalhando o caminho, e perto o suficiente para ser confundido com um deles.

Tivera apenas um vislumbre da nuca da mulher quando ela se levantara. Se Bobby Robb era tão mau quanto Meikle o havia pintado, então eram grandes as chances de que a solitária mulher fosse alguma alma desafortunada em quem Bobby grudara para que cuidasse dele em seus últimos anos. Contudo, uma centelha de entusiasmo acendera seu peito ao vê-la.

Um senhor idoso que estava no grupo lançou um olhar intrigado na direção dele, como que tentando se lembrar de quem ele era. Murray ajeitou o casaco, rezando para que sua aparência desmazelada não chamasse ainda mais atenção e, em seguida, pegou o celular no bolso e o levou ao ouvido, o álibi ideal.

Apertou o botão de discagem rápida e ligou para Jack, porém uma voz feminina robotizada informou que o número não estava disponível e cortou a ligação sem lhe dar a oportunidade de deixar uma mensagem. A mulher saiu da capela e desceu mancando a escada, apoiando o peso numa bengala. Ela era mais baixa do que ele havia imaginado. Supôs que a baixa estatura e o fato de os bancos da capela terem encosto alto haviam conspirado para mantê-la fora de seu campo de visão. Com certeza não fora a sobriedade de sua indumentária.

A única pessoa que comparecera ao funeral de Bobby Robb vestia um terninho lilás, com uma echarpe rosa enrolada folgadamente em torno do pescoço. As cores deveriam conflitar com o seu cabelo, porém a variação de tons pastel acabava por realçar os tons castanho avermelhados do cabelo. Bastava um buquê de flores para que parecesse uma bem-vestida noiva de meia-idade. Murray escutou uma senhora idosa do grupo murmurar, num tom que demonstrava ao mesmo tempo admiração e censura:

— A viúva alegre.

Ele se sentiria inclinado a concordar, não fosse pelo andar claudicante e a expressão dura; o tipo de expressão que uma mãe adota quando está determinada a desligar os aparelhos que mantêm vivo seu filho moribundo.

Pegou o telefone, alinhou-o o melhor que pôde sem chamar a atenção e tirou uma foto, esperando que o resultado saísse melhor do que suas últimas tentativas. Sua presa seguiu em direção ao estacionamento, o ombro direito abaixando ligeiramente com o esforço provocado pelo andar claudicante. Ele a seguiu a certa distância, na esperança de tirar outra foto e, ao mesmo tempo, receoso de ser visto, embora não soubesse bem por quê. Afinal de contas, se seu instinto estivesse correto, essa talvez fosse a oportunidade perfeita de se apresentar a ela. Poderia convidá-la para um café em algum lugar sofisticado — no salão de chá do George Hotel — e explicar seu objetivo com o projeto.

A mulher parou, ajustou a echarpe e se virou mais uma vez para a capela, como que analisando o céu em busca de provas de que o assunto estava encerrado. Agora era sua chance. De forma decidida, Murray deu um passo à frente, os pés esmagando o cascalho do chão.

Um par de olhos verdes com nuances em tom de âmbar dardejou em sua direção. Ele fez menção de continuar, estender a mão e oferecer suas condolências, mas congelou. Os olhos da mulher o percorreram de cima a baixo e, em seguida, o descartaram. Ela se virou de novo, seguiu até uma Cherokee vermelha, entrou e bateu a porta com força.

Ele soltou a respiração. Sentia-se como um rato que houvesse congelado ao perceber o voo de reconhecimento de uma coruja, apenas para ser inexplicavelmente poupado. Observou a mulher que tinha quase certeza ser Christie Graves dirigir em direção à saída do crematório e desaparecer portão afora.

Capítulo Dezesseis

EM ALGUM LUGAR ACIMA de sua cabeça, o pai de Murray sorria enquanto contava a Jack as peripécias de seus dois pestinhas. Murray passou os olhos pela livraria e pela lanchonete do Fruitmarket Gallery e perguntou a um jovem garçom se ele havia visto Jack Watson.

— Jack quem?

O garoto tinha a pele pálida dos viciados em heroína e vestia um jeans preto apertado com um cinto de tachinhas superlargo. Olhou para Murray de cima a baixo e, em seguida, desviou os olhos, como se já tivesse visto o suficiente.

— Watson, um dos expositores.

Cansado, o rapaz pegou um dos folhetos no suporte plástico preso à parede ao seu lado e o abriu.

— Seis horas.

Tinha sido um dia longo, pontuado por decepções e uma cremação. Murray tentou ser paciente.

— Seis horas o quê?

A voz do garoto transmitiu o cansaço de uma vida inteira.

— O artista Jack Watson vai dar uma palestra.

Murray imaginou se a data da palestra tinha ficado guardada em algum lugar do seu subconsciente, a melhor parte de si tomando medidas rumo a uma reconciliação que o consciente rancoroso não conseguia admitir.

Olhou de relance para o relógio. Faltava uma hora para a apresentação do Jack. Não ficaria para escutar o irmão falar sobre como a doença do pai havia lhe servido de inspiração — só de pensar nisso se sentia irritado —, mas, se conseguisse encontrá-lo antes, poderiam tomar uma cerveja e tentar fazer as pazes.

— Se você o vir, pode dizer que o irmão dele está aqui, por favor?

O rapazinho se recostou na parede, os olhos focados em alguma coisa fora do campo de visão de Murray.

— Claro.

A forma como respondeu deu a entender que as chances disso acontecer eram tão prováveis quanto as da paz mundial.

Os mesmos desenhos em estilo mangá que ele e Jack haviam ridicularizado na última vez em que se encontraram continuavam dominando a primeira sala do andar térreo da galeria. As cores ainda eram escandalosas e a menina de olhos gigantescos ainda parecia surpresa pela atenção do cachorro malhado. Contudo, o cenário devastador ao fundo agora parecia dominar a imagem. Murray sentiu uma súbita simpatia pelos cidadãos de Nagasaki que haviam se arrastado por debaixo dos restos carbonizados de suas casas apenas para descobrirem que a cidade desaparecera. Será que tinham acordado achando que estavam mortos? E, ao perceberem a verdade, quantos deles teriam se suicidado a fim de reconquistar uma abençoada inconsciência?

Fora errado rir da obra. Murray não sabia ao certo se o artista estava sugerindo que a bomba atômica tinha desencadeado um embrutecimento da cultura ou que os desenhos e a pornografia eram forças destrutivas da sociedade. Mas tinha certeza de que ele retratava o mundo como uma causa perdida.

— Um monte de merda.

As palavras saíram num sussurro, mas olhou em torno com um ar de culpa enquanto seguia para o espaço destinado à exposição de Cressida Reeves, aliviado por ninguém estar por perto para escutá-lo.

Talvez fosse o fato de ainda ter poeira do cemitério Seafield grudada nas solas do tênis que fez com que a sala mal-iluminada parecesse uma tumba. Ou talvez fossem as centenas de rostos o fitando das paredes, como súplicas de cura a um santo que precisava ser lembrado da aparência dos sofredores antes de intervir.

Murray começou pelo que presumia ser o início: um punhado de fotos infantis, crianças com lábio leporino sorrindo abertamente para a câmera. Algumas tinham sido nitidamente levadas a um hospital, já tendo passado pelos procedimentos pré-cirúrgicos, supôs. Mas a maioria retratava o tradicional estilo de fotos de bebê com a bunda pelada em cima de um cobertor fofinho. Os sorrisos distorcidos cintilavam alegremente sob os olhos brilhantes e divertidos. Sentiu-se envergonhado pela fisgada de repulsa diante dos lábios retorcidos e das gengivas molhadas.

O grupo seguinte era composto por fotos de aniversários infantis. Não havia nenhum sinal de lábio leporino agora. Imaginou se seriam as mesmas crianças retratadas após a cirurgia. Porém, como a galeria começava a se encher com outros visitantes, resistiu à tentação de analisar os rostos sorridentes mais de perto.

A série de fotos continuou retratando outras situações marcantes do calendário infantil: a abertura dos presentes de Natal, o primeiro dia na escola, os amigos adolescentes. O número de modelos diferentes ficava cada vez menor, e alguns dos rostos começavam a se repetir. Murray retornou até o quadro informativo que ignorara ao entrar.

> O trabalho de Cressida Reeves demonstra preocupação com o anonimato, a identidade e os ritos de passagem. Em sua instalação, *Agora você me vê*, patrocinada pelo Fruitmarket Gallery, Reeves começa inserindo uma foto sua de quando era bebê em um conjunto de centenas de crianças desconhecidas que também nasceram com fissura labiopalatal, ou "lábio leporino". A condição não se apresenta nos grupos subsequentes, refletindo a facilidade com que essa deformidade pode ser corrigida. As séries seguintes retratam eventos comuns a todos; festas de aniversário, manhãs de Natal, o primeiro dia na escola, bailes de formatura, o primeiro amor, faculdade etc. Reeves insere um número cada vez maior de fotos de amigos e familiares em meio aos grupos, até não ser mais uma criança desfigurada e anônima cercada por outras crianças igualmente desconhecidas, mas sim uma mulher adulta cercada por pessoas que optou por conhecer.

Murray voltou às fotos de aniversários, imaginando se conseguiria identificar Cressida entre os rostos sorridentes. As imagens eram simples, fotos tiradas sem grandes recursos, que só faziam sentido para as pessoas envolvidas. No entanto, talvez estivessem entre os primeiros pertences que alguém tenta salvar quando sua casa pega fogo, os bens cuja perda numa enchente provoca grande sofrimento.

O papel de parede que revestia a sala da casa onde vivera quando criança era marrom e sem graça, tal como o papel de parede retratado na foto que analisava agora. Lembrou-se também de alguns dos brinquedos com os quais as crianças apareciam brincando. Uma das fotos da manhã de Natal mostrava um garotinho rasgando a embalagem de um boneco Transformer, igual ao que Jack tanto desejara. Em outra foto, um pirralho com um pijama semelhante a um quimono fazia pose de soldado com um sabre de luz. Murray se lembrou dele e do irmão pulando em volta do quarto que compartilhavam, brandindo as espadas de plástico fosforescente, numa luta pelo direito de ser Han Solo. Falaria com Jack sobre os sabres de luz mais tarde. E talvez depois pudessem marcar um encontro para rever as fotos antigas. Já estava na hora.

Passou direto pela seção do primeiro dia de aula e pelas fotos de crianças com uniforme escolar e seguiu para o grupo que representava os anos da adolescência. Agora conseguia identificar Cressida entre a multidão de rostos. Os laços de fita que prendiam o cabelo comprido e o chapéu preto que coroava o arranjo diziam que era fã de Boy George, o que lhe provava que ela era mais nova do que ele, embora só alguns anos.

Podia ver a diminuta cicatriz, quase invisível sob a maquiagem. A marca provavelmente devia tê-la atormentado durante os anos da adolescência, mas agora acrescentava personalidade a traços, que, caso contrário, seriam doces e insubstanciais demais. Como seria beijá-la ali sobre aquela leve cicatriz no lábio superior? Passou rapidamente para as fotos da faculdade na seção seguinte, envergonhado pela súbita fisgada de desejo que se transferira de uma adulta Cressida para sua versão juvenil.

O pessoal da faculdade de belas-artes com o qual passara a andar nos últimos anos do ensino superior parecia mais ousado e antenado às tendências da moda do que ele imaginava que seu grupinho de amigos na universidade costumava ser, embora ainda pudesse distinguir o mesmo ar de camaradagem nas imagens. Começou a procurar o rosto do irmão entre os retratados e acabou por descobri-lo com uma garrafa de cerveja junto à boca, o cabelo engomado no estilo rabo de pato e o colarinho da jaqueta de couro levantado.

Sorriu, lembrando-se da indignação do pai quando Jack pedira o carro emprestado e passara repetidas vezes sobre a jaqueta de couro novinha para deixá-la com um aspecto surrado. Mas o resultado havia ficado ótimo, uma montagem de macacos, caveiras e rosas pintados em preto e vermelho sobre a superfície arranhada.

Naquela época, eles não se viam com frequência, cada um preocupado em forjar seu próprio caminho, só se encontrando de vez em quando na casa do pai e saindo para tomar uma cerveja quando seus caminhos se cruzavam, mas não mais do que isso. A proximidade voltara depois.

Lá estava Jack de novo, parecendo muito jovem em meio à turma da faculdade. Um rapaz com um moicano verde de quem ele se lembrava vagamente estava à direita do irmão, enquanto Cressida se mantinha à esquerda, com o braço em volta da cintura dele, num gesto que denotava intimidade. Ela também parecia bem mais jovem, com o cabelo penteado para trás e preso numa espécie de halo, as leggings pretas enfiadas dentro de um par de botas Doc Marten, em um estilo que sempre o fazia pensar no ator e comediante inglês Max Wall. Ela estava bem mais bonita na noite de abertura da exposição, mais velha, porém mais sofisticada e segura de si.

Passou os olhos pelo restante das fotos do grupo, percebendo que, embora os estilos de roupa pudessem variar, aqueles registros da época universitária eram tão semelhantes entre si quanto as fotos de aniversários infantis; como se o ato de beber cerveja, escalar postes, fazer caretas e beijar também tivesse sido organizado tendo em mente a tradição.

Verificou o relógio. Cinco e meia. Talvez devesse checar se Jack já havia chegado. Virou-se para sair da sala, mas ao captar um movimento com o canto do olho voltou-se novamente para a exibição. O item poderia ter passado facilmente despercebido, e, ainda assim, o fez imaginar como poderia não ter reparado naquilo: uma tira de fotos sequenciais em preto e branco, daquelas tiradas numa cabine fotográfica. A sequência de fotos capturava e animava o momento em que seu irmão e Cressida se viravam um para o outro, rindo, tocando os lábios, as línguas e, em seguida, se afastando, ainda aos risos.

Parou por um momento na sala anterior, deixando os olhos repousarem sobre Nagasaki. Imaginou se Lyn tinha visto as fotos e se lembrou de sua expressão contrariada na noite de abertura da exposição, da forma evasiva com que respondera quando ele lhe perguntara, no Burger King, se ela conhecia Cressida. Explorar uma lembrança que deveria ter sido mantida em segredo era exatamente o que acusara Jack de estar fazendo. Imaginou se o irmão ligava para isso, e percebeu que esperava que sim.

Já estava quase na rua quando se deu conta de que o jovem garçom da galeria tinha dito alguma coisa ao vê-lo passar. Voltou novamente para junto do garoto, que repetiu:
— Seu irmão está na lanchonete.
— Valeu.
Sua voz soou áspera pela falta de uso e pela fadiga do dia, mas aparentemente tinha acertado no tom sem querer, porque o jeito irritadiço do garoto foi substituído por uma atitude mais solícita.
— Tentei avisar ao Jack que você estava aqui, mas ele e a namorada se afastaram antes que eu conseguisse alcançá-los.
Murray sentiu uma súbita vontade de perguntar se a bunda dele estava colada na cadeira, mas decidiu deixar passar e seguiu para a lanchonete, aliviado pela oportunidade de ver Lyn também antes que a exposição do Jack seguisse em turnê.

A lanchonete estava cheia. Murray passou os olhos pelo salão, incapaz de distinguir Jack e Lyn entre as mesas ocupadas. De repente, foi como se as fotos da cabine fotográfica tivessem adquirido vida.
Jack e Cressida estavam numa das mesas do canto, ao lado da janela, beijando-se.
— Jesus.
Deu um passo à frente, sem saber ao certo o que iria dizer.
Não havia nada que pudesse dizer.

A garçonete se aproximou com o cardápio na mão e Murray se virou para sair, desesperado para escapar antes que o vissem. Sentiu a mochila bater no balcão, escutou a garçonete prendendo a respiração e o barulho de vidro se espatifando no chão de concreto, tão alto quanto o disparo de uma arma. A água se espalhou pelo piso enquanto o enorme arranjo de lírios Stargazer caía sobre o deque.

Cressida e Jack quebraram a conexão, protagonistas em um movimento brilhantemente coreografado em que todas as cabeças se viraram ao mesmo tempo para ver o que havia acontecido. Murray observou o irmão se levantar e escutou o zum-zum-zum das conversas que se seguiu ao silêncio que se instaurara. Virou-se e andou em direção à saída, deixando um rastro de pegadas molhadas atrás de si, como uma trilha rumo ao desastre.

— Murray, espere.

As botas do irmão ecoaram sobre o piso. Quem diabos usava placas de metal nas solas dos sapatos? Mais outras das afetações de Jack, parte do jeito sou-só-carcaça-sem-substância que o definia ultimamente.

— Espere.

— Vá se foder.

Murray percebeu de relance os olhares curiosos das crianças do grupo escolar que esperava para entrar no Edinburgh Dungeons. O fantasma com aspecto entediado que ficava na porta disse:

— Olhe como fala ou você vai para a berlinda. — As crianças riram e a professora lhe lançou um olhar desaprovador.

Murray sentiu a mão do irmão sobre seu ombro e se virou, os punhos fechados.

— Sai fora, Jack.

— Só um segundo, por favor.

A camisa de Jack tinha escapado para fora da calça. Ele respirava de forma ofegante e o lábio superior estava sujo pelo batom de Cressida. Uma das crianças que esperava na fila abriu um pacote de balas e o passou entre os amigos, preparando-se para aproveitar o show.

Murray virou a esquina e entrou na ponte Waverly, em direção à Princes Street.

— Por quê? Você vai me dizer que as coisas não são como parecem?

Jack o agarrou pelo braço, forçando-o a parar. Fitou Murray no fundo dos olhos, não mais o jovem que vira nas fotos de Cressida, mas tão atraente quanto. Talvez mais. O pensamento o surpreendeu: jamais pensara no irmão como um homem bonito.

— Não, as coisas são exatamente o que parecem.

Foi um choque quase tão grande quanto vê-los juntos. Deixando a raiva momentaneamente de lado, perguntou:

— A Lyn já sabe?

— Ainda não.

Jack passou a mão no rosto. Ao ver os dedos sujos de batom vermelho, pegou um lenço no bolso e o esfregou na boca.

— Que droga!

Olhou para a mancha vermelha mais uma vez e, em seguida, para Murray, sem esclarecer se estava falando do rosto sujo de batom ou da situação de sua vida amorosa.

— Você pretende contar a ela?

— Claro.

— Pelo amor de Deus, Jack.

— Estou apaixonado pela Cressida.

— Assim, sem mais nem menos? Depois de doze anos você de repente encontra outra pessoa?

— A gente já se conhecia.

— Percebi, mas o tempo passou.

Murray se desvencilhou do irmão. Jack ergueu a mão como se fosse agarrá-lo novamente, mas a deixou pender ao lado do corpo.

— A vida é curta demais para não a aproveitarmos, Murray. Você devia saber.

Um grupinho de adolescentes passou por eles. Um dos garotos gritou:

— Por que vocês não se beijam e fazem as pazes? — Os amigos riram. Murray sentiu vontade de cair de soco em cima deles, dar-lhes umas boas porradas antes que eles revidassem até deixá-lo inconsciente. Em vez disso, manteve a voz baixa e perguntou:

— E quanto a Lyn?

— Vou me certificar de que ela fique bem. Ela vai superar. Lyn é uma sobrevivente.

Murray fez que não.

— Você é um canalha, Jack.

Virou-se de costas para o irmão e se afastou. Dessa vez, ninguém o seguiu.

Segunda Parte

A ilha de Lismore

Capítulo Dezessete

FAZIA UM TEMPO QUE Murray não dirigia. A estrada serpenteante em torno do lago Lomond era um desafio, e ele se sentiu aliviado ao chegar a Oban. Enquanto entrava na cidade, gotas de chuva começaram a salpicar o para-brisa. Era possível ver um brilho de luz do sol por trás das nuvens ameaçadoras que se moviam acima do mar, mas ele sabia por experiência que isso não era garantia de que um céu azul voltaria a se abrir.

Seguiu as placas que indicavam a direção do terminal das barcas, encontrou o píer referente a Lismore e estacionou ao final da pequena fila de veículos que esperava na beira do cais. A barca chegaria em quinze minutos, embora ainda não fosse possível ver qualquer sinal dela no horizonte de águas cinzentas. Desligou o motor, fechou os olhos e tentou esvaziar a mente.

Foi acordado pelo barulho do caminhão à sua frente voltando à vida. A pequena barca aportara e o fluxo de carros vindos da ilha desembarcou. Murray girou a chave na ignição e esperou o motorista do caminhão manobrar o enorme veículo carregado com material de construção, subir de ré a pequena rampa e estacionar no convés.

Começou, então, a subir de ré com seu próprio carro, devagarinho. Pelo retrovisor, viu o encarregado da barca erguer a mão e parou. Percebendo o homem vir em sua direção com uma expressão séria, baixou o vidro.

— A próxima barca é às quatro.

Murray olhou para a embarcação. Havia apenas dois carros, o caminhão com material de construção e uma van dos correios já estacionados no convés. Restava ainda um espaço ao lado da van.

— E quanto àquela vaga à direita da van?

O encarregado ajustou o quepe.

— Quatro horas. — Ele subiu de novo a rampa em direção ao convés. Murray a observou ser erguida e a barca se afastar mar adentro.

Um senhor idoso que fumava na beira do cais jogou a guimba no mar, aproximou-se e se recostou de maneira amigável no teto do carro.

— Você jamais o descreveria como um sujeito simpático, não é mesmo?

Murray sentiu o rosto corar.

— Qual é o problema com ele?

— Se você estiver se referindo ao temperamento dele, eu diria que ele é uma espécie de pai sisudo e carola demais, com uma deficiência de serotonina. Mas quanto ao motivo de não tê-lo deixado embarcar acredito que foi porque o caminhão com material de construção fez com que chegassem ao limite de peso. Eu o aconselho a ir comprar o bilhete para a barca das quatro horas. A ilha não vai a lugar algum.

O estranho deu um tapa no teto do carro e se afastou.

O funcionário da bilheteria sorriu de forma alegre quando ele pediu uma passagem para Lismore.

— Cansado da vida?

Murray tentou retribuir o sorriso, mas o funcionário ficou subitamente sério e imprimiu o bilhete sem mais brincadeiras.

Tinha cinco horas de espera pela frente. Ligou para a central de turismo e reservou uma pousada na ilha. Em seguida, abandonou o carro no estacionamento e saiu para uma caminhada pela orla. Pelo visto, nem todas as gaivotas tinham se mudado para Glasgow a fim de viverem de sobras de comida chinesa e ratos mortos. Suas primas caipiras circulavam os barcos de pesca, soltando rajadas de gritos e mergulhando de tempos em tempos para pegar as iguarias que os pescadores descartavam. Além do forte cheiro de maresia, havia outro subjacente, mais amargo, de algas em decomposição. Um vento frio soprava do mar, trazendo consigo um leve borrifo que poderia ser tanto de gotas de chuva quanto de espuma, como que salientando sua má intenção.

Murray entrou em uma loja especializada em artigos esportivos e comprou um gorro de lã, um casaco à prova d'água, três camisas xadrez num tecido quente e felpudo, três pares de meias grossas e um par de botas de caminhada que o vendedor garantia ser capaz de durar mais do que os dois. Trocou-se na pequena cabine da loja e observou seu reflexo no espelho. Parecia uma versão mais velha e relaxada de si mesmo; ou talvez um pobretão desgastado pelo trabalho social e preparado para mais alguns meses de andanças de porta em porta.

A alta temporada já estava terminando, mas as ruas continuavam repletas de turistas oriundos do campo, que vinham à cidade em busca das atrações oferecidas pelo Edinburgh Woollen Mill. Murray passou por um casal de meia-idade acompanhado por dois adolescentes aparentemente desconsolados. Ele e Jack tinham visitado a cidade anos antes, a caminho de outro lugar. Não se lembrava muito bem dessa viagem.

Entrou numa lanchonete que cheirava a uma mistura de aromatizante de ambiente barato com banha quente e vinagre Sarson. O salão era aconchegante, ainda que aparentemente dilapidado, como se o proprietário tivesse aberto mão de instalações mais comerciais em prol de um mobiliário caseiro nada funcional. As paredes eram cobertas por um papel de parede que combinava listras e flores de lis, divididos por uma barra de flores, o carpete decorado com um padrão de folhas outonais, porém não em quantidade suficiente para mascarar as manchas e sujeiras. Uma delas, ressecada de algo que parecia ser sopa de lentilha, cobria parte do cardápio escrito à mão, como que ilustrando a qualidade dos produtos em oferta. Passado um tempo, uma garçonete idosa se aproximou e Murray pediu uma porção de peixe com fritas e uma xícara de chá.

Estava pensando se o laptop estaria seguro no porta-malas do carro ou se devia voltar lá e pegá-lo quando o telefone tocou. O nome da Lyn surgiu no visor.

A garçonete apareceu para arrumar a mesa e trouxe um prato com pão e margarina.

— Você não vai atender?

Murray teve vontade de dizer a ela para ir cuidar da própria vida, porém os relatos dos alunos que trabalhavam meio período em bares e restaurantes haviam lhe ensinado a nunca irritar alguém com acesso à sua comida.

— Vou ligar de volta mais tarde.

Ela foi até o balcão e retornou com o chá.

— Ignorar o telefone não vai ajudar a resolver as coisas.

Ele deu uma mordida no pão sem gosto, imaginando se todos em Oban se sentiam aptos a dar conselhos a estranhos. O telefone tocou de novo, e o nome de Lyn apareceu mais uma vez, tal como um sinal de alerta na pequena tela.

Murray soltou um suspiro e atendeu.

— Murray?

— Oi, Lyn. Tudo bem?

— Tudo. — A voz dela soou cautelosa. — Por que a pergunta?

— É que você não tem o hábito de me ligar.

— Acho que não. — Ela não pareceu convencida. — Estou ligando para saber se você viu o Jack.

Ele pensou em mentir, mas a verdade parecia mais fácil, até certo ponto.

— Rapidamente, antes da palestra.

— Vocês conversaram?

— Na verdade, não.

— Vocês precisam fazer as pazes.

— Talvez.

Fez-se um breve silêncio. Em seguida, ela disse:

— Ele não voltou para casa ontem à noite.

Murray amaldiçoou mentalmente o irmão por ser um canalha, e a si mesmo por atender o telefone.

— Ele deve ter encontrado alguns amigos e saído para tomar uma cerveja. Você conhece o Jack.

— Jack é viciado em trabalho. Não tem nenhum amigo.

Murray sentiu uma súbita vontade de dizer a Lyn que ela estava enganada, que o irmão tinha uma velha amiga muito especial. Em vez disso, falou:

— De qualquer forma, ele é bem crescidinho. Tenho certeza de que vai aparecer.

— Estou preocupada. O carro do seu pai sumiu. Ele estava parado na frente de casa quando saí ontem à noite para trabalhar.

— Ah. — Ele não pretendia assustá-la, apenas se vingar do irmão. — Fui eu que o peguei.

— Vocês só podiam ser parentes mesmo, não sei qual dos dois é o pior. Jack sabe disso?

— Vai saber, quando você contar a ele.

— Conte você. — O alívio evidente na voz dela diante da informação se transformou em raiva. — Fiquei acordada a noite inteira no abrigo. Acho que não aguento mais nenhum drama. Onde você está?

— Em Oban.

— Ah, claro. O porto de saída para as ilhas.

— O sovaco do universo.

— Que coisa desagradável.

— Você é que está dizendo.

A garçonete lhe deu um leve apertão no ombro enquanto botava o pedido à sua frente.

Lyn continuou:

— Está barulhento aí.

— É que o meu almoço acabou de chegar. — O peixe e as batatas exalavam um aroma delicioso, mas algo na voz dela o fez acrescentar: — Não estou com muita fome, mas preciso matar o tempo.

— Você tem que comer.

Imaginou por que as mulheres ou tentavam cuidar dele ou transar e depois o mandavam embora. Houvera um tempo em que poderia ter perguntado isso a Lyn.

— Eu queria que você me respondesse uma coisa. Já deparou com algum velho com uma cicatriz chamativa lá no centro?

— Por acaso o Papa é católico?

Era uma velha piada e ele riu para mostrar a ela que nada tinha mudado, embora suspeitasse de que os dois sabiam que havia.

— Estou pensando num sujeito em particular. Bobby Robb. Ele tinha um sorriso à la Coringa esculpido num dos lados do rosto.

— Glasgow sorri melhor. — Dessa vez nenhum dos dois riu. — O nome não me diz nada, o que não quer dizer muita coisa, já que muitos deles não falam seus nomes verdadeiros. Posso tentar investigar, se você quiser.

— Eu gostaria muito.

— Com uma condição.

— Qual?

Ele achou que seria algo em relação ao irmão. A garçonete lançou um olhar de relance em sua direção, como que alertada de algum perigo em potencial pela cautela em sua voz. Lyn continuou:

— Você se lembra do Frankie?

Murray sorriu, aliviado, e viu a garçonete retomar a conversa com o cozinheiro. Baixou a voz.

— O Lewis Hamilton na cadeira de rodas?

— Isso mesmo. Frankie está tentando dar um jeito na própria vida. Ele queria fazer um cursinho preparatório na Telford College para depois tentar entrar na universidade.

— Isso está além do meu alcance.

— Eu não sou idiota, Murray. — A impaciência estava de volta. — Não estou pedindo que você o coloque lá dentro, só gostaria que conversasse com ele, que lhe explicasse como as coisas funcionam. Frankie está numa encruzilhada. Ele quer mudar de vida, mas seria muito fácil recair nos velhos hábitos. Se fizer isso, estará assinando sua própria sentença de morte.

Murray duvidava de que essa súbita vontade de estudar do Frankie fosse algo mais do que um meio de atrair Lyn para sua cama ortopédica, mas tentou imprimir um sorriso à voz.

— Como eu poderia recusar? Vamos marcar um encontro quando eu voltar.

— Obrigada, Murray. — A voz de Lyn readquiriu a candura habitual. Murray imaginou se, depois que Jack lhe contasse as novidades, ela algum dia aceitaria vê-lo novamente. — Fale mais sobre esse seu homem misterioso — pediu.

— Não tenho muita coisa a acrescentar. Ele era um dos amigos do Archie, o que sugere que transitava pelas rodas da literatura escocesa na década de 1970. Robb deixou a cidade por uns tempos e só voltou recentemente. Também era conhecido pelo apelido, dr. Crippen.

Lyn bufou de leve, divertida.

— Crippen é como Jim e Joe na minha área de atuação, nove em cada dez. Você gostaria de entrevistá-lo para o livro?

— Gostaria, mas não estou disposto a fazer a viagem.

— Então sabe onde ele está?

— Não exatamente. Ele morreu há pouco tempo.

— Isso não é engraçado, Murray. Passei a manhã inteira ligando para os hospitais atrás do seu irmão.

— Você é boa demais para ele — retrucou. Estava falando sério, mas prometeu avisá-la se Jack entrasse em contato. Não era uma promessa que se sentia obrigado a cumprir.

Desligou o telefone e pegou uma batata. Ela estava fria e tinha o gosto da gordura barata na qual fora frita. Empurrou o prato para o lado.

Na noite anterior, enviara um e-mail para Audrey Garret com a foto que havia tirado da mulher que comparecera à cremação de Bobby Robb. Decidiu, então, ligar para ela. O telefone tocou algumas vezes e a voz dela respondeu: "*Oi, você ligou para a secretária eletrônica de Audrey e Lewis. Estamos nos divertindo demais para atender agora, mas deixe uma mensagem após o bipe e...*"

— Alô!

Ela parecia ofegante, o que o levou a imaginar se estaria esperando uma ligação. A ideia o fez se sentir estranho e ele gaguejou ligeiramente ao falar:

— Oi, Audrey, desculpe interrompê-la. Aqui quem fala é Murray Watson.

— Ah, oi, Murray. — Não havia nenhum traço do sotaque transoceânico na voz dela ao telefone, mas ele achou ter detectado um quê de cautela por baixo do tom penetrante.

— Estava imaginando se você recebeu meu e-mail.

— Espere um pouco.

Ele escutou o som dos pés de Audrey sobre o piso de madeira corrida e a imaginou atravessando o caos da sala de estar em direção à tranquilidade do escritório. Perguntou:

— Como vai você? — O telefone talvez estivesse longe do ouvido dela, porque não houve resposta. Em vez disso, escutou o aparelho bater sobre uma superfície dura e, em seguida, o som do computador sendo ligado.

— Certo. — Audrey pegou o telefone. — Está aqui na minha frente. — Leu a mensagem em voz alta. — "Cara Audrey, pode parecer um pedido estranho, mas estou enviando em anexo uma fotografia não muito boa de uma mulher que penso ser Christie Graves. Você se importaria de dar uma olhada e me dizer se é ela, por favor? Vou viajar por algumas semanas; portanto, ligarei para você amanhã ou depois. Atenciosamente, Murray Watson." Isso parece coisa de espião.

— Imagino que sim.

Fez-se outra pausa. Ele a imaginou sentada à mesa, vestida com a mesma roupa que usara na noite em que haviam se encontrado. Mas então ela voltou ao telefone, e seu tom de voz ríspido fez a imagem desaparecer.

— Bom, acredito que David Bailey não tenha nada com que se preocupar.

— Fotografia não é um dos meus talentos.

Isso poderia ser uma deixa para Audrey mencionar quais eram os talentos dele, mas a voz dela se manteve categórica.

— É, é ela. Onde a foto foi tirada?

— No funeral de um dos antigos amigos do Archie.

— Outro funeral? Pelo visto, ela faz disso um hábito.

— Acredito que seja uma coisa comum na idade dela.

— Pode ser. Por que você não aproveitou para tentar uma aproximação?

— Eu devia ter tentado, mas não tinha certeza se era ela e não me pareceu o momento apropriado.

A desculpa soou esfarrapada aos seus próprios ouvidos, mas ela replicou:

— Compreendo.

Sentindo-se encorajado, ele perguntou:

— Como vai o Lewis?

A lembrança da forma como o garotinho o olhara ficara gravada em sua mente. No entanto, talvez Audrey tenha achado que ele estava tentando lhe agradar, porque sua resposta foi fria.

— Bem. A gente está de saída.

Ele sentiu vontade de perguntar aonde estavam indo, desejou que ela indagasse por que ele estava viajando, mas, em vez disso, falou:

— Então não vou prendê-la.

Ela se despediu de um jeito que lhe pareceu definitivo.

Murray ficou parado por alguns instantes, segurando o telefone ainda quente. Em seguida, puxou novamente o prato para a sua frente e despejou um pouco de ketchup num dos cantos. Como se esquecera de sacudir a garrafa, um líquido claro que o fez pensar em plasma sanguíneo escorreu em direção à comida antes que o molho em si começasse a sair. Mergulhou uma batata mesmo assim e a levou à boca. O gosto de açúcar e batata fria o deixou com vontade de cuspir. Forçou-se a engolir e empurrou o prato para o lado, no momento exato em que a garçonete colocava a conta sobre a mesa.

Ela olhou para a refeição praticamente intocada.

— Alguma coisa errada com a comida?

— Não, nada. Eu a deixei esfriar.

Abriu a carteira para pegar o dinheiro, mas talvez sua expressão o tenha traído mais uma vez, porque a mulher pousou a mão em seu ombro e lhe deu outro apertão.

— Há muitos outros peixes no mar. — Ela olhou para o bacalhau intocado no prato e riu. — É verdade. Você não tem ideia de quantos pode pegar com a sua rede. — Ao cruzar o olhar com o do cozinheiro, assumiu um tom mais poético. — O mar está cheio de promessas para um rapaz como você. Lembre-se disso.

Capítulo Dezoito

As MULHERES DA CENTRAL DE turismo tinham lhe dito que sua pousada ficava a cerca de vinte minutos do porto de Achnacroish, onde a barca atracava. Murray prosseguiu devagar pela estradinha estreita que partia da orla, vendo o mar pelo retrovisor ficar cada vez mais distante à medida que penetrava mais e mais na ilha, e observando as montanhas ao longe, que não pareciam aproximar-se.

A travessia fora tranquila, porém uma leve náusea remexia as profundezas do seu estômago, como se suas próprias ondas internas tivessem sido perturbadas. O céu parecia um palato acinzentado, manchas ferruginosas se movendo contra um gris escuro. O vento estava cada vez mais forte, mas ainda havia a possibilidade de que as nuvens carregadas fossem sopradas para longe da ilha, levando embora a promessa de chuva.

As ovelhas pastavam estoicamente nos campos bem ao longe, o pelo cinzento e manchado de excrementos, eriçado pelo mesmo vento que dobrava o capim alto ao lado da estrada. O vilarejo próximo ao cais ficara para trás, mas de vez em quando passava por uma casinha de pedras tão cinzenta e intransigente quanto o céu.

Diminuiu a marcha ao entrar numa curva e viu duas crianças de mãos dadas na beira da estrada, os cabelos sujos e grudados, os rostos bronzeados de sol e poeira. Pareciam o tipo de crianças selvagens que convivem com as fadas, e quase se surpreendeu ao notar as galochas de borracha. Ergueu a mão em saudação e foi acolhido por olhares desinteressados.

Algumas gotas de chuva começaram a salpicar o para-brisa, mas não havia necessidade de ligar os limpadores ainda. O rádio morrera ao deixar o continente. Ligou o CD, e a voz de Johnny Cash reverberou ao som de "I've Been Everywhere".

Lembrou-se subitamente da noite em que o pai cantara essa canção na cozinha enquanto secava a louça, sua inflexão semelhante à de Cash, porém as palavras pronunciadas de forma mais lenta, a voz abrindo mão do tom ao entoar o refrão adaptado para os lugares em que ele próprio estivera: *I've been to Fraserburgh, Peterburgh, Bridge of Weir, very queer. Dunoon, whit a toon, Aberdeen where the folks are mean. I've been everywhere, I've been everywhere.*

Desligou a o som e, como uma deixa, viu a placa de sua pousada balançando desoladamente na beira da estrada.

Murray se ofereceu para pagar adiantado, mas a sra. Dunn, a proprietária, riu.

— Não precisa, meu filho, confio em você. De qualquer forma, você não chegaria muito longe se tentasse me dar um calote. Peter não o deixaria sequer entrar na barca.

Ela era o tipo de senhora aposentada que ele imaginava ter engordado em virtude de um tratamento de reposição hormonal aliado a aulas de hidroginástica: sorridente, com seios fartos e tórax largo, vestida num conjunto lilás apertado demais para ser confortável. O cabelo parecia ter sido arrumado recentemente, com um suave tom azulado realçando o grisalho. Ele esperava que ela não tivesse feito isso por sua causa. Sentia-se tão deprimente quanto Peter, o carrancudo encarregado da barca e guardião da ilha.

A sra. Dunn o fez assinar o livro de hóspedes e, em seguida, começou a subir a pequena escada.

— O seu quarto fica lá em cima.

Ele a seguiu, tomando cuidado para não deixar a mochila esbarrar nas fotos dos filhos já adultos que decoravam as paredes. O cheiro de umidade o fez se lembrar da casa do pai no final da vida, antes que ele e Jack concordassem em transferi-lo para uma casa geriátrica.

— Seu quarto fica à esquerda. O banheiro é na porta do meio e o meu quarto é o da direita.

Murray teve uma leve sensação de que deveria dizer alguma coisa para assegurá-la de que não era um louco vindo do continente com a intenção de criar confusão e matar uma senhora aposentada. Mas ela já se adiantara, abrindo a porta do quarto como se nada no mundo pudesse representar perigo.

O quartinho era banhado por um brilho enjoativo de fim de tarde na Disney, com duas pequeninas camas de solteiro cobertas por colchas de cetim brilhante quase no mesmo tom de rosa bebê das paredes, um tapete com estampa de botões de rosa e cortinas ligeiramente mais avermelhadas. Uma televisão portátil com o logotipo da Barbie se situava num dos cantos, ao lado de um porta-toalhas guarnecido com toalhas também rosadas.

— E então?

Murray levou um segundo para perceber que ela estava aguardando seu veredito. Tentou imprimir um tom caloroso à voz.

— Está ótimo, obrigado.

A sra. Dunn anuiu com um menear de cabeça sério, como se concordasse com ele no tocante a algum ponto importante das Escrituras, e, em seguida, perguntou:

— A que horas você quer jantar?

Ele ainda estava enjoado da viagem.

— Não se preocupe, vou comer alguma coisa na cidade.

Ela bufou.

— Não existe nenhuma cidade, meu filho. Nem lanchonete, nem pub, por falar nisso. É a minha comida ou nada.

O pequeno quarto pareceu pulsar com a brisa repentina que atravessou a casa e se fechou em torno dele. Murray inspirou o ar fragrante de rosas, abençoando silenciosamente o impulso que o levara a entrar numa loja de bebidas em Oban e comprar uma garrafa de uísque.

— Que tal às sete?

— Sete está ótimo.

Ele comentou:

— Mal posso esperar.

Contudo, não devia ter soado muito convincente, porque ela acrescentou:

— Não se preocupe. Já faz um tempo desde a última vez que envenenei alguém. — E fechou a porta rapidamente às suas costas.

Murray se sentou na cama mais próxima à porta, pensando mais uma vez no seu dom de alienar todas as mulheres que conhecia. Talvez fosse o fato de terem perdido a mãe cedo, embora Jack sempre houvesse conseguido usar a história de órfão de mãe a seu favor.

Pegou o computador na mochila e o ligou, com uma leve esperança de que algum sinal wireless aparecesse na tela. Não apareceu. Nenhuma lanchonete, nenhum pub.

O quarto rosa pulsou novamente. Esperara encontrar um daqueles cômodos estampados nos folhetos de viagem, com uma poltrona forrada de couro diante de um fogo crepitante, e um copo de cristal com uísque ao alcance da mão enquanto trabalhava no seu projeto.

A cor do aposento era definitivamente irrelevante. Precisava progredir, começar a escrever, continuar com a pesquisa, é claro, mas dar prosseguimento ao texto, ordenando seus pensamentos antes que se perdessem no tempo e no espaço.

Sabia ainda muito pouco sobre a infância de Archie, tendo se deixado envolver pelos eventos que haviam levado à morte dele. Poderia começar pelo final, é claro; a cabeça do poeta desaparecendo sob as ondas, as mechas do cabelo comprido flutuando na água, as bolhas de ar explodindo em contato com a barba, os lábios se abrindo com a chegada da paz iminente.

Tirou os sapatos e seguiu para o banheiro. Precisava livrar-se daquela visão hollywoodiana. A morte por afogamento não devia ser das mais tranquilas. Dolorosa e assustadora, com merda e vômito anuviando seus últimos momentos, e o esforço desesperado de se agarrar a uma vida já perdida.

O cheiro de umidade era mais intenso ali. O chuveiro ficava dentro de um boxe de plástico minúsculo com uma porta de sanfona. Ponderou se haveria algum vazamento e imaginou se seria capaz de se lavar naquele espaço mínimo sem quebrar nada. Enquanto pensava nisso, lembrou-se de que havia se esquecido de levar sabonete.

Talvez houvesse uma lojinha na região onde pudesse comprar um (pedia a Deus que sim). Caso contrário seria obrigado a tomar banho com a mesma barra que sua anfitriã usara para ensaboar o corpo idoso. A repulsa diante da ideia o fez sentir-se culpado, e ele lavou o rosto na pia evitando olhar seu reflexo no espelho.

De volta ao quarto, desempacotou a caixa que continha suas anotações. Ali estavam as análises dos poemas de Lunan (pelos menos eram confiáveis), algumas anotações sobre suicídio que copiara da pesquisa do dr. Garret e as entrevistas com Audrey, Meikle e o professor James, cada uma delas cuidadosamente transcrita e guardada em seu próprio envelope plástico. Espalhou tudo sobre a cama, lamentando a falta de uma escrivaninha no quarto.

Até o momento, tinha muito pouco material. Talvez Fergus Baine estivesse certo e ele devesse ter se limitado a analisar a poesia, em vez do homem. Afinal de contas, era isso o que contava, não era?

Pegou a pasta com a entrevista de James. Pensando bem, estava surpreso pelo professor não ter levantado as mesmas objeções que Fergus. Lembrava-se de James ressaltando de forma quase fanática a importância de dissociar a vida dos escritores de suas obras.

Reducionista, simplista, grosseiro e carente de análise!

Ainda podia conjurar vividamente o som do papel se rasgando e o choque da turma quando James destruíra, tanto física quanto verbalmente, o trabalho de um aluno que havia se concentrado mais na cegueira de Milton do que em sua poesia. No entanto, sua proposta em redigir uma biografia de Lunan não produzira nenhum comentário sarcástico. Apesar de poder lançar mão de sua aposentadoria e saúde precária como desculpas genuínas, James o recebera de bom grado, oferecendo-lhe horas do pouco tempo que ainda lhe restava para suas próprias pesquisas. Talvez o professor tivesse simplesmente mudado de opinião quanto à importância da vida do artista na sua obra ou sido motivado por um senso de obrigação para com um colega. Contudo, ao segurar a pasta em sua mão, Murray foi acometido mais uma vez pela suspeita de que o velho não havia cooperado tanto quanto poderia.

Talvez ele tivesse feito as perguntas erradas. Ninguém precisava sentir-se obrigado a ajudar aqueles que eram burros ou preguiçosos demais para ajudar a si mesmos, e James sempre se mostrara impaciente para com qualquer pessoa cuja inteligência ou empenho não chegasse à altura dos seus próprios. A chuva de papel picado que jogara na lixeira diante do autor do temível ensaio sobre Milton deixara isso bem claro.

Puxou a transcrição de dentro da pasta, sentindo mais uma vez que alguma coisa deixara de ser dita. Pegou um lápis e desenhou uma estrela ao lado de algo que James dissera: *aqueles de nós que ficaram para trás deveriam ter dado mais atenção ao trabalho dele.*

Talvez fosse a culpa diante de uma obrigação não cumprida que tivesse levado o velho professor a se mostrar relutante em explorar aquele momento em que as vidas dele e de Archie haviam se cruzado — especialmente agora que estava prestes a encarar a própria morte, a perspectiva de um legado incerto.

Rabiscou a estrela. Era importante não conferir peso demais a palavras ditas ao acaso.

Lembre-se de que isso foi há muito tempo e que tivemos o privilégio de presenciar o nascimento de muitas obras surpreendentes.

O professor era um homem realista. Ele conhecia as limitações do indivíduo perante o peso da literatura e da história. Murray pensou na sala entulhada, quase feminina em excesso, e soltou um gemido. A saúde de James podia estar indo de mal a pior, mas pelo menos ele tinha espaço para pensar e escrever. Deitou-se na cama, cobriu o rosto com a entrevista e fechou os olhos.

Foi acordado pela voz penetrante da anfitriã do lado de fora da porta.

— Sr. Watson, o jantar está servido.

Murray se sentou, como o Drácula se levantando do caixão.

Ligaria para James e perguntaria se havia conhecido Bobby Robb e, talvez enquanto ele estivesse respondendo a essa pergunta, as que não haviam sido feitas também encontrassem uma solução.

O celular não pegava no quarto, nem na mesa de jantar sobre a qual a comida fora servida, e onde uma fina camada de nata se formava sobre o líquido marrom que Murray supôs ser o molho. Ficou tentado a sair para ver se conseguia sinal do lado de fora da casa, porém as boas maneiras prevaleceram e resolveu encarar a torta de frango descongelada com batatas e cenouras enlatadas, e, de sobremesa, meia lata de pêssegos em calda cobertos por creme industrializado. Acabou sendo a melhor refeição que ele fizera em um bom tempo. Comentou isso com a sra. Dunn antes de vestir o novo casaco à prova d'água e sair para a ventania do final de tarde.

Dando as costas para a pousada, começou a descer a estradinha que o levara até ali. O celular continuava teimosamente sem sinal algum. Viu uma placa onde estava escrito *Broch* e virou à direita conforme indicado, pegando outra estradinha de terra e cascalho mais mal-acabada do que a primeira. Era bom ter um destino, embora ele não fizesse ideia do que *broch* significava.

O professor James conhecera Lunan, tanto o homem quanto o poeta. Ele havia presenciado o nascimento de sua única coletânea e, ainda que não estivesse presente quando Archie morrera, pudera comparecer ao velório. Se Christie insistisse em seu silêncio, James talvez acabasse se tornando o mais próximo de uma testemunha ocular disponível.

Uma pequena casa surgiu à direita, com um jardim quadrado e malcuidado à frente, e cercado para impedir as ovelhas de entrarem. Um trator de brinquedo se encontrava abandonado ao lado do portão. Murray imaginou que, se você aguentasse o clima, aquele não seria um lugar tão ruim assim para criar uma família. Presumira que Archie e Christie tivessem ido para lá em busca de inspiração poética e de um novo lugar para suas orgias, mas talvez apenas estivessem querendo deixar tudo isso para trás, procurando uma "vida tranquila" numa área mais hippie e autossuficiente. Afinal de contas, para Lunan, aquilo fora uma espécie de retorno ao lar.

A noite começava a cair. Olhou para o telefone. Caso não conseguisse sinal logo, voltaria para o carro, dirigiria até o cais e tentaria por lá.

Anos antes, enquanto trabalhava em sua tese de doutorado, saíra com uma estudante de arqueologia. Angela. Sentira-se atraído por sua pele clara e cabelos vermelhos, e teria ficado feliz em passar todo o tempo livre deles na cama; contudo, as caminhadas pelas montanhas rumo a sítios arqueológicos tinham sido o principal passatempo dos dois. Angela queria que eles assumissem um compromisso mais sério. Ele havia considerado, passara horas analisando os prós e os contras, e, ao chegar à conclusão de que os contras eram em número maior, terminara com ela. Não a via fazia anos, nem pensava nela já havia algum tempo. Ela fora uma das encruzilhadas em sua vida, um caminho diferente que ele poderia ter tomado.

Uma espécie de estrutura se erguia no alto da montanha à frente ou seria apenas uma formação rochosa? Era difícil ter certeza. Murray abandonou a estradinha e começou a subir. O vento soprava com mais força agora, e o solo parecia macio sob seus pés.

Ao se aproximar, viu que se tratava dos restos mortais de uma antiga torre circular de pedras. As ovelhas pastando em volta dela se assustaram com sua aproximação e fugiram apressadas, como mulheres gordas correndo encosta abaixo de salto alto. Ele parou e as deixou passar, temeroso de que qualquer movimento impensado as fizesse deslizar e cair.

Angela provavelmente já lhe explicara o que era um *broch*. Uma fortaleza, imaginou, ou talvez uma grande tumba. Seguiu até o ponto em que a parede desmoronara e deu uma olhada, esperando encontrar aquele lixo tradicional que se acumula em construções abandonadas: garrafas de bebidas alcoólicas pela metade, camisinhas usadas, latas de cerveja amassadas. O interior se resumia a um pequeno buraco vazio, como um gigantesco caldeirão. Não havia nada ali, exceto excrementos de ovelha.

Murray teve a mesma sensação de estar sendo observado que sempre o acometia durante suas caminhadas com Angela. "Paranoia de gente da cidade", dizia ela. Mas pelo menos na cidade alguém poderia escutá-lo gritar. A visão de algumas camisinhas usadas serviria para tranquilizá-lo, um sinal de vida.

Olhou para o caminho pelo qual viera. Agora que se encontrava no topo da montanha, podia ver nitidamente que o dia estava chegando ao fim. Ainda havia luz, mas não sabia ao certo por quanto tempo mais. Talvez fosse melhor começar a voltar enquanto a visibilidade ainda era boa ou acabaria se arriscando a torcer o tornozelo na descida. Pegou o celular no bolso e foi recompensado por três barras de sinal. Agachou-se ao lado da parede onde antes estavam as ovelhas e procurou o número de James.

Esperava que o telefone tocasse diversas vezes, mas o professor atendeu no segundo toque.

— Ah, sim, queria saber se você se lembrou de comprar um pacote daqueles biscoitos de figo, Helen. Íris gosta de comê-los com o chá, e acho que aqueles do armário já estão um pouco moles.

Murray tossiu.

— Desculpe interrompê-lo, professor James...

— Quem está falando?

— Murray. Dr. Watson.

Ele se sentiu como alguém que inesperadamente interrompe a conversa alheia por causa de uma linha cruzada, porém o professor pareceu indiferente ao fato.

— Estava imaginando quando você ligaria. Está vindo para cá?

— Não, infelizmente não.

— Achei que fosse minha filha Helen.

O velho soou mais debilitado que na semana anterior, e um leve tom do que lhe pareceu senilidade transpareceu em sua voz.

— Você prefere que eu ligue mais tarde?

— Não, melhor falar logo, enquanto ainda estou por aqui.

Murray sabia que era melhor não perguntar para onde o professor estava indo.

— Um nome surgiu durante minhas pesquisas. Gostaria de saber se ele significa alguma coisa para você. Bobby Robb. Ele tinha uma cicatriz chamativa...

— Sei, eu o conheci. — O tom de James se tornou mais confiante, como se estivesse em solo firme agora que a conversa voltara ao passado. — Ele não era um frequentador assíduo. Quando aparecia, seu trabalho era confuso, com características de plágio.

— Um dos amigos do Archie disse que Robb foi o principal culpado pela morte prematura do poeta.

— Infelizmente isso está além do meu conhecimento.

A declaração soou como um ponto final.

— Ele era próximo ao Archie?

— Seu trabalho não estava nem na mesma estratosfera.

— Quero dizer emocionalmente.

— Dr. Watson, por acaso você tem o hábito de monitorar os relacionamentos afetivos dos seus alunos?

— Não.

— Então o que o faz pensar que eu teria?

— Professor James, tive a impressão de que estava esperando a minha ligação. Sobre quem achou que eu fosse perguntar?

A linha ficou muda e, por um momento, Murray achou que James fosse lhe dizer para ligar de volta quando tivesse terminado suas pesquisas. Mas, em seguida, o velho suspirou e disse:

— Seu arqui-inimigo, é claro. O professor Fergus Baine.

— Meu arqui-inimigo?

— Tive a impressão de que vocês não se davam bem.

O barulho do vento ecoou no celular. Imaginou se o professor conseguia escutar o balido das ovelhas ao fundo. Podiam ser animais burros, mas pelo menos sabiam viver juntas em harmonia.

— Até onde eu sei, não.

— Devo ter me enganado. Onde você está? Parece que está ligando de dentro de uma máquina de lavar.

— Estou em Lismore. Está ventando um pouco, e não tenho onde me abrigar.

— Já encontrou Christie Graves?

— Ainda não. — O vento obrigou Murray a falar mais alto. Já se sentia arrependido de ter subido a montanha em vez de procurar por uma boa e aconchegante cabine telefônica. — Por que achou que eu queria falar sobre Fergus Baine?

— Bem que eu achei que sua geração não era muito dada a pesquisas. Você não quer que eu faça o seu trabalho por você, quer?

Murray imaginou se o velho estaria tentando provocá-lo, a fim de mudar de assunto.

— Já conversei com Fergus sobre Lunan. Ele me deu a impressão de que não se conheciam, embora tenha mencionado que se encontraram uma vez, num evento de poesia. Disse que Archie estava bêbado.

— Sinto dizer que o professor Baine foi um tanto econômico com a verdade. Ele e Lunan se conheciam muito bem. Ambos eram peças-chave no meu pequeno grupo.

Murray sentiu uma fisgada de dor na perna esquerda. Ainda recostado contra a parede, mudou de posição. Não conseguia entender o que James estava dizendo.

— Ele nunca mencionou nada do gênero.

— Fico surpreso — replicou o professor, embora não soasse nem um pouco. —Talvez ele tenha preferido esquecer. Homens inteligentes às vezes se mostram relutantes em lembrar-se de áreas nas quais não brilharam.

—Você está tentando me dizer alguma coisa, professor?

Podia sentir o sorriso reluzente do velho apesar da distância que os separava.

— Várias, Murray.

Era a primeira vez que James usava seu nome de batismo. Seria isso uma deixa para ele pressionar um pouco mais ou simplesmente uma provocação?

— Algo a ver com o Lunan?

— Por que não pergunta ao Baine? Afinal de contas, vocês são colegas. Isso aconteceu há muito tempo, e o que escutei pode ser apenas fofoca.

— O que foi que você escutou?

— Tem alguém batendo à porta, acho que deve ser a Helen. — Murray escutou um baque surdo, indicando que o professor largara o telefone. Em algum lugar ao longe, ele falou: — Você comprou os biscoitos de que a Iris gosta? — E de algum lugar ainda mais distante, chegou o som indistinto de uma voz feminina respondendo.

Murray levantou e se esticou. O dia já virara noite, e ele teria de descer no escuro. Manteve o celular junto ao ouvido, escutando o burburinho distante da vida doméstica de seu antigo professor, tão longe quanto o barulho do mar que se distingue através de uma concha. Estava prestes a desligar quando uma voz de mulher pegou o telefone:

— Alô? Aqui quem fala é Helen Trend. Com quem estou falando?

Ele se agachou de novo e colocou a mão em concha em volta do celular para abafar o barulho do vento.

— Dr. Murray Watson. Acho que o professor James esqueceu que estava falando comigo.

A filha replicou com uma alegria ferina.

— Ele deve ter sofrido um ataque súbito de senilidade desde ontem. Sinto dizer que meu pai acabou de sair da sala. A natureza o chama com mais frequência hoje em dia. Se quer um conselho, ligue mais tarde, a menos que seja algo em que possa ajudá-lo.

— Duvido muito.

— Quanta certeza!

A voz de Helen Trend adquiriu um tom inesperado de flerte. Murray imaginou uma mulher bem preservada em torno dos 50 com cabelos louros amanteigados. Ficou surpreso por sua mente ser capaz de conjurar uma imagem atraente até mesmo ali, naquela encosta inóspita.

— Estávamos conversando sobre o grupo de poesia dele, mais especificamente sobre o professor Fergus Baine.

O tom de voz do outro lado da linha baixou uma oitava.

— Não escuto esse nome há séculos. Por que diabos vocês estavam falando sobre esse canalha?

— Estou escrevendo uma biografia sobre o poeta Archie Lunan. Segundo seu pai, ele e o professor Baine eram amigos.

A mulher riu.

— Eu não daria muito crédito a nada que meu pai fale sobre Fergus Baine. Nessa casa o nome dele equivale a uma poça de lama.

— Se importa se eu perguntar por quê?

Fez-se uma pausa. As ovelhas haviam parado de balir, porém outros sons continuavam a reverberar pela encosta. Um uivo agudo ecoou em algum lugar na escuridão e Murray ergueu a gola do casaco. Lembrava-se de ter lido algo sobre o plano de reintroduzir lobos nas Terras Altas da Escócia e imaginou se ele já tinha sido posto em prática. Não, com certeza os criadores de ovelhas jamais permitiriam isso.

Helen perguntou:

— Para qual instituição você disse que trabalhava mesmo?

Ambos sabiam que ele não mencionara instituição alguma, mas Murray achou melhor não discutir.

— Eu trabalho para a Universidade de Glasgow.

— Entendo. — Fez-se outra pausa, como se ela estivesse pensando sobre o que dizer. — Escutei falar que Fergus Baine havia voltado a dar aulas lá.

— Ele é o chefe do departamento.

— Isso mesmo, foi o que minhas fontes me contaram. E você e meu pai estavam falando dele por causa de um livro que você está escrevendo sobre Archie Lunan?

— Exatamente.

— O que meu pai lhe contou?

Ele nunca fora muito bom em blefar, mas o instinto lhe disse para não mencionar o fato de que James não lhe dissera nada.

— Não sei bem se tenho liberdade para falar sobre isso.

— Não? — O tom de flerte desapareceu. — Então me deixe reformular a pergunta. Ele disse algo que possa ser considerado difamatório?

Apesar do frio e do risco da descida, de repente ele estava se divertindo.

— Eu teria que consultar um advogado antes de responder a essa pergunta.

— Eu poderia recomendar os serviços do meu marido ou de dois dos meus filhos, mas isso talvez incorresse num conflito de interesses.

Na cabeça de Murray, o cabelo louro amanteigado se transformou no capacete duro de laquê de Margaret Thatcher. A conversa parecia estar fugindo ao controle.

— Sra. Trend, tenho a sensação de que a ofendi sem querer. Peço desculpas, embora não saiba ao certo o que fiz para tanto.

— Não? — A risada retornou, ainda mais penetrante do que o assobio do vento. — Deixe-me esclarecer, então. Se você publicar algo que meu pai lhe disse sobre Fergus Baine que possa ser considerado difamatório e, portanto, venha a denegrir a reputação do meu pai, não hesitarei em instruir meus advogados a processá-lo. E lembre-se, dr. Watson, de que tenho acesso a aconselhamento legal gratuito.

— Tenho o mais profundo respeito pelo seu pai...

As suas palavras foram interrompidas pela voz de James na extensão.

— Esse é um telefonema particular, Helen. Por favor, desligue. Prefiro falar com o dr. Watson sozinho.

— Eu só estava dizendo a ele que...

— Desligue, Helen. Eu já estou acabando.

A voz do professor readquiriu sua antiga autoridade. Murray se encolheu involuntariamente diante da resposta submissa da filha.

— Sim, papai. Desculpe.

Ela desligou e, em seguida, fez-se um momento de silêncio, quebrado apenas pelo assobio do vento. Então, James perguntou:

— O que foi que ela lhe disse?

Dessa vez, Murray optou pela verdade.

— Nada, só demonstrou preocupação com a possibilidade de que eu viesse a expor alguma desavença que você tenha tido com

Fergus e que isso acabasse por denegrir a sua reputação. Estava apenas me alertando sobre as consequências.

— Fergus jamais conseguiria denegrir a minha reputação. — Ele suspirou e Murray teve a sensação de que havia perdido uma oportunidade. — Você conhece bem o professor Baine?

— Não, de forma alguma. Ele trabalha no departamento há três anos. Sei que veio do Sul, que conheceu e se casou com Rachel no que a editora Mills & Boon chamaria de um romance-relâmpago. — Tentou manter a amargura longe da voz. — E no ano passado foi nomeado chefe do departamento de literatura inglesa.

— Você já leu algum dos livros dele?

— Dei uma olhada nos dois últimos.

— Claro, faz parte da política dar uma olhada no trabalho dos colegas, mesmo que você não os suporte.

— O que o faz pensar que eu não...

— Não venha com merda pra cima de mim, Murray. — O jeito americano de falar soava estranho na boca do professor. — Você gosta tanto dele quanto eu. Admita.

— A gente não compartilha exatamente os mesmos pontos de vista — respondeu Murray.

A risada de James soou exasperada.

— Acho que isso é o mais perto de uma admissão que eu vou conseguir. Você sabia que ele publicou um livrinho fino de poemas alguns anos atrás?

— Não.

— Nem teria motivo para saber. O livro sumiu, praticamente sem deixar vestígios. Já não é mais editado, mas acho que vale a pena você dar uma lida. Me diga onde está hospedado que lhe mando um exemplar.

Murray sentiu vontade de zunir o telefone no meio do nada. Perdera o controle da entrevista mais uma vez; o professor voltara a se concentrar na poesia, no trabalho, em vez de falar sobre a vida.

— Não sei se terei tempo para ler. Preciso concentrar minha pesquisa em Lunan e no círculo de amigos dele.

— Fergus fazia parte desse círculo. — A voz do professor se tornou mais suave, mesclando-se ao vento e ao capim tremulante. — Dê-me esse prazer. Lembre-se de que eu costumava ser um professor de literatura inglesa, sei do que estou falando.

— Uma vez professor, sempre professor.

— Esse poderia ser o meu epitáfio. — A voz de James ficou mais séria. — Lembre-se, dr. Watson. Algumas pessoas não mudam. A meu ver, Fergus Baine é uma delas. Pense em como ele é agora e isso lhe dará uma boa ideia de como era na época em que foi amigo de Lunan... E eles eram amigos, não importa o que Baine lhe tenha dito.

— Você vai me contar o que houve entre vocês?

— Não posso. Isso afeta outra pessoa, alguém que não tem culpa de nada. O que posso dizer é que Fergus Baine era um dos meus alunos prodígios que abusou de sua posição. Sua mudança para o Sul em 1978 foi por livre e espontânea vontade. Dei a ele uma carta de recomendação para um cargo na Inglaterra, a fim de tirá-lo daqui, e, se estivesse ao meu alcance, ele não estaria de volta à Escócia, trabalhando na minha antiga universidade, e certamente não teria assumido o cargo que ocupa.

— Onde ele estaria?

— No inferno. — Riu. — Ou ainda no sul da Inglaterra. Diga onde você está hospedado que peço a Iris para lhe mandar uma cópia dos poemas dele amanhã de manhã. Prometo que vai achá-los interessantes.

Murray recitou o endereço da pousada o melhor que podia e, em seguida, disse:

— Meu interesse na verdade era descobrir mais sobre Bobby Robb.

— Bobby Robb era um idiota ignorante.

— Por que diz isso? Por causa da aparência dele? Do jeito como falava?

— Certamente não por causa da aparência, embora Deus sabe como ele parecia um idiota, mas, até aí, a maioria deles parecia. Cabelos compridos e barbados, vestidos como aquela atriz e escritora burlesca Gypsy Rose Lee, cheios de sininhos e conchinhas pendurados pelo corpo. Não, Bobby Robb era um desajustado, ainda que não fosse dos piores. Também não estou dizendo isso por causa do jeito como ele falava. Robb não escondia sua origem proletária, mas já conheci muitos trabalhadores inteligentes e muitos janotas imbecis para julgar um homem pelo seu sotaque. Eram os interesses que faziam dele um idiota. Ele adorava tudo o que foi rebatizado como Nova Era. Ocultismo, astrologia, toda essa baboseira supersticiosa que os elisabetanos achavam fascinante. Aceitável no século XVII, mas uma tremenda imbecilidade no século XX.

— Archie gostava dessas coisas também?

— Archie podia agir como um tolo, porém não era burro. Lembro-me dele ridicularizando Robb, chamando-o de aprendiz de feiticeiro, mas nunca prestei muita atenção a isso. Na época, muitas pessoas se mostravam fascinadas por essas coisas, influenciadas pelas drogas, suponho. Elas vivenciavam experiências fantásticas, quase religiosas, que as faziam começar a acreditar em outras existências além dessa.

— Você nunca se sentiu tentado a experimentar nada?

— Experimentar o quê?

— LSD, ácido. Muitos educadores entraram nessa... Experimente, sintonize e caia fora.

— Eu jamais conseguiria fazer isso. Como disse, meu pai era um engenheiro da Barr & Strouds, tive uma criação presbiteriana e minha família dependia de mim. Não, nunca me senti tentado. Sou o que costumavam chamar de um sujeito quadrado... Como você, dr. Watson. De qualquer forma, considero o mundo em que vivemos impressionante por si só. Também acredito que é o único ao nosso alcance. Por que ter pressa em partir?

Murray caiu duas vezes durante a descida, mas a caminhada se tornou mais fácil ao alcançar a estrada. A lua era uma mera insinuação de si mesma, encoberta pelas mesmas nuvens que escondiam as estrelas. Usou a luz do celular como lanterna por um tempo, mas a ideia de que seu progresso poderia ser monitorado a quilômetros de distância começou a incomodá-lo; portanto, guardou o telefone no bolso e tentou ajustar os olhos à escuridão. A pequena casa que notara na ida agora estava envolta em sombras, o trator de brinquedo ainda abandonado no jardim. Como previra, a chuva começou a cair. Manteve a cabeça abaixada para se proteger dos respingos e apertou o passo, na intenção de evitar que algum morador se assustasse ao ver um estranho caminhando tão tarde, numa noite nada acolhedora.

Helen Trend se mostrara nitidamente preocupada com o que o pai poderia dizer. Seu ódio em relação a Fergus Baine parecia ainda mais acirrado do que o do professor. Murray não conseguia imaginar James levando desavenças profissionais para casa, a fim de compartilhá-las com os filhos à mesa do jantar. Analisou mentalmente a lista de seus contatos acadêmicos, esperando identificar alguém que pudesse saber a razão da desgraça de Fergus; chegou a pensar em perguntar a Rachel e rejeitou a ideia quase no mesmo instante em que lhe ocorreu.

O vento agora parecia atacá-lo por todos os lados, fazendo a chuva rodopiar à sua volta e castigar seu rosto, anuviando-lhe a visão. Tirou os óculos e os limpou, mesmo sabendo que seria inútil. Lembrou-se de Cressida sorrindo enquanto perguntava se ele se importaria que ela limpasse seus óculos para que pudesse ver melhor a exposição do irmão, o vestido laranja farfalhando ao esfregar as lentes.

Pensou nos pictos, ou quem quer que fossem, que haviam erigido o *broch*, e imaginou-os protegidos entre suas paredes, reunidos com seus cachorros e gado. Eles teriam pensado melhor antes de se aventurarem pelo escuro e pela chuva. Imaginou se Lunan já havia percorrido aqueles caminhos à noite, enlameado e encharcado até os ossos, perguntando a si mesmo o que diabos estava fazendo.

Capítulo Dezenove

Murray levou o primeiro romance de Christie, *Sacrifice*, para a sala de jantar. Viu os olhos da anfitriã se fixarem nele ao servir o café da manhã. Colocou o livro de lado, fazendo um esforço consciente para não esfregar as mãos de alegria diante da visão dos ovos com bacon frito e salsicha se materializando à sua frente sem que houvesse tido o trabalho de prepará-los.

— Isso está com uma cara ótima.

A sra. Dunn acolheu o elogio com um menear de cabeça. Voltou para a cozinha, desviando-se cuidadosamente do gato que parara em frente ao aquecedor elétrico situado no meio do aposento, e retornou com um pote de café e um prato de torradas.

— Tenho geleia de morango também. Eu mesma fiz, com os morangos colhidos do jardim.

Apesar de sentir-se um tanto reticente quanto ao produto feito em casa, ele sorriu e disse:

— Deve estar uma delícia. — Afastou ligeiramente o livro para abrir mais espaço e apontou com a cabeça para a foto na quarta capa. — Ela é daqui, certo?

— Ela mora aqui, sim.

A mulher colocou o pote de geleia sobre a mesa e ele começou a besuntar a torrada, esperando que tivesse mantido o gato longe da cozinha enquanto a preparava.

— Como ela é?

A sra. Dunn estava usando uma saia simples com uma camisa de jérsei bem batida, que ela própria devia ter costurado anos antes ou comprado recentemente num brechó. Um avental estampado com as catedrais da Escócia protegia o conjunto; Aberdeen e Fort William santificando seus seios, e Glasgow a região do baixo ventre. Parecia o ideal de dona de casa escocesa mostrado nas novelas da BBC; a Janet daquele famoso seriado Doctor Finlay. Olhou para o livro como se nunca o tivesse visto, o rosto impassível.

— Ela é um pouco diferente do que se vê nessa foto.

Murray olhou para a familiar imagem pintada com aerógrafo. Um rosto suave, com olhos de corça, e emoldurado por uma cortina de cabelos compridos. Christie aos 20 e poucos anos. A imagem não lembrava nem um pouco a mulher devastada que ele vira no funeral de Bobby Robb.

— Acho que foi tirada há algum tempo.

A mulher riu.

— É, antes do dilúvio.

Ele se serviu de uma xícara de café, aliviado por vê-la sorrindo novamente.

— A senhora não vai tomar um pouco também?

— Agora não, vou terminar de lavar a louça primeiro. — Devia ter percebido que ele não gostara da ideia de vê-la limpando a bagunça dele, porque acrescentou: — Não se preocupe, tenho uma máquina de lavar.

Murray deu uma mordida na torrada com geleia. Estava ótima, e comentou isso alto e em bom som. Ainda sentado diante do aquecedor, o gato piscou para ele, como que avisando que também fazia parte do jogo.

— Qual se chama o gato?

— Archie. — Murray quase engasgou ao escutar o nome, mas a mulher não percebeu. Ela se inclinou e coçou as orelhas do bichano, que estreitou os olhos e recebeu o carinho como se já esperasse por isso. — É um velho soldado, não é mesmo, meu amor? — Empertigou-se. — Você gosta de gatos?

Nunca dera muita atenção a eles.

— São criaturas muito inteligentes.

— São mesmo.

O tópico da conversa esticou as patas traseiras e começou a limpar a barriga, lambendo meticulosamente em direção ao rabo.

Murray abafou a vontade de rir.

— A senhora a vê com frequência?

— A sra. Graves?

Ele imaginou se a forma de tratamento era uma cortesia ou uma alfinetada deliberada — uma mulher casada "promovendo" outra ao mesmo estado, enfatizando indiretamente o fato de esta ser uma solteirona —, porém a anfitriã assumiu mais uma vez uma expressão impassível.

— Nem me lembro de quando a vi pela última vez.

— Mas ela ainda mora aqui?

A cumplicidade desaparecera. A sra. Dunn recolheu o prato vazio, sem se dar ao trabalho de perguntar se ele havia gostado da comida.

— Imagino que sim.

Ela voltou para a cozinha, deixando-o sozinho com o livro e o café. Murray bebeu rapidamente, ciente da mulher do outro lado da parede, esperando que ele saísse da sala. Provavelmente o escutou arrastando a cadeira no chão ao se levantar, uma vez que voltou com a bandeja na mão para terminar de limpar a mesa.

— Só mais uma coisa, sr. Watson.

— Sim?

Ele sorriu do jeito como sempre fazia para as secretárias do departamento quando cometia algum erro de cunho administrativo.

— Se for sair para dar uma caminhada, se importaria de tirar as botas antes de entrar, por favor? O senhor deixou um rastro de lama pela casa toda ao voltar na noite passada.

Ele pediu desculpas, lembrando-se, tarde demais, de que seu sorriso também jamais surtira efeito nas mulheres que comandavam o departamento de literatura inglesa.

Murray pretendia passar a manhã inteira no quarto transcrevendo a conversa da noite anterior com o professor James, mas acabara de começar quando a sra. Dunn bateu à porta perguntando se podia entrar para limpar. Lançando um olhar culpado para as manchas de lama sobre o carpete, informou a ela que sairia para explorar a ilha.

Dessa vez, resolveu pegar o carro e foi até a lojinha do vilarejo. Havia meia dúzia de veículos estacionados do lado de fora e alguns homens de macacão parados ao lado deles, aparentemente matando o tempo. Os olhares desinteressados que lançaram em sua direção sugeriam que eles estavam mais do que acostumados aos turistas ou talvez que tivessem ouvido falar de sua chegada e já formado uma opinião.

O interior da loja exalava um aroma agradável de sabonete. Ele ficou feliz ao ver várias prateleiras repletas de garrafas de vinho e, ao lado, uísque, vodca e uma variedade surpreendente de rum. Num dos cantos, três jovens se encontravam reunidas em torno de um computador, postando alguma coisa numa página do Facebook. Elas o analisaram com mais interesse e, em seguida, o descartaram da mesma forma que os homens lá fora.

Passou os olhos pelo estande de cartões-postais, procurando pelo broch onde se abrigara na noite anterior, mas não encontrou nada. Assim sendo, escolheu dois com uma vista panorâmica do mar, sem saber ao certo para quem os enviaria. Colocou os cartões sobre o balcão, juntamente com um mapa da Ordnance Survey.

— Qualquer um pode usar a internet?

O atendente ostentava o tipo de expressão apática que as pessoas com empregos em ambientes fechados e que lidam com trabalhadores manuais no dia a dia parecem assumir. Ele ofereceu a Murray um sorriso tenso, decorrente de uma óbvia timidez.

— Uma libra por hora, mas, se houver gente esperando, o tempo máximo é de meia hora. — Apontou com a cabeça para o grupinho de adolescentes. — Já estão ali há pelo menos uma hora e meia. Posso pedir que façam um intervalo se o senhor quiser usar o computador agora.

— Não tem necessidade, só queria saber para o caso de vir a precisar.

O homem enfiou o mapa e os cartões numa sacola de papel.

— Saindo para uma caminhada?

— Isso mesmo. — Não sabia ao certo por que mentira, exceto, talvez, para simplificar as coisas. — Estou hospedado na casa da sra. Dunn.

— Ah, bom, o senhor vai gostar de lá.

O sorriso dele vacilou e Murray sentiu que havia outro cliente às suas costas.

— Vou sim, ela está me tratando muito bem.

Meteu as compras na mochila e abriu espaço para um homem num macacão azul com uma edição do jornal *The Oban Times* na mão. Pelo visto, havia escolhido a hora do dia em que o pessoal da ilha costumava reunir-se. Foi obrigado a abrir caminho para chegar até a porta. Assim que a alcançou, ela se abriu e Christie Graves entrou. Murray deu um passo para trás, a fim de deixá-la passar, e, ao perceber os olhos dela pousarem nele rapidamente, deu-se conta de que estivera esperando dar de cara com ela a manhã inteira.

Murray se sentou no carro com o mapa da Ordnance Survey aberto sobre o volante. Christie cumprimentou algumas pessoas ao sair da loja, com uma sacola de lona numa das mãos e a bengala na outra, mas não parou para bater papo. Ele levantou os olhos das poucas estradas e muitas trilhas de Lismore e a observou entrar na Cherokee vermelha e se afastar. Contou, então, até dez e tirou o carro do pai da vaga.

Christie dirigia mais rápido do que ele ousava fazer, mas Murray conseguia ter vislumbres dela nas curvas e subidas da estrada. Ligou o CD, e a voz de Johnny Cash voltou à vida, entoando uma música sobre cadeias e trens que apitavam ao passar. A música o remeteu mais uma vez à infância. Imaginou se Jack costumava escutar aquele CD ou se ele estava no aparelho desde que o pai parara de dirigir.

O mundo lá fora parecia encoberto por uma névoa brilhante, como se a tempestade da noite anterior tivesse refrescado os campos. Eles haviam perdido o aspecto de terra pontilhada por excrementos e adquirido um ar alegre de livro de histórias infantis. Por trás dos muros de pedras e das cercas altas de arame, ovelhas e vacas pastavam numa grama tão verde e uniforme que parecia de plástico. As poucas cabanas ao longo do caminho davam a impressão de terem sido estrategicamente situadas, com suas fachadas de pedra e telhados inclinados constituindo o complemento perfeito para os jardins bem-cuidados e protegidos das forças selvagens da natureza pelos mesmos muros diligentemente erigidos que cercavam o gado. Alguns pássaros pequenos mergulharam diante do para-brisa, os rabos compridos e pretos balançando. Murray quase pisou no freio, mas manteve a aceleração, com medo de a caminhonete vermelha desaparecer numa das trilhas não marcadas pelo mapa que partiam da estradinha principal.

A ilha era pequena. Haveria outras oportunidades, outros meios de descobrir onde Christie vivia, mas, agora que começara a perseguição, parecia imperativo continuar.

Apertou o acelerador, sentindo os campos à sua volta se transformarem num borrão, o asfalto adquirir um cinza uniforme. Ao ver outra curva na estrada, diminuiu a marcha antes de entrar e acelerou no meio dela, esperando por um vislumbre de vermelho que lhe indicaria que Christie continuava à frente.

De repente, tudo ficou vermelho; a Cherokee quatro por quatro havia parado numa espécie de pequeno acostamento, a fim de deixar a van dos correios que vinha na direção oposta passar. Murray xingou e apertou o freio, virando o volante e fazendo seu pequeno carro derrapar ameaçadoramente. A velocidade pareceu aumentar e diminuir. No momento em que ele pensou que o carro iria vencer e cuspi-lo para fora, as rodas obedeceram e pararam a um fio de cabelo do para-choque da Cherokee.

Cacete, cacete, merda, cacete, merda.

Os olhos de Christie encontraram os dele pelo retrovisor.

Ele ergueu a mão num pedido de desculpas e abaixou a viseira, embora os promissores raios de sol que haviam surgido mais cedo já tivessem sido encobertos pelas nuvens.

Não tinha ideia do que estava fazendo.

Cash agora cantava sobre transferir a estação de trem para algum outro ponto "ao longo da estrada". O motorista da van dos correios passou por ele, erguendo um dedo do volante num cumprimento lacônico.

A Cherokee vermelha saiu do acostamento.

Murray agarrou o volante com firmeza, tentando desvencilhar-se do tremor que ameaçava tomar conta de todo o seu corpo, e a seguiu, preocupado em manter uma distância decente do veículo à frente.

Lembrou-se da expressão azeda do encarregado da barca e da sra. Dunn dizendo, em tom de brincadeira, que o sujeito o prenderia caso ele tentasse dar um calote. Uma ilha podia facilmente se tornar uma prisão. Não tinha dúvidas de que os moradores já sabiam de sua presença e que ouviriam falar de sua quase colisão. Imaginou se Archie se sentira claustrofóbico em algum momento, encarcerado pelo mar e pelos olhares dos moradores. Talvez esse fosse o motivo de ter saído para velejar, com o intuito de desenvolver a habilidade necessária para poder ir embora quando bem desejasse.

O carro de Christie desapareceu nas viradas da estrada. Ele pressionou mais uma vez o acelerador, diminuindo a marcha nas curvas, sentindo certa ansiedade ante o que poderia encontrar ao final de cada uma, certo de que a havia perdido. A estrada voltou a ficar reta e ele teve um rápido vislumbre de um pontinho vermelho ao longe. Diminuiu a marcha mais uma vez, pisou no freio com delicadeza e viu Christie sair da estrada pavimentada e pegar uma trilha de terra.

Continuou pela estrada principal, ainda pensando na caminhonete vermelha de Christie percorrendo as curvas e viradas da trilha mal-acabada, como veneno se espalhando por uma veia.

Mesmo sabendo que os laptops podiam prejudicar a fertilidade de um homem, Murray pegou uma almofada, colocou-a no colo e apoiou o computador nela, acomodando-se sobre a colcha de cetim, numa posição entre sentado e deitado. Estava frio no quarto. Pensou em pegar o cobertor da cama sobressalente e envolver-se com ele, mas não conseguiu reunir energia para tanto.

Pegou o celular e buscou o número de Rachel. Imaginou-a com Fergus num quarto de hotel em algum lugar na Itália e desistiu de ligar. O uísque estava numa sacola de papel dentro do armário. Pescou-a, passou os olhos pelo quarto em busca de um copo e, ao não encontrar nenhum, tomou um pequeno gole direto no gargalo. Seu reflexo no espelho da penteadeira feminina imitou seus movimentos. Não se dera ao trabalho de fazer a barba de manhã, e a combinação do lusco-fusco das cinco horas da tarde com o álcool fez com que ele parecesse um dos desajustados da Lyn.

— Slainte Mhath.

Através do espelho, observou seu reflexo erguer a garrafa mais uma vez e levá-la aos lábios.

Sentiu vontade de tomar mais um gole, mas fechou a garrafa e a guardou de volta no armário. Não queria terminar como Alan Garret, com os miolos espalhados pelo para-brisa do carro.

Havia uma cabine telefônica ao lado do cais. Murray estacionou e entrou, notando que não estava pichada, nem fedia a mijo. Tampouco havia uma lista telefônica, mas sabia o número de cor.

Rab atendeu quase imediatamente, a voz ainda séria às cinco da tarde.

— Purvis falando.

Murray conseguiu imprimir um alegre tom de camaradagem em suas palavras.

— Não deveria ser "pervertido falando"?

— Murray?

Rab soou aliviado e Murray se arrependeu da raiva que sentira do amigo. Forçou-se a sorrir, esperando transmitir uma leveza que não sentia.

— O próprio.

— Ouvi dizer que você tinha ido para o Norte.

Imaginou quem havia contado a ele.

— Pois ouviu certo.

— Então, como estão as coisas? Saudades de casa ou é alguma coisa que eu possa fazer por você?

Murray imaginou o amigo sentado à mesa do escritório, o velho pôster sem moldura pendurado na parede às suas costas, convidando para a noite de leitura dos poemas de Edwin Muir, o pequeno relógio antigo que pertencera à mãe dele marcando as horas na estante ao seu lado. Percebendo a mágoa contida na voz de Rab, abrandou o próprio tom em resposta.

— As duas coisas. Escute, sinto muito pela outra noite.

Apesar da terra e da água que os separavam, escutou o suspiro emitido pelos pulmões de Purvis.

— Nunca imaginei que, na minha idade, fosse brigar com um amigo por causa de uma mulher. — Suspirou novamente. — Mas, vamos lá, me diga logo o que você quer.

— Como sabe que não estou ligando apenas para dar um oi?

— Porque não está.

A verdade da declaração ficou suspensa no silêncio que se seguiu, até que Murray disse:

— Você trabalha no departamento há muito tempo, certo, Rab?

— Eu me lembro de quando o termo pós-modernismo ainda era um cisco no olho do deus amarelo[4] e os dinossauros vagavam pelos corredores.

Era a deixa para Murray comentar de forma sarcástica que eles continuavam rondando o terreno da literatura inglesa, mas ele ignorou.

— Você conheceu Fergus nos velhos tempos, antes de ele se mudar para a Inglaterra?

A voz de Rab endureceu de novo.

— Isso tem alguma coisa a ver com a Rachel?

---

[4] Referência ao poema de J. Milton Hayes, *The Green Eye of the Little Yellow God*. (N.T.)

— Não, com o Archie. Aparentemente, ele e Fergus eram amigos.

— E Fergus nunca disse nada sobre isso?

— Não, nenhuma menção, nem mesmo quando tentou refutar minha proposta.

— Talvez ele não achasse que isso era relevante.

— Talvez.

— Mas você acha que é.

— Você não acharia? Fergus não costuma ser tímido quanto a mencionar o fato de ter conhecido algum escritor, principalmente se isso fizer parecer que ele sabe mais sobre a pesquisa de alguém do que o próprio pesquisador. No mínimo, isso teria fortalecido as objeções dele.

— Entendo o que você quer dizer, mas e daí?

— Quando entrevistei o professor James, ele deu a entender que Fergus não se mudou para a Inglaterra só por causa da carreira. — Um aviso pipocou no visor do telefone, indicando que o dinheiro estava acabando. Murray inseriu mais algumas moedas. — Alguma coisa não está batendo. Fergus gosta que todo mundo saiba quanto ele sabe, mas dessa vez tentou desesperadamente me tirar da jogada.

Murray escutou um leve batuque do outro lado da linha e imaginou Rab tamborilando os dedos sobre a mesa, doido por um cigarro.

— Já lhe ocorreu que Fergus pudesse ter razões genuínas para querer refutar sua proposta?

— Ele não tinha motivo algum, pelo menos nada que fizesse sentido.

Rab tossiu e Murray afastou o telefone da orelha. Podia ver o mar através do vidro grosso da cabine telefônica. As ondas se formando e crescendo, quebrando-se contra o fundo e ressurgindo, como uma manada de cavalos brancos galopando. Trouxe o telefone de novo ao ouvido e Rab perguntou:

— O livro já está adiantado?

— Não muito, mas também acabei de começar.

— Isso não é verdade, Murray. Você vem matutando sobre ele há anos. Sabe tão bem quanto eu que precisa de fatos concretos nos quais se apoiar, sem os quais tudo não passa de especulação. Já pensou na possibilidade de que Archie Lunan simplesmente tenha escrito alguns poucos e belos poemas para, em seguida, mergulhar no mar sem nenhum grande motivo e nunca mais aparecer? Fim da história.

Outro aviso pipocou no telefone e Murray inseriu suas últimas moedas.

— A ligação vai ser cortada já, já.

— Então é melhor ir logo ao ponto.

— James não quis me dizer o motivo de ele e Fergus terem brigado, mas o que quer que tenha sido ainda gera ressentimentos. Ele contou que intimou Fergus a sair da cidade, caso contrário deixaria que algum escândalo viesse à tona.

— Você faz com que ele pareça o Perigoso Dan McGrew, num duelo ao amanhecer.

— Ele estava falando sério, Rab.

— Escute, Murray. James está velho. Ele pode ter bons motivos para querer manter o que ficou no passado exatamente onde está: no passado.

— Não, ele queria que eu descobrisse. Só não queria que fosse ele a me contar. — Acrescentou de forma mais ponderada: — Se você puder perguntar por aí, falar com alguns dos seus velhos conhecidos, talvez alguma coisa apareça.

— James sempre foi um sujeito do contra. — O tamborilar cessou. — É um pedido e tanto, Murray. Eu já estou na lista negra do Fergus.

— E quem não está?

— Isso lá é verdade, mas sou mais dispensável do que a maioria. Só faltam alguns anos para que eu consiga uma aposentadoria decente. O departamento pouparia um bom dinheiro se me demitisse agora.

— Você conhecia o Fergus na época, Rab?

— Você não vai desistir, vai?

Murray podia ver a barca ao longe. As ondas estavam mais ferozes, mas a embarcação parecia estável, abrindo caminho entre as águas violentas.

— Provavelmente não.

— Não tenho muito a dizer. Eu já ouvira falar do Fergus desde a época em que ele estava no doutorado... E já dava para perceber que o cara teria uma carreira promissora... Só que ele estava na costa leste e eu na oeste. De qualquer forma, você sabe como ele é, com aquele ar de superioridade e um quê de presunção, exceto quando se trata de mulheres. Aí ele vira um charme. Sempre me perguntei por que ele não entrou para a política.

— Você se lembra de alguma coisa que aconteceu pouco antes de ele se mudar para o Sul?

Dessa vez o suspiro de Rab foi forte e longo. Se Murray não conhecesse a sensibilidade dos detectores de fumaça da universidade, teria presumido que o amigo havia acendido um cigarro e dado a primeira tragada. Sorriu. Era o som de alguém capitulando.

— Vou perguntar por aí, discretamente... muito discretamente. Não vou perder minha pensão por sua causa, Murray.

— Valeu, Rab, fico muito grato.

— Fica nada. Você ainda quer espremer as minhas bolas por ter saído com a Rachel.

Murray riu diante da verdade diligentemente expressa, e parte da bílis em seu estômago pareceu se dissolver. Perguntou:

— Você a viu?

O alerta do telefone voltou a pipocar.

Rab respondeu:

— Passei por ela no corredor outro dia, ela...

Mas o telefone começou a apitar e as palavras dele foram engolidas pelo som da linha desconectada. Murray continuou dentro da cabine por mais um tempo, observando a barca se aproximar e esperando que Rab ligasse de volta.

A barca encostou e ele saiu ao encontro das rajadas de vento e respingos d'água. Alguns moradores que esperavam no cais saíram de seus carros para cumprimentar os passageiros que desembarcavam. Ali, do estacionamento, era possível escutar as saudações carregadas pelo vento, juntamente com os gritos das gaivotas; como as almas dos marinheiros mortos dando as boas-vindas a seus filhos pródigos.

Capítulo Vinte

— É POR CAUSA DA LAMA?

— Não. — A sra. Dunn pegou uma agenda grande na mesinha de telefone do vestíbulo e a abriu para que ele visse. — O quarto está reservado por um bom tempo para dois arqueólogos da Universidade de Glasgow. Fiz algumas ligações, mas sinto dizer que o senhor escolheu uma péssima época, sr. Watson. Os Bruce estão no Canadá visitando a irmã da sra. Bruce, a sra. McIver parou de receber hóspedes há dois anos e nada a fará mudar de ideia. Os Ramsey e os Gilchrist também prometeram seus quartos para o pessoal da escavação. Eu já lhe teria informado, mas o senhor só reservou duas noites; portanto, presumi que não pretendia ficar mais tempo.

Os lábios da anfitriã se apertaram de forma categórica. Murray replicou:

— Vou subir e fazer as malas.

Ela anuiu com um meneio de cabeça. Fechou a agenda e o fitou no fundo do olho.

— Achei que o senhor estava doido para voltar para a cidade. Os turistas daqui costumam ser andarilhos e arqueólogos, e o senhor não se encaixa em nenhuma dessas categorias, não é mesmo, sr. Watson?

— Não.

Ele fez um esforço enorme para não baixar os olhos para o carpete, como um aluno culpado.

— O senhor é jornalista?

— Por que a senhora acha isso?

Ela segurou a agenda de encontro ao peito, como um escudo.

— O senhor me perguntou sobre a sra. Graves ontem e, além disso, tem um monte de anotações no quarto, recortes de jornal e coisas do tipo. — A voz dela assumiu um tom defensivo. — Não pude evitar ver essas coisas quando fui fazer a cama.

— Não. — Não havia sentido em tentar parecer ofendido. Melhor Christie acabar sabendo a verdade do que o pessoal da ilha achar que ele era um repórter sensacionalista investigando algum antigo escândalo. Sorriu, tentando parecer menos ameaçador. — Não sou jornalista. Sou doutor em literatura inglesa.

As fotos das crianças com cortes de cabelo à la Romeu e poses ao estilo dos anos 1980 pareciam sorrir para ele do alto da escada, como querubins bem-nutridos. A mulher colocou a agenda de volta sobre a mesinha do telefone e o fitou com uma expressão ofendida.

— O senhor devia ter declarado isso no livro de hóspedes. Ficaria muito grata se pudesse acrescentar esse dado antes de ir embora.

Murray dirigiu até a entrada da trilha que Christie tomara ao desaparecer e estacionou o carro. A sra. Dunn havia ligado em nome dele e reservado a barca das cinco horas. Estaria de volta a Glasgow na hora do chá, e dormiria em sua própria cama naquela noite.

A trilha parecia esburacada demais para seu pequeno veículo. Hesitou, desejando prosseguir, mas com medo de furar um pneu ou, pior, quebrar o eixo.

Saltou e bateu a porta com força, tateando o bolso em busca do celular. Precisava ficar de olho no relógio, certificar-se de ter tempo suficiente para voltar antes que a barca partisse.

Após o calor seco do interior do veículo, o ar frio deixou sua pele arrepiada. Cobriu a boca com o cachecol e puxou o gorro por cima das orelhas. Era outono quando começara sua aventura em Edimburgo, mas agora o inverno já dava seus primeiros sinais. O vento trazia um leve cheiro de sal do mar, e ele imaginou como seriam os meses escuros naquela pequena e desprotegida ilha, localizada em pleno Atlântico Norte.

Não teria chance alguma de falar com Christie dessa vez. Precisaria ficar um tempo em Glasgow, organizar-se e então voltar, alugando uma casinha ou algo do gênero. Tentaria evitar hospedar-se com a sra. Dunn de novo. Mencionara sua pesquisa, na esperança de que ela se mostrasse disposta a falar sobre o tempo em que Lunan vivera na ilha, mas a velha tinha sido curta e grossa, lembrando-o de empacotar suas coisas antes de sair para sua última caminhada.

— Preciso que o quarto esteja vazio, de modo que pudesse prepará-lo para a chegada do dr. Edwards e do dr. Grant.

Uma leve ênfase na palavra *doutor*, como que insinuando que outros acadêmicos não precisavam esconder o título.

Murray amaldiçoou em silêncio o departamento de arqueologia. Lembrava-se deles da época em que namorava Angela, um pessoal sujo, de cabelos compridos e casacos à prova d'água, não muito diferentes, imaginava ele, das tribos antigas que estudavam, exceto que os índios primitivos conseguiam mais do que uma transa ocasional decorrente de bebedeira. Parou e destrancou o portão de alumínio que levava ao campo seguinte. Não havia nada adiante, a não ser uma estradinha de terra e cascalho, ovelhas e excrementos. Onde quer que Christie morasse, certamente era longe demais para ir e voltar andando antes que a barca partisse. Rezou para que os arqueólogos sujassem os lençóis rosados da sra. Dunn de lama e cerveja Guinness.

Foi arrancado de seus devaneios pelo ronco de um motor a diesel. Virou-se e viu um pequeno veículo com rodas enormes, um híbrido de trator e buggy, quicando pela trilha esburacada e puxando um carrinho de reboque. Murray acenou para se certificar de que o motorista o vira e, em seguida, escancarou o portão, a fim de dar espaço ao carrinho. O veículo passou sem sequer diminuir a velocidade, mas parou alguns metros adiante e esperou Murray trancar novamente o portão. Um pequeno Jack Russel o observava do carrinho vazio, o rabo, o focinho e as orelhas congelados numa expressão inquisitiva.

Tinha quase certeza de que o motorista iria alertá-lo sobre a presença de touros ou cervos no cio, mas o homem simplesmente abriu um sorriso de orelha a orelha.

— Olá. — Ele devia ter uns 30 e poucos anos, forte e compacto, e usava um macacão laranja e um par de galochas enlameadas. — Você está indo para o castelo?

Era a primeira vez que ouvia falar da existência de um castelo na ilha. Murray retribuiu o sorriso e disse:

— Gostaria muito, se puder chegar lá e voltar antes que a barca zarpe.

— Entre aqui. Você terá tempo de sobra se eu te der uma carona até lá.

O homem tinha um sotaque inglês, de algum lugar das Terras Médias, embora não conseguisse definir exatamente onde.

Segurando uma das barras que compunham a moldura do pequeno veículo, pulou para dentro, sem saber ao certo se devia seguir esse impulso. No entanto, o trator-buggy já estava ganhando velocidade, sacolejando sobre as pedras soltas mais rápido do que ele imaginara ser possível. Segurou-se com firmeza na alça de segurança, incapaz de impedir o próprio corpo de sacolejar juntamente com os solavancos do carro. Sentiu o corpo duro e indesejado do estranho bater de encontro ao seu.

— Vi o seu carro no topo da trilha. Você deve ser o homem que quase colidiu contra a caminhonete da sra. Graves.

— Foi ela quem te contou?

As leves rugas em torno dos olhos do homem se acentuaram com uma expressão de divertimento.

— Não, eu soube por meio da Lismore Gazette.

— Merda, tá brincando!

O homem riu.

— Jamie, o carteiro.

Murray achou que podia sentir os solavancos do carro em sua própria risada. Disse:

— Eu devia me desculpar com ela.

— Estamos indo na direção certa, mas não me preocuparia com isso. Ela não gosta de ser incomodada.

— Ela faz o tipo antissocial, é?

O motorista diminuiu a marcha e olhou para trás, em direção ao carrinho de reboque.

— Certo, pode ir.

Por um segundo, Murray achou que a pergunta o tinha ofendido, mas então o terrier pulou do carrinho e começou a trotar atrás deles.

— Jinx odeia o próximo trecho.

O trator-buggy virou uma curva, e a trilha desapareceu numa descida vertiginosamente íngreme. Murray agarrou a alça de segurança com mais força ainda e sentiu uma súbita empatia pelo cachorro. O sorriso do homem se alargou:

— Meus filhos chamam esse trecho de Everest.

Seus ossos sacudiam tanto que Murray teve a sensação de que se soltariam da carne. Contudo, havia algo de estimulante na imprudência da velocidade que o fez desistir da vontade de pedir ao homem para parar e, em vez disso, se entregou ao frisson da descida. Soltou uma boa gargalhada ao lembrar-se de Jack, aos 10 anos de idade, vomitando uma espécie de líquido rosa chiclete sobre o funcionário encarregado do brinquedo Xícara Maluca, no parque Glasgow Green.

O homem riu também.

— Essa montanha é a razão de eu ter podido bancar o meu pedaço de terra. Ela torna tudo cem vezes mais difícil, mas aprendi a amá-la. Eu não estaria aqui se não fosse por ela. — O terrier passara na frente deles, correndo morro abaixo com a traseira branca cintilando e o rabo balançando, perto demais das rodas dianteiras do trator-buggy. O motorista não se deu ao trabalho de diminuir a velocidade.

— A propósito, meu nome é Pete.

— Murray.

— De férias?

— É, mais ou menos isso, estou dando um tempo de Glasgow.
— Ali, naquela imensidão melancólica, com as árvores mais jovens que ladeavam a trilha ainda exibindo as últimas folhas verdes do ano, seu mundo parecia a anos-luz de distância. Notou que o caminho havia sido escavado e imaginou se isso era obra do homenzinho ao seu lado. Perguntou: — Você mora aqui há muito tempo?

— Três anos.

Eles estavam quase no pé do morro agora. Pete acelerou um pouco mais nos últimos metros; o cachorro antecipou o movimento, diminuiu a corrida e seguiu trotando para a beira da estradinha, onde se sentou e os observou passar com um ar sorridente. O veículo quase tombou para a esquerda ao fazer a curva, saindo da proteção das árvores para uma área descampada. Pete diminuiu a marcha e parou.

— Ali está o castelo.

Ele nem precisava dizer. Murray viu a estrutura em ruínas empoleirada no topo de uma plataforma rochosa, sua silhueta recortada contra o mar. O vento ou as batalhas haviam reduzido as paredes a colunas rachadas que se elevavam em direção ao céu como uma coroa pontiaguda. Os cavalos que pastavam nas redondezas ergueram as cabeças ao escutarem o som do trator-buggy e as baixaram em seguida ao perceberem que não havia nada de anormal. Murray tentou imaginar o castelo inteiro e habitado por alguma tribo, mas não obteve sucesso. Tudo o que conseguia ver era o cenário que se desdobrava à sua frente, como a Arcádia restaurada após a devastação do homem.

O cachorro pulou para o carrinho de reboque, abanando o rabo.

— Decidiu confiar na minha habilidade como motorista de novo, foi, Jinxy? — Pete esticou o braço para trás e o coçou com força entre as orelhas; em seguida, apontou para uma pequena cabana pintada de branco, a mais ou menos 1,5 quilômetro do castelo. — Lá é a nossa casa.

— E essa terra aqui toda é sua?

— Uma parte.

— É um belo lugar para se viver.

— Verdade. — O homenzinho sorriu, enrugando o rosto. — A gente acaba deixando de perceber quanto uma paisagem é bonita quando a vê diariamente. Pelo menos isso acontece comigo. Minha mulher já aprecia mais.

Murray imaginou se Pete o levara ali na esperança de que outra pessoa o ajudasse a ver a paisagem com novos olhos.

— E seus filhos?

Ele riu.

— Desesperados pelas luzes claras da cidade. Os cavalos são a única coisa que os mantêm aqui, embora não por muito mais tempo. Meaghan vai para a universidade no ano que vem e duvido que o irmão dela espere muito mais.

Murray correu os olhos em volta, esperando ver alguma outra casa que pudesse pertencer a Christie Graves; contudo, com exceção do castelo e da cabana de Pete, havia apenas terra e mar.

Pete ligou o motor novamente.

— Vou deixá-lo no sopé do morro. Você pode subir até o castelo e voltar a tempo de pegar a barca. Gostou da estadia aqui?

— Foi curta demais.

— As férias são assim. Nós deixamos a cautela de lado e levamos as crianças até Corfu no ano passado. Juro que mal tinha saído do avião e já estava na hora de embarcar de novo. Nem sei como consegui ficar bronzeado.

— Pois é, eu permaneceria por mais tempo, mas me atrapalhei com a reserva.

— A menos que o mundo acabe, a ilha vai estar aqui no ano que vem. Foi isso o que disse a mim mesmo quando deixamos a luz do sol para trás. De qualquer forma, Corfu não é o tipo de lugar para um fazendeiro como eu. É seco como carne desidratada, sem a menor chance de criar um pasto.

— Ano que vem vai ser tarde demais.

Pete olhou de relance para ele com uma expressão subitamente alerta, e Murray percebeu que soava como um homem com uma doença terminal ou como alguém planejando suicídio.

— O prazo para desenvolver meu projeto terá terminado.

Contou a ele sobre a pesquisa e a biografia que planejava publicar enquanto percorriam o restante da distância até o castelo.

— Você meteu os pés pelas mãos.

Pete parou e Murray desceu do veículo.

— Meti mesmo.

— Fazer o quê? — O homenzinho sorriu. — Acontece. Agora já sabe onde a gente mora. Na próxima vez que vier à ilha, não se faça de rogado. Passe lá em casa para a gente tomar um trago.

A palavra soava estranha na boca de alguém com sotaque das Terras Médias.

Murray fez que sim.

— Pode contar com isso.

Jinx apoiou as patas dianteiras na beirada do carrinho de reboque, observando-os. Murray esticou o braço para fazer um carinho, mas o terrier arreganhou os dentes e rosnou.

— Esse aí é muito mal-educado.

Pete empurrou o cachorro com delicadeza e subiu de volta no veículo. Murray acenou em despedida e começou a andar na direção do castelo. Com uma última espiadela por cima do ombro, viu o trator-buggy se afastar aos solavancos pela trilha, a caminho de casa.

Capítulo Vinte e Um

MURRAY ENTROU NO INTERIOR coberto de mato do castelo e olhou para o mar, a mente tão vazia quanto a espuma branca das ondas que arrebentavam contra a encosta. Iria a Edimburgo no dia seguinte, procuraria o gerente do Geordie's e perguntaria por que ele havia queimado a biblioteca de Bobby Robb. Que livros seriam esses que haviam levado o homem a queimá-los, mesmo já tendo prometido que os daria à sobrinha?

Algum tempo se passou antes que conseguisse sinal para ligar para o auxílio à lista em busca do número do Geordie's. Eles transferiram a ligação e Murray esperou, imaginando Lauren sentada na sala dos fundos do pub, absorta em algum volume existencialista enquanto o telefone tocava.

Desligou. Olhou para as três barras no celular, imaginando quanto tempo mais a bateria duraria. Em seguida, encontrou novamente o sinal e apertou o botão de rediscagem automática, determinado a descobrir se o homem estava trabalhando. De quebra, ainda romperia o ciclo vicioso de desorganização que acabara por expulsá-lo da ilha. Dessa vez, uma voz masculina irritada atendeu no segundo toque.

— Alô?
— Oi, posso falar com o gerente, por favor?
— Seja rápido.

Murray não havia pensado no que diria e as palavras pareceram sair atropeladas.

— Estou ligando a respeito de um cliente de vocês que morreu recentemente...

— Deus do céu, deixe-me adivinhar... Nosso querido Crippen?

— Como sabe?

— Não costumamos atrair o público jovem, e, de qualquer forma, não são os jovens que morrem como moscas por aqui. — Sua voz soou cautelosa. — O que tem ele?

Dessa vez, Murray se decidiu pela verdade.

— Estou escrevendo um livro sobre alguém que o senhor Robb conheceu tempos atrás. Esperava conseguir entrevistá-lo.

— Ah, bem, a menos que esteja planejando segui-lo até o porão das cervejas eternas, vai ficar a ver navios. — Alguém disse alguma coisa ao fundo. O gerente cobriu o bocal do telefone e murmurou alguma resposta indistinta com aparente impaciência. Retornando ao telefone, sua voz soou ríspida: — Olhe só, companheiro, estou no meio de um pedido de entrega. Eu não conhecia o sujeito, apenas lhe vendi algumas cervejas no decorrer dos anos. Não acredito que possa ajudá-lo.

— Preciso lhe fazer uma pergunta específica.

— O quê?

— Sobre os pertences do Bobby.

Fez-se um silêncio do outro lado da linha. Por um momento, Murray achou que tivesse metido os pés pelas mãos e o gerente fosse desligar, mas então escutou um suspiro, e o homem falou:

— Por que não passa por aqui mais tarde? Vou ficar até as duas.

Murray olhou para o ponto onde o mar cinzento encontrava o céu, de num tom um pouco mais claro. O pub não iria a parte alguma, porém ele já estava com o sujeito na linha. Disse:

— Você não faz ideia de como eu gostaria de uma caneca de cerveja, mas...

— Mas?

— Estou numa ilha ao norte onde não há nenhum pub.

— Então você é um brutamontes que quer me intimidar à distância.

— Não sou nenhum brutamontes. Sou um professor de literatura inglesa.

— Jesus. — O gerente riu. — O que vai fazer se eu não cooperar? Vai me obrigar a soletrar uma palavra difícil? — Bufou. — Essa ilha, você sabia que era tão seca quando resolveu ir?

— Não.

— Jesus. — Ele riu de novo. — Levou alguma coisa?

A felicidade do sujeito diante de seu infortúnio fez com que Murray decidisse não comentar sobre as prateleiras repletas de bebidas da lojinha.

— Uma garrafa de uísque que já está pela metade.

A alegria na voz do gerente era palpável.

— Imagino que esteja poupando.

— Tenho tomado alguns goles todas as noites.

Uma risadinha de escárnio soou do outro lado da linha.

— Esse livro, ele vai falar bem daquele velho patife?

— Acredito que não.

— E vai haver algum reconhecimento? Você sabe, aqueles agradecimentos para as pessoas que ajudaram na composição?

— Muito provavelmente.

— Certo. — O gerente pigarreou para limpar a garganta, como um cantor romântico prestes a começar um número particularmente exaustivo. — Você tem papel e caneta à mão?

— Ah, só um minuto. — Murray prendeu o celular entre o queixo e o ombro, e tateou o bolso do casaco à prova d'água em busca de um caderninho e uma caneta. Encontrou-os, apoiou um dos pés nos destroços remanescentes de uma das paredes de pedra do castelo e equilibrou precariamente o caderninho sobre o joelho.

— Pode falar.

— Certo. Meu nome é John Rathbone. Vou soletrar para você: R-a-t-h-b-o-n-e. Entendeu?

Estava frio e a caneta esferográfica se recusava a escrever. Murray rabiscou a superfície úmida do papel, mas tudo o que conseguiu foi abrir um buraco na folha.

— Sim.

— E esse é o lugar para onde poderá mandar uma cópia quando o livro sair. — Rathbone forneceu um endereço ao sul de Edimburgo, tomando o cuidado de soletrar qualquer palavra que achasse que Murray poderia não entender. — Pensando bem, mande duas cópias. Vou dar uma para minha boa e velha companheira, que sempre se incomodou com o fato de eu ter largado os estudos. Seria uma bela surpresa para ela ver meu nome impresso num livro.

Murray repetiu o endereço em voz alta e meteu o caderninho e a caneta imprestável de volta no bolso, decidindo que depois verificaria essas informações, caso o livro viesse a ser publicado.

— Vou lhe mandar três.

— Legal, vou dar a outra para a minha namorada. Não, vou guardá-la para o caso de precisar impressionar uma futura.

— As mulheres gostam de um pouco de cultura.

— Falando por experiência própria, é?

Murray soltou uma risadinha que esperava ter soado bem masculina.

— Mais ou menos isso.

— A vingança do nerd?

— Por aí.

— Então talvez minha companheira estivesse certa sobre continuar os estudos.

Sentiu que a conversa estava fugindo ao controle. Pensou na bateria quase esgotada e disse:

— O que eu queria lhe perguntar é por que você queimou os livros do Bobby.

O suspiro do homem pareceu combinar com os sussurros do vento em torno das ruínas da fortaleza.

— Então já sabe disso, é? Imagino que tenha passado por aqui antes de decidir partir para a ilha da abstinência.

— Nunca revelo minhas fontes.

— Nem precisa. A filha da minha irmã me deu uma bronca por causa disso.

— O apartamento é seu. Imagino que, falando tecnicamente, possa fazer o que bem quiser com as coisas abandonadas nele.

— Gostaria que fosse meu. Um pequeno apartamento no centro de Edimburgo? Deve valer uma fortuna. Eu teria expulsado aquele velho patife num piscar de olhos, mas só tomo conta dele para um amigo.

— Bom, e quanto aos livros?

— Crippen sempre se vangloriou de sua coleção. Quando ninguém apareceu para reclamar as coisas dele, prometi os livros para Lauren. Ela é uma boa garota, vive com a cara enfiada num livro. Está economizando para ir para a universidade, e achei que alguns exemplares pudessem lhe ser úteis. Mas eram nojentos, portanto levei-os para o pátio dos fundos e os queimei.

— Pornografia?

— Se fosse pornografia, eu teria guardado alguns para mim mesmo, certo? Não, eles eram sinistros, livros sobre feitiços e coisas do gênero, um horror.

— Ele tinha uma coleção grande de livros de ocultismo?

— Mais do que isso. Você devia ter visto o estado do lugar. Espere um minutinho.

O homem soltou o bocal do telefone. Murray o escutou falando com alguém ao fundo. Uma nuvem escura cruzou o céu, fazendo sombra sobre a água. Apertou um pouco mais o cachecol, protegendo o rosto do frio. Ia chover de novo. Pensou em Hamlet, encarando o fantasma do pai nas muralhas do castelo à noite, e um calafrio arrepiou os pelos de sua nuca.

— Bom, essa é a minha popularidade com a equipe do bar, um caminhão de entrega descarregado sem a ajuda de ninguém.

— Rathbone parecia satisfeito consigo mesmo. — O que eu estava dizendo?

— Que Bobby Robb tinha mais do que uma grande coleção de livros de ocultismo.

— Quem?

— Crippen, como você o chamava.

— Ah, sim. Precisei redecorar o apartamento antes que meu chefe visse o estado do lugar. Você pode imaginar o quanto eu fiquei feliz com isso... Precisei de lixas e três demãos de verniz para cobrir a obra-prima dele.

— Por quê?

— Eu deveria fazer uma inspeção a cada seis meses, me certificar de que o lugar estava nos conformes, mas deixei passar. É um bom trabalho tomar conta dos apartamentos de senhorios amadores. Uma vez que você tenha um caderninho preto com trabalhadores confiáveis, é dinheiro fácil quase sempre. Mas se você meter os pés pelas mãos, em pouco tempo todo mundo fica sabendo.

— Não, o que eu queria saber é: o que você precisou cobrir.

— Já vou chegar lá. — Agora que decidira contar sua história, a voz de Rathbone parecia apreciar a estranheza da situação. — Crippen vivia num quarto e sala na High Street, três andares acima do Starbucks. Muita escada para um velho, embora parecesse estar em forma o suficiente. Eu teria apostado que ele duraria mais uns dez anos. Só para você ver. — O gerente fez uma pausa, dando aos dois tempo para digerir o fato de que era impossível prever as coisas. Em seguida, continuou: — O lugar não estava lá muito limpo, mas eu não esperava que estivesse. Crippen nunca foi muito chegado a água e sabão, portanto, não era preciso ser um gênio para imaginar que ele não fazia o tipo que tem florzinhas nas janelas. O que não era um problema, pois minha irmã geralmente fica feliz em ganhar alguns trocados fazendo a limpeza para mim, desde que isso não envolva nada muito nojento. Verifiquei a sala e a cozinha, e tudo estava mais ou menos do jeito que deveria estar, exceto por um pouco de poeira e algumas manchas de cerveja, mas, como eu disse, já esperava por isso. O choque aconteceu quando entrei no quarto. Já encontrei todo tipo de coisas no decorrer da vida: manchas de sangue sobre o colchão, camisinhas usadas debaixo da cama, camundongos zanzando pelos cantos, besouros sob o papel de parede. Já tive até dois estudantes como inquilinos que deixaram a cozinha num estado tão deplorável que eles mesmos taparam a entrada para impedir o acesso... Não preciso nem dizer que não receberam a caução de volta. Achei que esses estudantes seriam o pior que eu veria na vida, mas eram apenas vermes preguiçosos. O quarto do Crippen... Bom, aquilo foi algo pior. Parecia uma cena de um filme de terror. Para falar a verdade, cheguei a pensar em chamar a polícia, mas achei que seria perda de tempo. Quero dizer, se alguém fosse preso por crimes contra a decoração, aquele canalha do Lawrence Llewelyn Bowen[5] teria pegado uns vinte anos, certo?

— Mas o que foi que ele fez?

— Ele cobriu o chão com dizeres.

— O chão todo?

— Não, todo não. A cama ficava no meio do quarto, e ele havia feito uma espécie de círculo de palavras em volta dela. Assim que vi, achei que se tratava de alguma confissão escabrosa, tipo onde havia escondido os corpos de centenas de adolescentes desaparecidas ou algo do gênero, mas graças a Deus era só um monte de merda.

—Você se lembra do que estava escrito?

---

[5] Famoso decorador inglês conhecido por suas aparições no programa *Changing Rooms* da BBC. (N.T.)

— Sabia que ia me perguntar isso, mas não, não consegui decifrar nada. Ele usou algum tipo de tinta indelével e escreveu numa espécie de idioma antigo e rebuscado. Havia números e símbolos também, como uma expressão algébrica ao redor da cama. O que quer que fosse, me deu calafrios. Esfreguei com força, usei aguarrás, amônia, tudo em que consegui pensar, mas não adiantou. No final, tive que alugar uma lixadeira para limpar toda a superfície, fui até uma loja de construção comprar verniz de deque e selei o piso novamente. Fui obrigado a fazer o chão todo. Caso contrário, ficaria marcado. Foi um trabalho do cão, poeira por todos os lados.

— Suponho que você não tenha tirado uma foto com a câmera do celular para mostrar aos seus amigos, certo?

— Por que eu iria mostrar algo doentio como aquilo a eles? Eu queria limpar a coisa toda antes que Baine aparecesse e acabasse me demitindo.

Murray tomou um susto ao escutar o nome familiar.

— Quem?

— Baine, o dono do apartamento. Ele é um professor universitário como você. Oh, céus. — A ficha pareceu cair subitamente. — Não me diga que você o conhece.

— Não. — Murray esperou que a mentira não transparecesse em sua voz. — Eu não o conheço.

— Ainda bem. Não que eu ache que você fosse me entregar.

— Mas, se eu entregasse, isso seria um desperdício do seu talento como decorador.

Rathbone soltou uma risada amarga.

— Isso é que é engraçado. Ele me ligou, agradeceu pela minha ajuda no decorrer dos anos e me perguntou se eu poderia mostrar imóvel para os corretores. Fim da história. Ele disse para eu riscar seu nome do meu caderninho de endereços, que estava colocando o apartamento à venda. Não havia motivo para incomodá-lo mais. Mas, cá entre nós, vou lhe dizer uma coisa.

— O quê?

— Tive a sensação de que ele ficou aliviado por reaver o imóvel. Imagino que tenha alugado o apartamento para o velho como um favor, um sujeito que havia feito a sua parte ajudando um velho amigo pobretão... até que foi bacana, se você pensar nisso, embora não consiga entender o porquê de um professor querer manter contato com um velho patife como aquele. Talvez compartilhassem algumas lembranças agradáveis. Crippen me disse que ele e Baine se conheciam havia muito tempo. Acho que estudaram juntos ou algo parecido. Crippen era um sujeito inteligente. Só que meteu os pés pelas mãos. — O gerente soou um pouco triste. — Acontece.

Capítulo Vinte e Dois

MURRAY FICOU PARADO NO meio do castelo, olhando o mar. Lembrou-se da anotação de Alan Garret: *Interesse no além*. Será que Lunan tinha interesse no oculto? Alguns de seus poemas continham uma atmosfera de além-mundo celta, e os romances de Christie eram geralmente dispostos nas prateleiras da seção de terror das livrarias; só que esses eram considerados ficções, enquanto, ao que parecia, os exemplares da biblioteca de Bobby se mascaravam como fatos. Precisaria fazer uma visitinha ao gerente do Geordie's. Comprar-lhe uma garrafa de uísque e ver se ele se lembrava de alguns dos títulos. Às vezes, uma bebida na mão servia para refrescar a memória das pessoas.

Verificou a hora. Precisava começar a voltar se não quisesse perder a barca. Desceu a encosta rochosa, pensando sobre a insólita delicadeza de Fergus em relação a Bobby. Estranho que a caridade de um homem para com outro pudesse ser suspeita.

Sentiu o telefone vibrar e escutou a musiquinha irritante. Olhou de relance para o visor e amaldiçoou, enquanto os dedos, trêmulos devido ao frio, lutavam para apertar o botão certo e atender a chamada.

— Murray?

Sentiu o estômago revirar ao escutá-la proferir seu nome, mas mesmo aquela única palavra lhe disse que havia algo errado. A voz de Rachel perdera sua costumeira frieza, a barreira de escárnio que ela mantinha entre eles, mesmo quando estava dentro dela.

Ele perguntou:

— Você está bem? — E escutou a preocupação em sua própria voz.

— Estou, estou bem. Escute, você checou seus e-mails?

— Recentemente, não. Por quê? Deveria?

Houve uma pausa do outro lado da linha. Um dos cavalos que pastava sob a proteção das ruínas do castelo o observava com seus olhos castanhos e tranquilos. Imaginou onde Rachel estava. Na casa que ele nunca visitara ou em seu escritório, a salvo de ouvidos bisbilhoteiros? Tentou escutar a respiração dela, mas não conseguia ouvi-la por causa do assobio do vento.

— Rachel?

— Sim, ainda estou aqui. Isso é... — Ela fez outra pausa e, dessa vez, ele esperou, acompanhando com o olhar a curva suave das costas do cavalo castanho, estarrecido, como sempre ficava ao vê-los em carne e osso, com o tamanho da criatura.

Rachel falou novamente.

— Eu queria saber se você poderia me fazer um favor.

— Qualquer coisa.

Ele era tão obediente quanto o cachorrinho sorridente de Pete, com a diferença de que não mordia.

— Acho que você talvez tenha recebido um e-mail por engano. Você vai ver, ele foi enviado ontem por alguém que você não conhece, com um documento anexado. Poderia me fazer o favor de deletá-lo sem abri-lo?

— É um vírus?

— É. — A voz dela soou aliviada. — Um vírus particularmente destrutivo que foi projetado para colar em todos os seus contatos. Inteligente, mas sinistro. Aparentemente, apaga o disco rígido do computador ao ser aberto. Estou enlouquecida, ligando para todos em quem consigo pensar. — Sua risada soou estranha. — É constrangedor, como ligar para ex-parceiros para lhes dizer que você tem uma doença venérea.

— Rachel, você está bem?

— Estou, só... — A voz falhou. — Um pouco atolada de trabalho.

— E o seu computador foi para o espaço. Perdeu muita coisa?

— Sempre faço backup dos meus arquivos. Podia ter sido pior. — A voz de Rachel vacilou novamente. — Tenho que ir. Preciso ligar para um batalhão de gente. Por favor, Murray, delete esse e-mail. Eu não gostaria que você perdesse toda a sua pesquisa.

Murray soltou:

— Sinto sua falta.

— Não comece, isso não vai levar a lugar algum.

A linha ficou muda.

Murray continuou onde estava, o telefone quente em sua mão, observando o vaivém interminável das ondas. Imaginou que o cenário deveria lhe transmitir um senso de proporção, mas tudo em que conseguia pensar era Rachel e Fergus, Fergus e Rachel. O vento balançou seu casaco à prova d'água. Virou-se, mesmo sabendo que não havia ninguém ali. Mas havia algo além do farfalhar de seu capuz. Podia escutar. Uma vibração à distância que cresceu para um rugido. O peito apertou e um pensamento explodiu em sua mente, *então essa é a sensação*, juntamente com a visão do rosto do pai. A manada de cavalos se virou ao mesmo tempo e desceu galopando em direção ao pequeno vale, o troar dos cascos abafado pelo ronco poderoso. Murray se sentiu cair de joelhos e, em seguida, teve um repentino flash de compreensão ao ver o jato Harrier Jump cruzar o vale. Poderia ter gritado até perder o ar dos pulmões que ninguém o escutaria, mas se contentou em murmurar *merda, merda, merda* por entre os dentes, e, então, se levantou, limpou a lama dos joelhos e começou a descer a encosta.

Ainda não havia alcançado o Everest quando escutou o ronco do trator-buggy de Pete às suas costas. Esperou que parasse, sabendo que o homem tinha vindo lhe oferecer alguma coisa e rezando para que fosse o que estava pensando.

Pete desceu do veículo, o cachorro nos calcanhares. Dessa vez o sorriso foi mais tímido, como se já se sentisse constrangido pelo que tinha a dizer.

— Você estava falando sério quando disse que gostaria de ficar mais tempo?

— Sim, totalmente sério.

— Posso ter um lugar para você, se não se importar com a falta de conforto.

Capítulo Vinte e Três

MURRAY SE SENTOU DIANTE do computador da lojinha da ilha e entrou no seu e-mail. Ainda não eram três horas, mas havia começado a chover de novo e o céu lá fora já estava escuro. Era bom estar aquecido e protegido dentro de um lugar enquanto o vento e a chuva varriam a ilha mais uma vez. As lâmpadas tinham sido acesas e um aquecedor a gás portátil sibilava num dos cantos ao lado do balcão. Em algum lugar, um rádio foi sintonizado no noticiário da hora do rush, e ele escutou o locutor fornecendo os detalhes sobre as obras nas ruas do centro de Inverness. Embora a pequena lojinha estivesse tão cheia em sua última visita, agora não havia mais nenhum outro cliente. O proprietário lhe oferecera uma caneca de café instantâneo e lhe dissera para gritar em direção à porta dos fundos se precisasse de alguma coisa. Murray tomou um gole do líquido fumegante, aproveitando as sensações de solidão e concentração mental que desde criança lhe eram um conforto.

O número de mensagens novas o deixou momentaneamente sem reação, mas só estava interessado em ler uma delas. Verificou as mensagens da véspera e a encontrou; o endereço do remetente parecia uma combinação aleatória de letras e números, e o assunto dizia: *Pena que ela seja uma puta.* Colado a ele, o tentador anexo.

Não acreditara na história de Rachel, mas, vendo a mensagem com seu estranho título e se lembrando da tensão na voz dela, imaginou se não seria sábio de sua parte deletá-la, como havia prometido. Ela nunca lhe pedira nada antes, embora Deus fosse testemunha de que ele adoraria que tivesse feito. Apoiou a mão sobre o mouse do computador. Investigar era parte da sua natureza, mas o conhecimento podia ser perigoso. A caixa de Pandora, o fruto proibido de Eva, a jovem esposa do Barba Azul com a chave para o aposento particular do marido. Sucumbir à tentação podia significar tragédia.

Verificou o restante da caixa de entrada, ainda indeciso, deletando o lixo e as mensagens antigas do departamento sobre reuniões a que não mais precisava comparecer. Desceu mais um pouco, esperando deparar-se com a mensagem de Rab explicando por que o professor James detestava tanto Fergus. Não havia nada. No entanto, em meio a uma lista não solicitada de ofertas e questionários, havia uma mensagem de Lyn.

Murray se recostou na cadeira e olhou para o teto. Dois pedaços de fita adesiva já amarelados balançavam sob o cálido sopro do aquecedor. Remanescentes de decorações natalinas, supôs. Com um suspiro, se inclinou para a frente e abriu a mensagem da Lyn.

Caro Murray

Sou uma mulher que cumpre suas promessas. Andei averiguando sobre o seu sr. Sorriso, o tal de Bobby Robb, ou dr. Crippen, como é chamado por aqui. Ao que parece, ele era um dos nossos garotos até uns três anos atrás, embora digam que nunca deixou de ser um escravo do álcool — é incrível a constituição necessária para ser um viciado de sucesso. Não tenho muito mais a acrescentar, exceto que ele era "um canalha assustador". Aparentemente, estava envolvido com coisas estranhas, feitiços, mágica etc., e não se importava de lançar uma ou duas maldições se achasse que alguém poderia cruzar o seu caminho. Minha fonte também disse que Bobby era um homem apavorado que dormia com um "círculo de proteção" em volta da cama — seja lá o que isso quer dizer. Um termo para os entendidos. Por mais que lhe pareça uma bobagem, lembre-se de que não é fácil sobreviver nas ruas. As pessoas desenvolvem estratégias diferentes para se manterem seguras. Se essa era a estratégia do Bobby, não me parece nada má. Muitos dos nossos garotos são tolos o bastante para acreditar em outras dimensões. Eu gostaria de conseguir acreditar, deixaria essa aqui num piscar de olhos. Não sei quanto você sabe sobre o que o Jack anda fazendo. Prefiro presumir que você não sabe de nada. Menos um a me ver como uma idiota, mas não consigo deixar de pensar naquela noite em que você me perguntou sobre a Cressida Reeves. Achei que estivesse interessado nela, mas talvez você já soubesse? De qualquer forma, Cressida não está mais disponível. Jack tirou as coisas dele do nosso apartamento e se mudou para o dela. Eu deveria estar feliz por me livrar de um canalha, mas ficamos juntos tanto tempo! Se falar com ele, por favor diga que estou com saudade. Ele não atende meus telefonemas. Mantive a promessa que lhe fiz, embora seu irmão tenha quebrado todas as dele.

Beijo,
Lyn

O beijo no final deixou Murray com lágrimas nos olhos. Piscou e releu o e-mail, amaldiçoando o irmão enquanto anotava em seu caderninho os poucos detalhes que Lyn conseguira levantar.

Não tinha mais estômago para o restante das mensagens, ainda que, de alguma forma, as palavras de Lyn o houvessem ajudado a se decidir sobre o que faria com o e-mail que Rachel lhe pedira para deletar. Se o amor era um jogo de mentiras e traições, então era melhor saber o que teria de encarar. Encontrou o e-mail anônimo novamente e o abriu.

Retesou-se, esperando a tela ficar preta ou mostrar algum brado infantil de vitória antes de recair em códigos ininteligíveis e se apagar por completo, mas o corpo da mensagem apareceu em branco. Estava prestes a clicar no anexo quando as fotos começaram a carregar sozinhas.

Lembrando-se de onde estava, minimizou a tela, olhando por cima do ombro para verificar se alguém tinha visto aquela vergonha, mas a loja continuava vazia, o proprietário ainda em algum lugar nos fundos. Murray virou a cadeira de lado para a porta, a fim de escutar melhor se alguém entrasse, e olhou novamente para a imagem.

Levou um momento para entender o que estava vendo. Então reconheceu a sala, a familiar escrivaninha com sua pilha de trabalhos ainda não corrigidos, a cadeira desconfortável que reservava aos alunos empurrada para o canto. Fora tirada na noite em que ela terminara com ele, a noite em que saíra correndo pelo corredor atrás do intruso. Podia ver o próprio traseiro branco estampado no meio da tela, as pernas elegantes de Rachel escancaradas de maneira deselegante debaixo dele.

Olhou de relance para o balcão, imaginando se quem quer que estivesse atrás dele conseguiria ter uma boa visão do monitor, e percebeu que o computador havia sido espertamente posicionado para permitir o mínimo de privacidade. Desceu o cursor pela tela mesmo assim, imaginando quantas fotos o bisbilhoteiro tinha conseguido tirar. Ligaria para Rachel em seguida, a fim de assegurar-lhe que não dava para saber que a mulher era ela, mesmo que a foto fosse estampada num outdoor na George Square ou, o que era mais provável, distribuída para milhares de sites pornôs.

Jesus, que confusão! Mas nessa confusão eles estavam juntos.

Ele não aparecia na foto seguinte. Nela, Rachel estava com um rapaz que Murray achou reconhecer dos grupos da pós-graduação. Não tinha certeza. O rosto do homem estava virado de lado, o corpo nu, e Rachel ajoelhada no chão entre suas pernas, as feições escondidas na virilha dele. Ela também estava nua, a pele clara e linda. Murray sentiu uma fisgada de ciúme ao lembrar que nunca tinham ficado totalmente nus um para o outro.

As quatro imagens seguintes eram semelhantes, sendo Rachel e o tema do sexo a única constante. Ela com um homem de cabelos grisalhos que mantivera o relógio no pulso. Os ponteiros marcavam três e meia, e ela estava montada no sujeito, as mãos acariciando os próprios seios.

Rachel debruçada sobre uma cadeira num quarto de hotel, enquanto um homem peludo, com uma barriga flácida e uma cabeça calva, a segurava pela bunda e apontava o pênis ereto para ela.

Rachel deitada de costas, dessa vez com dois homens, e um borrão esmaecido indicando outros corpos pelados ao fundo.

Rachel com as pernas abertas, a cabeça de algum desconhecido nu pressionada entre elas, sua própria cabeça inclinada para trás e o pescoço exposto, de modo que Murray podia ver a depressão em sua garganta que tanto gostava de beijar.

Fez-se um barulho atrás dele. Murray fechou a imagem e girou a cadeira. Christie Graves estava parada do outro lado do corredor, com um jornal e um pão de forma numa cestinha. Seus olhos se cruzaram.

As fotos eram tão grandes, tão arrebatadoras, tão gritantes em sua mente quanto o rugido do jato que o pusera de joelhos. Ela jamais poderia ter deixado de notá-las. Christie o fitou por alguns instantes e, em seguida, desviou os olhos e foi para o balcão.

Murray continuou sentado, olhando para a tela apagada, escutando a saudação alegre do proprietário e a resposta baixa de Christie, com uma sensação de perda que trouxe de volta outras perdas, amargurado demais para tentar imaginar quem lhe mandara as fotos e que resposta poderia enviar em contrapartida. Escutou a porta bater quando Christie saiu da loja, mas seus olhos permaneceram grudados na tela negra do computador em repouso.

Capítulo Vinte e Quatro

Pete se mostrara constrangido ao falar do estado da cabana, mas, após a desabalada corrida Everest abaixo, Murray pensou que era a solução perfeita. Até então, a ligação de Rachel lhe dera uma centelha de esperança. Ela havia pensado nele, e, mesmo que tivesse desligado quando ele lhe dissera que sentia saudade, soara triste. A tristeza lhe parecera algo com o qual estaria apto a trabalhar. Agora tinha a sensação de que iria afogar-se nela.

Na luz pálida do final de tarde, a pequena cabana parecia charmosa em sua simplicidade. Ao ver a fachada iluminada pelo facho da lanterna, Murray achou que a aparência decrépita combinava com o seu humor. O chão estava coberto de papelão velho, "o selante original", explicara Peter, a fim de protegê-los da umidade da terra sob o piso de madeira que o fazendeiro havia colocado quando ele e a família acamparam ali três anos antes.

Pete soltou a caixa com suprimentos que havia comprado na loja sobre a tosca mesa de madeira que tomava quase toda a sala e brandiu o facho da lanterna pelas paredes de pedra.

— Ela é um pouco isolada, para você que está acostumado com Glasgow, mas estamos a uns 3 quilômetros descendo a trilha, e eu vou passar por aqui de tempos em tempos para ver se você precisa de alguma coisa. — Jinx perambulava pela sala, farejando os cantos com tal entusiasmo que sugeria a presença de cupins. — Ei, você. Sente-se — mandou Pete — ou vai sair. — Ele ajeitou o aquecedor portátil e, após apertar o botão de ignição três vezes, as chamas azuis se acenderam. O cachorro se sentou diante do fogo. Pete coçou sua barriga distraidamente. — Isso não é para você. — Voltou sua atenção para Murray. — Tenho um botijão de gás sobressalente para quando esse terminar, e há outro de butano para o fogão. Trouxe também o rádio a corda que usávamos quando estávamos aqui. Você sabe usar uma lamparina?

Murray respondeu:

— Acho que sim.

Mas Pete lhe mostrou mesmo assim. Sob o brilho amarelado da lamparina, a sala pareceu mais substancial, ainda que não mais alegre.

— Um retorno ao básico da vida. As crianças adoravam viver aqui, mas isso foi no verão. Fiz questão de que nossa casinha estivesse pronta bem antes do inverno.

— Vou ficar bem. — Murray abriu a porta do segundo aposento e viu um saco de dormir com cobertores sobressalentes cuidadosamente dobrados sobre uma cama de armar. Uma caixa de madeira de cabeça para baixo fazia as vezes de mesinha de cabeceira. Algo a respeito daquela arrumação espartana fez com que imaginasse se Pete já havia servido ao exército. — Acho que você pensou em tudo.

— Duvido muito. — O fazendeiro sorriu. — Arrumei tudo meio às pressas, então me avise se estiver faltando alguma coisa. — Saiu em direção ao carrinho de reboque e voltou com outra caixa de suprimentos. — Nosso plano era arrumar essa cabana para que pudéssemos alugá-la no verão, mas de alguma forma a ideia ficou de lado nos dois últimos anos. Sinto dizer que não é exatamente uma acomodação turística. — Depositou uma bateria de carro num dos cantos e, em seguida, saiu de novo e voltou com outra, que colocou ao lado da primeira. — Certo, agora você está com uma e mais outra sobressalente. Tenho uma terceira em casa, carregando. Acho que devem durar pelo menos uma semana, mas, se não durarem, passa lá em casa que eu troco. Também já coloquei o produto químico na caixa de merda, como Martin costumava chamá-la. — Pete riu. — Sabe como são os adolescentes.

Murray não sabia, mas forçou um sorriso.

— Imagino que seja aquele banheiro lá fora.

— Acertou. Tem uma caixa para coleta de água da chuva ao lado da porta que você pode usar para lavar a roupa e também para beber, mas é preciso ferver primeiro. Sheila mandou dizer para ir até lá em casa se quiser tomar um banho quente. — Ele fez uma pausa. — Tem certeza de que vai ficar bem? Estou me sentindo um pouco culpado por cobrar por acomodações tão precárias.

Murray desejava que o homenzinho fosse embora, mas sabia que precisava passar por toda aquela conversa mole antes de ser deixado em paz. Forçou-se a abrir um sorriso.

— Não se preocupe, está tudo ótimo.

— Que bom! — O sorriso do fazendeiro pareceu aliviado. — Espero que não haja nenhuma goteira. Eu mesmo montei o telhado antes de a minha família se mudar para cá. — Apontou o facho da lanterna para as vigas do teto. — Dei uma olhada hoje à tarde quando trouxe a cama, aparentemente não há nenhuma infiltração. — Desligou a lanterna. — Só o tempo irá dizer. — Meteu a mão numa das caixas que trouxera e puxou uma garrafa meio cheia de uísque Famous Grouse. — Um chorinho de boas-vindas. — Abriu a garrafa e derramou um pouco de uísque no chão. — O velho que nos ajudou na mudança me fez prometer fazer isso sempre numa casa nova. Aparentemente, as fadas também gostam de um trago. — Ele fez que não ao perceber a tolice do que estava dizendo. — Provavelmente é uma pegadinha que prega em todos os idiotas ingleses. — Pegou dois copos no topo da caixa, serviu uma dose generosa em cada um e entregou um deles a Murray. — Saúde.

— Saúde.

Murray teve a impressão de que seu brinde soava mais como uma maldição. Pete, porém, sorriu e levou o copo aos lábios.

— Então, o seu poeta é bem conhecido aqui na Escócia?

— Não, ele é bastante obscuro.

— Agora esse pequeno vale vai ser propriamente educado, com você aqui embaixo trabalhando na sua biografia e a sra. Graves lá em cima escrevendo seus romances.

Antes do golpe produzido pelas fotografias, Murray talvez até perguntasse a Pete a localização exata da casa de Christie. Contudo, simplesmente perguntou:

— Você a vê com frequência?

— Na verdade, não. Quando o tempo está ruim, ligamos para ver se está tudo bem, e, se ficamos sem telefone, damos uma passadinha na casa um do outro para nos certificarmos... É preciso fazer essas coisas quando se vive num lugar tão remoto. Além disso, ela já não se move mais com a mesma desenvoltura... Mas, afora isso, cada um fica na sua.

— Você já leu algum dos livros dela?

— Na nossa família, quem gosta de ler é a Sheila. Ela era professora de inglês antes de nos mudarmos para cá. Leu o primeiro.

— *Sacrifice?*

— Acho que é esse. — O fazendeiro sorriu como se pedisse desculpas. — Sinto dizer que não foi um grande sucesso. Sheila normalmente gosta de livros ambientados em ilhas. — Tomou outro gole do uísque. — Suponho que seja porque eles a façam se lembrar daqui, mas ela disse que esse era cheio de gente morta se levantando dos túmulos.

Murray sentiu um arrepio na nuca e conteve a vontade de olhar para as pequenas janelas da cabana e a noite lá fora.

— É sobre um grupo de hippies que se muda para o campo e começa a mexer com coisas que deveriam deixar quietas.

— Ressuscitar os mortos?

— Entre outras coisas. É meio bobo.

O vento voltara a soprar com força. Em algum lugar ao longe, um portão começou a bater, mas o fazendeiro não pareceu notar. Disse:

— Talvez eu devesse lê-lo.

Os olhos de Pete encontraram os de Murray, e seu sorriso foi amplo o bastante para parecer o de um louco. As batidas lá fora ficaram mais altas e, de repente, cessaram. Murray imaginou quem ou o que as fizera parar. Preencheu o silêncio com uma pergunta.

— O que você fazia antes de se mudar para cá?

— Eu também lecionava. Ciências. Decidi cair fora antes que me tornasse o primeiro professor a ter um surto ao estilo Columbine e saísse atirando em todo mundo.

Ele riu. A luz da lamparina incidiu sobre as rugas do rosto marcado pelo clima adverso, fazendo o sorriso transformar-se numa careta. Murray imaginou se ele teria uma arma em casa e se costumava beber uísque à noite, ali sozinho no meio do nada, enquanto a mulher e os filhos dormiam no andar de cima.

Esfregou os olhos e replicou.

— Entendo, às vezes tenho vontade de fazer isso com meus alunos. — Embora a ideia nunca tivesse lhe ocorrido. — Ainda me sinto mal por quase ter batido no carro da srta. Graves, mesmo que não seja uma escritora merecedora de prêmios. Talvez eu devesse aparecer por lá com um buquê de flores ou algo parecido.

Pete deu de ombros.

— Mais cedo ou mais tarde, você vai acabar dando de cara com ela. — Ele fechou um olho e segurou a garrafa meio cheia na frente do outro, observando os aposentos através do líquido dourado. — A srta. Graves é imprevisível. Às vezes ela para e conversa, noutras é como se nem o visse. Sheila diz que há cem anos ela seria queimada numa fogueira. — Ele riu. — Do jeito como ela fala, você não diria que é uma ideia tão ruim.

— Sua mulher não gosta dela?

— Ela não gosta de ser esnobada. Já eu não ligo. Afinal, ninguém vem para esses lados em busca de companhia. E não deve ser fácil para a Christie. Ela tem esclerose múltipla. Teve uma crise há algum tempo que a deixou semiparalisada. A gente achou que seria o fim, mas ela deu um jeito de se recuperar. De qualquer forma, não sei quanto tempo mais vai conseguir se manter independente, ainda mais vivendo lá onde Judas perdeu as botas. — Pete abriu novamente a rosca e serviu o restante do uísque nos copos deles. — Vamos acabar logo com a garrafa, depois vou deixá-lo terminar de se ajeitar. Prometi a Sheila que não passaríamos de meia garrafa. Ela não gosta que eu dirija depois de beber, mesmo que eu não possa bater em nada além das ovelhas.

Murray meneou a cabeça em concordância, vendo em Sheila uma mulher sábia, ainda que não a conhecesse, e aliviado porque logo se veria livre de seu novo senhorio. Pensou em Alan Garret e se lembrou de Audrey dizendo que ele não costumava dirigir acima do limite de velocidade.

— Ouvi dizer que houve uma batida feia aqui na ilha uns dois anos atrás.

Pete assumiu uma expressão séria.

— Não foi muito depois que chegamos. Sheila ficou muito aborrecida. Ficava dizendo: e se um dos nossos filhos estivesse passando por ali na hora do acidente? E se ele tivesse atropelado a criança em vez de batido numa árvore? Ele era conhecido. Parecia um sujeito legal, um homem de família. Ouvi dizer que deixou mulher e filho.

— Ele estava bêbado?

— Aparentemente não. — Pete o fitou com certa suspeita. —Você não o conhecia, conhecia? Ouvi dizer que ele era um professor universitário.

— Não. — Murray se lembrou da foto de Alan Garret sobre a mesinha de cabeceira do filho. — Mas escutei falar do caso. Notícia ruim anda a galope.

— Isso é verdade. — Pete ligou e desligou a lanterna, apontando o facho para um dos cantos do aposento, como se os súbitos feixes de luz o ajudassem a pensar. — Eu não devia estar fazendo isso, estou desperdiçando pilha. — Colocou-a de volta sobre a mesa e olhou para Murray. — Se eu te disser uma coisa, promete que não sai daqui?

— Claro.

O fazendeiro o encarou fixamente, como se avaliasse sua sinceridade. Ou chegou à conclusão de que ele era confiável ou o desejo de falar foi forte o bastante para fazê-lo abandonar qualquer hesitação, porque continuou:

— Nunca comentei isso com a Sheila... Ela já estava aborrecida demais... Mas sempre me perguntei se não foi deliberado.

Murray se lembrou das pilhas de periódicos voltados ao suicídio, das minuciosas estatísticas detalhando a idade, o sexo, a opção sexual e o meio que o artista utilizara para dar fim à própria vida. Contudo, a ideia de que Alan Garret cometera suicídio não combinava com o que sabia de sua mulher e filho. Não podia imaginar como aquele sorridente escalador poderia ter querido abandonar os dois.

— Por quê?

Pete deu de ombros. Algo no gesto fez Murray imaginar se ele já havia considerado a possibilidade de enfiar o trator-buggy numa árvore ou num conveniente muro. Lembrou-se da horrível sensação de quando o carro do pai deslizara em direção ao de Christie, e do alívio ao conseguir fazê-lo parar, e acrescentou:

— Acho que você está sendo sincero quando bate em algo tão duro assim a toda velocidade.

— Esse é o ponto. — A voz do homenzinho soou pensativa. — A essa altura, você mesmo já deve ter passado por aquela estrada algumas vezes. Se pensar nela, vai se lembrar de que não há muitos obstáculos em que possa bater que produziriam tamanho impacto. Claro que há os muros, mas eles são baixos, sei porque já os encarei mais do que deveria. Aquela árvore era basicamente a única coisa que faria o trabalho com garantia. Se não foi deliberado, então o cara teve um azar e tanto.

— De qualquer forma, um grande azar.

Pete concordou com um meneio de cabeça e virou o restante do uísque.

— Não é um assunto muito agradável para a sua primeira noite.

— Não. — Murray forçou um sorriso. — Então fale das ovelhas.

O fazendeiro riu.

— Por quê? Está de olho em alguma?

Eles conversaram sobre a fazenda e, depois, sobre a universidade e o ensino acadêmico, até terminarem o uísque. Murray ofereceu uma dose de sua própria garrafa. Pete hesitou e, em seguida, recusou.

— É melhor eu voltar. Se a minha vida exige uma coisa, é dormir e acordar cedo. Isso não o torna mais saudável nem mais esperto, mas com certeza faz com que deseje evitar as ressacas. — Debruçando-se sobre uma das caixas, puxou de dentro uma ratoeira. — Você talvez precise disso. Esses bichinhos irritantes gostam de entrar para se proteger do frio nessa época do ano. Não posso culpá-los. Vou lhe emprestar um dos meus gatos por alguns dias caso se tornem um problema.

— Obrigado.

Ele devia estar com uma expressão de espanto, porque Pete riu.

— Não se preocupe. São apenas camundongos. Nada como aqueles gigantescos ratos que você vê em volta dos restaurantes em Glasgow, só um pouco abusados. Não parecem perceber que somos a raça superior.

Ele se levantou e vestiu o casaco. Jinx seguiu o dono até a porta, abanando o rabo. Murray se levantou também. De pé, os dois homens pareciam preencher totalmente o aposento.

— Quase esqueci. — Pete pescou as chaves do trator no bolso. — Quando fui pegar suas malas, a sra. Dunn me pediu para lhe perguntar se você poderia dar uma passadinha por lá amanhã à tarde. Você não deu calote, deu?

— Não, pode confiar em mim. Deve ser sobre o carpete do quarto. Eu o sujei de lama.

O fazendeiro riu.

— A ilha toda é coberta de lama ou pior. As donas de hospedaria não podem se dar ao luxo de ficarem aborrecidas com esse tipo de coisa. Provavelmente ela quer alimentá-lo, pois não sabe de todas essas deliciosas latas de sardinha e feijão doce que você comprou hoje à tarde.

— É. — Murray se abaixou e coçou Jinx entre as orelhas. Dessa vez com sua permissão. Ainda podia sentir o calor do aquecedor no pelo áspero. — Deve ser isso.

Murray continuou parado na porta observando a noite fria muito depois de o ronco do motor do trator desaparecer ao longe. Devia haver um amontoado de nuvens escondido atrás de toda aquela escuridão, porque o mundo para além da porta era uma massa tremulante de trevas.

— Está um breu, não tem uma estrela.

Imaginou se começaria a falar mais consigo mesmo agora que estava tão sozinho; pegou-se com inveja de Pete por ter a companhia de Jinx. Ele e Jack tinham suplicado para ter um cachorro quando eram crianças, mas o pai fora irredutível. Murray suspeitava em segredo de que teriam conseguido um, caso a mãe ainda estivesse viva. Houvera um tempo, quando ainda era bem pequeno, que a vontade de ter uma mãe e a de ter um cachorro pareciam igualmente fortes. Os dois desejos impossíveis haviam se fundido, e ele a imaginava no céu, uma Ísis distante e sorridente, protegida por seu fiel escudeiro canino, o cachorro perdido que jamais tiveram.

Fechou a porta, desligou o aquecedor e levou uma última dose de uísque com ele para a cama. Deitou-se na mais completa escuridão, sem saber ao certo se os barulhos que escutava vinham do aposento contíguo ou lá de fora. Camundongos ou as fadas arrumando a casa em retribuição à dose de uísque que Pete lhes tinha oferecido. Qualquer das duas opções era assustadora. Imaginou a cama de Bobby Robb, à deriva no pequeno apartamento malcuidado de Fergus Baine, cercada por encantos. Imaginou se Archie também acreditava no oculto — *interesse no além* — ou se a inteligência que o ajudara a fabricar poemas a partir de um conjunto aleatório de palavras o havia salvado desse delírio em particular.

Deixou a mente passear pelos poemas de *Moontide*, a ordenação perfeita que fazia do livro não apenas uma simples coleção, mas uma composição. Afastou os pensamentos do rosto de Rachel, do corpo dela, e começou a recitar mentalmente os poemas na ordem em que Archie os arrumara.

Acordou no meio da noite com visões de um emaranhado rosáceo de corpos nus, ciente de sua própria e irritante ereção, incapaz de lembrar se sonhara com um holocausto ou com uma orgia. Permaneceu encolhido debaixo dos cobertores, esperando o nascer do sol. Viu o primeiro e acinzentado raio de luz atravessar o quarto e observou sua respiração condensar em contato com o ar frio. Decidiu se levantar e lavar o rosto. Em seguida, voltou para a cama e recaiu num sono sem sonhos.

Capítulo Vinte e Cinco

Por volta das onze da manhã, a cabana se tornou pequena demais para Murray. Sem conseguir concentrar-se em suas anotações, empurrou-as para o lado e vestiu o casaco à prova d'água e um gorro de lã. Chovia a cântaros, mas ele saiu mesmo assim e partiu sem destino predeterminado.

Sentia como se tivesse vivido metade da vida debaixo de chuva. Levantou o capuz e continuou caminhando, o rosto abaixado para se proteger do vento, as gotas de chuva fustigando o casaco. No ar límpido do campo as chuvaradas deviam ser mais suaves, mais refrescantes, mas ele tinha a impressão de que era o mesmo aguaceiro que despencava sobre Glasgow. Sem a proteção oferecida pelos prédios e pubs da cidade, a chuva era livre para varrer a ilha, procurando por ele.

Em geral, tal egotismo o teria feito rir, mas manteve os olhos abaixados, concentrados em cada passo pela relva, tentando tirar Rachel da cabeça. Era impossível. Ela estava presente no enjoo que sentia no fundo do estômago. Imaginou quantos homens ela tivera, e se Fergus sabia disso.

Fergus.

Apesar de toda a sua educação e boas maneiras, ele era um grande corno. Murray tentou buscar consolo nessa ideia, mas não conseguiu. Não dava a mínima para o marido da Rachel. O que o impulsionava era sua própria mágoa.

Gostava da elegância dela, do jeito brincalhão com que dizia que ele era seu lado rude; Murray, o melhor aluno da escola. Agora percebia que ela o considerava um simplório, sem a mínima sofisticação para ser iniciado em seus jogos. E ela estava certa, é claro. Ele ficaria chocado — estava chocado — diante da ideia de uma orgia. Sua inteligência servia a outro propósito.

Desejava sentir-se especial tanto quanto desejava Rachel, acreditar que ela o escolhera em detrimento de outros. Sua crença tinha sido maculada pelo casamento dela com Fergus e sua traição com Rab, é claro. Todavia, acalentara a própria confiança, forçando-se a perdoar essas falhas em prol do conhecimento de que ela havia escolhido tomá-lo como amante, mas agora sabia que dispunha do próprio corpo da forma como outras mulheres lhe oferecem um sorriso ou um aperto de mãos; algo para ser apreciado, mas que não é garantia de nada. Rachel fizera dele um tolo.

Será que os outros homens fotografados a haviam idolatrado da maneira como ele fizera ou será que já sabiam que eram apenas mais um entre muitos? Murray pegou um galho e o brandiu sobre a relva que ladeava a trilha, liberando um borrifo de respingos de chuva.

Imaginou como conseguiria encará-la novamente e percebeu que não seria possível. Teria que procurar um novo emprego, embora trabalhasse no lugar que sempre desejara desde criança.

A situação se tornara insustentável. A ideia era infantil em sua intensidade. Não lhe restava mais nada, nem amante, nem família, nem emprego. Arrumaria suas coisas e iria para casa, exceto que não havia casa, apenas um apartamento malmobiliado onde deitava a cabeça. O único lar que conhecera havia retornado às mãos do governo quando o pai foi mandado para uma casa geriátrica. Na época, buscara conforto na ideia de que ele e Jack estavam agindo de acordo com os próprios princípios do pai, e que uma nova família poderia criar seus filhos sob a proteção daquelas paredes. Agora, tudo o que mais queria era destrancar a porta com a chave que ainda tinha, subir a escada até o quarto que costumava dividir com Jack e se jogar de bruços na cama.

Um pouco à frente havia uma cabana abandonada, uma concha vazia com a mesma configuração da que ele estava alugando de Pete. Faltavam-lhe o telhado e a porta da frente. As janelas sem vidro pareciam observá-lo. Quem morara ali, sozinho no meio do nada, e por que tinha ido embora? Tremeu. O casaco à prova d'água estava aguentando bem, porém as calças estavam encharcadas e cobertas de lama. Era burrice deixar-se molhar daquele jeito, um convite a um resfriado ou coisa pior, mas continuou andando, sem saber ao certo para onde estava indo, observando as outras cabanas dilapidadas. Deu-se conta de que aquele lugar não tinha sido o reduto de algum fazendeiro solitário ou de um eremita em busca de solidão, mas um vilarejo.

Olhou através de uma das portas inexistentes e viu a relva que cobria o chão, a hera agarrada às paredes. Quanto tempo levaria até que os elementos subjugassem aquelas pequenas estruturas da forma como haviam subjugado o *broch* e o castelo? Será que os futuros arqueólogos escavariam ali ou será que os registros já eram tão precisos que todo e qualquer aspecto do passado recente estaria delineado e pronto para aqueles que buscavam o conhecimento? Talvez, em pouco tempo, não houvesse mais uma alma viva, nenhum mundo sobre o qual escrever ou ponderar. Todas as coisas tinham um fim, por que não o mundo? A simples ideia quase o fez sentir-se reconfortado.

Continuava perto da costa, porém a trilha agora prosseguia em direção ao interior da ilha e o mar estava fora de vista. Murray notou grupos de arbustos com folhas verde-escuras despontando da relva à sua volta. Imaginou que o solo devia ser esponjoso e decidiu ater-se à trilha. As ovelhas que pontilhavam o caminho até então tinham desaparecido. Nenhum pássaro cantava, e o rugido do mar, que configurava um suave acompanhamento para o vento enquanto percorria a encosta, havia silenciado. Devia ter descido até um pequeno vale sem perceber, uma vez que já não sentia as rajadas de vento que pontuavam sua caminhada. Tudo o que podia escutar era a chuva tamborilando no casaco e a vegetação farfalhando ao redor.

Olhou para o relógio. Estava na hora do almoço, e o anoitecer só seria dali a quatro horas, mas já podia perceber que o dia estava chegando ao fim. Sentiu uma vontade súbita de dar meia-volta e retornar, mas se forçou a prosseguir, como um indivíduo já não muito sóbrio que permanece num bar até ficar bêbado.

Havia uma série de cavernas escavadas pelo homem adiante, pequenas aberturas triangulares num muro de pedras cimentadas situado no topo de uma montanha alta. Pareciam escuras e profundas e, de alguma forma, convidativas. Talvez pudesse se arrastar para dentro de uma delas e morrer. Chegou a pensar em desbravar o terreno esponjoso, mas dois pequenos passos para fora da trilha e seu pé direito afundou até a panturrilha no solo encharcado e lodoso. Foi preciso mais força do que imaginara para se soltar.

— Merda.

Estava ofegante. Que jeito horrível de morrer, engolido pela lama, um corpo vivo enterrado na terra macia. Uma morte estúpida, uma vez que havia comprimidos e cordas, navalhas e banhos regados a gim que fariam o serviço muito bem.

Bateu o pé, tentando soltar um pouco da lama que lhe cobria a bota, embora já estivesse encharcado até os ossos. Jesus, nesse ritmo morreria de pé de trincheira.

Talvez devesse voltar. Prometera visitar a sra. Dunn naquela tarde e, se quisesse cancelar a tempo, teria de voltar até algum ponto elevado em busca de sinal para ligar. Percebeu uma cerca de madeira sem pintura à frente, delimitando um pequeno quadrado. Iria até lá primeiro, embora não conseguisse imaginar o que diabos precisaria de proteção ali, onde nem mesmo as ovelhas se aventuravam.

Parecia uma depressão meio encoberta pela relva. Murray testou o solo fora da trilha com o pé. Dessa vez parecia firme o bastante, e ele prosseguiu, ainda que de forma hesitante, a fim de olhar mais de perto.

— Eu ficaria longe dali se fosse você — advertiu uma voz feminina, clara e educada. Vinha da montanha acima. Murray ergueu os olhos e viu uma figura vestida num casaco à prova d'água do mesmo tom escuro de verde-oliva que o dele. Ela também puxara o capuz para se proteger da chuva. Com a luz já fraca do dia incidindo por trás, seu rosto estava envolto em sombras. — É um sumidouro. Ninguém sabe a profundidade.

Murray se viu envelhecendo enquanto despencava por profundezas imensuráveis, a carne apodrecendo, o esqueleto se dissolvendo, o grito morrendo ao fundo.

— Isso não devia estar mais bem-sinalizado?

A mulher na montanha pareceu dar de ombros, embora fosse difícil dizer através da névoa gerada pela chuva e o volume da roupa.

— Todo mundo sabe que é aí.

Teve a impressão de que seria inútil ressaltar que ele não sabia.

— Bom, obrigado por me avisar.

A mulher anuiu com um menear de cabeça e se virou. Murray viu a bengala, o movimento estranho do ombro enquanto ela se afastava claudicando, e se deu conta de que estivera falando com Christie.

Ele próprio deu de ombros. Era inútil. Tinha sido burro em achar que poderia escrever a biografia de um homem que morrera havia trinta anos e que deixara pouco mais do que um volume fino de poesias. A conversa com o gerente do Geordie's resumia muito bem toda a sua pesquisa. Instigante, porém com lembranças difusas, um pós-escrito dramático para um alcoólatra que estava pouco se lixando para a própria sanidade. Ela não o ajudava em nada a entender melhor Lunan. A longa e solitária caminhada o fez tomar uma decisão. Voltaria para a cidade, escreveria um tratado que se resumisse a uma estrita análise dos poemas de Lunan e pensaria no que fazer a seguir.

Fergus estava certo. O que importava era a poesia, a vida era apenas uma infeliz distração da arte. Eles deveriam riscar os nomes dos autores de todos os livros e deixar que a obra fosse reconhecida ou não por seu próprio mérito. Que se danassem aqueles pervertidos bêbados e egocêntricos que por alguma peculiaridade genética eram capazes de forjar as coisas que até então ele achava que lhe revelavam o mundo. A seu ver, eles podiam afiar seus lápis e enfiá-los no rabo.

Se Fergus sabia do "hobby" de Rachel, então era um santo. Murray se lembrou do dia em que havia cruzado com eles no corredor do departamento quando voltara lá para pegar os livros de que precisava. A mão de Fergus tocando suavemente o braço da esposa. No lugar do professor ficaria tentado a empurrá-la escada abaixo.

Ocorreu-lhe que seu romance com Rachel havia amenizado sua atitude para com o professor. Fergus era ríspido e cheio de opiniões, não havia como negar, mas suas ações eram consistentemente corretas. Ele tinha sido apenas franco ao sugerir a Murray que concentrasse sua análise nos poemas de Lunan, tendo se esforçado mais do que o necessário para tentar dissuadi-lo de algo que acreditava ser uma perda de tempo. E, quaisquer que fossem os defeitos de Bobby Robb, o fato de que havia providenciado uma casa para um velho amigo só contava a seu favor.

Já não tinha importância. Em pouco tempo eles não seriam mais colegas, assim como não existia mais sua relação com Rachel.

Escutou um grito vindo da montanha às suas costas. Virou-se e ergueu os olhos para a pequena figura parada precariamente na beirada. Christie ergueu a mão e acenou, mesmo sabendo que ele devia tê-la escutado.

— Que foi? — Murray andou de volta até um ponto de onde podia ouvi-la com mais clareza.

— Pode me dar uma mãozinha? Acho que consegui atolar meu carro.

A encosta da montanha era alta e escorregadia demais para subir. Murray seguiu as coordenadas que Christie gritou e pegou o longo caminho até um ponto menos íngreme, onde começou a subir até encontrar a trilha e a caminhonete vermelha parada na beira da estradinha de terra e cascalho, uma das rodas afundadas na lama. A caminhada levou trinta minutos, e, quando finalmente a alcançou, ele suava por baixo do casaco, apesar da chuva fria que fustigava seu rosto desde que deixara a proteção do vale.

Christie devia ter ficado de olho nele, porque saiu do carro ao vê-lo se aproximar e ficou parada em silêncio enquanto vencia os últimos poucos metros.

— Tentei enfiar um papelão embaixo da roda para dar suporte, mas parece que só estou conseguindo me atolar cada vez mais.

Ele bem poderia ser um mecânico chamado para dar assistência na beira da estrada, em vez de um estranho que atravessara mais ou menos 1,5 quilômetro debaixo de chuva para ajudá-la.

Agachou-se e olhou para a roda traseira. Podia ver o ponto em que ela havia patinado na lama. Christie estava certa; havia apenas afundado ainda mais na terra. Ele se levantou. O vento ali era mais forte, soprando água por todos os lados. Quase poderia dizer que era uma chuva brincalhona, não fosse pelo fato de sua persistência ser tão desagradável, o modo como ela conseguia penetrar as camadas externas de roupa até chegar à pele.

— Vou tentar empurrar. Se você liberar a embreagem bem devagar, talvez consigamos soltá-lo. Se não, volto a pé até encontrar alguém que possa rebocá-la.

Christie anuiu com um meneio de cabeça. Voltou para o banco do motorista, deixando a porta do carro aberta. Murray se posicionou atrás da Cherokee, esperou que ela ligasse o motor e empurrou com o que lhe restava de forças. A caminhonete era enorme. Sentiu as mãos escorregarem sobre a superfície molhada e percebeu que não iria a lugar nenhum. Ao sentir o cheiro de gasolina, deu-se conta de que o que estava fazendo era perigoso. Poderia escorregar para debaixo das rodas gigantescas e se machucar ou até morrer. Sentiu uma súbita raiva de Christie por tê-lo chamado ali, quando ele deveria ter ido buscar ajuda desde o começo. Mas continuou jogando o peso do corpo contra a traseira da caminhonete, perdendo o apoio e patinando no mesmo lugar, os pés deslizando na lama, assim como temia que acontecesse. Gritou:

— Solte a embreagem devagar! — Decidiu que, quando ela deixasse o carro morrer, sairia para buscar ajuda. Mas, então, sentiu uma leve ameaça de movimento, as mãos escorregaram de novo e, por instinto, ele empurrou com toda força o para-choque, sabendo que, se parasse, perderia o jogo, e o veículo atolaria de vez. Com um tranco e um audível barulho de sucção, o carro voltou para a estrada. Respingos de lama voaram pelo ar, criando um abstrato e depressivo Jackson Pollock por toda a lateral. Murray perdeu o equilíbrio e só não caiu porque conseguiu apoiar uma das mãos no capô para se firmar, enquanto o carro pulava de volta para a estradinha de terra e cascalho.

Por um segundo, achou que ela fosse embora sem dizer nada. Mas, então, Christie parou e se debruçou para fora da janela.

— Obrigada.

— Não tem de quê.

Procurou um lenço no bolso e, como não encontrou nenhum, limpou os óculos na calça jeans.

— Para onde você está indo?

— Para a cabana de Pete Preston.

— Entre que lhe dou uma carona até a encruzilhada. De lá é só atravessar o campo que você chega na cabana.

Murray olhou para si mesmo, todo coberto de lama.

A voz de Christie soou impaciente.

— Não se preocupe com isso. Esse carro já viu coisas piores. Além disso, parece que errei nos cálculos hoje. Posso acabar atolando de novo.

Murray a olhou de relance enquanto se sentava no banco do carona e achou que quase podia detectar a sombra de um sorriso.

Do banco alto da caminhonete o cenário parecia diferente. Agora que podia levantar a cabeça e observá-lo sem ser castigado pelos elementos, podia ver que estavam em um vale inóspito fustigado pelo vento. A imensidão destituída de árvores proporcionava uma vista ampla do céu infinito. Murray sentiu como se a chuva pudesse continuar indefinidamente.

— Você faz parte da equipe de escavação?

Esperava que a viagem fosse feita em silêncio, e a pergunta dela o surpreendeu.

— Não, estava apenas caminhando.

Christie fez que sim, como se fosse perfeitamente normal alguém perambular por aquela região abandonada da ilha em meio a uma tempestade. Disse:

— Em geral, não encontro ninguém por essas bandas. — Não ficou claro se ela estava se referindo à pergunta ou ao motivo que a levara a escolher aquele lugar isolado.

Christie se inclinou para a frente e limpou o para-brisa embaçado. Ligou o ar quente, fazendo com que o interior do carro se tornasse abafado em relação ao frio úmido lá de fora. Murray havia puxado o capuz ao entrar no veículo; agora, abriu o casaco, tirou o gorro de lã e esfregou o rosto enlameado com ele. Correu uma das mãos pelo cabelo. Não o cortava desde as férias de verão, e agora estava quase comprido o bastante para ser amarrado num rabo de cavalo. Talvez fosse assim que tudo começasse. O lento declínio, até você se tornar um daqueles sujeitos que costumava observar com espanto, gastando o dinheiro do auxílio-desemprego com idas às casas lotéricas e ao pub.

Empertigou as costas.

— Atravessei uma vila abandonada que não me lembro de ter visto no mapa.

— As casas dos antigos mineradores de pedra calcária.

Por um momento de insanidade, pensou em limoeiros e imaginou um pomar inteiro cheio de citricultores fazendo a colheita das frutas.[6] Talvez sua confusão tenha transparecido, porque ela acrescentou:

— Você estava ao lado das rochas calcárias quando o vi. No século XVIII havia cerca de cinquenta homens trabalhando ali. Foi a extração do calcário que provocou os sumidouros. É preciso tomar cuidado, pois, além de serem imprevisíveis, nem todos foram marcados no mapa.

---

[6] Aqui há um trocadilho com o inglês *lime*, que tanto pode referir-se a um tipo de rocha sedimentária composta de carbonato de cálcio, o calcário, ou à fruta, o limão. (N.T.)

Lembrou-se de um verso da *Balada do Cárcere de Reading*, de Oscar Wilde:

> E, para sempre, a cal ardente
> Corrói a carne e o osso,
> Corrói o osso frágil na noite,
> E a carne suave pelo dia.

Murray passou a mão pelo rosto, sentindo a aspereza da pele, e disse:

— A cal era usada para dissolver os cadáveres, certo?

A risada que ela soltou pareceu um súbito latido.

— Você tem uma mente mórbida. A cal era um elemento essencial na fabricação de cimento. Muitas das belas casas e apartamentos de Edimburgo e Glasgow não estariam de pé se não fosse pelo calcário extraído dessa pequena ilha. O que você estava fazendo ali?

A pergunta foi repentina e autoritária.

Murray se virou para ela.

— Vim para vê-la.

Christie Graves abriu um sorriso e, pela primeira vez, ele teve um vislumbre do quanto ela devia ter sido bonita.

— Foi você que me mandou a carta, não foi?

Ele fez que sim. Nada disso importava agora, mas, mesmo assim, perguntou:

— Como sabia que fui eu?

— Não é preciso ser um detetive brilhante. Dei uma pesquisada sobre você quando me enviou o pedido... Sua foto está no site da universidade. Achei que o conhecesse quando o vi na loja ontem, mas não conseguia me lembrar de onde. A barba faz uma bela diferença. De qualquer forma, eu teria percebido quando disse que veio aqui para me ver. Não sou exatamente o tipo de pessoa que recebe muitas visitas.

Ela parou o carro, mas manteve o motor ligado. Murray fez menção de soltar o cinto de segurança, mas ela falou:

— Ainda não chegamos. Só queria lhe mostrar onde eu moro.

Originalmente, a casa de Christie era uma cabana de dois cômodos, ao estilo que Murray descobrira ser típico das antigas construções da ilha, mas ela fora ampliada de modo que formasse um bangalô comprido com uma janela panorâmica no lado oeste, um ótimo lugar para, numa tarde clara, alguém se sentar com um drinque na mão e observar o sol se pôr. A estradinha que conduzia à cabana ainda era de terra e cascalho, porém mais larga e mais nivelada do que a trilha que haviam acabado de percorrer, e o elegante Saab preto estacionado do lado de fora do jardim cercado teria pouca dificuldade em atravessá-la.

— Muito bonito.

— Você tem medo do escuro?

Uma pergunta súbita e inesperada, tal como todas as outras que ela lhe fizera até então e que desencadeou uma estranha lembrança em Murray. Ele costumava ter um sonho recorrente, no qual acordava e via a mãe sentada na porta do quarto que dividia com Jack, sua silhueta escura e indistinta, ainda que reconhecidamente ela. Era sempre maravilhoso a princípio, a visão dela e das ondas de amor que o mantinham aquecido debaixo dos cobertores; porém, aos poucos, ele começava a sentir uma inveja crescente pelo fato de que ele e Jack estavam vivos e aconchegados em suas respectivas camas enquanto ela se encontrava morta e fria dentro de um túmulo. Era, então, inundado por uma certeza de que ela aparecera para levá-lo embora. Às vezes, acordava e via que tinha feito xixi na cama. Por anos a fio dormira com a luz do abajur acesa. Jack não parecia se importar. Talvez tivesse seus próprios pesadelos.

— Não, não me importo com o escuro.

— Vou estar em casa mais tarde. Por que você não dá uma passadinha aqui depois do jantar e me diz o que queria falar comigo?

Murray sentiu como se o tutano tivesse sido sugado de seus ossos.

— Queria falar com você sobre Archie Lunan.

— Eu sei.

Era para isso que tinha ido até a ilha, mas agora era tarde demais.

— Mudei o foco do meu projeto. Vou me concentrar na obra do Archie, e não na vida dele.

Eles haviam chegado à encruzilhada. Christie parou o carro e puxou o freio de mão, mas manteve o motor ligado. Os limpadores continuaram a varrer a chuva do para-brisa. Ela se virou para Murray com certa dificuldade. Agora ele conseguia ver que algumas das rugas no rosto de Christie eram decorrentes da dor e do cansaço que ela provocava, ainda que sua voz não traísse nenhum sofrimento. Um tom suave e objetivo, do tipo que ele usava quando tentava fazer um aluno compreender algo óbvio.

— Por que os homens sempre desistem com tanta facilidade? — Desligou o motor. Os limpadores pararam no meio do vidro e a chuva começou a escorrer em camadas, bloqueando a visão do céu cinzento e dos arbustos verdejantes. — Você se deu ao trabalho de entrar em contato comigo e de vir me caçar aqui, mesmo eu tendo dito que não falaria com você. Agora que estou disposta a falar, você mudou de ideia. O que foi que aconteceu?

Murray deu de ombros.

— Cheguei à conclusão de que não faria a menor diferença.

Christie bufou.

— Nada faz diferença, mas precisamos encontrar um meio de passar o tempo. — Suspirou. — O que você sabe sobre a esclerose múltipla?

Ele estava prestes a abrir a porta e sair. Mas agora que Christie mencionara sua doença, não conseguiu encontrar forças para ser tão insensível.

— É uma doença lenta e degenerativa que afeta os nervos.

— Isso resume bem. Exceto que ela afeta a bainha do nervo e nem sempre é tão lenta. Se tiver sorte, você vivencia alguns anos de remissão em que nada acontece. Se não, pode descobrir-se deteriorando rápido, ao ponto de precisar de uma cadeira de rodas. Ou pior.

Murray não queria saber o que poderia ser ainda pior. Com a mão na maçaneta da porta, disse:

— Sinto muito por escutar isso. Espero que a sua se mantenha num estado de remissão.

— Ela não está em remissão. — Murray olhou para Christie e ela meneou a cabeça levemente. — Assim sendo, certifique-se de que realmente não quer falar comigo. Não tenho tempo para oferecer segundas chances.

Ele abriu a porta do carro e saltou.

— Obrigado pela carona.

—Vou deixar a luz acesa. É hoje ou nunca.

Murray fechou a porta. Puxou o capuz e começou a caminhar em direção à cabana. Na metade do caminho olhou para trás, a fim de ter certeza de que Christie conseguira fazer a volta sem se atolar novamente. Ela se fora. Tudo o que havia agora era a chuva fustigando a encruzilhada.

Capítulo Vinte e Seis

Murray abriu a porta da cabana. O último trecho de caminhada o deixara exausto, e seus dentes batiam de um jeito que imaginava só acontecer nos desenhos animados. Tirou o casaco, ao mesmo tempo que percebia que havia algo errado.

O aquecedor portátil brilhava suavemente no centro do aposento, embora tivesse se certificado de desligá-lo antes de sair. Pegou a lanterna pesada que Pete lhe dera e seguiu na ponta dos pés em direção ao quarto, no exato instante em que a porta se abriu com um rangido.

O intruso deu um passo rápido para trás, escondendo-se nas sombras. Ergueu a mão esquerda para proteger o rosto e, com a direita, deu um tapa na lanterna. Ela se soltou da mão de Murray e caiu no chão.

— Deus do céu, Murray. — O professor Fergus Baine parecia estar vestido para sua primeira caçada no campo. A jaqueta Barbour brilhava de tão nova e a boina de tweed estava enfiada na cabeça de forma ligeiramente inclinada. Ele espanou alguma poeira invisível da lapela, olhando para Murray como se não soubesse ao certo o que estava vendo. — Você está bem?

Murray puxou uma das cadeiras da mesa e se sentou. Estava cansado demais para fazer qualquer coisa além de apoiar os cotovelos sobre a mesa e descansar a cabeça nas mãos.

— O que você está fazendo aqui?

— Eu estava na vizinhança e pensei em dar uma passadinha.

— Não existe vizinhança.

Murray caiu na gargalhada, porém o frio o envolveu com mão de ferro. Um calafrio que poderia ser interpretado como um espasmo sacudiu seu corpo, e a risada virou uma tosse. Ele tirou o gorro, despiu o pulôver e começou a secar o peito com a camiseta. *Universidade do Alabama.* Jesus, isso já fazia um tempo, uma época em que tudo parecia possível.

— Tão fiel no amor e tão destemido na guerra, não existe cavaleiro como o jovem Lochinvar. — A voz de Fergus esbanjava sarcasmo. Pegou a chaleira que estava sobre o fogão, balançou-a para ver o quanto de água havia e acendeu o gás. — Você precisa se lavar com água morna. — Foi até o quarto e voltou com um cobertor. — Aqui, enrole-se nisso enquanto esperamos a água ferver.

Murray envolveu os ombros com o cobertor, tirou as botas e as meias e, em seguida, despiu as calças e as cuecas encharcadas. A lama havia penetrado as roupas, e até mesmo sua pele estava coberta por crostas. Fergus Baine fez que não.

— O que a minha mulher viu em você? Você parece Bobby Sands no final da vida. — A chaleira começou a apitar. O professor despejou o conteúdo numa tigela, encheu uma caneca no reservatório de chuva do lado de fora e temperou a água fervendo com a outra, fria. Em seguida, colocou a tigela e uma toalha sobre a mesa na frente de Murray. — Aqui.

Murray pegou a garrafa de uísque que estava sobre a mesa e fez menção de desatarraxar a tampa.

— Você não precisa disso. — Fergus arrancou o uísque de sua mão. Pegou a chaleira vazia, encheu-a novamente e a colocou de volta sobre o fogão. — O álcool abaixa a temperatura do corpo. Uma bebida quente é muito melhor.

— Isso é uma questão de opinião.

Murray começou a se esfregar. A água ficou marrom. Imaginou que deveria trocá-la se quisesse realmente ficar limpo, mas continuou mergulhando a toalha e se limpando com o mesmo entusiasmo de um homem que decide limpar uma peça velha e necessária de algum equipamento, ainda que pretenda substituí-la logo.

Fergus estava vasculhando as caixas de suprimentos que Pete havia colocado num dos cantos da sala; encontrou um pote de café instantâneo e uma lata de leite em pó. Despejou uma quantidade generosa em duas canecas e adicionou água.

— Sei que não é da minha conta, mas por que você está acampando nessa pocilga no meio do nada?

— O departamento de arqueologia requisitou todas as boas acomodações.

Fergus pôs uma caneca de café forte sobre a mesa e continuou a remexê-lo.

— Você sabia que a arqueologia tem um índice de aproveitamento de pesquisas bem menor do que o nosso? Também tem um número menor de alunos.

A risada de Murray tinha um quê de histeria.

— Essas coisas não contam muito por aqui. — Pegou o cobertor e começou a se secar com ele. — Como soube onde me encontrar?

— Perguntei na lojinha. O centro de informações da vida na ilha.

— Não, quero dizer, como soube que eu vim para cá?

— Rab Purvis me contou.

— Ah.

— Não fique com essa cara, isso não faz dele um traidor. Eu tinha planejado fazer uma visita a Christie e imaginei que você poderia estar por aqui, portanto perguntei ao Purvis. Ele não sabia que eu pretendia procurar você.

— Um pastor preocupado com os fiéis?

— Mais ou menos isso.

Os dois se fitaram. Murray foi o primeiro a desviar os olhos. Envolveu-se novamente no cobertor úmido; em seguida, foi até o quarto, encontrou um pulôver e um par de calças jeans limpas, e os vestiu. Ao retornar, disse:

— Você me disse que só encontrou o Archie uma vez.

Fergus meneou a cabeça, reconhecendo a mentira.

— Achei que, se não jogasse lenha no fogo, logo se apagaria.

Murray se sentou de novo à mesa e aninhou a caneca de café entre as mãos, aproveitando o calor. Pensou em pegar o uísque que Fergus colocara na prateleira, mas não conseguiu reunir forças para tanto.

— Por que você não quer que Archie seja finalmente reconhecido?

O velho professor tirara a boina, mas continuava vestido com a pesada jaqueta. A palidez de seu rosto em virtude do cansaço fazia com que parecesse um distinto ator de tragédias.

— Existe algo em Lunan, talvez um quê de romantismo, que é perigoso para o seu tipo de abordagem. Sair velejando em plena tempestade foi de um egotismo imbecil. O que era típico do Archie. — Fergus juntou as mãos e apoiou a testa nelas por alguns instantes, como se o esforço das lembranças ameaçasse destruir sua compostura. Massageou as têmporas e olhou para Murray. A brilhante faísca de energia que parecia seu traço mais marcante estava embotada, embora ainda estivesse ali, uma suave luzinha cintilando em seus olhos. — Enfim, achei que você transformaria uma vida complicada numa narrativa simples. Jovem talentoso e ingênuo vem para a cidade, sucumbe a um estilo de vida decadente e é punido por seu descuido com uma morte prematura. Não achei que isso seria justo com nenhum dos dois.

— Você veio até aqui me dizer que meu trabalho é uma porcaria e tem a cara de pau de acrescentar que é para o meu próprio bem?

Fergus fez um muxoxo indicando que ele havia acertado na mosca.

— Vim ver a Christie. A mobilidade dela está cada vez pior e, em pouco tempo, não será mais possível continuar morando aqui. Chegou a hora de obrigá-la a decidir para onde quer ir.

— E você veio aqui para ajudá-la a decidir?

Fergus fez que sim.

— Conversar com velhos amigos às vezes ajuda.

— A doença dela foi um dos motivos para você ter tentado me fazer desistir de investigar o Archie?

— Não, como eu disse, acho que é uma proposta realmente fraca.

Murray tomou um gole do café. Estava forte, mas era algo quente, e por isso resolveu beber mais um pouco. Fechou os olhos por um momento. Ao abri-los, o professor continuava ali, fitando-o com a mesma expressão desconfiada de uma raposa vivendo na cidade. Disse:

— Eu a encontrei hoje de manhã, no topo das montanhas de calcário.

A voz de Fergus não demonstrou preocupação.

— Fico surpreso que ela consiga chegar tão longe.

— O carro dela ficou atolado. Eu a ajudei a soltá-lo.

— Ela teve sorte de encontrar você. Com um tempo desses, quem sabe quanto tempo ela teria ficado ali? Uma coisa dessas poderia matá-la.

— Ela quer que eu vá visitá-la para conversar sobre o Lunan.

— Quando?

— Não importa. Não pretendo ir.

O mesmo muxoxo contorceu os lábios de Fergus.

— É a oportunidade que você estava esperando.

Era típico do homem querer esfregar sua vitória na cara do outro.

Murray manteve a voz firme e disse:

— Vou pegar a barca amanhã.

Fergus pegou a boina e a botou na cabeça num ângulo inclinado.

— Acho que você tomou a decisão certa. Atenha-se aos poemas. Vou me certificar de que você tenha todo o apoio do departamento. — Deu um tapa na mesa com a palma da mão. — Talvez eu devesse redigir a introdução, quem sabe? Eu poderia incluir uma breve memória sobre o Archie. Talvez isso ajude a inserir a obra dele no contexto da época.

Um súbito desejo de socá-lo percorreu Murray como uma corrente elétrica.

— Não sei se vou voltar para o departamento.

Fergus já tinha se levantado, mas se sentou novamente e olhou para Murray com superioridade, como um velho e sábio leão dando conselhos a um macaco falante.

— Não vai haver nenhum mal-estar entre nós. Rachel e eu vamos para a Itália no final da semana que vem, mas ela liga quando voltarmos e você vem jantar com a gente. Vamos colocar uma pedra nesse assunto. — Ele se levantou. — Se conseguir levar suas malas até a encruzilhada, posso lhe dar uma carona até o píer amanhã à tarde.

Parecia um pai oferecendo um favor ao filho adolescente.

— É um longo caminho, um pouco mais civilizado do que a rota que a Christie toma naquela poderosa caminhonete dela, e eu vim com o Saab. A suspensão dele é famosa.

Murray nunca se interessara muito por carros. Era Jack quem se sentava com suas pilhas de cartas de Super Trunfo, totalmente concentrado, memorizando as marcas e os modelos, comparando as velocidades e imaginando qual deles dirigiria quando crescesse. No entanto, devia ter reconhecido o Saab preto estacionado do lado de fora da casa de Christie. O carro estava gravado em sua memória. A suavidade com que ultrapassara o BMW de Rachel ao lado do reservatório enquanto os dois voltavam de seu encontro no estacionamento do parque. Lembrou-se de Rachel montando em suas pernas e desabotoando a blusa, de seu próprio choque quando ela acidentalmente acendeu a luz do carro, do brilho da renda branca antes que ele desligasse novamente a luz, da sombra escura do outro carro.

Perguntou:

— Você não se importa de dividi-la com estranhos?

A voz do professor soou indulgente.

— Com estranhos, não. Isso é parte do que nos mantém unidos.

Murray anuiu com um meneio de cabeça, como se entendesse.

— Foi você quem me mandou as fotos?

Fergus abriu um sorriso beatífico, um pastor delicado cuidando de uma de suas ovelhas.

— Achei que pudessem ajudá-lo a esquecê-la, e eu sabia que podia contar com a sua discrição.

Murray ergueu os olhos para o telhado inclinado. Viu um fio de água escorrendo pela parede de pedra, seguindo a face irregular da rocha, abrindo caminho pelos espaços com menor resistência. Disse:

— Vou pedir ao Pete que me dê uma carona no trator dele.

— Como quiser. Certifique-se de voltar a Glasgow, onde poderá ficar seco e em segurança. As ilhas não são muito saudáveis para gente da cidade como nós.

— Você acha que Lismore não fez bem ao Archie?

— Ele morreu aqui. Achei que soubesse.

Era uma piada sem graça. Havia pensado que sua curiosidade se fora, mas se pegou perguntando:

— Fergus, como era o Archie quando você o conheceu?

O professor parou na porta e olhou para o aposento como se quisesse memorizar seus detalhes. Hesitou. Por um segundo, Murray achou que ele não fosse responder, mas então Fergus começou a falar numa voz baixa e ponderada.

— Archie era um garoto desmazelado, não muito chegado à limpeza e com uma tendência à embriaguez. Era difícil de ser provocado quando estava sóbrio e rápido com os punhos após alguns copos, o que, para ser sincero, acontecia com frequência. Gostava de mulheres, mas mesmo depois de conhecer a Christie continuou convencido de que elas não gostavam dele. — Fergus fez uma pausa como se considerasse o que ia dizer em seguida e, então, prosseguiu: — Mas ele nunca tentava tirar vantagem de nada, e tampouco era um sujeito desconfiado. Se ele gostasse de você, então gostaria, sem julgamentos. Foi a única pessoa que conheci a quem a expressão "bom demais para esse mundo" se aplicava. Archie teria sido um pai maravilhoso se conseguisse virar as costas para o álcool. — Fitou Murray no fundo dos olhos. — Você sabe qual era o maior problema dele?

— Não, me diga.

— Ele achava que todo mundo era tão bom e leal quanto ele próprio, e é claro que não é bem assim.

Fergus fez outro muxoxo, mas dessa vez seu rosto pareceu velho e cansado, já à beira das lágrimas.

Capítulo Vinte e Sete

A SALA DE ESTAR DA SRA. DUNN era aconchegante. Murray se recostou na poltrona estofada que suspeitava ter sido a predileta do falecido sr. Dunn e deu uma mordida no bolo de frutas acompanhado de geleia caseira. Archie, o gato, estava esparramado na frente do aquecedor elétrico. Fitou Murray com olhos sonolentos e, em seguida, abaixou a cabeça no tapete e caiu no sono.

— Não ficou impressionado? — Murray se inclinou e coçou o peito peludo da criatura. — Mais um para a minha lista. — Recostou-se de novo, maravilhado com a facilidade com que o gato relaxava. Será que ele era castrado? Talvez essa fosse uma forma de se contentar melhor com a vida, livre de todos os desejos.

Fora sincero ao dizer a Fergus que estava resolvido em relação ao livro. Mesmo agora, sentado no aconchego da sala de estar da sra. Dunn, esperando para escutar a história dela, tinha certeza de que jamais a escreveria. Contudo, ficara muito tarde para desmarcar a visita, e o chá e a torta caseira configuravam uma obrigação. Olhou de relance para o celular sobre a mesinha de canto. A anfitriã lhe dera permissão para carregá-lo, e os pinos de bateria no visor pulsavam à medida que isso acontecia.

Não fazia ideia do quanto estava faminto, porém o bolo servido lhe despertara um apetite tão devastador quanto o de um menininho no piquenique da escola de catecismo. Enquanto terminava de comer sua torta, percebeu que já estava de olho no prato de panquecas.

A sra. Dunn acomodou as costas largas na poltrona em frente e tornou a encher as xícaras com o bule de chá que colocara na mesa entre eles.

— Sirva-se, sr. Watson. Caso contrário, o que sobrar irá para o lixo.

Murray duvidava de que os arqueólogos que tinham tomado seu lugar deixassem o bolo estragar, mas cortou outra fatia e perguntou:

— Como a senhora soube que eu não era um andarilho?

A sra. Dunn deu uma mordida no biscoito de gengibre açucarado e espanou delicadamente os farelos do colo.

— Acho que eu não diria isso agora. Você se tornou uma espécie de homem das montanhas, mas, quando chegou, suas roupas eram novinhas demais e você não me fez nenhuma pergunta sobre as caminhadas. Todos os que já estiveram aqui quiseram informações sobre o terreno e se havia touros nos campos. — Ela olhou para o próprio tronco e pescou um grão de açúcar que ficara grudado na blusa. — Nem sei por que me perguntam. É meio óbvio que não sou dada a grandes caminhadas hoje em dia.

— Mas a senhora costumava sair para caminhar?

— Ah, sim. — Apontou com a cabeça para a foto do casamento sobre a cômoda. — Quando vim para cá, eu escalava com os melhores.

Murray acompanhou o olhar dela e viu um homem magro num uniforme da marinha, de braços dados com uma jovem e esguia noiva.

— Vocês formavam um belo casal.

— Não estou sendo convencida quando digo que concordo com você. — Sorriu. Murray analisou seu rosto em busca da garota na foto, mas não a encontrou. Talvez a sra. Dunn tivesse adivinhado o que ele estava pensando, porque acrescentou: — Às vezes tenho dificuldade em acreditar que somos nós dois ali naquela foto.

— A senhora se casou aqui na ilha?

— Não, na St. Mungo's.

— Então não nasceu aqui?

— Achei que meu sotaque transparecesse isso. Sou uma garota de Glasgow, só me mudei para cá depois que me casei, em 1970.

— Então vocês já estavam aqui quando a Christie e o Archie vieram para cá.

Ela tomou um gole do chá.

— Já.

Ele esperou que ela continuasse, mas a sra. Dunn depositou a xícara no pires e começou a falar sobre a neta que estudava arqueologia em Dundee. Murray continuou comendo, tentando anuir nos momentos certos.

Ele havia contado a ela sobre a biografia de Lunan durante o primeiro bule de chá, mas agora já estavam no segundo e ele ainda não descobrira nada de novo. Não tinha importância. Nada daquilo tinha. Tomou mais um gole da bebida, esperando que a cafeína fizesse seu trabalho e o mantivesse acordado.

— Algumas das nossas crianças acabam se interessando pelo assunto. — A sra. Dunn estava absorta no relato. — Os arqueólogos costumam visitar as escolas quando estão aqui e sempre precisam de mão de obra gratuita nas escavações. Assim sendo, uma ou outra criança se envolve e acaba desenvolvendo um interesse, como a Kirsty. Claro que não há garantias de que ela vá permanecer nessa área, mas um diploma é um diploma. Ela sempre poderá escolher outra coisa para fazer. — A anfitriã abriu um sorriso radiante. — Nós nunca demos muita importância aos antigos monumentos quando éramos jovens. É horrível pensar nisso agora, mas havia fazendeiros que pegavam as pedras das paredes do *broch* ou do velho castelo para construir seus próprios muros, e outros que derrubavam as pedras para facilitar a aragem da terra. Ninguém achava nada de mais.

Murray achou que podia detectar um cheiro suave e amargo de pelo queimado, porém o gato continuou imóvel sobre o tapete. Disse:

— As coisas devem ter mudado muito no decorrer dos anos.

Ela contorceu os cantos da boca, numa expressão de nem sim, nem não.

— A ilha não está muito diferente do que era. Mas, por outro lado, sim, muita coisa mudou. Não havia televisão aqui até 1979. Antes disso, acontecia um *ceilidh* em algum lugar quase todas as noites.

As faces da sra. Dunn estavam ligeiramente coradas de ruge, o batom cuidadosamente aplicado. Murray sentiu os pelos do corpo se arrepiarem. Pensou no esforço de se arrumar quando não havia ninguém para ver. Empertigou-se na poltrona e perguntou:

— Então a senhora não sentiu falta da boate Barrowland Ballroom?

Ela riu, iluminando-se perante o leve tom de flerte na voz dele.

— O salão de reuniões da vila não foi abençoado com uma pista de dança. Contudo, na época, nem todos os *ceilidhs* incluíam dança. Em geral, eram apenas reuniões para as pessoas conversarem, cantarem e, às vezes, tomarem um pouco de uísque, mas nem sempre. Eram armados apenas em prol de uma boa companhia.

— As pessoas a faziam se sentir em casa?

— Elas tentavam. Acho que gostavam de ter sangue novo na área. Mas no começo foi difícil, é claro. Eu não falava nada de gaélico e ainda havia algumas pessoas mais velhas que se comunicavam nessa língua. Por delicadeza, elas se voltavam para o inglês quando eu estava por perto, mas sabia que preferiam conversar no próprio idioma. — Ela olhou para a foto do casamento novamente, quase como se buscasse apoio no falecido marido. — Não havia muita gente da minha idade na ilha; portanto, grande parte da conversa era sobre o passado. Irmãos e irmãs que tinham emigrado, velhos conhecidos que haviam morrido.

Murray conseguia imaginar as salas enfumaçadas, a jovem servindo os refrescos enquanto os velhos seguiam conversando, corrigindo uns aos outros a respeito de detalhes sem importância que não interessariam a ninguém de fora do círculo.

— E a senhora não sabia sobre quem estavam falando.

— Na metade das vezes, eu não fazia a mínima ideia, e levei um tempo para descobrir que algumas das pessoas sobre quem falavam já tinham morrido havia milênios.

Ele sentiu um arrepio na nuca.

— O que a senhora quer dizer com isso?

— Para eles, os ancestrais eram figuras reais, e mantinham sua lembrança viva através de palavras e da música. Os tempos estavam mudando, e eles sabiam disso, mas a maioria não achava importante anotar suas histórias e canções. Talvez pensassem que elas perderiam poder se as colocassem num papel.

O gato virou de lado, a fim de deixar a outra parte do corpo aproveitar o calor do fogo. Murray perguntou:

— E agora?

— Agora temos televisões. — Apontou com a cabeça para o aparelho num dos cantos. — Sou tão acomodada quanto todo mundo. Quando está escuro e frio lá fora, acendo o fogo e ligo a televisão. A única chance que temos de preservar o passado agora é fazendo registros. Kirsty e os arqueólogos me ajudaram a entender isso. Não sou uma fofoqueira, dr. Watson. — O título acadêmico foi como um bálsamo em sua boca. — Guardei minhas opiniões para mim mesma por quarenta anos, mas o senhor é um acadêmico. Se acha que alguma de minhas lembranças pode ajudá-lo com o livro, então vou lhe contar o que sei, embora não seja muito.

Ela olhou para o gravador com aprovação. Murray se inclinou e apertou o botão de gravar.

— Sei que a senhora só chegou aqui na ilha muito depois, mas será que escutou alguém falar sobre como Archie Lunan era quando menino, antes de partir para a cidade?

— Meu marido conviveu anos com Lunan, mas não se lembrava muito bem dele quando jovem, só que era inteligente e que os outros garotos implicavam com ele por isso.

— Ele sofria bullying?

— Acredito que sim, mas John dizia que Archie revidava à altura. Na verdade, isso resume tudo o que John falava a respeito dele: "Archie era bom de briga quando garoto."

— Estranho, numa ilha onde o passado é tão valorizado.

Ela concordou com um meneio de cabeça.

— Pode ser, mas meu John não gostava de fofocas, e quanto aos outros moradores da ilha... — Fez uma pausa, como se procurasse a melhor forma de dizer aquilo. — Acho que havia algo de vergonhoso associado à mãe do Archie... Talvez não à mãe dele, mas à forma como ela era tratada. Entenda, num lugar como este, todo mundo precisa se apoiar, quer você goste da pessoa ou não, ainda mais naquela época. Mas, pelo que entendi, a mãe do Archie não queria saber de ninguém. Ela havia deixado a ilha ainda moça e voltara quando ele estava com uns 3 aninhos. Ninguém sabia quem era o pai do garoto, e ela tampouco esclareceu, embora se intitulasse sra. Lunan. Vivia com o pai e, quando ele morreu, continuou morando na fazenda por um tempo. Mas ela era estranha e vinha ficando cada vez mais assim. Deve ter percebido, porque, quando Archie estava com cerca de 10 anos, ela foi viver com uns parentes em Glasgow e levou o menino. Fiquei com a sensação de que alguns moradores achavam que deviam ter feito mais pelos dois. Eles hesitavam ao falar do Archie e da mãe, de uma maneira que não acontecia quando o assunto era outra pessoa. A fazenda ficou com um tio velho dela. Tempos depois de ele morrer foi que Archie voltou para cá.

— A senhora o conheceu?

— Archie Lunan?

Ele fez que sim e ela desviou os olhos para o aquecedor, com suas três barras incandescentes.

— A princípio, não. Mesmo num lugar pequeno como este, não é difícil permanecer escondido se você estiver disposto a tanto.

— E Archie estava disposto?

— Devia estar. Eu escutava algumas coisas, é claro... que eles tinham ido até a loja e comprado suprimentos, que ele e Christie haviam sido vistos caminhando pela praia, que o tal sujeito com a cicatriz fora visto dirigindo a velha van que compartilhavam, indo em direção ao píer... Mas nunca os via. Assim sendo, decidi fazer uma visita.

A sra. Dunn se levantou e foi até a cômoda.

— Eu normalmente não bebo, não é muito inteligente quando se mora sozinha, mas um drinque cai bem de vez em quando.

— Medicinal.

— Essa é a palavra. O senhor me acompanha?

— Com todo o prazer.

Ela pegou uma garrafa de uísque e dois copos. O gato se levantou e começou a andar pela sala, o rabo reto no alto, como que desaprovando a bebida tão no começo da noite. A sra. Dunn o seguiu até a cozinha e voltou com uma pequena jarra azul de água. Serviu uma dose de uísque em seu copo, outra mais generosa no de Murray e, em seguida, despejou um pouco de água sobre seu drinque. Empurrou a jarra na direção dele, e Murray fez o mesmo. Ela parecia cansada. Pensou nas crianças das fotos que decoravam a sala, assim como nas outras dispostas no vestíbulo. Será que os filhos a visitavam com frequência? E o que pensariam se o vissem bebendo uísque com sua mãe num final de tarde, fazendo perguntas que a deixavam pálida por baixo da maquiagem cuidadosamente aplicada?

— Tem certeza de que quer falar sobre isso agora? A gente pode deixar para amanhã se a senhora preferir.

— Algumas coisas são mais bem-ditas depois que escurece. Aprendi isso observando os idosos durante os *ceilidhs*. A luz do dia afasta algumas lembranças e a noite as traz de volta. — Ela pigarreou para limpar a garganta e começou sua história. — Eu era um tanto ingênua quando me casei com o John, mas tinha trabalhado num escritório e vinha de Glasgow, portanto, me achava "com tudo", "malandra da cidade", como Kirsty diria. Acredito que exista um momento, nos primeiros anos da maioria dos casamentos, em que você imagina se fez a escolha certa. Cheguei nesse momento quando saí à procura de Christie.

— A senhora queria conhecer a Christie, e não o Archie?

— Eu estava desesperada pela companhia de uma mulher da minha idade, alguém com quem conversar sobre música e as últimas tendências da moda. Mesmo que eu não fosse usar nada daquilo, ainda assim estaria interessada. Archie Lunan não me despertava nenhum interesse. Eu estava preocupada em saber se tinha feito a coisa certa ao me mudar para o meio do nada, ainda que amasse meu marido.

Murray ergueu seu copo de uísque e tomou um pequeno gole. O aroma adstringente fez seus olhos arderem e os lábios rachados queimarem, mas o líquido desceu com suavidade pela garganta, aquecendo-a. Botou o copo de volta na mesa, embora quisesse virá-lo de uma vez só e se servir de outra dose. Perguntou:

— E o que a senhora fez?

A voz dela adquiriu um tom pensativo, distante.

— Eu incorporei a Chapeuzinho Vermelho. Fiz um bolo, o embrulhei e segui pela floresta até encontrar os lobos. É esse o ponto onde a história erra, os lobos não andam sozinhos, eles caçam em grupos. — Ela o fitou no fundo dos olhos e sorriu, como se risse da própria piada. — A fazenda do Archie não era das melhores, e o tio havia morrido fazia um tempo antes que ele a reclamasse. Você já esteve em alguma das velhas cabanas?

— Estou acampado na do Pete Preston.

— É claro. Então as conhece bem... Pouco mais do que um pequeno celeiro, sem nenhum isolamento além das paredes de pedra. Mas, na época, as pessoas improvisavam com feno e madeira ou o que quer que conseguissem encontrar.

— A cabana do Pete é pequena. É difícil imaginar uma família inteira morando lá.

— Construções de um só aposento não são nenhuma novidade. Tudo acontecia naquele único cômodo. Quando cheguei aqui, esse estilo de vida já estava em declínio e restavam somente umas duas casas desse tipo. Como disse, elas eram simples, mas podiam ser bem aquecidas e aconchegantes. Quando cheguei à fazenda onde Christie estava morando, percebi que essas casas também podiam ser esquálidas.

Archie, o gato, voltou para a sala lambendo os beiços como se tivesse acabado de comer alguma coisa particularmente saborosa. Esticou as patas da frente, espreguiçando-se de tal forma a enfatizar o comprimento de sua espinha e, em seguida, pulou para o colo de Murray.

A sra. Dunn fez que não.

— O senhor não é alérgico, é?

Ele acariciou o pelo do animal. Archie abriu as garras e as cravou na calça jeans, perfurando-a até chegar à pele. O bichano ronronou e Murray tentou não demonstrar a dor que sentia.

— Acho que não. — Não tinha certeza.

— Não me lembro de ninguém ser alérgico quando eu era nova.

Ele correu a mão sobre o pelo do gato novamente, fascinado com o jeito como cada fio voltava perfeitamente para o lugar, as manchas coloridas semelhantes às de uma tartaruga se desfazendo e se refazendo em seguida, um universo ordenado.

— Nós nos tornamos mais fracos.

— Eu não diria isso, mas, às vezes, quando você olha para trás, é difícil se lembrar de como as coisas eram, como você era. É como olhar para outra pessoa. A garota que foi até aquela fazenda não tinha nada a ver com essa senhora aqui sentada na sua frente hoje. E ainda assim, as duas são a mesma pessoa... eu.

Murray concordou com um meneio de cabeça. O homem que acreditava ser havia mudado desde que começara sua jornada em busca do Archie.

Ela prosseguiu:

— Não sei bem o que eu esperava. Alguém meio parecida comigo, suponho. Uma jovem que sentia falta da cidade, mas apaixonada o bastante para se mudar para uma ilha que não tinha sequer uma lanchonete, que dirá um cinema ou uma boate.

O gato dormiu novamente. Murray correu um dedo pela faixa preta entre suas orelhas.

— A senhora estava procurando uma amiga.

— Acredito que sim. — A sra. Dunn tomou um gole do seu uísque. Ao continuar, sua voz soou mais forte: — Eu não sabia ao certo onde ficava a fazenda e, na época, ainda não dirigia, mas, como disse, naquela época costumava sair para escalar com os melhores; portanto, 8 quilômetros não passavam de aquecimento. De qualquer forma, eu não tinha nada melhor para fazer. John estava embarcado, tentando arrumar algum dinheiro para que pudéssemos começar a vida. Ele queria que eu ficasse com minha mãe em Glasgow enquanto estava fora, mas isso seria como voltar a ser apenas uma filha. Eu estava determinada a permanecer em nossa pequena cabana.

— Mas se sentia sozinha?

— Muito. Ainda assim, estava decidida a encarar o que viesse e tentar fazer o melhor. Visitar a Christie teve a ver com essa decisão.

— Como sabia que ela estaria em casa?

— Não sabia. Hoje em dia, as pessoas não vão a lugar algum sem telefonar antes, mas não havia muitos telefones nas redondezas, e o tempo não era algo tão valorizado. Você aparecia. Se a pessoa tivesse saído, iria embora. Assim sendo, meti meu bolo numa sacola e parti.

— Ela estava em casa?

— Não. — Fez uma pausa e tomou outro gole do uísque. — Parei a uma pequena distância da cabana para me arrumar. Era um dia quente, e eu estava arrependida de não ter levado uma garrafa de água, embora carregasse o que considerava meus itens essenciais: uma escova de cabelos, pó e batom. — Sacudiu a cabeça, mas não havia graça nenhuma em sua expressão. — O que eu estava pensando? Eu sabia que eram hippies e que provavelmente não ficariam nem um pouco impressionados por eu estar toda arrumada. De qualquer forma, eu me ajeitei e estava pronta para me apresentar quando um homem saiu da cabana como uma bala. — Fez que não de novo, como que se repreendendo por sua própria estupidez.

— Se ele era uma bala, eu era o coelho. Congelei, meus olhos devem ter ficado do tamanho de dois discos voadores. Ele tropeçou num chumaço de grama e caiu quase a meus pés. Se fosse uma novela, aquele seria o começo de um grande romance. Certamente me comportei como uma daquelas garotas idiotas das histórias. Soltei um gritinho imbecil e larguei a sacola. O homem começou a rir, e eu também, mas, se foi porque tinha achado engraçado ou porque estava em choque, não sei dizer. Ele se levantou, devolveu minha sacola graciosamente e perguntou se eu não gostaria de entrar para uma xícara de chá.

Murray se inclinou para a frente, e o gato enrijeceu em protesto, flexionando as garras em sua perna.

A sra. Dunn continuou:

— Acho que eu sabia que o melhor a fazer seria voltar para casa, só que eu havia passado três longas semanas tendo apenas idosos como companhia. Estava desesperada para conhecer gente jovem... Jovens da cidade. Além disso, tinha uma desculpa genuína. Eu havia percorrido um longo caminho sem beber nada e estava começando a me sentir um pouco tonta.

Murray podia imaginar, o dia quente, a garota com seu vestido de verão, o jovem caído na grama olhando para ela. Perguntou:

— Era o Archie?

— Presumi que sim, embora seu sotaque fosse um pouco mais sofisticado, mais inglês, do que esperava. Disse que tinha dado uma passadinha para falar com a Christie, perguntei se ela estava em casa. Ele riu... uma bela risada... e disse que não, mas que ela voltaria logo. Bem, achei que não havia perigo, e entrei, feliz como um camundongo que vê um pedacinho de queijo numa ratoeira. — Ela parou e pousou os olhos no gravador, talvez para se certificar de que ele ainda estava gravando ou para se lembrar do porquê de estar contando a história. — Eu nunca tinha visto uma casa assim. E não estou falando apenas da bagunça. Minha mãe dava duro, e éramos seis morando num apartamento de um quarto só. Ela o mantinha razoavelmente limpo, embora não fosse uma bela casa. Não, foi a esquisitice do lugar que me abalou.

"A mesa dava a impressão de que ninguém havia lavado um único prato fazia dias. Entre a louça havia equipamento de laboratório, um balão de Erlenmeyer preso a um suporte de metal sobre um bico de Bunsen, com uma pipeta laranja pendurada nele. O engraçado é que aquilo não parecia fora de lugar, mesmo sendo obviamente um aposento onde as pessoas comiam e dormiam. Eu podia ver o nicho onde ficava a cama, os lençóis arrastando no chão. Um vestido feminino estava pendurado, todo embolado, num prego na parede ao lado da cama. Lembro-me disso perfeitamente porque sabia que o tecido ficaria marcado. Senti vontade de me aproximar e ajeitá-lo, mas havia uma camisa masculina pendurada nele, com os braços em volta da cintura do vestido, de modo que parecia um casal se abraçando. A casa fedia... Um cheiro adocicado de verduras estragadas, roupa suja e suor. Eu podia ver as moscas sobrevoando tudo, daquele jeito horrível como fazem, como se o lugar fosse delas e fôssemos apenas um pedaço de terra onde poderiam pousar se quisessem.

"Havia livros por todos os lados, ou pelo menos é o que parecia. Empilhados sobre a mesa, as cadeiras, o chão. Quando digo empilhados, não estou falando de colunas bem-arrumadas. Era como se houvesse ocorrido uma explosão de livros. Eles se espalhavam por todo o aposento, alguns abertos como se tivessem caído enquanto eram lidos.

"O homem que me convidara a entrar disse 'Temos visita', e aconteceu uma coisa esquisitíssima. Uma cabeça se ergueu em meio à bagunça da mesa e me fitou. O caos era tamanho que eu não havia notado um homem dormindo no meio de tudo aquilo. Como eu disse, até então eu vivera toda a minha vida em Glasgow. Já tinha visto centenas de homens com cicatrizes no rosto, mas aquela era particularmente chamativa."

— Um sorriso Colgate.

Foi como se a sra. Dunn tivesse esquecido que ele era um doutor em literatura. Sua voz assumiu um tom de repreensão.

— Eu não brincaria com uma coisa dessas, meu filho.

Murray retrucou:

— Fui ao funeral dele na semana passada. — Como se isso compensasse sua falta de tato. — Sinto dizer que estava bem vazio.

Ela anuiu com um meneio de cabeça, assimilando a visão dos bancos vazios, e então continuou com sua história:

— Eu estava parada sob um raio de sol ao lado da porta aberta. Ainda podia sentir o calor em minhas costas e escutar os pássaros cantando do lado de fora, mas, tirando esse pequeno facho de luz, era como se ali fosse outro mundo. Algumas das histórias e canções que havia escutado durante os *ceilidhs* deviam ter me marcado, porque me lembrei de relatos de pessoas que haviam se perdido nas colinas das fadas. As fadas preparam um fabuloso banquete ao cair da tarde, regado a bebidas e dança, e na manhã seguinte mandam seu convidado de volta para casa, porém, quando retorna à vila, a pobre alma descobre que se passaram cem anos e que todos os seus parentes estão mortos faz tempo.

Murray recitou:

— Decorridos sete anos,/ quando já não havia ninguém de luto e a esperança estava morta,/ quando o nome de Kilmeny não era mais sequer lembrado,/ ao final do entardecer, Kilmeny chegou em casa.

— Você teria se identificado com os *ceilidhs*, dr. Watson. Eu me sentia como a própria Kilmeny, fascinada demais para voltar para casa. O sujeito que eu conhecera primeiro disse: "Vamos tomar um pouco do seu famoso chá, Bobby." O outro se levantou num pulo, embora parecesse quase morto momentos antes. De repente, percebi que eram pouco mais do que dois garotos e fiquei irritada comigo mesma por ser tão caipira. Acho que esse era um dos meus maiores receios: perder a minha tão chamada sofisticação e acabar como uma pequena esposa caipira.

As luzes brilhavam suavemente na sala de estar, e só quando a sra. Dunn fechou as cortinas foi que Murray percebeu que a noite já caíra lá fora. Archie, o gato, se levantou no colo dele e ergueu o rabo, fazendo com que o pequeno ânus situado no centro do traseiro delgado ficasse em sua linha de visão. O bichano pulou para o chão com elegância. A anfitriã abriu a porta da sala para que ele passasse, o rabo ereto como uma bandeira de alerta.

— Toda noite, assim que ele me escuta fechar as cortinas, sai para caçar.

— Talvez exista uma variedade de escolhas maior à noite.

— Para alguns.

— O dia estava ensolarado quando a senhora foi visitar a Christie.

Ela hesitou, como se relutasse em retomar a narrativa.

— Um forno. O homem que eu conhecera do lado de fora se apresentou. Não era Archie coisa nenhuma, mas um amigo dele...

Murray sabia qual o nome viria a seguir, mas mesmo assim foi um choque.

— ... Fergus. O outro, o sujeito com a cicatriz, se chamava Bobby. Ele voltou com a água e disse: "Já estava na hora de ferver um pouco de água mesmo." — A sra. Dunn pegou o copo de uísque e o apoiou sobre a proteção rendada do braço da poltrona, olhando para ele como se conseguisse visualizar a cena em seus mínimos detalhes. — Eu estava nervosa, sentada ali com dois homens que não conhecia, ainda que fossem pouco mais do que garotos, mas a porta estava aberta, a luz do dia brilhava lá fora, e eu disse a mim mesma para relaxar e parar de ser uma garotinha assustada. Fergus falou a maior parte do tempo. Eu não teria dado a menor atenção a ele se estivesse no continente. Era o tipo de rapaz com o qual eu e meus amigos costumávamos implicar, um pouco esnobe, suponho. No entanto, era bom ter a companhia de alguém da minha idade, mesmo que ele não falasse sobre o tipo de coisa que as pessoas da nossa idade costumavam falar.

— Sobre o que ele falava?

— Poesia, acho. Lembre-se, eu estava acostumada a conviver com pessoas que falavam coisas sobre as quais eu não entendia nem a metade. O outro, o tal do Bobby, colocou uma xícara de chá na minha frente. Só que eu nunca tinha visto aquele tipo de chá antes. — Ela fez uma pausa e olhou para Murray. — Você jamais seria tão ingênuo quanto eu era na época, dr. Watson. — Soltou uma pequena gargalhada. — Sou menos ingênua agora do que na época, mas eram tempos menos complicados. Peguei o bolo na sacola. Parecia um desperdício não compartilhá-lo com eles. De qualquer forma, tinha a impressão de que precisaria de algo doce para me ajudar a descer aquela infusão. E estava determinada a bebê-la. É inacreditável o que as pessoas fazem em nome da educação. — Ela se empertigou na poltrona e alisou a saia, embora não houvesse nenhum amarrotado nela. — Os dois rapazes taparam o nariz e beberam. Pensei, que chá engraçado, mas Fergus disse: "É uma infusão de ervas, extremamente eficaz. Foi Christie quem nos apresentou." Ele falava assim. Mas pensei, ah, caramba, se é bom o bastante para a Christie, é bom o bastante para mim, e virei tudo de uma vez só. — Tomou um gole do drinque como se quisesse afastar a lembrança daquele chá horrível. — A princípio, foi maravilhoso. Três filhos e muitos anos depois, ainda me lembro bem da sensação. Eu nunca havia experimentado nada parecido. Os dois comeram o bolo como se não fizessem uma refeição decente há dias. — Fitou Murray no fundo do olho. — Mais ou menos do modo como o senhor comeu a torta que lhe ofereci hoje à tarde. Foi engraçado, o modo como devoraram tudo. Comecei a rir e, de repente, percebi que não conseguia parar. Não tinha importância, porque eles estavam rindo também. Não sei quanto tempo ficamos ali, rindo sem motivo algum. — Tomou outro gole do uísque. — O que ocorreu em seguida aconteceu gradualmente, do jeito como o mar às vezes muda de cor, que pode ser de um azul límpido e, então, sem que você perceba de onde veio a mudança, as águas se tornam cinzentas. Você olha para o céu e percebe que o cenário inteiro se transformou e que o dia está diferente do que estava ainda há pouco, o mundo está diferente.

Murray manteve a voz calma, sem saber ao certo o que estava prestes a escutar.

— O tempo é assim mesmo na Escócia.

Ela desviou os olhos e os pousou nas cortinas da janela.

— A coisa foi assim, me pegou desprevenida. Uma sensação de morte. De repente, eu estava morrendo de medo.

— Dos dois?

— Deles, da sala, das minhas próprias mãos, da relva lá fora, do canto dos pássaros. Eu tinha ficado fascinada com os livros, agora os via como sombras reluzentes, pequeninos diamantes pairando no ar, tão ofuscantes quanto os vitrais da St. Mungo's quando o sol incide por trás deles. Deveria ser algo lindo, mas era estranho demais. Eu achava que estava enlouquecendo, sozinha na cabana sem o John, agora tinha certeza. Fergus e Bobby continuavam conversando, mas eu não fazia ideia do que estavam dizendo. Era como se suas frases estivessem se repetindo e se sobrepondo. Eu escutava a mesma palavra sem parar, mas não a que vinha antes ou as que vinham depois. — Seu tom de voz subiu e baixou ao repetir as palavras como se fossem um cântico distante:

Sacrifício *Pureza*
    Pureza *Sabedoria*
Sabedoria *Sacrifício* *Transcendência*
    Sabedoria *Sacrifício* *Pureza*
    Pureza *Pureza* *Transcendência* *Sabedoria*
Transcendência *Sabedoria* *Sacrifício*
    Pureza *Sabedoria* *Transcendência*

"Se eu achava que era a Chapeuzinho Vermelho, agora era a Alice caindo na toca do coelho branco. Tive vontade de perguntar se era um poema, mas não consegui, porque pior do que as palavras estranhas e as cores mutantes era o medo. Ele me paralisou. Tentei fechar os olhos, mas as formas continuavam ali, organizando-se em padrões diante deles. O senhor teve um caleidoscópio quando era criança?"

— Tive.

— Eu não. Talvez não tivessem sido inventados ainda ou talvez fossem caros demais na época para pessoas como nós, mas, anos depois, minha filha Jennifer ganhou um de presente. Quando dei uma espiadinha, achei que fosse vomitar.

— Porque foi como a sua viagem de horror?

— Não precisa que eu lhe diga como é, precisa, filho?

— Nunca tomei nenhum tipo de droga. — Era verdade, exceto por um baseado de vez em quando, úmido de saliva alheia, passado de mão em mão nas festas quando ainda era estudante. — Mas já li muita coisa sobre isso. A senhora não tinha ideia do que estava acontecendo ou do que lhe tinham oferecido?

— Não, não fazia ideia. — A voz dela abrandou diante do horror da lembrança. — Achei que estivesse ficando louca. Além do medo e das alucinações, senti uma vontade súbita de vomitar, ainda que só tenha ficado enjoada depois que tudo terminou.

— Os outros perceberam que a senhora estava passando mal?

— Devem ter percebido, porque um par de mãos... não sei de quem... me segurou. Acho que lutei. Lembro-me de gritar e de dar socos e pontapés, e de alguma coisa ou alguém me segurando, mas, em seguida, comecei a flutuar, não sei por quanto tempo, numa espécie de transe, nem acordada nem dormindo. Rezei para não estar morta, porque, se estivesse, ficaria naquele estado por toda a eternidade. — Ela parou de falar. Os únicos sons na sala eram o assobio do vento varrendo a rua vazia lá fora e o chiado do aquecedor a gás. — Foi o pensamento errado, porque então toda a eternidade pareceu se abrir em minha mente, o que foi aterrorizante.

Eles escutaram uma pancada na janela, e Murray se encolheu.

— Está tudo bem. — A sra. Dunn sorriu de modo tranquilizador. — É só o vidro solto. Preciso mandar arrumá-lo.

Ele perguntou:

— Por que a senhora acha que a drogaram?

Ela abriu as mãos, as palmas vazias.

— Talvez porque tenham achado que eu iria gostar. Afinal de contas, não sentiram nenhum efeito ruim. Suponho que estavam acostumados, ou talvez apenas quisessem me humilhar.

Uma raiva ferina transbordou na voz de Murray.

— Eles humilharam a si mesmos.

— Pode ser. — Ela abriu um sorriso triste. — Mas tem uma coisa em particular que me dá calafrios desde então, sempre que penso nela.

Enquanto tomava um gole do uísque, Murray indagou:

— Só uma coisa?

— Não, pensando bem, acho que o dia inteiro pareceu um pesadelo. A longa caminhada sob um sol escaldante, o homem caído a meus pés, rindo, a cicatriz do Bobby e, o pior de tudo, as cores se soltando dos livros e flutuando diante dos meus olhos, quer os mantivesse fechados ou não.

Murray queria pedir a ela que se esforçasse e contasse a pior parte da lembrança, mas sua interrupção a distraíra e ela já estava retomando a narrativa.

— Não sei bem se dormi, mas quando dei por mim tinham se passado horas. Estava totalmente escuro. Eu me sentei e bati a cabeça no teto do recesso; por um segundo, pensei que tivesse sido erroneamente declarada morta e enterrada viva. Eu teria gritado, não fosse pelo fato de ainda estar apavorada. Não era um medo tão intenso, mas forte o bastante para me deixar congelada.

— A senhora estava petrificada.

— Isso. — A anfitriã sorriu, agradecida. — Essa é a palavra, petrificada. No entanto, percebi que conseguia escutar vozes além da escuridão do que pensava ser o meu caixão, e estendi o braço. Minha mão bateu em alguma madeira e, em seguida, encontrei uma cortina e a abri.

"O dia ainda estava claro, o que não queria dizer muito... Estávamos no verão, e aqui tão ao norte pode já ser meia-noite e ainda estar claro. Christie e Archie estavam à mesa com os outros dois. Só Deus sabe como devia estar a minha aparência, mas agiram como se fosse a coisa mais normal ver uma mulher louca aparecer do nada. Talvez fosse.

"Havia uma garrafa de álcool sobre a mesa. Fergus me ofereceu um copo. Foi quase tão estranho quanto a viagem, o modo como me olhavam como se nada tivesse acontecido. Era uma noite agradável, mas Christie estava enrolada num casacão enorme."

A sra. Dunn balançou a cabeça e continuou:

— Parecia algo comprado numa feirinha, mas ela não estaria mais elegante se estivesse vestida da cabeça aos pés em alta costura. Percebi na hora o quanto havia sido tola em imaginar nós duas conversando sobre bainhas de roupas e tomando chá com bolo. Christie era uma dessas mulheres que criam seu próprio estilo. Ela me olhou de cima a baixo sem a menor emoção. Em seguida, virou-se para Fergus e disse: "Deixe-a em paz. Não vê que ela está grávida?"

Murray pensou no porquê de a anfitriã não ter ainda mencionado isso e perguntou:

— Com quantos meses a senhora estava?

— Eu nem sequer sabia que estava grávida.

— Então, como soube?

A sra. Dunn deu de ombros como se não houvesse nada de extraordinário nisso.

— Algumas mulheres percebem essas coisas. Mas claro que, quando ela disse, fiquei em choque. O sujeito com a cicatriz riu e disse algo mais ou menos assim: "E quando isso fez alguma diferença para ele?" Mas, a essa altura, eu já tinha me recobrado, e tudo o que queria era ir para casa.

— O que o Archie fez?

— Nada. Ficou sentado ali como se não tivesse nada a ver com aquilo, o que imagino que fosse verdade, exceto pelo fato de que eram a casa e os amigos dele.

— Ninguém a acompanhou até em casa?

— Fergus se levantou, mas Christie mandou que se sentasse novamente. Disse algo sobre ele já ter feito estrago suficiente e eu conhecer muito bem o caminho de volta. Então Bobby se levantou e, por um tenebroso segundo, achei que fosse se oferecer para me acompanhar, mas ela interveio: "Isso também vale para você." Eles obedeceram como se fosse a líder da gangue. Eu deveria ter ficado grata, mas por alguma razão aquilo me fez detestá-la ainda mais. Já tinha percorrido todo aquele caminho, cheia de esperança, e aqueles homens tinham abusado de mim.

Ele pensara nisso desde que ela havia mencionado as mãos ásperas e o recesso da cama.

— A senhora acha que eles... — Murray fez uma pausa, procurando pela palavra certa, sem conseguir. — ... quando estava em transe?

— Eu me lembro de lutar e socar, mas não. Eu saberia se algo mais tivesse acontecido. Temos meios de saber. — A sra. Dunn colocou um ponto final no assunto, como se deixasse claro que certas coisas não deveriam ser discutidas fora do universo feminino. Sua voz se tornou novamente ríspida. — Então é isso. Talvez meu relato não tenha muito a ver com o Archie, mas sobre a vida que ele estava levando e as pessoas com quem se misturava quando vivia aqui.

— Ele se afogou pouco tempo depois?

— Um mês. O tio havia lhe deixado um veleirinho, pouco mais do que um barco a remo com uma vela. Bom para pescar, mas não grande o bastante para encarar um mar aberto, mesmo com o tempo bom.

Murray se lembrou dos poucos artigos de jornal que havia xerocado na biblioteca.

— E ele saiu numa noite de tempestade.

Ela fez que sim.

— Um pouco parecida com a noite de hoje. Dizem que ele seguiu em direção à ponta sudeste da ilha. Existe um motivo para terem colocado um farol ali. O paraíso dos naufrágios, como John costumava dizer. — Como que aproveitando a deixa, a chuva começou a bater contra a janela, chacoalhando o vidro solto. — Archie não vai ter uma boa noite aí fora.

Murray prendeu a respiração.

A sra. Dunn o fitou no fundo dos olhos e disse:

— Foi meu filho mais velho quem batizou o gato. Nunca tinha me tocado que era o mesmo nome do pobre do Lunan.

— Por que "pobre do Lunan"?

— Porque ele morreu tão jovem. — Ela olhou de relance para a janela, escutando o barulho da tempestade. — E porque ele vivia com aquelas pessoas. Mesmo no estado em que eu me encontrava, dava para ver que ele era um peixe fora d'água. — Fitou-o novamente. — Bobby me pareceu um sujeito perturbado. E Fergus? Bem, Fergus era o tipo de garoto irresponsável que normalmente toma juízo depois que cresce, isso se não morrer antes. Mas o Archie... — Fez uma pausa e olhou para o teto como se procurasse as palavras certas. — Archie tinha uma beleza particular que os outros não tinham. Ele parecia pertencer a um mundo à parte. Pensando bem, não sei se ele sabia o que estava acontecendo. Só tinha olhos para a Christie. Lembro-me dele estendendo a mão por cima da mesa e pegando a dela. Ela permitiu, mas não acho que tenha olhado para ele uma vez sequer.

— A senhora estava aqui na noite em que ele se afogou?

— Estava, na segurança da minha cama, como o resto da ilha. O alarme só soou no dia seguinte. A essa altura, o corpo dele já fora levado pelas correntes.

— Quem deu o alarme?

— Ouvi dizer que foi o janota, o tal de Fergus, que saiu para procurá-lo na lojinha. Só Deus sabe onde Christie pensou que estivesse, mas suponho que até mesmo ela jamais pensaria que ele sairia para velejar numa noite como aquela. Houve uma busca, é claro, embora imagino que as pessoas soubessem que estavam procurando por um corpo. Dois dias depois, Fergus e o outro foram embora da ilha. Eu não sabia, mas corria um boato havia algum tempo sobre coisas estranhas acontecendo. — Ela abriu um sorriso. — Os habitantes mais velhos podiam não ser sofisticados, pelo menos segundo os meus padrões, mas sabiam muito mais do que deixavam transparecer, muito mais do que eu, isso é certo. Os dois homens haviam recebido um recado. Se quisessem continuar em um só pedaço, deveriam partir.

— E Christie?

— Algumas pessoas gostariam que ela tivesse ido embora também, mas Christie era um caso diferente, possuía ligações aqui, e, embora poucos falassem com ela a princípio, isso nunca pareceu incomodá-la. Ouso dizer que ela poderia ter sido forçada a partir, mas era uma mulher na dela. Ainda que houvesse rumores de perambulações à meia-noite e que Christie passasse muito tempo vagando pelas velhas montanhas de calcário, as pessoas se acostumariam com ela. Umas duas chegaram a ficar felizes quando ela publicou seu primeiro livro.

Murray se inclinou para a frente.

— O que a senhora quis dizer quando falou que ela possuía ligações aqui?

— A mãe dela nasceu aqui. Achei que o senhor soubesse, não? Ela e Archie eram primos. — A surpresa devia ter ficado estampada no rosto dele, porque a sra. Dunn sorriu. — Isso pode parecer estranho, mas duvido que os habitantes fossem se incomodar caso ela e Archie soubessem se comportar. O pessoal da ilha viaja muito. Não era incomum, mesmo naquela época, encontrar homens que tivessem cruzado o Atlântico diversas vezes, mas havia sempre aqueles que se casavam com a sua vizinha, por assim dizer.

— Então a casa onde ela mora agora...?

— Passou para ela depois que Lunan morreu. Ouvi dizer que fez uma boa reforma nela. Espero que sim, mas aquela visita foi a minha primeira e última.

Ela fez uma pausa, dando a entender que a história estava chegando ao final. Murray perguntou:

— Sra. Dunn, a senhora mencionou que uma coisa em particular lhe deu mais calafrios do que todo o resto da experiência. Pode me contar o que foi?

Ela fez que sim, e sua voz assumiu a mesma clareza que agora reconhecia como o tom que a anfitriã mantinha sempre que tinha algo difícil a dizer.

— Aconteceu durante o período que fiquei de cama. Estava grogue, mas podia entender o que falavam. O sujeito com a cicatriz disse: "Ela serve. Sem sujeira, sem muito sangue, uma rápida facada no coração e tudo resolvido. Sem dor. Toda essa energia liberada e ela terá como prêmio uma nova dimensão." Fergus riu e falou que ele estava dizendo uma asneira. Em seguida, acrescentou: "De qualquer forma, dá para ver que ela não é virgem, e é sobre isso que você vive falando, certo? Pureza?" Christie mandou os dois calarem a boca. Eu me senti grata, mas a culpei também. Pode não ter nenhuma lógica, mas tinha ido lá para vê-la.

— Mas ela estava certa? A senhora estava grávida?

— Sim, estava. — Olhou mais uma vez para a foto do casamento na mesinha ao seu lado e disse: — Sinto dizer que perdemos aquele bebê. Essas coisas acontecem, mas não pude evitar associar o aborto com o que tinha acontecido e culpá-los, mesmo sabendo que isso era bobagem.

Eles continuaram sentados em silêncio por alguns instantes. De repente, uma chave girou na fechadura. A sra. Dunn falou:

— Devem ser os arqueólogos. O senhor me dá licença um minuto, por favor? Eles devem estar famintos.

— E enlameados?

— Tal como um coveiro trabalhando à noite. — Ela colocou a garrafa de uísque sobre a mesa. — Sirva-se. O senhor parece estar precisando de outra dose.

Murray não fazia ideia de quanto tempo dormira. Pegou o celular e checou a hora. Sete e quinze. Devia estar fora há pelo menos uma hora. Meteu o telefone no bolso. Sua boca estava seca, a dose de uísque intocada onde a deixara. Levou o copo aos lábios e tomou tudo num único gole, levantando-se e batendo com a perna na mesinha de centro, quase a derrubando. A sra. Dunn devia ter escutado, porque abriu a porta da sala.

— Não tive coragem de acordá-lo. Guardei um pouco do jantar para o senhor.

— Muito gentil da sua parte, mas preciso ir a outro lugar.

— O senhor está indo vê-la, não está?

— Acho que preciso. — Hesitou. — A senhora alguma vez falou sobre isso com alguém? Um profissional?

— A vida segue, sr. Watson.

— Mas podemos olhar para trás também.

— Verdade. Contudo, se for esperto, escolhe suas lembranças. Agora que lhe contei, não pretendo pensar nisso novamente. — Ela sorriu. — O senhor é meu devorador de pecados que apareceu para levá-los embora. — Pegou um envelope que estava sobre a mesinha do vestíbulo. — Isso chegou para o senhor.

Murray virou o envelope e viu que o remetente era o professor James.

— Obrigado. É um livro de poesia que um amigo achou que eu gostaria de ler.

— O senhor diz isso como se já soubesse que não vai gostar.

Ele meteu o envelope fechado no bolso.

— Sinto dizer que não gosto muito do autor.

— Ah, bom. — Ela abriu a porta da frente para ele. — Nunca se sabe, ele pode surpreendê-lo.

Murray agradeceu e se virou. Já estava na metade do caminho que levava à casa quando ela o chamou.

— Dr. Watson, Jamie, o carteiro, falou que o senhor quase bateu de carro no outro dia. As estradas aqui são boas, geralmente, mas é preciso tomar cuidado. Tivemos um acidente terrível alguns anos atrás.

— Eu soube.

A sra. Dunn anuiu com um meneio de cabeça, como se tudo que tinha para dizer já houvesse dito.

Capítulo Vinte e Oito

O VENTO QUE BATERA contra a janela da sra. Dunn agora fustigava Murray. Ocorreu-lhe que era o tipo de noite em que os andarilhos mal-preparados se perdiam e morriam de hipotermia. Imaginou se não deveria voltar, mas continuou seguindo em frente, a cabeça abaixada para se proteger do vento, como um andarilho gótico impelido a vagar pelo mundo.

Viu os faróis de um carro piscando ao longe, nas curvas e viradas da estradinha que se estendia à sua frente, como que enfatizando a longa distância que ainda precisava percorrer. O aconchego da sala de estar da sra. Dunn se fora com o vento. Começou a entoar baixinho uma música que seu pai costumava cantar durante as noites de insônia, quando ele e Jack eram pequenos. Era uma cantiga sobre o que significava ser um caubói; a impossibilidade de encontrar um amor e a inevitabilidade de uma morte solitária. Às vezes, quando ainda era garoto, tinha a impressão de que a tristeza era tudo o que lhe restava. Ele a acalentava, sem ousar afastá-la por medo de perder seu eu. Lembrou-se do dia em que pegara seu compasso e o girara devagarinho sobre a palma da mão, fazendo uma tatuagem caseira.

Era estupidez. Tudo aquilo. A vida e o que você fazia dela. Pura estupidez.

Escutou o ronco de um motor, viu os faróis virarem uma curva e deu um passo para o lado no exato instante em que um enorme Land-Rover cinza surgia em seu campo de visão. O veículo reduziu, parou ao seu lado e o motorista abaixou o vidro.

— Murray Watson?

— Sim?

A primeira coisa que lhe passou pela cabeça foi que algo havia acontecido com Jack e aquela pessoa fora enviada para encontrá-lo; porém, por baixo da barba malfeita, o homem sorriu.

— Entre que eu lhe dou uma carona.

— Estou indo na direção oposta.

Ele deu uma risadinha. Seus dentes brilharam como os de um pirata em contraste com a barba negra e a escuridão da noite. Disse:

— A ilha é pequena, não pode ser muito longe, pode?

O vento ficou mais forte, trazendo consigo uma nuvem de chuva. Murray contornou o carro até o lado do passageiro, abriu a porta e entrou. O estranho podia ser um descendente de Sawney Bean[7] disposto a reviver o negócio da família, mas estava oferecendo uma carona e Murray se sentia inclinado a lhe dar o benefício da dúvida. Prendeu o cinto de segurança.

---

[7] Alexander "Sawney" Bean foi o lendário chefe de um clã escocês de 48 pessoas durante o século XV ou XVI, executado pelo assassinato em massa e canibalismo de mais de mil pessoas. (N.T.)

— Bom rapaz. — O motorista usava um pulôver grosso de lã tricotada. O cabelo comprido estava preso em duas tranças arrematadas com elásticos que não combinavam. — Tem um lugar logo adiante onde posso fazer o retorno.

Murray achou que conseguia distinguir um leve cheiro de maconha por baixo do aromatizante de pinho que sempre associava com viagens longas e seus típicos enjoos. Disse:

— É muito gentil da sua parte.

Na entrada de um campo, o estranho deu ré no Land-Rover e olhou para Murray.

— Você não se lembra de mim, lembra?

Murray o olhou fixamente. Algo se remexeu em sua lembrança, mas não conseguiu pescar o que era.

— Talvez seja a barba?

— Você também está barbado. — O homem riu. — Eu provavelmente não o teria reconhecido se a sra. Dunn não tivesse dito que você estava na ilha. Nossa anfitriã adora acadêmicos. — Botou o braço para fora do carro. — Jem Edwards. Você costumava sair com a Angela Whatsit, certo? Eu era da sala dela. Saímos para um drinque algumas vezes.

— Meu Deus, é verdade. Você estava junto na noite em que fomos ver o The Fall.

— Foi um bom show.

Ele estendeu a mão e Murray a apertou. Jem parecia mais velho e mais corpulento, mas agora se lembrava dele. Era um dos membros do grupo de arqueologia da Angela. Um sujeito tranquilo, que gostava de beber e tendia a se vestir como um viking. Murray sentiu vontade de abraçá-lo.

— Você não tocava gaita de foles?

— Ainda toco. Mas não com tanta frequência nas festas de hoje em dia. — Jem virou o jipe. — Então, para onde estamos indo? Diga que você encontrou um pub clandestino cheio de mulheres bonitas, bom uísque e violinistas ousados.

Murray riu e percebeu que a amabilidade do arqueólogo talvez tivesse o poder de desencadear uma reação histérica.

— Infelizmente não. Você conhece a encruzilhada na área pantanosa acima das montanhas de calcário?

— Eu conheço as montanhas... Ficam próximas do local da nova escavação... Mas, quanto ao resto, você terá que me guiar. O que está fazendo aqui? Você é um historiador, certo?

— Professor de literatura inglesa. — Murray limpou uma parte do para-brisa embaçado. — Continue seguindo reto que você vai ver uma curva à esquerda, logo depois da igreja. — Recostou-se de volta no banco e começou a contar a Jem uma versão editada de sua busca.

Não havia ninguém na estrada, mas o arqueólogo manteve a velocidade baixa, percorrendo suavemente os aclives e curvas. Eles passaram por um grupo de cabanas, algumas com as luzes acesas. Em seguida, a escuridão do campo os envolveu novamente, os faróis altos revelando fileiras de arbustos encharcados e árvores retorcidas cujos galhos davam a impressão de que iam se estender e agarrar o carro. Algo que poderia ser uma doninha ou um arminho cruzou a estrada e desapareceu na vegetação baixa. A igreja St. Mungo's surgiu à esquerda com toda a sua magnitude. Os faróis cintilaram sobre o cemitério, seus fachos iluminando as lápides rachadas e os túmulos em ruínas. Jem diminuiu a marcha.

— À esquerda aqui?

— Isso, a estrada fica pior agora.

— Sem problema, estamos num tanque. — Jem virou o jipe em direção à estradinha de terra rudimentar e voltou a perguntar sobre a busca de Murray. — Então, essa mulher, Christie, ela pode ser a chave?

— Ela era íntima do Archie durante o período mais interessante da vida dele.

— Deve ser fantástico poder falar com alguém que conheceu a pessoa sobre a qual você está pesquisando.

— Acho que isso nunca vai acontecer com você, não é?

— Não, a menos que a viagem no tempo seja inventada. De qualquer forma, terminaria em tragédia. Seríamos considerados deuses, teríamos tudo do bom e do melhor por uns seis meses e depois seríamos sacrificados em prol da colheita.

A igreja havia ficado para trás e eles agora subiam em direção ao topo das montanhas. O celular de Murray emitiu um bipe, indicando que havia uma nova mensagem de voz.

Jem comentou:

—Você devia verificar isso.

Murray pegou o celular no bolso. Uma voz feminina séria e robotizada informou que tinha três mensagens novas. Apertou o botão de escutar e, de repente, a voz do irmão soou em seu ouvido, *Murray, eu...* Deletou sem escutar. A mensagem seguinte também era de Jack, *Murray seu imbecil...* Apagou essa também, embora imaginasse que o insulto fosse uma forma de expressar carinho. A última mensagem era de Rab Purvis.

Murray, vou ser breve. Tomei um drinque com a Phyllida McWilliams no Fowlers. Aparentemente, ela costumava ser muito amiga da filha do professor James, a Helen. Ela disse que o motivo para o professor não gostar do Fergus é simples. Ele engravidou a Helen e fugiu, o que não era aceitável naquela época. A pobre garota teve que fazer um aborto. Segundo Phyl, Helen sempre declarou que ele a havia forçado, embora Phyl jamais tenha ficado cem por cento convencida. Ela disse que Fergus era um sujeito charmoso e que ela própria teria dado um trato nele de graça — você conhece a nossa Phyl. De qualquer forma, ao que parece, a família de James tem bons motivos para se ressentir do Fergus. Portanto, talvez você devesse acatar o que eles dizem com algumas ressalvas. Faça-me um favor e delete esta mensagem, e a Phyl mandou dizer para você não falar que foi...

Outro bipe soou, cortando as últimas palavras de Rab. Murray se lembrou da ligação que fizera do broch e de algo que o professor James dissera: "Algumas pessoas não mudam. A meu ver, Fergus Baine é uma delas. Pense em como Fergus é agora, e isso lhe dará uma boa ideia de como era na época em que ele e Lunan eram amigos... e eles eram amigos..."

James estava certo. Os dois tinham sido amigos. Mas James também estava errado. Fergus certamente mudara. O hippie irresponsável que batizara o chá da sra. Dunn havia sido substituído por um professor urbano. Pensou então em Rachel, o rosto sem expressão enquanto trepava com um bando de estranhos, e imaginou se James não estaria certo afinal: Fergus Baine continuava a ser o mesmo homem que era na noite em que Archie saiu velejando ao encontro da morte.

Jem perguntou:

— Está tudo bem?

— Está. — Murray viu o próprio rosto refletido no para-brisa encharcado pela chuva e notou que estava fazendo uma careta. Tentou se forçar a sorrir. — Vocês estão escavando em busca de alguma coisa em particular?

Os dentes do arqueólogo brilharam de tão brancos.

— O ideal seria encontrar um ou dois corpos.

— Que horror!

— Nosso tipo adora uma ressurreição. Há uma boa chance de que exista um antigo acampamento sob a vila dos mineradores. Oficialmente, estamos buscando confirmação de que esse acampamento existiu, mas, em geral, onde há gente há corpos enterrados nas redondezas. O solo da região é perfeito para preservar a *carne* — pronunciou a última palavra com um tom diabólico. — Nossos ancestrais adoravam um sacrifício. Estou esperando encontrar algum corpo mumificado. Pode ser de mulher, não sou exigente.

Murray recitou:

— Das combas escurecidas/ e expostas do cérebro/ das cilhas dos músculos/ e dos ossos numerados. — Ele se empertigou e disse: — Vou cruzar os dedos e torcer para que você encontre alguém assassinado ou um cemitério.

Os limpadores varriam o para-brisa de um lado para o outro, mas a chuva estava vencendo a guerra, a água escorrendo pelo vidro, distorcendo a visão. A encruzilhada surgiu de repente, os dizeres da placa branca apagados pela longa exposição aos elementos. Jem apertou o freio. Murray foi lançado à frente e sentiu o cinto apertar-se em volta dele.

— Desculpe. — O arqueólogo riu, constrangido. — Ela parece ter surgido do nada. — Ele limpou o para-brisa com a mão e olhou para a placa apagada. — E agora?

Murray pensou por alguns instantes, reconstruindo mentalmente seu passeio com Christie.

— Esquerda.

— Tem certeza?

Hesitou por um milésimo de segundo.

— Tenho.

Jem virou o jipe.

— Que sinistro! Jesus, mal consigo enxergar para onde estou indo.

— As piores condições possíveis para a sua escavação.

Jem baixou a voz para um tom cômico de barítono e cantarolou:

— Lama, lama, gloriosa lama, nada como a lama para esfriar o sangue. Vai ser como a Batalha do Somme.[8]

— Pensei que essa não fosse uma boa época do ano para escavações.

— Pensou certo. Estamos em guerra com os arqueólogos industriais. Ouvimos dizer que querem escavar as montanhas de calcário no próximo verão, portanto acionamos alguns contatos e conseguimos chegar primeiro. Segundo a meteorologia, esse seria um outono seco, mas, como pode ver, a meteorologia errou feio.

— Vocês vão adiar?

— Mesmo que o mundo acabe em chamas ou num dilúvio, estaremos lá amanhã. — Jem riu alegremente. — Temos uma dúzia de

---

[8] A Batalha do Somme, também conhecida como Ofensiva do Somme, foi uma das maiores batalhas da Primeira Guerra Mundial. O objetivo do ataque anglo-francês era romper as linhas de defesa alemãs ao longo de 19 quilômetros, estacionados na região do rio Somme. (N.T.)

estudantes espalhados pela ilha. Prometi que não acabariam com o estoque de bebidas da lojinha, não usariam drogas nem promoveriam orgias, o que é difícil, a menos que consiga deixá-los exaustos.

— Isso lhe incomoda?

— Não, eles são bons garotos, pelo menos a maioria. Não éramos diferentes quando tínhamos a idade deles.

— Estou falando de desenterrar os mortos.

— Quem dera, mas na maior parte do tempo não é tão dramático. Desenterramos pedaços de cerâmica, ossos de animais, uma ou outra panela intacta. Um esqueleto ou até mesmo um crânio é motivo de grande animação, mas entendo o que você quer dizer. Essas pessoas foram enterradas de acordo com suas crenças e rituais, e aí nós chegamos para perturbar o descanso delas. No entanto, encontro conforto numa ideia.

— Qual?

— Se você morreu, já era. Não vai escutar o barulho da pá desenterrando seus ossos.

Um brilho pálido surgiu à frente.

— Acho que é ali.

Jem diminuiu a marcha.

— Um lugar bem deserto. Eu não gostaria de morar aqui, e olha que profano túmulos para viver. — Ele puxou o freio de mão. — Quer que eu espere?

Murray meteu o gorro de volta na cabeça e fechou o casaco.

— Não, obrigado. Não estou acampado muito longe daqui, posso voltar andando. — A Cherokee vermelha estava estacionada na frente da casa, mas ele ficou aliviado ao ver que não havia nem sinal do Saab de Fergus. Deu um tapinha no bolso e sentiu o pequeno volume que o professor James lhe mandara, ainda dentro do envelope fechado que fora enviado para a casa da sra. Dunn. Pensou em deixá-lo sobre o banco do carro, mas suspeitava que Jem voltaria para devolvê-lo.

— Foi muito gentil da sua parte me dar uma carona.

— Não tem de quê. Estou entediado até os ossos. — O arqueólogo fez um muxoxo, os dentes afiados escondidos atrás da barba. — Preste atenção na área. O solo aqui é bom para preservar um corpo, mas pode ser um pouco traiçoeiro.

— Por causa dos sumidouros.

— Isso mesmo. — Jem deu uma risadinha; só faltava uma machete para completar o quadro. — Tenho a impressão de que você sabe o que está fazendo.

Murray retribuiu o sorriso.

— Gostaria de ter a sua autoconfiança.

Ele saltou do Land-Rover e bateu a porta. Em seguida, acenou em agradecimento e seguiu debaixo de chuva até a porta de Christie.

Capítulo Vinte e Nove

Murray parou debaixo da luz da varanda de Christie e observou Jem manobrar o Land-Rover e se afastar em direção à encruzilhada. O arqueólogo deu dois toques amigáveis na buzina e seguiu de volta para o aconchego do quarto de hóspedes rosa da sra. Dunn ou talvez tenha ido checar se seus alunos não estavam desgraçando o nome da venerável instituição para a qual trabalhava, agora tão amplamente representada na ilha.

As lanternas do jipe brilharam à distância até sumirem de vista, e a porta da cabana se abriu, como ele sabia que aconteceria. Christie estava toda de preto, armada contra o frio em calças legging, meias de lã e um pulôver grosso de gola alta que escondia sua silhueta esbelta. Usava um par de argolas de prata nas orelhas, mas, afora isso, nenhuma outra joia. Era o tipo de roupa que uma bailarina usaria após uma pesada sessão de exercícios, e parecia ao mesmo tempo estilosa e incompatível com sua bengala.

—Você chegou mais cedo do que eu esperava.

As palavras saíram arrastadas, o tipo de coisa que poderia ocorrer após uns dois drinques.

Murray puxou o capuz. O cheiro de madeira queimando se misturava com o da chuva e o de umidade que se desprendia do solo encharcado. Um cheiro antigo, o mesmo que os primeiros moradores da ilha, cujos corpos talvez ainda descansassem, preservados sob a turfa, conheceram mais de mil anos antes.

— Quer que eu vá dar uma volta no quarteirão?

— Claro que não.

Ela abriu um sorriso que poderia ser interpretado como nervosismo e o conduziu pelo pequeno vestíbulo até uma sala brilhantemente iluminada. Os óculos de Murray embaçaram em contato com o súbito aquecimento. Ele abriu o casaco e limpou as lentes no cachecol. Sentia os mesmos calafrios de um dia de prova, um misto de medo e excitação pairando no fundo do estômago.

O contraste entre aquela sala e a da sra. Dunn, abarrotada de tralhas, não poderia ser maior. O espaço era comprido e aberto, as tábuas de madeira de carvalho do chão cobertas com belos tapetes, o teto triangular. Uma das paredes estava totalmente tomada por uma enorme estante de madeira repleta de livros de capa dura. Murray passou os olhos pelas lombadas, procurando por cópias dos romances da própria Christie, mas não havia nenhuma ali, ou talvez seus olhos não tivessem conseguido identificá-los entre as dezenas de outros títulos. Perpendicularmente às prateleiras ficava uma escrivaninha grande, a cadeira virada de frente para a sala, de modo a não deixar que a vista configurasse uma distração. Em frente ao fogão à lenha havia um sofá marrom, com a mesinha diante dele também coberta de livros.

Tudo era simples e bem-projetado, um espaço composto por linhas claras, práticas demais para serem estilosas, frias demais para serem consideradas confortáveis. Aquele era o lugar onde ela vivera com Archie. Murray tentou imaginar como devia ser na época, o nicho onde ficava a cama, a mesa estreita e as moscas sobrevoando em círculos, porém ele se tornara civilizado demais para que pudesse reconhecê-lo.

Ao contrário da sra. Dunn, Christie ainda não tinha fechado as cortinas. Duas poltronas estavam posicionadas de frente para a janela panorâmica, observando a escuridão do mundo lá fora. Sobre uma pequena mesa entre elas havia uma pasta fina de documentos. Christie o conduziu até as poltronas e ele percebeu que seu andar claudicante tinha piorado. O lado direito do corpo se mexia num único bloco a cada passo, a perna rígida, como se os músculos e ossos já não cooperassem mais.

— Achei que aqui seria um ótimo lugar para conversarmos. — Ela se acomodou desajeitadamente em uma das poltronas. Murray tirou o casaco molhado, soltou-o no chão ao seu lado e se sentou. Podia ver o reflexo deles no vidro. Os dois sérios nas poltronas de espaldar alto, como uma velha rainha e seu jovem e bárbaro consorte. Imaginou como ela aguentava aquilo, a visão de si mesma impressa num vazio de trevas, como o vislumbre do purgatório. Ela não estava olhando para a janela, mas sim para ele.

— Você se arrumou deliberadamente para parecer com o Archie?

— Não.

A surpresa o colocou na defensiva.

— Você me deu um susto no dia em que o vi na loja. No entanto, olhando mais de perto, vejo agora que não se parece nada com ele. Archie tinha os traços mais delicados, quase femininos.

Murray ficou chocado ao perceber que estava desapontado.

— Você tem alguma foto dele?

— Algumas. Talvez eu lhe mostre mais tarde.

— Seria um privilégio.

— As fotos dele jovem são muito charmosas.

Ela era como uma garota malvada atraindo um gatinho.

Murray se inclinou e pegou o gravador no bolso do casaco.

— Se importa se eu gravar nossa conversa?

— Sinto dizer que sim. — Ele não havia notado o quanto a boca de Christie era pequena. Um traço que diminuía sua beleza. Ela contorceu os lábios, forçando-se a sorrir. — Antes de começarmos, deixe-me lhe fazer uma pergunta: o que você quer saber de mim?

Murray se inclinou para a frente e abriu as mãos, um gesto antigo e inconsciente projetado para mostrar que viera desarmado.

— Suas lembranças sobre o Archie, como ele era. — Fez uma pausa e acrescentou: — O que você se lembra dos últimos dias dele.

Ela concordou com um meneio de cabeça.

— Só isso?

— As fotos. — Aos seus próprios ouvidos, sua voz soou tão escorregadia quanto a do vendedor de seguro de vida que tirara uma boa grana de seu pai já viúvo. — Apreciaria muito a oportunidade de analisá-las, como também adoraria ver outras anotações, cartas ou objetos que você tenha relacionados ao Archie.

— É estranho escutar você se referir a ele pelo primeiro nome, como se o conhecesse.

— Não sinto como se o conhecesse.

— Mas está apaixonado por ele, certo?

Ela arqueou as sobrancelhas. Uma expressão antiga que ele vira em algumas acadêmicas da geração dela, uma necessidade de provocar, como se os anos de submissão tivessem deixado sua marca.

— Estou apaixonado pelos poemas dele.

— Qual seria o maior de todos os prêmios para você?

Murray baixou os olhos para os pés.

— Encontrar alguma coisa nova, mesmo que fosse um único poema.

Christie sorriu.

— É claro. — Recostou-se na poltrona e olhou para a escuridão lá fora. — Acho que é justo dizer a você que escrevi um relato sobre o tempo que passei com o Archie. Ele só será publicado depois da minha morte. Também preciso lhe dizer que, ao que me diz respeito, é a única declaração que estou disposta a fazer sobre a vida e a morte de Archibald Lunan.

Murray fechou o caderno e enfiou a caneta na espiral da lombada. Ela o convidara para ir à sua casa apenas para esclarecer sua recusa em cooperar, só isso.

— Agradeço a sua franqueza. Já tomei muito o seu tempo.

O tom de Christie foi suave e tranquilo.

— Dr. Watson, deve saber que só o chamei aqui porque acredito que tenha algo a me oferecer.

Ele ainda não havia recolhido o casaco, embora estivesse no chão ao seu lado.

— Tudo o que posso lhe oferecer é uma chance de divulgar o trabalho do Archie para o grande público e a possibilidade de assegurar o seu legado.

— Não. — Christie o encarou fixamente, séria. — Isso é o que eu posso lhe oferecer. — A voz se tornou ríspida. — Pode ir até a primeira gaveta da escrivaninha, por favor, e me passar a caixa que está lá dentro?

Murray atravessou a sala até a escrivaninha. Abriu a gaveta e viu uma caixa de plástico branca. Mesmo antes de pegá-la, soube que continha medicamentos, e não os papéis que esperava encontrar. Entregou-a a Christie.

— Obrigada. — Ela abriu a tampa e Murray viu uma enorme variedade de comprimidos. Christie o pegou olhando e disse: — Uma das vantagens de viver a quilômetros de qualquer farmacêutico é que eu consigo comprar uma quantidade um pouco maior de remédios do que preciso. — Selecionou quatro comprimidos. —Tem uma garrafa de água ao lado do sofá. Pode pegá-la para mim, por favor? — Ele acatou o pedido e, em seguida, parou ao lado da janela enquanto Christie tomava os medicamentos, levando um de cada vez à boca e o engolindo com a ajuda da água. Ela engasgou ao tomar o último e ele fez menção de socorrê-la, mas foi impedido com um brandir de sua mão. Ao recuperar o fôlego, Christie perguntou: — O que você faria para colocar as mãos em minhas memórias sobre o Archie e sua última coleção inédita de poemas?

Murray se virou para a janela de modo que ela não pudesse ver sua expressão. Contudo, mais uma vez a escuridão se refletiu no vidro.

— Não sei.

O nervosismo subjacente que ele já notara estava de volta na voz de Christie.

— Vou fazer o que todos os chantagistas fazem nos filmes e lhe oferecer uma amostra do que tenho de bom.

Murray sentiu vontade de se virar para ela, mas permaneceu onde estava, observando a escuridão, sem conseguir enxergar nada além do reflexo da sala e da chuva escorrendo do lado de fora do vidro.

— Um poema dele?

— Não, os poemas estão em outro lugar. — Ela pegou uma folha na pasta e a entregou a ele. — Você tem três minutos para ler. Acredito que seja tempo mais do que suficiente para um professor de literatura inglesa.

Ele perguntou:

— O que pretende com isso?

— Leia primeiro, depois eu falo.

O papel estava em sua mão. Ele o ergueu e começou a ler.

> Archibald Lunan e Christina Graves nasceram com três anos de diferença, filhos de duas irmãs muito distintas uma da outra. A mãe de Archie, Siona Roy, deixou a ilha de Lismore aos 16 anos para trabalhar como arrumadeira em um hotel em Inverness. A guerra foi favorável a garotas como ela e, em 1939, Siona se mudou para Glasgow, onde passou a trabalhar numa fábrica de explosivos. Archie nasceu um ano após o final da guerra. A sra. Lunan, como Siona era agora conhecida, jamais esclareceu as circunstâncias do nascimento do filho, mas sua chegada fez com que voltasse para casa, para a fazenda do pai.
>
> A vida na Escócia mudou bastante no decorrer da década seguinte, porém muitos fazendeiros mantiveram o estilo

de vida de seus ancestrais. As cabanas eram aquecidas com a turfa que arrancavam do solo. A iluminação provinha de lamparinas a óleo. Eles cultivavam seus alimentos, faziam seu próprio pão e resgatavam toda a madeira que conseguissem dos navios naufragados. Algumas pessoas, como a mãe de Archie, coletavam a água necessária para lavar e cozinhar em riachos e poços.

A ilha, com uma variedade rica de plantas e pássaros, era um paraíso para um garoto pequeno, mas para Siona, acostumada à camaradagem de uma Glasgow destroçada, devia parecer uma prisão. Quem pode culpá-la por voltar para a cidade após a morte do pai, dez anos depois?

Siona sempre teve uma mente inquieta, ou talvez tenham sido os anos de trabalho tedioso na fazenda do pai que a deixaram perturbada. Talvez tenham sido até mesmo o retorno à cidade e a solidão que encontrou lá que funcionaram como catalisadores. Não há registro algum a respeito do que tenha originado o declínio de sua saúde mental, antes de sua volta com o filho para Glasgow.

Murray ergueu os olhos da folha. Christie sorriu.

— Interessante?

— Sim. — Imaginou se estava com uma expressão faminta. — Tem mais?

— Bastante.

— E isso é tudo que você vai me mostrar?

— Da infância dele, sim, por enquanto. — Ela meteu a mão na pasta, puxou uma segunda folha e a entregou a Murray. — Aqui.

Ele a pegou e continuou a leitura.

Em 1969, Edimburgo ainda era uma cidade pequena, mas, ainda assim, Archie e eu poderíamos passar um pelo outro diariamente sem saber. Costumava procurar por ele nas ruas, desesperada para encontrar aquele "filho de uma abominação", sobre quem minha mãe me alertara inúmeras vezes. Por fim, decidi investigar; descobri o lugar que frequentava e persuadi uma amiga a ir até lá comigo. Tempos depois, eu me acostumei com lugares como aquele, mas era a primeira vez que entrava num pub frequentado por operários.

O salão era iluminado por uma única lâmpada de 100 watts, o chão coberto de serragem. Mesmo que nunca tivéssemos sido apresentados, reconheci Archie imediatamente. Ele estava debruçado sobre o balcão, tão bêbado que seu suor exalava o cheiro de álcool. Archie era um jovem bonito, mas, quando bebia, seus traços se tornavam emaciados e perdiam aquele ar de inteligência. Também se comportava de forma estúpida. Vi Archie abraçar um homem e, em seguida, insultá-lo com o braço ainda em volta de seus ombros. Observei-o flertar com a garçonete como se fosse um idiota e oferecer drinques a estranhos que riam da cara dele. Disse à minha amiga que tinha cometido um engano e fui embora sem falar com ele.

Uma semana depois, ele se sentou de frente para mim na biblioteca da universidade e começou a ler "Flores do Mal", de Baudelaire. Eu não conseguia desviar os olhos dele. Por fim, reuni coragem e me apresentei. Tempos depois, descobri que Archie se mostrava sempre tímido quando estava sóbrio. Ele se ofereceu para me pagar um drinque, mas, em vez disso, o persuadi a voltar para casa comigo. Conversamos a noite inteira e, quando o sol nasceu, fomos para a cama.

Murray ergueu os olhos do papel e viu a pequenina boca de Christie se abrir num sorriso.

— Você parece chocado. Nós éramos primos, não irmãos.

— Não estou chocado, mas gostaria de saber o que aconteceu depois.

— Depois que fomos para a cama?

— Não. — Ele forçou um sorriso. — Depois disso.

— Depois disso começamos a passar quase todo o nosso tempo livre juntos. Logo percebi que não conseguiria mantê-lo sóbrio, de jeito nenhum; portanto, aprendi a beber.

— Se não pode vencê-los, junte-se a eles?

— Ele era casado com o álcool, e eu, apenas a namorada.

— Ele já escrevia quando você o conheceu?

Christie assumiu uma expressão que ele já tinha visto em outros entrevistados. Um olhar distante, voltado para o passado.

— Além de beber, era praticamente tudo o que fazia. Quando nos conhecemos, Archie estava matriculado na universidade, mas as únicas aulas às quais comparecia eram as oficinas de poesia. Ele usava a biblioteca, é claro, mas para suas próprias leituras. Ficava deitado a manhã toda de pijamas, bebendo cerveja e lendo livros policiais ou de ficção científica. Ao meio-dia ia até o pub tomar mais uma caneca de cerveja e comer alguma coisa. Depois disso, ou saía para vasculhar os sebos das redondezas, ou voltava para seu quarto a fim de escrever. Por volta das nove da noite, saía de novo.

— Como ele bancava tudo isso?

— Archie tinha sorte. A mãe morrera e lhe deixara algum dinheiro.

— Uma definição estranha de sorte.

—Você acha? Eu costumava invejá-lo terrivelmente.

Murray ignorou o tom divertido de provocação na voz dela e perguntou:

—Você escrevia também?

— Só peguei numa caneta depois da morte dele. Então, foi como se um poço tivesse sido aberto em mim, tudo foi saindo aos borbotões. — Meteu a mão na pasta novamente. — A última folha.

Ele a pegou, observando o número da página, 349. No começo de sua pesquisa, aquelas memórias de Christie poderiam tê-lo deixado frustrado, mas já não se importava mais se seu livro fosse considerado redundante. Havia novos poemas. A simples ideia o deixou excitado.

Archie talvez jamais tivesse voltado para a ilha se eu não tivesse sugerido, mas, assim que apresentei a ideia, ele topou imediatamente. A essa altura, já éramos um trio mais um. O personagem extra era vital para o nosso grupo; Bobby era o Renfield do nosso Drácula. Pensávamos que ele era inofensivo.

Vivíamos uma época de novas sociedades, comunidades idealizadas. A propriedade era considerada roubo; a burguesia, invejosa; e qualquer um acima dos 30, suspeito. Partimos com nossas malas repletas de ácido e os corações esbanjando idealismo, mas logo ficou claro que a cabana era pequena demais para quatro adultos, e o enjoo que havia me deixado ao partir de Glasgow voltou com força total.

O enjoo de Archie voltou também. Não havia nenhum pub na ilha, mas ele descobriu uma casa de *ceilidhs*, onde rapidamente se tornou uma pessoa malquista. Isso não o incomodou. Ele já tinha feito contatos o bastante para conseguir um estoque aparentemente interminável de bebidas caseiras. Algumas manhãs, Archie acordava tão enjoado quanto eu, e nós permanecíamos deitados, gemendo, na cama que havíamos reclamado como nossa.

Como se a superpopulação, as viagens malsucedidas de ácido, as bebedeiras e o enjoo não fossem suficientes, o tempo recaiu num longo período de céus escuros e chuva intermitente. Bobby teria, provavelmente, permanecido conosco a vida toda, perdido em seu próprio mundo incoerente de drogas e feitiços, mas logo percebi que Fergus estava planejando partir. Eu não podia culpá-lo. Tinha prometido que a ilha seria uma aventura, uma oportunidade de criar, mas não havia nenhuma privacidade naquela casa úmida. Assim sendo, fui perdendo a esperança de nos mantermos juntos até que passássemos pelo que tínhamos de passar.

Murray leu a página duas vezes. Em seguida, colocou-a de lado sobre a mesa e olhou para Christie.

— Você estava grávida quando a sra. Dunn veio lhe fazer uma visita, não estava? Foi por isso que soube que ela estava grávida também.

Christie revirou os olhos. Sua voz soou impaciente.

— Ela era o tipo de mulher que Fergus parecia atrair... Séria e contida, mas desesperada por um pouco de aventura, um pouco de devassidão. O problema é que elas nunca percebem até que ponto Fergus está disposto a chegar. — Aquilo era um brilho de orgulho nos olhos dela? — Ele sempre as induz a ultrapassarem seus limites.

Murray pensou em Rachel. Perguntou:

— Foi o que ele fez com a Helen James?

Christie bufou, divertida.

— Duvido muito que a pequena Nelly tenha sido estuprada, mas o que poderia dizer quando a mamãe e o papai descobriram que sua garotinha solteira estava grávida? Era a época errada do ano para uma concepção imaculada.

— Ela fez um aborto.

— Você não me parece o tipo de homem que é contra o direito de uma mulher de escolher o que quer fazer com o próprio corpo.

— Não sou. Na verdade, vou mais longe ao dizer que todo mundo tem o direito de saber o que está botando para dentro do seu corpo. A sra. Dunn perdeu o bebê.

— Isso não teve nada a ver comigo.

— O bebê era do Archie?

— Acho que era da sra. Dunn.

Foi preciso toda a sua força de vontade para manter a voz baixa e as palavras educadas.

— Você estava grávida do Archie?

— Gosto de pensar que sim.

— O que aconteceu?

— Eu a tive aqui, no recesso onde ficava a cama. — Apontou com a cabeça para o canto mais distante. — Ali onde fica a minha escrivaninha agora. A primeira grande obra que produzi aqui. Uma menininha perfeita.

Era a mesma cama onde a sra. Dunn havia ficado enquanto estava drogada. Murray a visualizou por um breve instante, a cortina fechada, os lençóis manchados e caídos no chão. A sra. Dunn havia perdido o bebê. Esfregou o rosto com a mão e perguntou:

— Onde está a sua filha?

— Com os poemas do Archie, enterrada sob as montanhas de calcário.

Murray não saberia dizer quanto tempo ficou sentado, observando Christie em silêncio, mas, por fim, falou:

— Acho que você calculou mal o meu interesse em colocar as mãos nos poemas do Archie, srta. Graves.

— A natureza pode ser cruel. — O rosto dela endureceu. — Ela age segundo seus próprios meios.

— Então você pegou a criança e a enterrou? Simples assim?

— Mais ou menos.

— Bobby Robb teve alguma coisa a ver com a morte da neném?

A risada de Christie foi dura e fria.

— Bobby Robb era um idiota fantasioso. Nós o tolerávamos porque ele nos fornecia as drogas, mas Fergus já estava de saco cheio dele e de sua estupidez. Se o tempo não estivesse tão ruim, ele teria ido embora na barca e muita tragédia teria sido evitada.

— A criança teria sobrevivido?

— Não, a criança jamais teria sobrevivido. Ela era pequena e frágil, e tinha nascido de pais que não sabiam nem se importavam o bastante para tomar conta dela. Idiotas que enchiam a sala de fumaça e a alimentavam com água porque a garota imbecil que supostamente seria sua mãe deixou o leite secar e, além disso, continuou bebendo e se drogando. E o homem também estúpido que talvez fosse seu pai só fazia beber e fumar, tomar drogas e falar de poesia. — Ela suspirou. — Nós achamos que poderíamos cuidar disso sozinhos, mas o parto tinha sido um horror. Bobby me deu uma injeção de alguma coisa para aliviar a dor, o bastante para me derrubar com tanta força que foi um milagre a criança ter nascido. Deve ter se arrastado para fora com as próprias mãos.

— E o Archie não fez nada?

— Archie estava louco para ter um filho. Fantasiava sobre como seria ter uma família de verdade, mas quando ela nasceu, doentinha e abaixo do peso, fez o que sempre fazia. Bebeu. Quando descobrimos que estava morta, ele achou que fosse obra do Bobby. Ele estava sempre lançando feitiços idiotas, falando sobre pureza e sacrifício. Archie tirou conclusões precipitadas, ainda que não houvesse nenhuma marca no corpinho dela. Talvez quisesse alguém em quem jogar a culpa. Ele espancou o Bobby. Poderia tê-lo matado se Fergus não tivesse conseguido forçá-lo a sair da cabana e trancado a porta. Suponho que eu também tenha enlouquecido um pouco. Não sabia o que havia acontecido, mas sabia que minha filhinha se fora. Segurei-a próximo ao fogo e esfreguei seu corpinho, mas ele permaneceu mole e frio, tal como estava quando a encontrei morta na cama ao meu lado. Bobby e Fergus terminaram com nosso estoque de drogas, e me juntei a eles. Não pensamos no Archie até o dia seguinte. Não fazíamos ideia de que pegaria o barco e sairia para velejar em plena tempestade. Foi estupidez.

Murray murmurou:

— Foi suicídio.

Christie não deu sinal de ter escutado.

— Ela era mínima. Eu a envolvi no meu cachecol de seda e nós a colocamos numa caixa de metal que tínhamos encontrado aqui. Fergus pôs os poemas nos quais Archie vinha trabalhando ao lado dela e, depois, a enterramos e marcamos o lugar com uma pedra.

— Por quê?

— O que mais podíamos fazer? Archie estava desaparecido, provavelmente morto, e nós éramos um grupo de hippies consumidores drogados no meio do nada. Ninguém acreditava em Deus. Eu a tinha perdido por negligência. Você sabe o que o sistema judicial faz com mães negligentes? Como são crucificadas pela imprensa? Como são tratadas na prisão? Um funeral não iria fazer a menor diferença e a cadeia não nos tornaria pessoas melhores. Archie pagou um preço terrível, e todo mundo acharia que eu devia pagar também. Fizemos o que achamos melhor.

— E agora?

— Amanhã vão começar a escavar o local onde a enterramos. É só uma questão de tempo até que encontrem o corpo dela e os poemas do Archie. É a minha última chance de me reunir a ela antes de morrer.

Murray se levantou. Sentia os ossos fracos.

— Você tem telefone?

A voz dela soou cautelosa.

— Por quê?

— Porque um de nós precisa chamar a polícia. Acho que seria melhor se fosse você, mas, se não quiser, eu mesmo ligo.

— Não existe polícia na ilha.

— Acredito que irão considerar a viagem válida.

Christie se recostou na poltrona, parecendo velha e doente.

— Você não me perguntou onde o Fergus está.

— Eu sei onde, está atolado na merda até o pescoço.

— Ele teve que voltar a Glasgow. Aparentemente, a mulher dele tentou se suicidar. Como eu disse, ele tem uma tendência a atrair mulheres que querem explorar seus limites, e acaba levando-as longe demais.

O horror da notícia fez a garganta de Murray queimar.

— Ela vai ficar bem?

Christie fez um gesto que indicava impaciência.

— Espero que sim. Existe uma diferença entre chamar a atenção e tentar de verdade. — Ela o encarou no fundo do olho. — É preciso coragem para tirar a própria vida.

Manteve o olhar fixo em Murray, fazendo-o se lembrar de um conselho que seu pai lhe dera.

— Sempre se aproxime de um animal encurralado com cautela. Ele irá mordê-lo, quer você esteja se aproximando para matá-lo ou libertá-lo.

Ele queria ir embora, voltar para Glasgow, para ver Rachel e descobrir como ela estava, mas a suspeita de que a mulher tinha mais a revelar o manteve no lugar.

— Dr. Watson, você acha que passei quarenta anos numa ilha onde sou odiada porque me apaixonei pelo cenário? Permaneci aqui para ficar perto da minha filha. Ela está sozinha há tempo demais. Quero ser enterrada ao lado dela. Se me ajudar, eu lhe darei o manuscrito original das minhas memórias, todas as fotos e documentos que tenho relacionados ao Archie e os poemas que enterrei com nossa filha. Isso é mais do que você poderia esperar.

A tentação fez Murray prender a respiração por um momento. Ele inspirou com força e pegou o casaco no chão.

— Imagino que deva levar uns vinte minutos até conseguir um sinal. Assim que conseguir, vou ligar para a polícia. Eu o aconselho a ligar antes.

Christie abriu um sorriso dissimulado.

— Não será a barca nem uma escolta policial que irão me tirar desta ilha, dr. Watson. Já tenho o que preciso para partir. E acho que já provei minha perseverança, mas não tenho a menor intenção de esperar pelo capítulo final.

Ele deu um passo na direção dela.

— Não há como ter certeza de que você será mandada para a cadeia.

— Minha mãe diria que minha prisão já foi declarada por uma corte suprema... Cadeira de rodas, incontinência urinária, perda da fala, morte por sufocação.

— Você não está nem perto desse estágio.

— Não estou? Não sabia que, além de ser doutor em literatura, você era médico. — Suspirou. — Estou cansada de tudo isso. Se está na hora de deixar a minha casa, então está na hora de partir. Você disse que apoiava o direito de escolha de uma mulher. Bem, essa é a minha escolha. Pelo menos Fergus entende isso. Ele me deu os meios para tanto. — Ela se colocou de pé, ergueu o rosto e o fitou fixamente. — Tudo o que eu queria era que me ajudasse a conseguir uma morte digna e a trazer um pouco de paz para o Archie e para nossa filha.

Foram as palavras "morte digna" que surtiram efeito. Murray se sentou novamente e apoiou a cabeça entre as mãos.

Capítulo Trinta

Murray dirigia devagar, com os faróis apagados. Era o tipo de noite que os homens mal-intencionados adoravam. Não havia lua nem estrelas no céu, a estrada à frente estava um breu, a visibilidade comprometida pela neblina e pela chuva. Com os olhos fixos na escuridão adiante, perguntou:

— Como vou saber onde cavar?

A voz de Christie saiu num sussurro, como se ainda estivesse com medo de que ele mudasse de ideia.

— Deixamos uma marca. Eu costumava visitar o túmulo diariamente, mas nos últimos tempos tem sido muito difícil.

— Era isso o que estava fazendo quando a encontrei?

— O tempo estava ruim demais para descer de carro até lá, mas eu podia ver o túmulo da beira da montanha.

A chuva batia contra o teto do carro, uma centena de soldados rufando os tambores e marchando para pôr fim à guerra.

Murray retrucou.

— Está pior hoje à noite.

— Isso vai nos ajudar. Não haverá ninguém nas redondezas e o solo estará molhado.

— Existe alguma possibilidade de que a pedra que vocês usaram para marcar tenha se soltado? Se isso aconteceu, talvez não consigamos encontrar o local.

— Pode ser. — Christie estava sentada ao lado dele, mas suas palavras pareciam vir de muito longe. — O rostinho dela foi a última coisa que eu cobri. Eu a enrolei no meu cachecol, como se estivesse prestes a levá-la para tomar um pouco de ar fresco, e, em seguida, amarrei-o em volta da cabecinha dela. Os moradores da ilha costumavam acreditar que as crianças que morriam ainda bebês tinham sido sequestradas pelas fadas, que deixavam uma réplica em seu lugar. Posso entender o porquê. Ela parecia minha filhinha, mas eu sabia que não era. Minha filha se fora.

Murray olhou de relance para Christie e percebeu que o rosto dela estava fantasmagoricamente pálido. Talvez tivesse deixado transparecer seu medo, porque ela disse:

— Não vai ser tão ruim quanto você está pensando. Imagine que estamos desenterrando apenas os poemas. Nós os enrolamos em polietileno. Você não precisa nem abrir a caixa, pode deixar que eu pego os poemas.

— E depois?

— Você me leva para casa, pega os papéis e fotos que eu prometi e vai embora.

— E você?

— Vou esperar alguns dias, talvez meses. Quem sabe? Talvez a doença entre num estado de remissão e eu ganhe mais alguns anos. Contudo, terei o corpinho da minha filha e os meios para acabar com a minha vida de forma digna quando a hora chegar. Faz ideia do quanto isso é importante?

Murray fixou os olhos na estrada e pensou na promessa que ele e Jack haviam feito ao pai.

— Sei, sei o que uma morte digna significa.

Ela esticou o braço e passou um dedo pelo rosto dele. Era o toque de uma amante, e ele se encolheu.

Christie murmurou:

— Sempre tive uma leve esperança de que ele voltaria. Algumas noites, ainda tenho. Sento-me ao lado da janela para ler, alguma coisa captura a minha atenção e penso: *É o Archie vindo me buscar.* Isso costumava me deixar assustada. Ficava pensando se ele ainda estaria zangado, qual seria sua aparência depois de tanto tempo. Você se lembra de "A Mão do Macaco", de W. W. Jacobs? — Murray fez que sim, mas talvez ela não o tivesse visto na escuridão, porque acrescentou: — Um marido e sua esposa desejam que o filho morto se levante do túmulo. Tão logo expressam seu desejo, escutam uma horrenda batida na porta. Quando a abrem, no lugar do garoto saudável e carinhoso com o qual sonhavam está um cadáver esfarrapado, meio dilacerado pelos ferimentos que o haviam matado. Ferimentos que agora provocavam uma tortura interminável, e não mais a morte.

Ela esticou o braço para tocá-lo novamente, mas ele pediu:

— Não faça isso, preciso me concentrar na estrada.

— O corpo dele nunca foi encontrado. Enquanto estivesse desaparecido, haveria uma chance de estar vivo em algum lugar. — Christie suspirou. — Não me importaria se ele voltasse afogado.

Murray imaginou Archie vindo na direção deles através da escuridão, o corpo inchado e ensanguentado, as roupas esfarrapadas e entremeadas de algas.

Perguntou:

— Foi o Fergus quem eliminou o Bobby?

— Não. — Era a primeira vez naquela longa noite em que ela parecia chocada. — Fergus é um explorador de mulheres, mas não é um assassino. Bobby era um homem velho que morreu de um ataque cardíaco.

— Bobby não tinha dinheiro algum. Fergus cuidou dele, deu-lhe um apartamento para morar e Deus sabe mais o quê.

Christie voltou de seu devaneio. Falou:

— Eu mesma passei anos mandando dinheiro para aquele velho tolo. Ceder à chantagem não faz de você um assassino. Bobby contatou Fergus depois de voltar para a Escócia. Ele viu um artigo no jornal falando do professor Baine. Posso até imaginar. — Havia algo de indecoroso na risada dela. — Consigo vê-lo sentado em algum bar horroroso, circulando o artigo com uma caneta que pegou emprestada com a garçonete, pedindo uma dose de uísque e imaginando que seu navio acabou de atracar.

— Ele estava assustado. Fez um círculo de proteção em volta da cama.

— Ele sempre teve medo. No dia em que chegamos aqui, ele fez um círculo de proteção em volta da cabana. Grande ajuda!

— Archie acreditava nessas coisas?

— Que coisas?

— No oculto. Feitiços.

— Archie não acreditava em quase nada, certamente não em si mesmo.

— Ele acreditava na poesia.

— Esse é o tipo de declaração sem sentido que eu diria que um acadêmico procuraria evitar.

Murray olhou de relance para Christie. A cabeça dela estava apoiada contra o vidro castigado pela chuva, de modo que não era possível ver sua expressão.

— Ele acreditava em você e na criança. Encontrei uma lista de nomes entre os papéis da biblioteca. Archie estava tentando decidir que nome dar a ela, não estava?

A voz de Christie foi gentil.

— Ele conversava com ela. Apoiava a cabeça na minha barriga, recitava poesias, cantarolava e lhe contava sobre seus sonhos. Uma mulher ciumenta poderia ter se tornado amarga, mas eu entendia. Archie nunca tivera nada pelo qual esperar. Aquela neném representava todos os presentes de Natal que nunca ganhara. — Ela suspirou. — Na verdade, era mais do que isso. Ele achava que a criança o salvaria. A realidade foi bem diferente.

— E Fergus?

— Ele o idolatrava.

— E Fergus fazia por merecer toda essa devoção do Archie?

Christie ergueu a cabeça e corrigiu a postura, recostando-se completamente contra o assento do carona. De perfil ela parecia frágil.

— Nem Fergus nem a criança eram Jesus Cristo.

— Estou começando a pensar que o professor Baine se parece mais com Judas Iscariotes.

Christie bufou.

— Archie teria odiado esse comentário melodramático.

Murray manteve o tom tranquilo, embora as palavras de Christie o tivessem afetado.

— Se Fergus pode lhe oferecer os meios para se matar, ele poderia ter feito o mesmo com o Bobby.

— Esse foi um dos poucos gestos altruístas dele. — A voz de Christie assumiu um tom monótono, tornando difícil dizer se estava sendo sincera ou irônica. — Ele foi para a Suíça com a mãe. Tinha prometido não deixá-la sofrer demais no fim. Acho que foi uma experiência transformadora. Fergus voltou convencido do direito de escolha individual pela morte.

Murray se lembrou da morte da mãe do professor. Fergus tinha ficado afastado da universidade pelo período devidamente estipulado, mas talvez não fosse surpreendente que não tivesse havido nenhuma menção sobre visitas às clínicas na Suíça. Lembrou-se do estoicismo de Baine, da dignidade com que aceitara as condolências e da casa nova que se seguira. Rachel fora viver com ele pouco tempo depois.

— Ele não está aqui com você esta noite.

— Fergus não sabe sobre a escavação.

— E você não falou nada com ele?

— Ele exumaria o corpo dela, mas não o entregaria a mim. A única coisa que me preocupa é a possibilidade de ele ter feito isso anos atrás, embora não ache que tenha.

— Por que não?

— Fergus tem um talento para esquecer as coisas. Todos os sensacionalistas têm. O restante de nós se apoia nas lembranças e se policia por meio das obrigações. Homens como Fergus não ligam para essas coisas. Ah, ele pode fazer um plano e levá-lo a cabo, basta olhar para a carreira dele. Mas Fergus vive basicamente no presente. Desde que as coisas estejam ocorrendo à sua maneira, ele esquece o resto. Fergus não tem consciência.

Murray pensou em Rachel. Sua tristeza estava maculada pela culpa. Acreditara que tinha sido ela que conduzira o relacionamento, mas será que a tinha explorado inconscientemente, tonto demais pela ânsia de sexo dela para questionar seus motivos? Será que tinha agido como Fergus, sem perguntas desde que conseguisse o que queria? Pensou no que ela havia tentado fazer e se o professor estava cuidando bem de sua esposa.

O aquecimento do carro estava no máximo, mas mesmo assim o para-brisa continuava embaçando. Murray esticou o braço e o limpou com a palma da mão. A estradinha de terra estava ficando mais estreita, e ele suspeitava de que em pouco tempo teriam que abandonar o carro e continuar a pé. Perguntou:

— Você faz ideia de onde a gente está?

— Estamos quase lá. — Christie não parecia estar olhando, mas sua voz transmitiu segurança. — A primeira das cabanas dos mineradores deve aparecer a qualquer momento. Tome cuidado, o solo aqui é traiçoeiro.

Murray reduziu a velocidade. Eles prosseguiram em silêncio. Pouco depois, ele viu uma forma adiante, mais escura do que a escuridão que os cercava. Uma cabana arruinada entrou em foco, com a silhueta escura de uma vila abandonada logo atrás. Parou o carro, desligou o motor e puxou o freio de mão.

— Você pode aproximar o carro mais um pouco?

Ele abriu a porta. Supunha que o barulho do lado de fora era semelhante ao de uma floresta tropical destituída de vida selvagem, o respingar e bater constante da chuva contra as folhas e poças d'água, acompanhado pelo chiado contínuo da tempestade. Olhou para o solo iluminado pela luz interna do veículo. A água se acumulava em pequeninos cursos e valas, a terra virando lama.

— Acho que não. Já estamos nos arriscando parados aqui.

Christie meteu a mão no porta-luvas e entregou a ele uma lanterna revestida de borracha. Murray sentiu o peso dela em sua mão e imaginou que daria uma boa arma.

— Não vai demorar. — Viu a silhueta do perfil de Christie, o formato da mandíbula, os lábios entreabertos. — Pense apenas nos poemas e esqueça o resto.

Ela cobriu a cabeça com o capuz do casaco, abriu a porta e saiu para a escuridão. Murray foi até o porta-malas e pegou a pá que haviam guardado ali mais cedo. Precisou gritar para se fazer ouvir.

— Tem certeza de que consegue fazer isso?

Christie pegou a bengala no carro e enganchou o braço livre no dele.

— Posso me apoiar em você? — Apontou a bengala à frente. — Por aqui.

Murray ligou a lanterna e apontou o facho para o solo encharcado. Christie escorregou e ele a ajudou a se levantar.

— Você está bem?

— Estou. Vamos continuar.

Ele sentiu o andar dela vacilar ainda mais. Passou o braço em volta de sua cintura e a puxou para perto. Christie era tão leve que seus ossos pareciam ocos. Ainda assim, seu corpo pesava sobre ele. Prosseguiu usando a pá como um cajado. As caminhadas pelas montanhas lhe ensinaram que, quando o tempo e as condições conspiram contra você, o truque é não pensar em nada, nem na distância que ainda falta, nem no que o espera ao chegar em casa. Nada, exceto o passo seguinte, depois o outro, o outro...

Eles já estavam quase no coração do pequeno vilarejo. As árvores ali eram mais densas, mas, em vez de apresentarem proteção contra a chuva, pareciam contribuir para sua intensidade, despejando sua própria carga acumulada quando passaram. Murray manteve a lanterna apontada para o solo traiçoeiro sob seus pés, sentindo os olhares das janelas quebradas e das portas abertas em ambos os lados. Christie lhe deu um puxão no braço e apontou para uma das casas. Disse alguma coisa que foi abafada pelo vento. Murray apontou a lanterna na direção que ela havia indicado. A cabana abandonada parecia encará-lo.

— Ali?

Ela fez que sim e se viraram, vacilantes, na direção da cabana. Ele meio que a arrastava, meio que a carregava.

— Cuidado. — Ela deu outro puxão no braço dele. — Não se afaste da trilha.

Ele apontou o facho para o chão e viu que, em vez de seguir reto até a cabana, a trilha enlameada contornava um quadrado de relva. Corrigiu o curso, xingando baixinho por entre os dentes, acompanhando a trilha e imaginando que deviam parecer João e Maria, já crescidos e maquiavélicos, revisitando antigos pesadelos.

A entrada da cabana estava tomada pelo mato alto. Murray suspendeu Christie e a depositou do lado de dentro. Tal como o restante das casas da vila, a construção perdera o telhado, de modo que não oferecia proteção real contra a chuva, embora as paredes de pedra parecessem abafar um pouco o barulho. Christie se recostou contra uma delas. Murray teve a impressão de que ela não parecia muito bem, mas não parou para perguntar como estava se sentindo.

— Onde?

— Logo ali fora, à esquerda da porta. A pedra tem o formato de um coração.

Com a pá na mão, saiu novamente. Encontrou o lugar com facilidade. Podia ver o que Christie queria dizer. A pedra era achatada em cima, pontuda de um lado e ligeiramente bifurcada do outro. A extravagância o deixou enojado.

Entregou a lanterna para ela.

— Aqui, aponte para onde preciso cavar. — Dizendo isso, pegou a pá e a fincou sob a pedra. Sentiu-a se mexer um pouquinho e forçou a pá ainda mais. A terra em volta cedeu. A pedra agora estava meio solta, mas seu volume escondido era comparável ao de um iceberg, e ele não conseguiu ângulo suficiente para usar a pá como alavanca e soltá-la completamente. Amaldiçoou a si mesmo e a Christie por não terem tido a ideia de levar um par de luvas de borracha. Agachou-se e tentou soltar o semiexposto pedregulho com as próprias mãos nuas. Podia sentir a terra contra sua pele, entrando por baixo de suas unhas. Encontrou um galho e o usou para esburacar o solo lamacento, espetando-o como um macaco à caça de cupins. Por fim, conseguiu enfiar as mãos nas laterais da pedra e a liberou. O buraco começou a encher de água.

— Merda, merda, merda, merda.

Murray ergueu a pá e começou a cavar. Fez isso da mesma forma como encararia uma caminhada desesperadora, um passo de cada vez; nesse caso, uma pá de terra de cada vez. As árvores no vale estalaram e tremularam sob o peso da chuva e do frio opressor da noite.

Em sua cabeça, Murray estava sozinho no pequeno quarto que dividia com Jack. O ambiente estava escuro, a não ser pela luz da mesinha de cabeceira incidindo sobre o livro em suas mãos. Sentiu os olhos se fechando e, em seguida, o peso delicado da mão do pai sobre seu ombro.

— Está na hora de parar, meu filho. Devagar e sempre se vai ao longe.

A pá bateu em algo duro.

Pegou a lanterna da mão de Christie e apontou para o buraco. Não conseguiu ver nada, a não ser a água amarronzada que brotava da terra, transformando-a numa espécie de mingau. Colocou-se de joelhos e meteu os braços dentro da poça. O que quer que fosse, estava longe demais para alcançá-lo.

— Merda.

Deitou de barriga no solo enlameado e tentou de novo. Dessa vez sentiu alguma coisa. Sentia seus dedos dormentes, e não saberia dizer se estava tocando pedra ou metal, mas a superfície do objeto era lisa. Estava fundo demais para conseguir agarrar seja lá o que fosse. Murray se colocou de joelhos e revirou a terra em volta até encontrar o galho. Em seguida, meteu o braço de novo na poça de lama e tentou soltar o objeto com a ajuda dele. O galho quebrou. Ele exclamou um palavrão, levantou-se e recorreu mais uma vez a pá, atacando as laterais do buraco, xingando ao ver a terra retirada resvalar de volta para dentro dele. Por fim, conseguiu alargá-lo o suficiente. Guardou os óculos no bolso e escorregou para dentro do túmulo. O cheiro de terra molhada que penetrara suas narinas desde que começara a cavar pareceu descer para a garganta. Fincou a pá sob o objeto, pedindo a Deus que encontrasse apoio suficiente para sair do buraco, sabendo que, se as paredes desmoronassem sobre ele, Christie não conseguiria soltá-lo. Murray sentiu a caixa se mover. Agachou-se na terra e pegou a pequena caixa quadrada com os dedos dormentes. Com um gemido, deu-lhe um puxão, sentindo o tempo todo que a luta era bilateral, e o que quer que houvesse ali desejava arrastá-lo para baixo consigo. A caixa escorregou de sua mão e Murray temeu que ela se quebrasse e ele visse o rostinho emaciado e mumificado da criança o encarando, tal como os seres macabros sobre os quais Seamus Heaney escrevia. Mas então, com um último barulho molhado de sucção que ameaçou puxá-lo para baixo, a terra cedeu e liberou seu duvidoso prêmio. Murray se debruçou sobre a caixa, as mãos apoiadas nas coxas, ofegante.

— Merda, merda, merda, merda, merda.

Segurando-a com as duas mãos, inspirou fundo e a colocou ao lado do buraco. Em seguida, escalando as paredes enlameadas, saiu de dentro dele.

Parecia mais um baú do que uma caixa. Maior do que esperava, porém mais leve do que seria de supor, levando em conta a trabalheira que dera para soltá-la, e tão comum que chegava a ser obscena. Ainda de joelhos, virou-se para Christie. Seu cabelo estava grudado na cabeça, as mãos e o corpo tão cobertos de lama que nem a chuva conseguia lavá-la. Ao falar, sua voz soou enferrujada como a de um velho:

— Por favor, não abra até eu levá-la de volta para sua casa.

Christie contraiu os lábios, como uma mulher se segurando para não rir. Ela se afastou mancando da porta e botou uma das mãos sobre o ombro dele. Por um momento de desespero, ele achou que ela fosse beijá-lo, mas Christie continuou ali parada, olhando para o caixão improvisado.

— Obrigada. — A chuva havia diminuído, e ele pôde escutar a respiração difícil e entrecortada dela. — É melhor a gente ir. — Ela correu o facho da lanterna pelo local da exumação, procurando por indícios da visita deles, tal como um detetive. — Talvez fosse melhor tapar o buraco. Assim, ninguém vai desconfiar do que andou acontecendo aqui.

Murray pegou os óculos no bolso e os segurou debaixo da chuva, tentando lavar a lama que havia salpicado as lentes. Colocou-os no rosto, pegou a pá e começou a jogar a terra de volta sobre o túmulo. A visita ainda seria evidente para qualquer um que olhasse com cuidado, mas ele não estava com a menor vontade de discutir. Não fazia ideia de quanto tempo haviam passado ali, mas a luminosidade estava mudando, o amanhecer chegaria bem antes do que havia esperado. Limpou a lama que cobria seu relógio — duas e cinquenta e quatro —, porém, enquanto checava a hora, escutou o ronco de um motor e se deu conta de que a luz não provinha de um amanhecer prematuro. Escutou Christie ofegar e viu sua expressão adoentada segundos antes de seus olhos serem ofuscados pelo brilho de um par de faróis.

Capítulo Trinta e Um

Murray largou a pá no chão e ergueu as duas mãos no ar. Era um gesto ridículo, copiado dos filmes policiais americanos que ele e Jack adoravam quando crianças, e, portanto, as abaixou quase que imediatamente. Cobriu os olhos, apertando-os para ver quem era o responsável pela interrupção, mas o farol alto do carro parado na trilha lamacenta continuava apontado para eles, e ele não conseguiu distinguir nada além da névoa e da luz forte. A porta do carro bateu.

— Você devia ter voltado para casa, Murray.

A voz de Fergus Baine esbanjava arrependimento.

— Certo como sempre, Fergus.

— Isso é entre mim e Christie. A melhor coisa que você pode fazer é ir embora e fingir que nada disso aconteceu.

Christie o agarrou pelo cotovelo. Sussurrou:

— Não me deixe sozinha com ele. — Foi mais uma ordem do que uma súplica, mas ele podia escutar o medo na voz dela.

— Eu vou, mas ela vai comigo.

— Tudo bem. Vocês encontraram a caixa?

Fergus estava parado na frente da luz. Sua sombra se alongava na direção deles, alta e magra. Ele trocara a jaqueta Barbour por uma capa de chuva comprida que descia até os tornozelos, dando-lhe o aspecto de um caçador vitoriano.

A voz de Christie soou estridente.

— Você não pode tirá-la de mim, Fergus.

O professor parecia ter saído de uma festa abarrotada de gente onde era preciso elevar a voz para se fazer ouvir acima do burburinho. A dele soou educada e tranquila através da expansão de relva entre eles.

— Não seja boba, Christina.

Murray gritou:

— O que aconteceu com a Rachel?

— Por que não vai ver com seus próprios olhos? Ela está no carro.

Murray deu um passo à frente, mas Christie o segurou pelo braço com mais força do que ele pensaria ser possível. Ela murmurou baixinho:

— Não vá. Ele está mentindo.

Murray gritou:

— Rachel! — Mas não houve resposta. Seria fácil se desvencilhar de Christie, mas ele continuou onde estava, hesitante.

— Ela está no carro, eu juro. — Fergus começou a se aproximar devagarinho, os braços abertos, como um pastor evangélico pronto para abraçar o mundo. — Solte o garoto, Christie. Isso não tem nada a ver com ele.

Murray replicou:

— Se a tiver machucado, juro que vou matar você.

Fergus riu.

— É a mim que ela ama, Murray, foi comigo que se casou. Você foi só uma diversão. Olhe só para você, chafurdando na lama por causa de uma bruxa velha. Você realmente não faz o tipo da Rachel.

Christie manteve a mão firme no cotovelo de Murray e se colocou diante dele.

— Ela prefere um velho que precisa assistir porque não consegue mais fazer nada.

— Seus insultos são quase tão banais quanto seus livros.

Murray escutou Christie inspirar fundo duas vezes.

— Somos velhos amigos, Fergus. Não podemos chegar a um acordo?

— Claro que sim. — O professor deu mais um passo à frente.

Ele parecia um caçador, pensou Murray. Daqueles que desejam capturar sua presa viva ou talvez simplesmente se aproximar o suficiente para dar um bote certeiro.

— Entregue a caixa para mim e eu prometo me certificar de que ela tenha um enterro decente.

A voz dela soou triste.

— Por que não posso ficar com ela?

— Porque você não é confiável para mantê-la em segurança.

— Eu sou a mãe dela.

— E também sua assassina.

Christie apertou o braço de Murray ainda mais e ergueu os olhos para ele.

— É mentira.

— Vamos lá, Christie. — A voz de Fergus soava razoável. — Não sei o que você falou para nosso caro dr. Watson, mas eu estava lá, lembra?

Podemos estar velhos, mas nenhum dos dois está senil. Você e Bobby a usaram em seu pequeno experimento.

A caixa continuava aos pés de Christie. Ela se abaixou e a tocou com a ponta dos dedos, como se quisesse assegurar aquilo que estivesse lá dentro de sua fidelidade.

— Você está mentindo.

— Você sabe que não. — Fergus estava mais próximo agora, observando-os através de uma cortina de chuva. — Você não matou apenas ela. Matou o Archie também.

— Não, ele se suicidou.

— Tecnicamente, suponho que seja verdade. Mas nós sabemos que o Archie jamais teria saído com aquela peneira em forma de barco em plena tempestade se ele e eu não tivéssemos voltado para a ilha e nos deparado com um verdadeiro açougue. — Fergus olhou para Murray. — Ela não contou isso a você, contou?

Murray respondeu:

— Ela me contou a versão dela sobre o ocorrido. Por que você não me conta a sua?

Christie chiou.

— Você acha que ele vai lhe contar a verdade?

Fergus soava objetivo e racional em comparação com o jeito passional de Christie.

— Lunan e eu estávamos de saco cheio de nossa aventura campestre. Ele tinha tentado persuadir Christie a voltar para a cidade conosco, mas ela estava irredutível. A criança só deveria nascer dali a semanas; por isso nós a deixamos ficar. Achei que ela viria correndo atrás da gente, como sempre. Eu não podia conceber que alguém tivesse estômago para viver sozinha com o Bobby pelo tempo que fosse. Mas parece que subestimei o charme dele. Lunan não dirigia. Portanto, quinze dias depois de partirmos, ele me persuadiu a trazê-lo de volta. Usou como desculpa o fato de que havia deixado seu manuscrito aqui. Se tinha, foi deliberado.

Christie começou a entoar baixinho um mantra lamuriento.

— *Você está mentindo, você está mentindo, você está mentindo, você está mentindo...*

Pela primeira vez, Fergus perdeu o controle.

— Eu não estou mentindo e você sabe muito bem. Quem está tentando enganar? Ele? — Apontou para Murray. — Vamos ver se ele vai continuar querendo ajudá-la depois que souber a verdade.

— *Você está mentindo, você está mentindo, você está mentindo, você está mentindo...*

Christie continuou entoando seu mantra, e Murray teve a sensação de que as árvores tremulantes e a chuva ininterrupta captaram o ritmo das palavras dela, carregando-as pelo vale. Talvez Fergus tivesse pensado a mesma coisa, porque fez uma ligeira pausa e, ao falar novamente, sua voz vacilou um pouco por baixo da calma aparente.

— Archie era um bêbado inveterado, mas, pensando bem, acho que desejava ardentemente aquela criança. Talvez pensasse que tornar-se pai o ajudaria a se livrar de alguns de seus demônios. Quem sabe? — O professor deu de ombros. — Eu tinha um interesse nisso também, é claro, por isso, dirigi enquanto ele bebia. Quando pegamos a barca, ele já estava embotado. Mas quando chegamos à cabana, ele, de alguma forma, ficou sóbrio o bastante para perceber o que havia acontecido. A vida inteira da criança se resumira ao tempo em que havíamos permanecido longe. Quando você vê algo desse tipo... — A voz dele falhou. — É como se seus olhos se recusassem a aceitar o que você está vendo. Ficamos parados na porta observando Bobby e Christie, pelados no meio daquela capela mortuária. Só Deus sabe o que tomaram enquanto estávamos em Edimburgo, mas Bobby Robb tinha dado vazão a todas as suas fantasias sobre pureza e sacrifício. Não sei quanto tempo ficamos ali, congelados, tentando entender o que estava diante dos nossos olhos... Todo aquele sangue... Archie foi o primeiro a compreender o que havia acontecido. De repente, surtou. Achei que fosse matar os dois, e possivelmente a mim também. Não sei onde encontrei forças, mas o empurrei para fora da cabana. Achei que estivesse impedindo mais outra morte. — Respirou fundo. — O resto você já sabe.

— Por que não chamou a polícia?

— Por que você não chamou?

Ele levaria tempo demais para explicar. Em vez disso, disse:

— Não sei.

— Nem eu. Talvez por pena da Christie. Ela percebeu o que havia feito e gritava tanto que seria capaz de acordar os mortos. Ou talvez eu tivesse medo de ser indiciado como cúmplice. Afinal de contas, era apenas a minha palavra contra a deles de que Archie e eu éramos inocentes. Eu conhecia Bobby Robb bem o bastante para saber que se fosse preso faria de tudo para nos arrastar com ele para o inferno. Qualquer que tenha sido o motivo, foi um grande erro. Eu me encontrei suscetível a chantagens e pesadelos, mas sei agora que prefiro ir para o inferno a deixar que tudo isso seja desenterrado.

Murray podia ver as moscas zanzando pela cozinha, o casal nu debruçado sobre a mesa, com o bebê no centro. Aquilo era demais. Fechou os olhos por um momento e perguntou:

— O que você quis dizer quando falou que tinha interesse na criança também?

Fergus estava perto o bastante para que ele visse o sorriso triste estampado no rosto do professor.

— Não dá para imaginar?

Murray anuiu.

— Suponho que sim.

Christie parou de entoar o mantra e gritou:

— Se quiser a criança, terá que vir aqui e pegá-la.

Fergus se virou para Murray.

— Vai ficar no meu caminho, dr. Watson?

— Depende do que você pretende fazer.

Durante todo o tempo haviam mantido certa distância, como adversários relutando em lutar ou fugir correndo antes de ver as armas do oponente. Fergus ajeitou a boina e começou a atravessar a relva, a fim de confrontá-lo cara a cara. Esse era o Fergus que Murray conhecia: o notório palestrante, queridinho dos alunos, terror das secretárias, um acadêmico distinto metido a chefe de cozinha, insensível o suficiente para agir como cafetão da própria esposa, fútil o bastante para se vestir sob medida.

Murray baixou os olhos para as próprias roupas cobertas de lama e se deu conta de que, qualquer que fosse a verdade a respeito da morte da criança e o que quer que viesse a acontecer, sua carreira estaria acabada. Estava perplexo demais para sentir o total impacto dessa realização, mas sabia que viria, tal como alguém que perde um ente querido sabe que o choque será substituído pela dor. Empertigou as costas, desejando ir embora e deixá-los resolver o problema sozinhos, mas sem querer abandonar Christie aos caprichos egoístas de Fergus.

Foi como se a mulher tivesse pressentido o que ele estava pensando. Ela se remexeu e emitiu um ruído que ficou em algum lugar entre um ofego e um suspiro. Murray a fitou. Os olhos de Christie pareciam enormes. Ela mordeu o lábio inferior, como se sorrisse. Ele voltou a atenção para o professor que cruzava o mato com sua costumeira autoconfiança, sem se dar ao trabalho de ater-se ao caminho de terra batida. De repente, Murray percebeu o que estava prestes a acontecer. Empurrou Christie para o lado e gritou:

— Não, Fergus, pare! — O professor hesitou e, por um segundo, Murray achou que o tivesse alertado a tempo. E, então, ele caiu.

A princípio pareceu que Fergus tinha apenas escorregado e tombado de costas na lama. No entanto, quase que imediatamente, soltou um gemido e começou a lutar para se agarrar a alguma coisa no solo escorregadio. A luta foi muito rápida e muito desesperadora para que emitisse um segundo grito. Os únicos sons eram o barulho do vento contra as copas das árvores e o brandir alucinado dos braços e pernas de Fergus chapinhando na lama enquanto brigava com a gravidade, tal como um homem demonstrando como seria um afogamento. Foi como se algo debaixo da terra o tivesse agarrado com firmeza pelas pernas e o puxado com força, fazendo-o deslizar rápida e terrivelmente e desaparecer sumidouro adentro.

Murray deu um pulo à frente, mas Christie o agarrou pelo tornozelo e o puxou para trás.

— Quer se juntar a ele?

Ele caiu ao lado dela e seus rostos sujos de lama ficaram insuportavelmente próximos. Murray meteu a mão no bolso e pescou o celular. Christie deu um tapa em sua mão, lançando-o longe.

— A essa altura ele já deve estar no inferno.

Murray a empurrou. Estava sem palavras, não conseguia pensar em nada. Levantou, escorregou e soltou um grito aterrorizado; a terra o deixara apavorado, mas era apenas o mesmo solo lamacento no qual vinha chafurdando havia uma hora. Ajoelhou-se novamente e começou a engatinhar em direção ao sumidouro, mas parou após alguns poucos e hesitantes centímetros, assustado demais com o destino de Fergus para prosseguir.

Sentou-se sobre os calcanhares, chorando como não fazia havia tempos. Viu o brilho do telefone, pegou-o e se levantou. Ficou parado ali por alguns instantes e, então, começou a se afastar da cabana, tomando cuidado para manter-se na trilha.

Christie gritou:

— Era tudo mentira, tudo o que ele disse era mentira.

Murray deu as costas para ela e seguiu pela trilha serpenteante até onde o Saab de Fergus se encontrava estacionado, os faróis ainda acesos. Pela porta aberta, deu uma espiada no interior do veículo. Estava vazio, nem sinal de Rachel. Virou-se e olhou para Christie. Ela estava sentada sob o facho dos faróis, em meio a toda a lama que haviam revirado, o baú de metal seguro entre as mãos; uma madona enlouquecida. Murray sentiu o estômago revirar. Inclinando-se para a frente, vomitou o bolo que a sra. Dunn lhe oferecera.

Capítulo Trinta e Dois

Murray limpou a boca com as costas da mão. Voltou para perto de Christie, ajudou-a a se levantar da forma mais gentil que conseguiu e, então, pegou o caixão da criança e o apoiou sobre o ombro. Carregou-o em silêncio através da escuridão e de toda aquela lama, como um São Cristóvão amaldiçoado. Christie não disse nada além de um sussurro de agradecimento; simplesmente se deixou ser envolvida pela cintura e conduzida até seu carro. A chuva praticamente parara, mas os dois já estavam encharcados e imundos. Um pássaro piou ao longe. Foi um som estranhamente humano que fez o estômago de Murray revirar.

Christie tremia. Ele pegou uma manta de viagem xadrez no porta-malas, jogou-a sobre os ombros dela e a acomodou, juntamente com seu outro fardo, no banco de trás. A mão da mulher foi em direção ao fecho de metal do baú e ele murmurou:

— Por favor, você prometeu. Espere a gente chegar em casa.

Christie concordou com um meneio de cabeça e deixou a mão descansar sobre a tampa.

Murray ligou o carro. Não vinha ao caso se estava bem para dirigir ou não. Não estava bem para nada. Engatou delicadamente a primeira e partiu.

— Obrigado, Jesus.

O relógio do painel indicava quinze para as quatro. A aventura inteira demorara menos de duas horas.

Não havia opção a não ser retornar pelo mesmo caminho que tinham usado para chegar lá. Murray tremia também, as mãos tão dormentes que não saberia dizer se estava segurando o volante, exceto pelo fato de que, de alguma forma, estava conseguindo conduzir a Cherokee pelas curvas da estrada.

A noite continuava um breu. Murray percebeu que estava dirigindo mais rápido do que fizera na ida, mas não fez menção alguma de diminuir a velocidade. Os pneus deixariam marcas na lama, as quais, agora que a chuva havia parado, não seriam lavadas. Não havia como evitar. Manteve os faróis apagados, surpreso por ainda conseguir pensar em sua própria segurança quando lá no fundo não dava a mínima para isso. Lançou um rápido olhar para Christie pelo retrovisor. Ela continuava com a mão sobre a caixa, porém seus olhos estavam fechados, a pele amarelada e a boca mole.

— Christie?

Ela tomou um susto.

— Onde estamos?

— Quase chegando. Fique comigo.

— Claro.

A voz arrastada estava ainda pior, mas ao verificar novamente viu que os olhos dela estavam abertos. Ele perguntou:

— Você sabia que o Fergus ia cair, não sabia?

— Como eu poderia saber? O sumidouro não estava marcado.

— Eu vi sua expressão. Você vive aqui há décadas. No mínimo, sabia que havia uma possibilidade de isso acontecer e não o alertou.

Christie retrucou com descaso:

— Ele devia ter se mantido na trilha.

— Fergus devia ter se mantido na trilha. Archie não devia ter saído de barco. Pelo visto, os homens que se associam a você se tornam negligentes.

A voz dela soou desafiadora.

— Nesse caso, aconselho você a ser cuidadoso.

— E quanto ao Alan Garret? Ele devia ter sido mais cuidadoso?

— Obviamente. Se tivesse sido, não teria se arrebentado contra aquela árvore.

— Você o matou também?

— Eu nunca matei ninguém, exceto talvez a Miranda.

— Quem?

— Minha filhinha. Pequei por omissão.

— Segundo Fergus, não foi isso que aconteceu.

— Ele mentiu.

— Ele não está aqui para contradizê-la, mas, mesmo que estivesse, você me parece ser um amuleto de azar, um ímã para suicídios involuntários.

Ela replicou com desdém:

— Uma feiticeira maquiavélica.

— Ser chamada de bruxa não é mais uma calúnia como costumava ser.

Christie suspirou.

— O dr. Garret gostava de se arriscar. Conversamos sobre isso. Era o tipo de homem que diminui a velocidade ao cruzar a linha do trem enquanto ele se aproxima, que chega à beirada do penhasco durante uma tempestade ou se coloca na beirinha da plataforma do metrô em plena hora do rush. Você sabia que ele escalava?

— Sabia.

— Ele havia começado a escalar sem cordas. Garret me disse que às vezes assumia riscos deliberadamente, deixando sua vida nas mãos do destino.

Murray recitou de modo seco:

— Me enamorei, de meio-amor, da Morte calma/ Pedi-lhe docemente em meditado verso/ Que dissolvesse no ar meu corpo e minha alma.

— Meio enamorado, meio apavorado. Homens como ele não deviam se casar, mas se casam. Suponho que queiram se agarrar a alguma coisa. Conheci a esposa dele. Fico surpresa por mulheres tão fortes se aliarem a homens tão inconsequentes.

— Como você e o Archie?

— Ah, nunca fui tão forte assim. Se tivesse sido, superaria tudo e seguiria em frente com a minha vida, em vez de ficar eternamente desenterrando os ossos do passado.

Era uma imagem infeliz, e os dois ficaram em silêncio por alguns instantes. Então, Christie continuou:

— Não sei se ele já havia falado sobre isso, mas discutir sua obsessão com alguém que entendia o deixou animado. Posso imaginar a morte dele com tanta clareza quanto se a tivesse assistido pessoalmente. Garret viu a estrada deserta, a árvore e pisou fundo no acelerador, deixando o destino decidir se conseguiria fazer a curva ou bater. — Bufou. — Ele abusou da sorte.

Murray fechou os olhos. Sentiu uma súbita vontade de pisar fundo no acelerador, a fim de testar se ela conseguiria manter a calma enquanto o carro seguia a toda velocidade em direção à morte deles, porém os abriu novamente, manteve a velocidade e virou a Cherokee em direção à trilha larga ao final da área pantanosa.

Podia ver as janelas da casinha solitária de Christie brilhando fortemente na escuridão. Imaginava que seria uma bela visão no verão, a pequena cabana branca cintilando em meio a uma névoa esverdeada, porém naquela noite parecia uma lanterna de Halloween, as janelas em chamas, a porta reluzindo como a boca do inferno. Diminuiu a velocidade.

— Christie, você deixou a porta aberta?

Escutou-a se empertigar no banco traseiro.

— Não.

Havia uma aura chamejante em torno da construção que parecia tremular ligeiramente. Murray olhou novamente para Christie pelo retrovisor e viu o contorno da cabeça dela destacado contra o vidro escuro, um tufo de cabelo espetado num ângulo estranho.

— Fergus — constatou, num tom sonhador. — Sempre soube que ele seria a minha ruína.

Murray continuou dirigindo, esperando escutar o som das sirenes, mas nada perturbava o silêncio da noite, exceto o ronco suave do motor da Cherokee. Podia ver as chamas agora, pois haviam escapado pelas janelas e lambiam as paredes externas da casa. Em pouco tempo consumiriam o telhado. Eles estavam a menos de 1 quilômetro da cabana quando Christie lhe pediu para parar.

Diminuiu a marcha, encostou o carro, saltou e a ajudou a sair. O interior da casa lhe parecera cheio de materiais naturais — madeira, papel e tapetes trançados —, porém a fumaça tinha um cheiro tóxico, como se o lugar inteiro fosse de plástico. Seus olhos ardiam e ele começou a tossir, mas permaneceu onde estava, com Christie apoiada em seu braço, enquanto os dois observavam as chamas aumentarem.

Por fim, ela disse:

— Eu devia ter posto as memórias e as fotos no porta-malas do carro.

Ele concordou com um meneio de cabeça e perguntou, ainda que já soubesse a resposta:

— Estava tudo lá dentro?

— Estava, todas as suas belas galinhas dos ovos de ouro perdidas de uma só tacada. Fergus sempre quis saber se eu tinha escrito sobre o que aconteceu. Disse a ele que não, mas acho que ele não quis arriscar.

Seu sorriso foi estranhamente pacífico, como se nada daquilo importasse mais. Ela se virou e voltou mancando desajeitadamente para o banco traseiro. Murray a ajudou a entrar. A lama de suas roupas estava começando a secar, endurecendo o tecido. Tudo o que queria agora era ir embora. Perguntou:

— O que você pretende fazer?

Era demais para uma noite só. Olhou por cima do ombro para a cabana em chamas, esperando ver os faróis de um carro se aproximando em alta velocidade, como se desejasse que alguém mais assumisse a responsabilidade por toda aquela confusão. Contudo, o único brilho vinha do fogo. Eles estavam sozinhos naquela imensidão inóspita e escura.

— Por que ninguém apareceu?

— Talvez tenham esperança de que eu esteja lá dentro.

— Você é tão odiada assim?

— Quem sabe? — Ela deu de ombros como se isso não tivesse a menor importância. — As pessoas daqui têm o sono pesado. Além disso, acredito que não olhem muito para cá. Provavelmente viriam se soubessem.

— Você não precisa fazer isso.

— Mas eu quero.

— Seria melhor esperar.

— Pelo quê? — Apontou com a cabeça para a casa e pousou uma das mãos sobre o caixão da filha. — Eu perdi e ganhei tudo o que poderia perder e ganhar. A vida raramente atinge um equilíbrio tão perfeito.

— Eu não vou lhe ajudar.

— Não precisa. Trouxe o que preciso comigo, só por segurança.

Murray inspirou fundo e se afastou alguns metros escuridão adentro, imaginando se ela não havia planejado aquilo desde o começo. Com as mãos apoiadas nos joelhos, curvou-se para a frente, temendo vomitar mais uma vez. Ao voltar, encontrou-a recostada contra a janela do carro, as pernas esticadas sobre o banco. Havia puxado a manta até o pescoço e segurava algo de encontro ao peito debaixo dela. Ele pensou numa mulher usando a fralda de um bebê para proteger sua privacidade ao alimentá-lo em público.

Christie sorriu de um modo que o fez pensar na garota que ela havia sido e disse:

— Sinto muito. Os poemas não estavam dentro do caixão da Miranda.

— Alguma vez estiveram?

— Acredito que não. Foi Fergus quem sugeriu colocá-los ao lado dela. Achei que fosse um gesto sentimental demais, mas ele voltou correndo até a cabana para pegá-los. Imagino que não tenha levado a cabo a própria sugestão.

A voz dela não apresentava o menor rancor.

Murray perguntou:

— O que foi que aconteceu de verdade?

Ela ignorou a pergunta.

— Tem uma garrafa de água no porta-malas. Você pode pegá-la para mim, por favor?

Ele pegou e entregou a ela.

— Me diga que foi tudo invenção do Fergus.

— Eu já disse.

— Me convença.

Não havia o menor sinal de emoção na voz de Christie.

— Fergus mentiu. A Miranda morreu por negligência. Você deve estar louco se acha que eu poderia vir a pensar na possibilidade de sacrificar minha própria filha.

Murray olhou para a escuridão e, em seguida, se virou novamente para a mulher, tentando ler a verdade em seu rosto. Os olhos dela refletiam o fogo que consumia a cabana.

— Vou-me embora.

Christie anuiu.

— Tudo bem. Eu não estou sozinha. — Ergueu os olhos para ele. — Você acha que irei vê-los novamente?

— Quem?

— Todos eles. Archie e Bobby. — Hesitou antes de acrescentar. — Fergus.

— Não sei. Gostaria de vê-los?

— Se pudéssemos ser jovens novamente. A gente se divertiu muito no começo. — Sorriu. — Tivemos ótimos momentos. — Olhou para ele. — Talvez você pudesse conhecê-los também.

— Não.

— Li todos os seus artigos, dr. Watson, tudo o que você já publicou. Archie está presente em todas as palavras, mesmo quando escreve sobre alguma outra coisa, assim como está na sua mente, ainda que de forma inconsciente. E agora você o perdeu também.

— Completamente não. Existem documentos na biblioteca.

— E quem você acha que os doou para o arquivo? Eu só cedi o material irrelevante. O bastante para aguçar a curiosidade, mas muito pouca coisa útil. — Ela falou de modo suave e tranquilo. — Tudo de valor sucumbiu ao fogo hoje. — Puxou uma das mãos de baixo do cobertor e acariciou os dedos enlameados dele. — Quem sentiria a sua falta? Sua esposa?

— Não.

— Sua família? — Ele desviou os olhos. — Achei que não. — A voz de Christie transmitia uma promessa de paz. — Sempre percebo essas coisas.

Ela pegou algo no bolso e levou à boca. Murray não tentou impedi-la. Christie começou a engasgar. Ele segurou a garrafa de água junto aos lábios dela. Ela bebeu e, em seguida, levou outro vidrinho à boca e ingeriu também. A tosse aumentou. Um tanto desajeitadamente, Murray tentou ajudar, oferecendo-lhe um pouco mais de água, mas a maior parte escorreu pelo canto da boca, caindo sobre o peito. A tosse diminuiu para leves ofegos. Ele segurou a cabeça dela e pressionou a garrafa contra seus lábios, mas o corpo de Christie ficou mole. Colocou-a recostada de novo e viu seu rosto corar sob o brilho do amanhecer prematuro. Permaneceu parado ali um tempo, observando-a, sabendo que se levantasse a manta talvez tivesse uma chance maior de descobrir a verdade por trás da morte do bebê, mas sem coragem para tanto.

Não sabia ao certo quanto tempo ficou parado ali até ser arrancado de seus devaneios pelo grasnido de uma gralha. Virou-se e viu o pássaro caminhando pela beira da estrada, como um velho pastor a caminho do culto. O animal olhou para ele e virou o bico num ângulo inquisitivo. Ele parecia ostentar uma expressão ao mesmo tempo professoral e demoníaca, e Murray não conseguiu evitar pensar que era Fergus, que havia se transformado e voltado em busca de vingança. Correu na direção dele.

— Anda, vai, vai.

A gralha bateu as asas e voou por 1 ou 2 metros antes de pousar, fora de alcance, e continuar suas perambulações, ainda com seus olhinhos negros fixos nele.

Murray bateu a porta do carro, protegendo os corpos do bico férreo da gralha. Tirou o cachecol e limpou suas impressões digitais da maçaneta e do volante, sem saber ao certo por que estava se dando a todo aquele trabalho, exceto por supor que não queria seu nome associado a nada daquilo. Em seguida, partiu pelos campos em direção à cabana de Pete, o grasnido da gralha ainda ressoando em seu cérebro muito depois de ela já estar fora do alcance de seus ouvidos.

Capítulo Trinta e Três

MURRAY CONTINUAVA COM a garrafa de água na mão quando entrou na cabana. Olhou para o objeto, sem muita certeza de como ela havia chegado ali, e, em seguida, jogou-a num dos cantos. Ligou o aquecedor, a sala estava um gelo. O brilho inicialmente azul das chamas logo se tornou alaranjado, o que o fez pensar mais uma vez na cabana de Christie. Imaginou por quanto tempo mais continuaria queimando.

Ao tirar o casaco, viu o pacote que James havia lhe enviado despontando miraculosamente do bolso. Pegou-o e o colocou sobre a mesa. Uma das pontas estava rasgada e suja de lama, mas, afora isso, o pacote havia aguentado a temível aventura melhor do que ele próprio. Pelo visto, papéis eram mais duráveis do que carne e sangue. James tentara lhe dizer alguma coisa, porém isso agora não tinha mais importância. Chegara tão perto de Archie quanto possível. O resto não significava nada.

Murray tirou o restante das roupas e se lavou no reservatório de água que havia do lado de fora da cabana, sem se importar em sujar a água que tinha para beber. Ainda tremendo de frio, secou-se na frente do aquecedor e, em seguida, puxou o cinto dos ilhoses da calça, meteu as roupas imundas num saco e o lacrou. Essas roupas contariam sua própria história.

Imaginava que Pete apareceria a qualquer momento para contar as novidades da ilha. Ele contribuiria com suas próprias informações. Não havia como evitar. Pensou em escrever um relato sobre o que tinha acontecido, mas descobriu que não se sentia apto a fazer isso. Logo ele, que havia vivido metade da vida com uma caneta na mão.

Pegou o uísque na prateleira onde Fergus o colocara e tomou um longo gole direto da garrafa. Foi acometido por uma tosse tão forte quanto a de Christie em seus últimos momentos e lutou para não cuspir o líquido precioso no chão.

Archie havia ficado no exterior da casa ou talvez tivesse sido trancado do lado de fora. De qualquer forma, a porta fora batida, afastando-o da tragédia que ocorrera lá dentro.

Murray se lembrou da agenda vermelha que havia encontrado na Biblioteca Nacional semanas antes com sua lista de nomes:

>   *Tamsker*
>   *Saffron*
>   *Ray* — *você vai ser meu raio de sol?*

Que visões a barriga protuberante de Christie teria despertado em Archie? Teria ele acalentado esperanças? O poeta estava certo em deixar que a perda o impelisse em direção às ondas. Archie se purificara, aceitara sua parcela de culpa e escapara do futuro, da dor, de toda aquela merda inútil que a vida representava.

Murray se sentou nu diante do fogo, apoiou os cotovelos na mesa e tomou outro generoso gole do uísque. Ergueu os olhos para o gancho no qual havia reparado quando Pete lhe mostrara a cabana pela primeira vez. Supunha que era usado para secar as ervas ou curar a carne.

Em que será que Archie havia pensado enquanto caminhava em direção à praia com o cabelo lhe fustigando o rosto? Será que ele sabia que a morte estava à sua espera ou teria simplesmente se entregado nas mãos do destino da mesma forma como Alan Garret fizera? Levou a garrafa aos lábios novamente e imaginou o poeta no pequeno píer, soltando o barco das amarras e pulando para dentro dele. Se o destino era como um lançar de dados entre a Vida e a Morte, tanto melhor que a Morte houvesse vencido.

Tomou outro gole direto da garrafa e puxou o envelope que James lhe enviara. O rosto de Fergus surgiu em preto e branco na contracapa do livro. Ele tinha sido um jovem atraente com uma vasta cabeleira loura caindo sobre os olhos, a imagem perfeita de um poeta. Murray fazia uma ideia do que encontraria entre as capas, mas abriu o livro e começou a ler do ponto em que o destino havia escolhido.

Um barco ancorado e bem-amarrado
Tem mais a oferecer do que você
Madeira e água
Terra e cordas

Enquanto lia os poemas, continuou bebendo. Cada gole e cada palavra pareciam deixá-lo mais sóbrio. Havia programas de computador capazes de decodificar o vocabulário e a sintaxe que poderiam comprovar a verdade. Talvez alguém estivesse disposto a isso. Rab Purvis, quem sabe? Pegou uma caneta e anotou na folha de rosto: *Esses poemas foram escritos por Archie Lunan*.

Sua biografia inteira se resumiria a essa frase.

Tomou os últimos goles da garrafa e a lançou através do aposento. Ela caiu sem quebrar e rolou até parar calmamente ao lado da parede.

Se pudesse ter se aproximado da cabana, teria jogado suas anotações no fogo. Poderia passar uma hora picando-as em pedacinhos e depois soltá-las ao vento, mas isso apenas adiaria as coisas mais um pouco, um gesto vazio numa noite suja.

Em vez disso, pegou o cinto que deixara cair no chão. Usou a cadeira como escada e subiu na mesa, esperando que aguentasse seu peso. O cinto pertencera ao pai. Era um cinto forte, de couro espanhol. A fivela original era na forma da cabeça de um índio norte-americano com um cocar de cacique. Jack a substituíra por outra simples de prata e dera o cinto a ele. Entregara-lhe também a antiga fivela dentro de um envelope escrito *Caubói Chique*. Era uma velha brincadeira entre eles, da época da adolescência. Isso já fazia tanto tempo!

Passou a ponta do cinto pela fivela sem se dar ao trabalho de prendê-la em nenhum dos buracos. Tinha se esquecido de mandar encurtá-lo para caber em sua cintura, portanto imaginava que seria longo o bastante.

Era bem melhor decidir quando e como partir. Você podia ser um caubói urbano de pernas longas e temperamento irreverente, bom em provocar risadas ou em fazer observações inteligentes, e, então, antes que pudesse prever, tornava-se um velho incapaz de reconhecer as pessoas que mais amava.

As pessoas que mais havia amado.

Murray secou os olhos. Amarrou o cinto em volta do gancho, pegou a outra ponta e a balançou por alguns instantes. O nó acima apertou e a fivela espremeu sua mão, uma falha dolorosa em seu plano.

Mas teria que dar.

Desceu novamente para o chão, o piso coberto de papelão pinicando seus pés descalços. Arrastou a mesa ligeiramente para a esquerda, subiu de novo e fechou a alça improvisada do cinto em torno do pescoço.

Ainda estava escuro lá fora. Um pássaro piou ao longe. Pensou na gralha circundando o terreno em volta do corpo de Christie e esfregou o rosto com uma das mãos; só era preciso um momento de coragem e, então, a paz.

> *Dos nossos os mais puros contigo vão primeiro*
> *Para descansar seus ossos e entregar suas almas*

Murray saltou da mesa, vendo o rosto de Archie na janela enquanto caía. Começou a debater as pernas, e o nó da forca se apertou, a fivela lhe machucando o pescoço como sabia que aconteceria. Escutou um rugir em seus ouvidos, o peso do oceano vindo em sua direção, e, acima dele, outro som.

Alguém — *Archie?* — o agarrou pelas pernas e o suspendeu sobre o ombro, sustentando seu peso. Podia ver o rosto do intruso contra seu quadril, os braços envolvendo seus joelhos e o levando de volta para cima da mesa.

— Seu imbecil estúpido!

A voz soou alta e assustada, e imediatamente reconhecível.

O cinto continuava em volta de sua garganta. Levou as mãos ao pescoço, mas não conseguiu afrouxar o laço. Jack subiu na mesa, afastou suas mãos e tentou soltar a fivela. Murray escutou o irmão chorando e sentiu seu hálito de álcool. Por fim, Jack conseguiu soltá-lo e ele inspirou fundo duas vezes, enchendo os pulmões de ar.

O irmão pressionou a cabeça contra seu peito. Após alguns instantes, Jack se afastou e desamarrou o cinto do gancho.

— Acho bom que você estivesse tentando se matar, Murray, porque se isso for alguma droga de experiência sexual, eu mesmo vou enforcá-lo.

Murray puxou o irmão para um abraço. Estava quase sem voz, mas conseguiu murmurar num tom rouco:

— Nós falhamos com ele, Jack. Prometemos que o deixaríamos morrer em casa, mas não fizemos isso. Ele morreu sozinho naquela merda de lugar.

— Eu sei. — Jack o abraçava com força. — Mas nos disseram que papai ainda duraria dias, semanas talvez. Ele sabia que estávamos fazendo o melhor que podíamos. Papai tinha muito orgulho de você, Murray. Ele o amava. Não gostaria que você fizesse algo desse tipo. Você sabe. Ele ficaria furioso. Agora, vamos lá. Vamos descer daqui e arrumar algumas roupas para você.

Murray se sentou à mesa enrolado no casaco do irmão. Perguntou num sussurro:

— Você voltou com a Lyn?

— Não. — Jack foi até o outro quarto e Murray escutou um barulho de algo sendo remexido. Ele voltou com um par de calças e um pulôver. — Você estava certo. Fui um canalha idiota. Como diz a música, você só sente falta da água depois que o poço seca. — Olhou para Murray ansiosamente, como se tentando decifrar seu estado de espírito. — Mas tenho boas notícias. Você vai ser tio.

— Cressida está grávida?

— Jesus, espero que não. Foi por isso que vim atrás de você. Lyn vai ter um bebê, nosso bebê, mas ela disse que não quer mais nada comigo. — Ergueu os olhos castanhos e fitou o irmão. — Vim vê-lo porque estava totalmente deprimido.

Murray pensou na cabana em chamas, em Christie com sua filhinha dentro da Cherokee vermelha e no Saab de Fergus abandonado perto do túmulo profanado, ao pé das montanhas de calcário. Respondeu:

— Jack, acho que vou ser mandado para a cadeia.

Epílogo

Glasgow

Capítulo Trinta e Quatro

— Eu tenho dois garotos, pestinhas terríveis. Um tem 6, e o outro, 11. — Murray estava sozinho no escuro, observando a expressão ávida do pai tornar-se ansiosa. — Não os vejo há um bom tempo. Eles me disseram que estão bem, mas como poderiam saber? Você os viu, meu filho?

A voz de Jack soou calma e acolhedora.

— Vi sim, estão ótimos.

— Ah, bom, então está bem. — O pai voltou a assumir uma expressão feliz. — Eles estão de férias, não é mesmo?

— Isso mesmo. — Murray sentiu o sorriso na voz do irmão. — Pulando de pousada em pousada.

Inclinou-se para a frente, os cotovelos apoiados nos joelhos, o queixo descansando entre as mãos entrelaçadas.

Jack perguntou ao pai se sabia quem ele era, e o rosto do velho assumiu um ar de travessura.

— Se você não sabe, duvido que eu possa ajudá-lo a descobrir.

Na tela, os dois riram juntos.

— Nenhuma ideia?

O olhar do pai foi intenso.

— Acho que não o conheço, meu filho. — Ele hesitou e, por um instante, algo que pareceu como uma sombra de reconhecimento lhe iluminou o rosto, fazendo-o sorrir. — Você é aquele jovem que apresenta as notícias?

Jack respondeu:

— Você me pegou. — O velho deu um tapa no próprio joelho, feliz.

Murray se levantou. Abriu a cortina preta e saiu para a claridade da galeria, com suas paredes pintadas de branco. Jack continuava parado onde ele o deixara, com uma expressão de ansiedade estampada no rosto.

Murray sorriu de modo triste.

— Você pode me arrumar uma cópia?

O irmão meteu a mão no bolso do paletó e puxou um DVD. Murray o pegou e se despediu dele com um aperto de mão.

Murray não sabia ao certo como se saíra em seu primeiro interrogatório policial. A camiseta de gola alta que Jack lhe emprestara cobria as marcas deixadas pelo cinto, e ele justificara a rouquidão como decorrente de uma gripe aliada a uma noite de bebedeira, mas não podia imaginar que suas desculpas medíocres pudessem ter convencido ninguém. Talvez ajudasse o fato de a polícia de Oban ter tantas pistas que já não quisessem mais nenhuma.

A manhã trouxera consigo a descoberta de galões de gasolina vazios no porta-malas de um Saab recentemente abandonado que pertencia a um distinto professor. Suspeitava-se de que o tal professor estivesse em algum lugar nas profundezas de um sumidouro recém-descoberto. Parecia haver também uma provável ligação entre ele e a cabana que ninguém vira sucumbir às chamas, e entre ele e a proprietária da cabana, encontrada morta em seu carro com um vidrinho de veneno a seus pés e o esqueleto desarticulado de um bebê debaixo de um cobertor que lhe cobria o colo.

Aparentemente haviam acreditado na história de Murray de que Christie não tinha atendido a porta, apesar de os dois terem marcado um encontro; sua conexão com Fergus também fora mencionada, ainda que de forma gentil. Por fim, dois policiais do departamento de Strathclyde tinham aparecido em seu apartamento em Glasgow para lhe agradecer pela cooperação.

Se ficaram surpresos pelo número de caixas empilhadas no vestíbulo com os pertences de Jack ou pelo sofá-cama desarrumado na sala de estar, não deram o menor sinal. Os quatro se reuniram na pequena cozinha do apartamento. Os policiais pareciam ocupar duas vezes o espaço que os irmãos ocupavam, que já era apertado. Jack, esperto como sempre, parou sob o umbral da porta, deixando que os detetives e o irmão se aglomerassem na diminuta cozinha com as costas apoiadas contra a bancada.

Os dois aceitaram uma xícara do café extremamente forte que Jack fazia. O preparo e a distribuição provaram ser uma espécie de desafio, mas por fim o café ficou pronto e cada um deles ganhou uma caneca fumegante.

O mais velho dos dois detetives sorriu para Murray de modo sério.

— Preciso ser sincero, dr. Watson, chegamos a suspeitar do senhor quando descobrimos que era colega do professor Baine, principalmente depois que soubemos de seu relacionamento com a mulher dele.

Lançou um rápido e esperto olhar de relance na direção de Jack como se quisesse verificar a reação dele.

Murray replicou:

— Tudo bem, meu irmão já sabe.

— Ah. — O policial tomou um gole do café, fez uma careta e depositou a caneca sobre a bancada às suas costas. — Seu irmão. — Olhou novamente para Jack. — Pelo que entendi, o senhor estava lá também, certo?

Jack ofereceu um de seus sorrisos mais radiantes.

— Minha namorada tinha acabado de me expulsar de casa. Eu estava com um pouco de pena de mim mesmo e decidi visitar o Murray. Deparei-me com um grupo de estudantes de arqueologia durante a travessia na barca; conversamos um pouco, tomamos alguns drinques e depois fui ao encontro do meu irmão na cabana. A essa altura, a casa já devia estar incinerada, mas infelizmente não passei nem perto dela.

— Exato. — O policial fez que sim. — É isso o que consta no seu depoimento.

Saber que o depoimento deles havia atravessado toda aquela distância até Glasgow irritou Murray. Ele perguntou:

— E aí, a que conclusão a investigação chegou? Ou vocês não têm permissão para dizer?

Dessa vez foi o detetive mais jovem quem respondeu. Seu rosto se manteve impassível, como se estivesse falando sobre um sinal vermelho furado ou uma bicicleta roubada.

— As amostras de DNA retiradas da casa indicam que os ossos do bebê encontrados com a srta. Graves eram de uma filha que tivera com o professor Baine.

— Jesus! — Murray esfregou o rosto com a mão. — Então, o que isso significa?

O jovem detetive deu de ombros. Seu sorriso de lábios apertados tampouco dizia alguma coisa.

— A nota oficial declara morte acidental e suicídio. Quanto ao que realmente aconteceu, o senhor pode supor tão bem quanto eu. — Fitou Murray no fundo dos olhos. — Melhor até.

O oficial mais velho continuava com a expressão séria.

— Para resumir, não estamos procurando por nenhum outro suspeito em relação a essas mortes.

Murray baixou os olhos para os pés, recaindo em um dos seus típicos silêncios, que pareciam estar afetando-o com mais frequência. Jack preencheu o que ameaçava tornar-se uma pausa constrangedora.

— Agradecemos a visita. Como o senhor mesmo disse, acredito que essa história continuará sendo um mistério.

— Nunca se sabe. — O jovem detetive se virou para sair. Seu café esfriava na caneca. — Casos arquivados há trinta ou quarenta anos podem, de repente, ressurgir do nada. — Olhou para Murray. — Assim como velhos ossos.

A exposição só abriria no dia seguinte, e eles estavam sozinhos na pequena galeria de Glasgow, exceto por uma curadora trabalhando em seu laptop na mesa da recepção. O lugar tinha menos prestígio do que o Fruitmarket, mas dessa vez seria uma exposição individual, o que, segundo Jack, fazia com que valesse a pena.

Eles percorreram o espaço lado a lado, o rosto do pai brilhando em todas as paredes. Embora ainda fosse difícil, Murray descobriu que agora conseguia olhar. As montagens feitas com as fotos do pai jovem eram as suas favoritas; o garoto de Glasgow se destacando no cenário americano que tanto admirava. Havia até umas duas fotos dele com os braços em volta da esposa, os dois inseridos em plena utopia consumista da década de 1950. Após a morte da mãe, o pai havia abandonado seu plano de emigrar. Era estranho pensar que poderiam ter se tornado cidadãos americanos. Estranho também lembrar que Jack jamais a conhecera, que nem sequer possuía as lembranças vagas que Murray acalentava.

Perguntou:

— A Lyn retornou a sua ligação?

— Retornou. — Jack olhou fixamente para uma série de fotos, talvez estivesse verificando se estavam perfeitamente alinhadas. — Ela vai me deixar presenciar o parto. Já é um começo.

— O bebê só vai nascer daqui a três meses. Talvez as coisas já tenham se resolvido até lá.

— Talvez. — Jack não parecia convencido.

— Ela vem amanhã?

— Acho que não. A exposição dela será inaugurada no final da semana, faltam alguns preparativos. Lyn não monta uma exposição há séculos. Ela nunca tinha tempo quando estava trabalhando naquele lugar. — Olhou de relance para Murray. — Você foi convidado?

— Posso dar uma desculpa se você preferir.

— Não, não. Vá e tente interceder por mim.

Era assim que andava a relação deles nos últimos dias — educada, esbanjando consideração —, às vezes nem parecia a relação entre dois irmãos. Murray supunha que tudo era decorrente do fato de estarem dividindo o apartamento. Num espaço tão pequeno havia um risco muito grande de que uma leve implicância descambasse para uma animosidade feroz. Mas não era só isso. Eles tinham conversado bastante nas semanas após o incidente — sobre os pais, Lyn, Cressida, a estranha aventura de Murray —, e agora a impressão era de que não havia muito mais a dizer. Não tinha importância. Eles tinham tempo.

Perguntou:

— Quer sair para tomar uma cerveja?

—Talvez mais tarde, ainda preciso fazer algumas coisas por aqui. — Jack pousou uma das mãos sobre o braço do irmão e apontou com a cabeça para a curadora. — Por que não convida a Aliah? Ela adora ler, e eu quase deixei escapar que você é doutor em literatura inglesa.

— Ah, não sei não, Jack. Tenho uma reunião com a assessoria de imprensa da universidade amanhã.

—Você não precisa encher a cara.

— Mesmo assim, levei um tempo para conseguir organizar isso. Jack fez que não.

— É incrível que você possa ter certeza de que os poemas são do Lunan.

—Acontece o mesmo com as artes visuais, certo? Você sabe que a obra é de alguém mesmo que a pessoa não a tenha assinado.

— Não. — Jack riu. — O mundo da arte é cheio de fraudes, mas a maioria pega o dinheiro e foge correndo, ao contrário do seu professor. Imagine só, passar todos esses anos comprando todas as edições, a fim de impedir que alguém viesse a descobrir que a obra era do Archie. A mulher do Baine sabe que o marido era um ladrão de poemas?

— Sabe. — Murray desviou os olhos. Ultimamente, vinha tentando evitar pensar em Rachel.

Havia telefonado para ela ao retornar de Lismore e falara com sua mãe, uma mulher inglesa de jeito tímido, que lhe agradecera pela preocupação e prometera transmitir seus pêsames. Levara dias escrevendo uma carta. No fundo, não dizia nada e tampouco fora respondida. E então, num domingo de manhã, três semanas após o início do semestre, Murray notou que a porta da sala de Rachel estava entreaberta. Hesitou por um instante e, então, bateu de leve e empurrou.

Por um segundo, achou que Rachel fosse a mulher que estava pegando os livros das prateleiras mais altas e os arrumando numa caixa de papelão. No entanto, quando a mulher se virou, viu que embora tivesse a mesma constituição esguia e cabelos brilhantes, era mais velha, as feições um pouco diferentes.

— Me desculpe. — Sua voz tremeu ligeiramente. — Achei que a dra. Houghton tivesse dado uma passadinha por aqui.

A mulher lançou um olhar de relance para um canto escuro, em direção a uma negligenciada costela-de-adão cujas folhas murchas bloqueavam a luz que entrava pela janela. Rachel saiu de trás da mesa onde estivera agachada, um dos livros destinados à caixa ainda em sua mão. Estava vestida de modo simples, com um jeans e um pulôver largo demais. Provavelmente de Fergus.

— Murray.

Os olhos dela pareciam maiores do que se lembrava. As pálpebras tinham um aspecto arroxeado. A culpa que pairara sobre ele desde a última noite na ilha ficou ainda mais forte. Permaneceu parado desconfortavelmente sob o umbral da porta, sem conseguir se forçar a entrar na sala.

— Vi que sua porta estava aberta.

— Estou pegando o restante das minhas coisas.

A outra mulher o fitou.

— Um carro está a caminho.

Rachel soltou o livro que estava segurando dentro da caixa e disse:

— Por que não verifica se ele já chegou? Por favor, Jenny.

Foi mais uma ordem do que um pedido. A outra hesitou. Por um segundo, Murray achou que a mulher fosse recusar, mas apenas soltou um suspiro e passou por ele sem dizer uma única palavra.

Rachel falou:

— É melhor você fechar a porta. Não sabemos quem mais pode estar espreitando esses corredores num domingo de manhã.

Murray a fechou delicadamente, escutando o clique suave da lingueta.

— Talvez o resto do departamento tenha vida própria.

Rachel se virou e voltou a empacotar cuidadosamente os livros na caixa.

— Obrigada pela carta. Sinto muito por não ter tido tempo de respondê-la.

— Ninguém me falou que você estava indo embora.

— Tenho me sentido um pouco indecisa ultimamente. Só entreguei minha carta de demissão hoje.

Murray assentiu com um meneio de cabeça, sem ousar dizer nada por alguns instantes. Mas, então, perguntou:

— Para onde pretende ir?

— Minha irmã tem uma casa perto de Fontainebleau. Ela e o marido me convenceram a passar um tempo com eles.

Sua voz estava destituída de entonação, o que fazia com que as palavras soassem vagas, robotizadas.

— Você pretende voltar?

— Para Glasgow? — Os olhos dela encontraram os dele por um segundo. — Duvido muito.

Murray desejava perguntar se ela se incomodaria caso ele lhe escrevesse, mas, em vez disso, falou:

— Como você está?

— Levando as coisas da melhor forma possível.

— Sinto muito.

— Todo mundo sente. Foi uma grande perda. Para mim e para o mundo literário.

Mais uma vez, a falta de entonação na voz dela fazia com que suas palavras carecessem de sinceridade. Murray a observou guardar mais alguns livros na caixa e disse:

— Eu estava em Lismore quando Fergus foi lá.

Esperou que ela perguntasse o que tinha acontecido sem saber ao certo o que dizer, mas ela apenas anuiu com um meneio de cabeça.

— Eu pretendia me separar dele. Disse isso ao Fergus antes de ele partir para a ilha. As fotos que ele te mandou foram a gota d'água. Bem... — Abriu um pequeno sorriso. — ...não exatamente por causa das fotos em si, mas pelo fato de as ter enviado para você.

— Ele não mencionou nada disso.

— E por que mencionaria? — Rachel pegou outra pilha de livros na prateleira e os guardou na caixa a seus pés. Virou-se para Murray.

— Não consigo deixar de pensar se isso teve alguma coisa a ver com o que aconteceu.

Murray se sentia estupidamente deslocado, parado ali na porta, os ouvidos atentos para o caso de a irmã dela voltar.

— Com o quê?

— Com o fato de que eu ia deixá-lo. Você o conhecia. Fergus não era um homem estabanado. Era elegante e cauteloso, apesar de suas extravagâncias.

— Não consigo pensar em ninguém menos propenso ao suicídio do que ele.

— Pode ser. Mas estava distraído. Deve ter se esquecido de tomar cuidado, ainda que só por um momento.

— Disseram que você tentou se matar.

— E você acreditou?

Murray fez que sim, e pela primeira vez a voz de Rachel transmitiu alguma emoção.

— Você já devia me conhecer. Posso ser meio imprudente às vezes, mas raramente faço uma idiotice.

Murray hesitou. A porta atrás dele foi aberta e a irmã de Rachel informou:

— Ralph está lá embaixo estacionando a van.

Murray perguntou:

— Posso ajudar?

— Não — respondeu ela com rispidez. — A gente se vira sozinha, obrigada.

Ele se virou para sair, mas Rachel o chamou.

— Murray, só mais uma coisa... Cuide-se.

— Você também. — Ele lhe ofereceu um último sorriso e voltou para a escuridão familiar dos corredores do departamento.

Jack falou:

— Você fez o que se propôs a fazer. Ressuscitou Archie Lunan. Dois livros póstumos lançados no mesmo ano. Isso com certeza vai dar o que falar. Lembre-se de que prometeu me deixar dar uma olhada no romance de ficção científica assim que tirasse uma cópia.

— Claro. Quer que eu xeroque os poemas para você também?

Jack deu de ombros.

— Se você quiser.

Murray já esperava por essa resposta, e não conseguiu evitar sorrir. Christie havia descartado o romance de ficção científica de Archie, achando que não tinha valor algum, porém a visão apocalíptica do poeta talvez viesse a se tornar um clássico do gênero, com potencial de atrair mais leitores do que os poemas jamais fariam.

Seu irmão continuava falando.

— Imagino que, se essa coleção de poemas for tão boa quanto você diz, as pessoas vão reavaliar o que ele produziu antes.

Murray deu de ombros.

— Que importância tem quem escreveu os poemas? É a obra que conta, certo? A arte, não o artista.

Jack riu.

— Não tenho muita certeza se concordo com você.

Ele fez sinal para que o irmão o acompanhasse e seguiu rapidamente até a mesa da recepção onde estava a curadora, com o cabelo comprido pendendo ao lado do rosto como uma cortina de cetim negro.

— Aliah, esse é o meu irmão, Murray, aquele sobre quem lhe falei. Ele é o inteligente da família.

A mulher desviou a atenção do computador, e seus olhos castanhos o fitaram em dúvida por trás dos óculos estilosos.

— É mesmo?

Murray abriu um sorriso e se aproximou. O sorriso foi forçado, tudo estava sendo forçado, mas no momento isso teria que servir.

Agradecimentos

A AUTORA GOSTARIA DE AGRADECER a Internationales Künstlerhaus, Villa Concordia, Bamberg e Civitella Ranieri Foundation por sua hospitalidade e apoio durante a produção deste livro.

Lismore é uma bela ilha, com uma rica vida selvagem e vários sítios arqueológicos, situada no lago Linnhe, na costa ocidental da Escócia. Seus habitantes são amigáveis, as pousadas agradáveis e aconchegantes. Para mais detalhes, veja: www.isleoflismore.com

Impresso no Brasil pelo
Sistema Cameron da Divisão Gráfica da
DISTRIBUIDORA RECORD DE SERVIÇOS DE IMPRENSA S.A.
Rua Argentina 171 – Rio de Janeiro, RJ – 20921-380 – Tel.: 2585-2000